O Castelo

Título original
Das Schloss

Direção Editorial	*Ethel Santaella*
Tradução	*Nelson Camargo*
Revisão e preparação	*Renata Tavares / Madrigais Editorial*
Design e diagramação de capa e miolo	*Karina Tenório*
Imagens de capa	*Cattallina / Omia / Shutterstock*

Dados Internacionais de Catalogação na Publicação (CIP)
(Câmara Brasileira do Livro, SP, Brasil)

At833 Kafka, Franz, 1883-1924
O Castelo / Franz Kafka
Tradução: Nelson Camargo - São Paulo, SP: Lafonte, 2025.
320 p.: 13,5 x 20,5 cm.

Título original: *Das Schloss*
ISBN: 978-65-5870-698-4

1. Ficção Austríaca I. 25-292860.0. Título.

CDD-At833

Eliane de Freitas Leite - Bibliotecária - CRB8/8415

Editora Lafonte

Av. Profª Ida Kolb, 551, Casa Verde, CEP 02518-000, São Paulo-SP, Brasil – Tel.: (+55) 11 3855-2100
Atendimento ao leitor
atendimento@editoralafonte.com.br
(+55) 11 3855-2216 / 3855-2213
Venda de livros avulsos (+55) 11 3855-2216 – vendas@editoralafonte.com.br
Venda de livros no atacado (+55) 11 3855-2275 – atacado@escala.com.br

franz

KAFKA

O Castelo

TRADUÇÃO

Nelson Camargo

Brasil, 2025

Lafonte

SUMÁRIO

1.

Chegada

Era tarde da noite quando K. chegou. A aldeia jazia coberta de neve espessa. Não se podia ver o monte, envolto pela neblina e pela escuridão, e nem o mais tênue raio de luz indicava o grande castelo sobre ele. K. permaneceu por muito tempo na ponte de madeira que ligava a estrada rural à aldeia, olhando para o aparente vazio.

Então foi procurar um local para passar a noite; na estalagem as pessoas ainda estavam acordadas, o estalajadeiro não tinha quarto para alugar, mas, muito surpreso e confuso com o hóspede tardio, estava disposto a deixá-lo dormir num colchão de palha no salão do estabelecimento. K. concordou. Alguns camponeses ainda tomavam cerveja, mas K. não queria conversar com ninguém, ele mesmo pegou o colchão de palha no sótão e o colocou perto da estufa. O ambiente estava aquecido, os camponeses quietos, ele os observou brevemente e adormeceu.

Mas pouco tempo depois já foi acordado. Um jovem, vestido com roupas citadinas, rosto de ator, de olhos miúdos e sobrancelhas grossas, estava ao lado dele, com o estalajadeiro. Os camponeses permaneciam lá, alguns tinham virado as cadeiras para ver e ouvir melhor. O jovem pediu desculpas muito educadamente por ter acordado K., apresentou--se como filho do castelão[1] e disse:

— Esta aldeia faz parte dos domínios do castelo, quem aqui mora ou pernoita é como se morasse ou pernoitasse no castelo. Ninguém

1. Responsável pela guarda de um castelo.

pode fazer isso sem autorização do conde. O senhor não tem essa permissão, ou pelo menos não a apresentou.

K. levantou-se parcialmente, ajeitou os cabelos, olhou os presentes de alto a baixo e questionou:

— Em que aldeia vim parar? Há um castelo aqui?

— É claro — disse o jovem, lentamente, enquanto alguém balançava a cabeça para K. —, o castelo do senhor conde Westwest.

— É necessário permissão para pernoitar? — perguntou K., como se quisesse confirmar que as falas anteriores não foram um sonho.

— É necessário ter permissão — foi a resposta, e com ar de zombaria contra K. o jovem abriu os braços e perguntou ao estalajadeiro e aos camponeses: — Ora, é ou não necessário ter permissão?

— Então preciso dessa permissão — disse K. bocejando e jogando as cobertas, como se quisesse levantar-se.

— Ah, sim, de quem? — perguntou o jovem.

— Do senhor conde — disse K. — Não há outra maneira.

— O quê, obter permissão do conde agora, à meia-noite? — exclamou o jovem, dando um passo para trás.

— Não é possível? — perguntou K., impassível. — Então por que o senhor me acordou?

O jovem ficou fora de si.

— Mas que modos! — gritou. — Exijo respeito pela autoridade do conde! Acordei o senhor para informá-lo de que precisa deixar imediatamente os domínios do conde.

— Chega desse teatro — disse K. com notável calma, deitando-se novamente e cobrindo-se. — O senhor foi longe demais, meu jovem, amanhã tratarei de seu comportamento. O estalajadeiro e os hóspedes são testemunhas, caso necessário. A propósito, deixe-me dizer que sou o agrimensor que o conde mandou chamar. Meus assistentes, com o equipamento, chegam de carruagem amanhã. Não queria me privar de uma boa caminhada na neve, mas infelizmente me desviei do caminho algumas vezes e por isso cheguei tão tarde. Eu tinha consciência de que era tarde demais para me apresentar no castelo, antes de ouvir suas informações. Por isso me contentei com esta estalagem, e os senhores — para dizer de forma suave — vieram me perturbar de maneira indelicada. Com isto encerro meus esclarecimentos. Boa noite, cavalheiros.

E K. voltou-se para a estufa.

— Agrimensor? — ele ouviu perguntarem, de forma hesitante, por trás dele, e depois reinou o silêncio. O jovem, porém, logo se recompôs e disse ao estalajadeiro, num tom moderado, como se tivesse consideração pelo sono de K., mas alto o bastante para ser entendido:

— Vou perguntar por telefone.

Como assim, havia telefone naquela estalagem de aldeia? Estavam bem equipados. Este era um detalhe surpreendente para K., mas no geral ele já esperava por isso. O telefone estava instalado quase sobre sua cabeça, mas não havia notado, pois estava sonolento. Se o jovem fosse mesmo telefonar, não poderia, mesmo com a maior boa vontade, deixar de perturbar o sono de K. Mas depois, claro, não fazia mais sentido fingir que estava dormindo, por isso voltou deitar de costas. Viu os camponeses se reunindo timidamente e consultando uns aos outros; a chegada de um agrimensor não era pouca coisa. A porta da cozinha se abriu, a figura imponente da estalajadeira estava lá, ocupando toda a porta, e o estalajadeiro aproximou-se dela na ponta dos pés para informá-la do que estava acontecendo. E então começou o telefonema. O castelão estava dormindo, mas um subcastelão, um dos subcastelões, um certo senhor Fritz, atendeu. O jovem, que se identificou como Schwarzer, contou como encontrara K., um homem de seus trinta anos, muito malvestido, dormindo tranquilamente em um colchão de palha, com uma pequena mochila como travesseiro e uma bengala rústica ao alcance da mão. Naturalmente, considerou-o suspeito, e como o estalajadeiro evidentemente havia negligenciado seu dever, cabia a ele, Schwarzer, investigar a fundo a questão. Ao ser acordado, interrogado e ameaçado de expulsão dos domínios do conde, K. havia se comportado de forma muito indelicada, e talvez com razão, como acabou se revelando, pois ele afirma ser o agrimensor contratado pelo conde. Claro que era uma formalidade básica verificar essa afirmação, e por isso Schwarzer pediu ao senhor Fritz que perguntasse ao departamento central se realmente um agrimensor era esperado ali, e que desse rapidamente uma resposta por telefone.

Então houve silêncio. Fritz foi investigar, e uma resposta era aguardada. K. continuou onde estava, nem mesmo se virou, tampouco parecia curioso, só olhava para a frente. A história de Schwarzer, com sua mistura de malícia e cautela, deu a ele uma ideia da formação diplomática de que dispunham até pessoas insignificantes no castelo, como Schwarzer. E ali não faltava trabalho duro; no departamento central havia plantão noturno. E geralmente as respostas eram rápidas, pois Fritz logo ligou de volta. Foi um comunicado muito breve, e Schwarzer bateu o telefone com raiva.

— Eu sabia — gritou —, não há qualquer registro de um agrimensor, deve ser um vagabundo mentiroso, ou coisa pior.

Por um instante, K. pensou que todos, Schwarzer, camponeses, estalajadeiro, estalajadeira, iriam atacá-lo, e ao menos para evitar o primeiro ataque, ele se refugiou sob as cobertas. O telefone tocou novamente, e pareceu a K. que tocou muito alto. Ele tirou lentamente a cabeça para fora das cobertas. Embora fosse improvável que se referia a K., todos ficaram em silêncio e Schwarzer foi atender. Ouviu uma explicação mais longa e disse baixinho:

— Foi um engano, então? É constrangedor para mim. O próprio chefe do departamento ligou? Estranho, estranho. Como vou explicar isso ao senhor agrimensor?

K. ouvia atentamente. O castelo também o chamara de agrimensor. Por um lado isso era desfavorável a K., pois era sinal de que no castelo sabiam tudo o que poderiam saber sobre ele, que haviam pesado os prós e os contras e aceitaram o desafio com um sorriso. Mas, por outro lado, era favorável também, pois provava, em sua opinião, que ele havia sido subestimado, e teria mais liberdade do que esperava. E se imaginavam que poderiam mantê-lo em constante estado de pavor por reconhecerem, com certa superioridade intelectual, suas capacidades de agrimensor, estavam enganados; isso lhe causara um leve estremecimento, e foi só.

K. desviou-se de Schwarzer, que se aproximava timidamente; recusou-se a ir para o quarto do estalajadeiro, como lhe foi solicitado com insistência, e dele aceitou apenas uma bebida para esquentar, da estalajadeira o direito de usar um lavatório para se lavar, sabão e toalha, e nem sequer precisou exigir que o salão fosse esvaziado, pois todos saíram apressados, com os rostos virados para fora, para que não fossem reconhecidos no dia seguinte. A luz foi apagada, e finalmente ele ficou em paz. Dormiu profundamente até de manhã, perturbado apenas uma ou duas vezes pelos ratos que por ali passavam correndo.

Após o café da manhã, que, assim como todas as refeições de K., estavam, segundo o estalajadeiro, a cargo do castelo, ele quis seguir para a aldeia. Mas, como o estalajadeiro, com quem até então só conversara o mínimo possível, considerando seu comportamento no dia anterior, continuava a rodeá-lo com um olhar de súplica, apiedou-se e permitiu que se sentasse a seu lado por um breve momento.

— Ainda não conheço o conde — disse K. — Por um bom trabalho ele deve pagar bem, não é? Quando alguém como eu, em razão de viagem, fica longe da esposa e do filho, quer levar algo para casa.

— Quanto a isso o cavalheiro não precisa se preocupar, aqui não há reclamações sobre baixa remuneração.

— Bem — disse K. —, não faço parte do time dos tímidos e posso dizer minha opinião a um conde, mas evidentemente é muito melhor lidar de forma pacífica com tais cavalheiros.

O estalajadeiro sentou-se no parapeito da janela, em frente a K., não ousou procurar um local mais confortável, e olhava fixamente para K. com grandes olhos castanhos e medrosos. Primeiramente aproximara-se de K., e agora aparentemente queria se afastar. Temia ser interrogado sobre o conde? Temia a falta de confiabilidade daquele que estava chamando de "cavalheiro"? K. precisava distraí-lo. Olhou para o relógio e disse:

— Meus ajudantes vão chegar em breve, você[2] tem acomodações para eles?

2. Aqui K. chama o estalajadeiro de *Du*, "tu", "você" no Brasil, aparente contradição em uma conversa até então formal. Há alternância do registro formal e do informal nesse diálogo.

— É claro, cavalheiro — disse ele —, eles não vão ficar no castelo? Será que ele desistiu, tão facilmente e de bom grado, de hóspedes, especialmente de K., a ponto de querer mandá-los imediatamente para o castelo?

— Ainda não é certo — disse K. —, primeiro preciso saber que tipo de trabalho há para mim. Se for trabalhar aqui embaixo, por exemplo, seria mais cômodo ficar aqui. Receio também que a vida lá no castelo não seja muito adequada para mim. Quero sempre ser livre.

— Você não conhece o castelo — disse o estalajadeiro em voz baixa.

— É claro — disse K. — que não devemos julgar antecipadamente. Tudo o que sei sobre o castelo até agora é que souberam escolher bem um agrimensor. É possível que haja outras qualidades.

Ele levantou-se para se livrar do estalajadeiro, que mordia o lábio inquieto. Não era fácil ganhar a confiança desse homem.

Ao se afastar, K. deparou-se com um retrato escuro em uma moldura escura. Já o havia notado de onde estava antes, mas não conseguia distinguir os detalhes a distância, e pensara que o quadro havia sido removido da moldura, que vira apenas um anteparo negro. Mas era mesmo um quadro, um retrato de meio corpo de um homem com uns cinquenta anos. A cabeça estava tão inclinada na direção do peito que mal se viam os olhos, e pareciam decisivos para essa postura a testa alta e pesada e o nariz forte e curvado para baixo. A barba cerrada, pressionada contra o queixo pela posição da cabeça, destacava-se. A mão esquerda estava aberta sobre a vasta cabeleira, mas não podia erguer a cabeça.

— Quem é? — perguntou K. — O conde?

K. estava diante do quadro e mal olhava para o estalajadeiro.

— Não — disse o estalajadeiro —, o castelão.

— Mas que belo castelão eles têm no castelo — declarou K. —, pena que tenha um filho tão imprestável.

— Não — disse o estalajadeiro, puxando K. para junto de si, e sussurrou no seu ouvido:

— Schwarzer exagerou ontem, seu pai é apenas um subcastelão, e um dos últimos.

Nesse momento, o estalajadeiro parecia uma criança para K.

— Que patife! — comentou K., rindo, mas o estalajadeiro não riu com ele. Em vez disso, disse:

— Mas o pai dele também é poderoso.

— Ora! — disse K. — Você considera todos poderosos. Eu também?

— Você — respondeu ele timidamente, mas em tom sério — eu não considero poderoso.

— Você é mesmo um bom observador — disse K. — Honestamente, não sou poderoso. Consequentemente, não tenho menos respeito pelos poderosos que você, mas não sou tão sincero quanto você, o que nem sempre admito.

E K. deu um tapinha na bochecha do estalajadeiro, para confortá-lo e para que se sentisse melhor. Ele abriu um leve sorriso. Era na verdade um jovem, com o rosto quase imberbe. Como é que tinha uma esposa gorda, mais velha, que podia ser vista por uma janela na cozinha, onde trabalhava com os cotovelos afastados do corpo? Mas K. não queria pressioná-lo, nem apagar o sorriso que surgira em sua face. Apenas acenou para que abrisse a porta, e deparou-se com uma bela manhã de inverno lá fora.

Agora no alto ele via o castelo, nitidamente delineado na atmosfera límpida, cujas formas eram ainda mais destacadas pela fina camada de neve que recobria tudo. Aliás, parecia haver muito menos neve na montanha do que na aldeia, onde K. não tinha de fazer menos esforço para abrir caminho do que fizera no dia anterior na estrada rural. Ali a neve alcançava a altura das janelas das cabanas e pesava sobre os telhados baixos, mas na montanha subia-se livremente, com facilidade, pelo menos era o que parecia de onde estava.

No geral, o castelo correspondia, pelo menos a distância, às expectativas de K. Não era uma fortaleza medieval nem um edifício novo e magnífico, mas um extenso complexo de prédios baixos, alguns de dois andares, bem próximos uns dos outros; caso não se soubesse que era um castelo, poderia ser confundido com uma cidadezinha. K. viu somente uma torre, mas não era possível saber se pertencia a uma moradia ou a uma igreja. Um bando de corvos voava ao redor.

Com os olhos voltados para o castelo, K. seguia em frente, sem se preocupar com coisa alguma. Ao se aproximar, o castelo o decepcionou, não passava de uma cidadezinha bem modesta, um agrupamento de casebres de aldeia, notável somente porque tudo ali era feito de pedra; a pintura, porém, estava descascada havia muito tempo, e as pedras pareciam desgastadas. K. teve uma breve lembrança de sua cidade natal; não era inferior ao tal castelo. Se K. tivesse vindo apenas para visitar o local, teria sido um desperdício fazer uma viagem tão longa, seria mais proveitoso ir novamente à velha cidade natal, que há muito tempo não visitava. Em sua mente, comparou a torre da igreja de sua cidade com a torre lá do alto. A primeira erguia-se claramente para o alto em espiral, e, terminando num telhado largo, de telhas vermelhas, era uma construção terrena — como poderíamos construí-la de outro modo? —, mas com um propósito mais elevado do que o sugerido por aquele ajuntamento de casas humildes. A torre do alto — a única visível —, a torre de uma moradia, como aparentava ser, talvez a parte principal do castelo, era uma construção uniforme e arredondada, parcialmente coberta pela hera, com janelas pequenas, que agora brilhavam ao sol — havia algo de loucura ali —, com uma espécie de terraço no alto, com ameias inseguras, irregulares, rachadas, como que desenhadas por uma criança medrosa ou descuidada, que se destacavam no céu azul. Era como se um morador melancólico, que devia ter sido trancado no cômodo mais remoto da habitação, tivesse rompido o telhado e ficado ali para se exibir ao mundo.

K. deteve-se novamente, como se parado pudesse ampliar sua capacidade de julgar. Mas foi interrompido. Atrás da igreja da aldeia, onde ele estava agora — na verdade era apenas uma capela, ampliada como um celeiro para que pudesse acomodar os fiéis —, havia uma escola. Era um edifício baixo e comprido, que combinava de forma notável o caráter de algo improvisado com o que era muito antigo, e ficava atrás de um jardim gradeado, agora coberto de neve. De lá saíam as crianças com o professor. Amontoavam-se em torno dele, todos os olhares estavam voltados para ele, todos falavam ao mesmo tempo, muito rápido, e K. não conseguia entender uma palavra. O professor era um jovem baixo, de ombros estreitos, que andava muito altivo, e pareceria ridículo se não fosse assim, e já havia visto K. a distância, pois ele era a única pessoa por ali, exceto seu grupo. K., que era de fora, cumprimentou primeiro o homenzinho tão imponente.

— Bom dia, senhor professor — disse ele.

Instantaneamente as crianças se calaram, o que deve ter agradado ao professor como preparação para suas palavras.

— O senhor está observando o castelo? — perguntou ele de forma mais gentil do que o esperado por K., mas com um tom de que não estava apreciando o que K. fazia.

— Sim — disse K. — Sou de fora, cheguei ontem à noite.

— O castelo lhe desagrada? — perguntou de supetão o professor.

— Como? — retrucou K., algo surpreso, e repetiu a pergunta de forma mais suave:

— Se o castelo me agrada? Por que o senhor julga que não me agrada?

— Não agrada a ninguém de fora — disse o professor.

Para não dizer nada inconveniente, K. mudou de assunto e perguntou:

— Por acaso o senhor conhece o conde?

— Não — disse o professor, desejando se afastar de K., que não desistiu e perguntou novamente:

— Como? O senhor não conhece o conde?

— Como poderia conhecê-lo? — disse em voz baixa o professor, e acrescentou em tom mais alto, em francês:

— Tenha consideração na presença de crianças inocentes.

K. sentiu-se no direito de perguntar:

— Senhor professor, eu poderia fazer-lhe uma visita? Vou ficar muito tempo por aqui e já me sinto um pouco isolado; não sou camponês, tampouco sou do pessoal do castelo.

— Não há grande diferença entre a gente do castelo e os camponeses — disse o professor.

— Pode ser — respondeu K. —, isso não muda nada para mim. Eu poderia então visitá-lo?

— Moro na rua do Cisne, na casa do açougueiro.

Era mais um discurso do que um convite, mas K. disse mesmo assim:

— Ótimo, irei lá.

O professor assentiu com um gesto e seguiu em frente com o grupo de crianças. Logo eles desapareceram em uma ruazinha íngreme.

K. estava distraído e um pouco irritado com a conversa. Pela primeira vez desde que chegara, sentia-se cansado. A princípio, a longa jornada parecia não o ter afetado muito, ele caminhara por dias a fio, calmamente, passo a passo — mas agora apareciam as consequências desse esforço desmedido, e na hora errada. Tinha um desejo incontrolável de descobertas, mas cada nova descoberta o exauria mais. Em seu estado atual, se prolongasse o passeio até pelo menos a entrada do castelo, teria feito mais que o suficiente.

Seguiu em frente, mas o caminho era longo. A rua, que era a principal da aldeia, não conduzia até a montanha do castelo — passava por perto, mas depois, como se fosse de propósito, desviava-se, e, ainda que não se afastasse muito do castelo, também não se aproximava. K. ainda tinha a expectativa de que a rua finalmente se curvasse em direção ao castelo, e por essa razão seguia em frente; evidentemente, em razão do cansaço, hesitou, ia sair da rua, estava surpreso com a extensão da aldeia, que parecia não ter fim, sempre havia casinhas, com janelas cobertas de gelo e neve, mas sem pessoas — até que decidiu deixar a rua que o prendia e seguir por uma viela, onde havia uma camada ainda mais espessa de neve, da qual era uma tarefa árdua desatolar os pés, e começou a suar, e subitamente estacou, não podia mais prosseguir.

Mas o local não estava deserto, à direita e à esquerda havia cabanas de camponeses. Ele fez uma bola de neve e jogou-a contra uma janela. Logo se abriu uma porta — a primeira porta aberta desde o início da caminhada na aldeia — e um velho camponês, com um casaco de pele marrom, a cabeça inclinada para o lado, que aparentava ser fraco e amistoso, apareceu.

— Posso entrar por um momento, senhor? — disse K. — Estou muito cansado.

Ele não ouviu o que o velho disse, mas agradeceu porque uma prancha foi estendida para livrá-lo da neve, e com poucos passos adentrou o aposento.

Era um grande cômodo fracamente iluminado. Como vinha de fora, a princípio não viu nada. K. tropeçou numa bacia, uma mão feminina o amparou. De um canto vinha choro de crianças. De outro canto subia fumaça, e a penumbra tornava-se escuridão. K. sentia-se atordoado.

— Está bêbado — disse alguém.

— Quem é o senhor? — perguntou uma voz senhorial, e aparentemente voltando-se para o velho:

— Por que o deixou entrar? Deixamos entrar qualquer um que esteja vagando pela rua?

— Sou o agrimensor do conde — declarou K., tentando se justificar aos que ainda estavam invisíveis.

— Ah, ele é o agrimensor — disse uma voz feminina, e seguiu-se um silêncio total.

— As senhoras e os senhores me conhecem? — perguntou K.

— Claro — disse logo a mesma voz.

O fato de aquelas pessoas conhecerem K. parecia não ser algo positivo.

Finalmente a fumaça se dissipou um pouco e K. pôde lentamente se orientar. Parecia ser o dia de limpeza geral. Perto da porta, roupas estavam sendo lavadas.

Mas vinha fumaça do canto esquerdo, onde dois homens se banhavam em uma grande tina fumegante de madeira, como K. nunca havia visto, aproximadamente do tamanho de duas camas. Ainda mais surpreendente, ainda que fosse difícil dizer por quê, era o canto direito. De um grande vão, o único que havia na parede do fundo do cômodo, uma luz alva como a neve, provavelmente vinda do pátio, dava ao vestido de uma mulher, que estava reclinada em uma poltrona alta, bem no canto do cômodo, com aparência bastante cansada, um brilho como o da seda. Tinha um bebê no seio. Em volta dela brincavam algumas crianças, aparentemente filhos de camponeses, mas ela não parecia ser um deles, certamente a doença e o cansaço podem dar uma aparência refinada até mesmo aos camponeses.

— Sente-se — disse um dos homens, com uma barba cheia e bigode, sob o qual mantinha a boca sempre aberta, arfando, o que era engraçado de se ver, e apontou para a borda da tina, na direção de um baú, e espirrou água quente no rosto de K. Sobre o baú também estava sentado, cochilando, o velho que o deixara entrar. K. ficou agradecido por poder se sentar. Agora ninguém mais se importava com ele. Uma mulher junto à bacia, loira, em plena juventude, cantava baixinho enquanto trabalhava, os homens no banho batiam os pés e se viravam, as crianças tentavam se aproximar, mas eram repelidas por grandes jatos de água, que também não poupavam K.; a mulher na poltrona continuava inerte, sequer olhava para a criança que tinha no seio, apenas olhava vagamente para o alto.

K. deve ter observado por muito tempo aquela imagem imutável, bela mas triste, e então deve ter adormecido, pois, ao ser chamado por uma voz alta, assustou-se, estava com a cabeça encostada no ombro do velho a seu lado. Os homens haviam terminado o banho, as crianças corriam em redor da tina, supervisionadas pela mulher loira, e os dois homens apareceram vestidos diante de K. O barbudo que falava alto era o mais modesto[3] deles. O outro, não mais alto que o barbudo, com uma barba mais modesto, era um homem calado, de pensamento lento e constituição larga, rosto cheio, que mantinha a cabeça inclinada.

— Senhor agrimensor — disse ele —, o senhor não pode ficar aqui. Perdoe-me pela falta de cortesia.

— Não quero ficar — disse K. —, só descansar um pouco. Já estou indo.

— O senhor talvez esteja surpreso com a falta de hospitalidade — disse o homem —, mas hospitalidade não é um costume entre nós, não precisamos de hóspedes.

3. Kafka empregou o mesmo adjetivo, *gering*, "humilde", "modesto", "insignificante", "reduzido", "diminuto", para descrever a importância dos personagens e o tamanho da barba deles.

Algo revigorado pelo sono, e um pouco mais atento que antes, K. alegrou-se com as palavras sinceras. Movia-se com maior liberdade e, tateando o piso com a bengala, aproximou-se da mulher na poltrona, ele era o maior e mais corpulento no cômodo.

— Claro — disse K. —, para que precisariam de hóspedes? Mas por aí é possível que precisem de um, por exemplo de mim, o agrimensor.

— Isso eu não sei — disse lentamente o homem. — Se o chamaram, provavelmente é porque precisam do senhor, talvez seja uma exceção, como pessoas simples seguimos as regras, o senhor não pode nos culpar por isso.

— Não, não — disse K. —, só posso agradecer ao senhor, e a todos aqui.

Inesperadamente, K. voltou-se e ficou de frente para a mulher. Ela olhou para ele com aqueles olhos azuis e cansados, um lenço de seda transparente cobria metade de sua testa, a criança dormia em seu seio.

— Quem é você? — perguntou K.

Com desdém, não estava claro se por K. ou pela própria resposta, ela disse:

— Sou uma moça do castelo.

Tudo isso durou apenas um momento, os homens já estavam à direita e à esquerda de K., e como não houvesse qualquer possibilidade de comunicação, silenciosamente o arrastaram com violência até a porta. O velho alegrou-se com alguma coisa e bateu palmas. Também a lavadeira riu junto às crianças, que de repente começaram a fazer muito barulho.

K. logo se viu na rua, os homens o vigiavam da soleira. Nevava novamente; entretanto, o dia estava mais claro. O barbudo gritou, impaciente:

— Para onde o senhor vai? Por aqui se vai para o castelo, por ali para a aldeia. K. não respondeu, mas para o outro, que apesar de ocupar uma posição superior parecia mais acessível, disse:

— Quem é o senhor? A quem devo agradecer pela acolhida?

— Sou o mestre curtidor Lasemann — foi a resposta. — O senhor não precisa agradecer a ninguém.

— Bem — disse K —, talvez nos encontremos novamente.

— Não creio — disse o homem.

Nesse momento, o barbudo ergueu a mão e gritou:

— Bom dia, Artur, bom dia, Jeremias!

K. voltou-se, naquela aldeia havia homens na rua! Do castelo vinham dois jovens de estatura mediana, ambos muito magros, com roupas justas, com rostos muito parecidos. A pele era de cor marrom escura, com destaque para a barba pontuda e muito negra. Caminhavam com rapidez surpreendente, dadas as condições da rua, as pernas finas mantendo o ritmo.

— O que há? — gritou o barbudo. Só era possível falar com eles gritando, pois caminhavam muito rápido e não paravam.

— Negócios! — gritaram de volta, rindo.

— Onde?

— Na estalagem.

— Vou para lá também! — gritou K. mais alto que todos os demais, queria ir junto; travar conhecimento com eles talvez não fosse muito proveitoso, mas pareciam ser companheiros bons e agradáveis para a caminhada. Eles ouviram as palavras de K., mas apenas acenaram e logo sumiram.

K. estava parado sobre a neve, mal tinha vontade de desatolar os pés, deixou que afundassem um pouco mais; o mestre curtidor e seu companheiro pareciam satisfeitos por ter posto K. para fora, e iam para dentro novamente, sempre de olho em K. pela porta entreaberta, e K. ficou sozinho, rodeado pela neve. "Se tivesse chegado aqui por acaso, e não de propósito, eu poderia estar desesperado agora", pensou.

Então se abriu uma janelinha em uma cabana do lado esquerdo; fechada, parecia ser de um azul profundo, talvez pelo reflexo da neve, e era tão pequena que, aberta, não se podia ver todo o rosto da pessoa que ali estava, apenas os olhos, olhos velhos e castanhos.

— Ali está ele — ouviu K., era uma trêmula voz feminina.

— É o agrimensor — disse uma voz masculina. O homem foi até a janela e perguntou, não de forma rude, mas como se quisesse confirmar que tudo estava em ordem na rua de sua casa:

— Por quem o senhor espera?

— Por um trenó que possa me levar — respondeu K.

— Por aqui não passa nenhum trenó — disse o homem —, não há tráfego por aqui.

— Mas esta é a estrada que conduz ao castelo — retrucou K.

— Não importa, não importa — disse o homem de forma absolutamente implacável —, não há tráfego por aqui.

Então ambos ficaram em silêncio. Obviamente o homem estava pensando em alguma coisa, pois mantinha a janela aberta, de onde saía fumaça.

— É uma estrada ruim — disse K., para estimulá-lo a prosseguir.

Ele disse apenas:

— É mesmo.

Algum tempo depois, declarou:

— Se o senhor quiser, eu o levo no meu trenó.

— Por favor — disse K., alegrando-se:

— Quanto o senhor cobra?

— Nada — disse o homem.

K. admirou-se muito.

— O senhor é o agrimensor — explicou o homem —, é gente do castelo. Para onde quer ir?

— Para o castelo — respondeu K. de supetão.

— Para lá não vou — retrucou imediatamente o homem.

— Sou mesmo da gente do castelo — disse K., repetindo as palavras do homem.

— Pode ser — comentou o homem com desdém.

— Então me leve para a estalagem — disse K.

— Está bem — disse o homem —, já venho com o trenó.

De modo geral, a impressão não era de um tom particularmente amistoso, mas de um esforço movido por bastante egoísmo, medo e pedantismo para afastar K. da casa. A porteira se abriu e apareceu um pequeno trenó para cargas leves, plano, sem qualquer assento, puxado por um cavalinho fraco, e vinha atrás o homem, que não era velho, mas fraco, encurvado, manco, de rosto magro, vermelho, carrancudo, e que parecia ainda menor por causa do xale de lã que envolvia seu pescoço. Era visível que o homem estava doente, só tinha saído para levar K. para longe dali. K. disse alguma coisa, mas o homem o ignorou. Era o carroceiro Gerstäcker, foi tudo o que K. pôde saber, e só pegou o trenó desconfortável porque era o que estava à disposição, para preparar outro levaria algum tempo.

— Sente-se — disse ele, apontando com o chicote para a parte de trás do trenó.

— Vou me sentar ao lado do senhor — disse K.

— Vou andando — disse Gerstäcker.

— Mas por quê? — perguntou K.

— Vou andando — repetiu Gerstäcker, e teve um acesso de tosse que o abalou tanto que teve de enfiar as pernas na neve e agarrar as bordas do trenó. K. não disse mais nada, sentou-se na parte de trás do trenó, o acesso de tosse passou aos poucos e eles seguiram em frente.

O castelo lá no alto, estranhamente já escuro, ao qual K. esperava chegar ainda naquele dia, afastava-se novamente. Como se lhe fosse dado um sinal, porém, de que era uma despedida temporária, soou ali um sino, que balançava alegremente, e por um momento fez o coração disparar, como se o ameaçasse — pois o som também era doloroso —, e no fundo era isso que desejava. Mas logo o grande sino silenciou-se, e em vez dele soou um sininho fraco, monocórdico, talvez ainda mais no alto, ou talvez na aldeia. Esse tilintar combinava melhor com o avançar lento e com o miserável, e implacável, condutor.

— Você — gritou ele de repente — já estavam perto da igreja, o caminho para a estalagem não era longo, K. podia arriscar alguma coisa.

— Estou muito surpreso por você ter me levado por conta própria, tem autorização para isso?

Gerstäcker o ignorou e seguiu caminhando calmamente ao lado do cavalo.

— Ei! — gritou K., que pegou um pouco de neve do trenó, fez uma bola e atirou-a na orelha de Gerstäcker. Ele parou e se voltou; quando

K. o viu de perto — o trenó tinha avançado mais um pouco —, aquela figura curvada, algo maltratada, de rosto magro e vermelho, as bochechas um tanto diferentes uma da outra, uma encovada, a outra inchada, uma boca atenta, aberta, na qual havia somente uns poucos dentes, precisava repetir o que perguntara antes por maldade, mas agora por compaixão, se Gerstäcker não seria punido por tê-lo transportado.

— O que você quer? — perguntou Gerstäcker sem entender, mas não esperava explicações, instigou o cavalo e seguiram em frente.

Quando eles estavam bem perto da estalagem — K. reconheceu uma curva da estrada —, já estava escuro, para sua surpresa. Estivera tanto tempo fora? Apenas uma ou duas horas, pelos seus cálculos, saíra pela manhã, não sentia fome, até há pouco o dia ainda brilhava, e agora a escuridão.

"Dia curto, dia curto", dizia para si mesmo, deslizou do trenó e foi até a estalagem.

No alto da pequena escadaria da frente o estalajadeiro lhe dava boas-vindas, iluminando-o com uma lamparina. De repente K. lembrou-se do carroceiro, alguém tossia no escuro, era ele. Bom, logo ele o veria novamente. Só quando chegou ao alto da escada, onde foi educadamente cumprimentado pelo estalajadeiro, é que notou que havia um homem em cada lado da porta. Pegou a lamparina da mão do estalajadeiro e iluminou a ambos; eram os homens que já havia encontrado, que se chamavam Artur e Jeremias. Eles o saudaram. Relembrando a época feliz do serviço militar, ele sorriu.

— Quem são os senhores? — perguntou, olhando para um e para outro.

— Seus ajudantes — responderam eles.

— São os ajudantes — confirmou em voz baixa o estalajadeiro.

— Como? — perguntou K. — Os senhores são meus antigos ajudantes, que eu mandei chamar, pelos quais eu estava à espera?

Eles confirmaram.

— Está bem — disse K. após uma breve pausa —, que bom que vieram. Aliás — disse K. após outra pausa —, os senhores estão muito atrasados, os senhores foram descuidados.

— O caminho era longo — disse um deles.

— Um caminho longo — repetiu K. —, mas eu os encontrei quando ia para o castelo.

— Sim — disseram eles, sem mais esclarecimentos.

— Onde estão os equipamentos? — perguntou K.

— Não temos nenhum — responderam eles.

— Os equipamentos que deixei sob sua responsabilidade — disse K.

— Não temos nenhum — repetiram eles.

— Puxa, que gente! — disse K. — Os senhores entendem alguma coisa de agrimensura?

— Não — disseram eles.

— Se os senhores são meus antigos ajudantes, deveriam entender — declarou K.

Eles ficaram em silêncio.

— Venham, então — disse K., empurrando-os para dentro da casa.

2.

Barnabas

Os três sentaram-se em silêncio ao redor de uma mesinha no salão da estalagem para uma cerveja, K. estava no meio, à direita e à esquerda os ajudantes. Só havia uma mesa ocupada por camponeses, como na noite anterior.

— Vai ser difícil com vocês — disse K., comparando os rostos deles como de costume. — Como vou diferenciá-los? Os senhores só se diferenciam pelo nome, pois são tão parecidos como — aqui ele hesitou, depois disse espontaneamente — são tão parecidos como cobras.

Eles riram.

— As pessoas nos diferenciam com facilidade — retrucaram eles.

— Acredito — disse K. —, fui testemunha disso, mas só vejo com meus próprios olhos, e não consigo diferenciá-los. Por isso vou tratá-los como se fossem um só, vou chamar a ambos de Artur, um dos senhores se chama assim. Você, talvez? — perguntou K. a um deles.

— Não — disse este —, eu me chamo Jeremias.

— Tanto faz — disse K., vou chamar a ambos de Artur. Se eu mandar Artur ir a algum lugar, ambos irão, se eu der uma tarefa a Artur, ambos vão cumpri-la, o que será uma grande desvantagem para mim, pois não poderei atribuir-lhes tarefas específicas, mas também há uma vantagem, os senhores terão responsabilidade conjunta por tudo o que eu lhes atribuir. Tanto faz para mim como vão dividir o trabalho, só não podem dar desculpas individuais, pois são como uma única pessoa para mim.

Eles pensaram um pouco e disseram:

— Seria algo muito desagradável para nós.

— Como não seria? — disse K. — Evidentemente que será desagradável para os senhores, mas assim será.

Já havia algum tempo K. notava que um dos camponeses rodeava a mesa, até que se decidiu, foi até um dos ajudantes e quis sussurrar algo em seu ouvido.

— Perdoe-me — disse K., dando um soco na mesa e levantando-se —, estes são meus ajudantes, estamos em uma conversa, ninguém tem direito de nos interromper.

— Claro, claro — disse o camponês, assustado, voltando para seu grupo.

— Prestem muita atenção nisso — declarou K., sentando-se novamente. — Os senhores não devem falar com ninguém sem minha autorização. Não sou daqui, e se os senhores são meus antigos ajudantes, são também de fora. Como nós três somos de fora, devemos nos manter unidos. Vamos nos dar as mãos.

Eles estenderam prontamente as mãos para K.

— Podem recolher suas garras — disse ele —, minha ordem continua válida. Agora vou dormir e aconselho-os a fazer o mesmo. Perdemos um dia de trabalho hoje, amanhã vamos começar a trabalhar bem cedo. Consigam um trenó para o castelo e estejam aqui em frente às seis horas.

— Está bem — respondeu um deles. O outro, porém, interveio:

— Você disse está bem, mas sabe que isso é impossível.

— Calma — disse K. —, creio que os senhores querem começar a se diferenciar um do outro.

Então o primeiro disse:

— Ele tem razão, é impossível, ninguém de fora entra no castelo sem autorização.

— Onde se pode obter a autorização?

— Não sei, talvez com o castelão.

— Então vamos tentar ligar para ele, telefonem agora para o castelão, os dois!

Foram até o aparelho, fizeram a ligação — como se acotovelavam ali, mostravam-se ridiculamente obedientes — e perguntaram se K. poderia ir ao castelo com eles no dia seguinte. A resposta foi um "não" que K. ouviu de sua mesa. E seguiram mais detalhes:

— Nem amanhã nem em qualquer outro dia.

— Eu mesmo vou telefonar — disse K., levantando-se.

Embora até então K. e seus ajudantes tivessem recebido pouca atenção, exceto pelo episódio do camponês, esta última fala mereceu atenção geral. Todos se levantaram com K., e ainda que o estalajadeiro tentasse detê-los, agruparam-se em semicírculo em torno dele, junto ao aparelho. A opinião unânime era de que K. não obteria qualquer resposta. K. teve de pedir silêncio, não queria ouvi-los.

Do fone veio um zumbido que K. nunca havia ouvido em uma ligação telefônica. Era como o zumbido de inúmeras vozes infantis — mas também não o era, em vez disso era um cântico distante, longínquo —, como se desse zumbido, de maneira praticamente impossível, emergisse uma voz única, forte, que atingia o ouvido como se exigisse penetrar mais fundo do que a capacidade auditiva. Sem dar o telefonema, com o braço esquerdo apoiado no aparelho, ele ouvia esse som.

Não soube por quanto tempo permaneceu assim; até que o estalajadeiro puxou seu casaco e disse que um mensageiro viera vê-lo.

— Caia fora! — gritou K. talvez descontrolado, porque ninguém atendia ao telefone. Então teve início a seguinte conversação:

— Aqui é Oswald, quem está aí? — gritou uma voz severa e altiva, com um pequeno defeito de fala, que K. julgou parecer mais severa como tentativa de compensar esse problema. K. hesitou em se apresentar, sentia-se impotente, o outro poderia gritar com ele e bater o telefone, e assim ele teria desperdiçado uma alternativa. A hesitação de K. deixava o homem impaciente.

— Quem está aí? — repetiu ele, e prosseguiu. — Gostaria muito que não houvesse tantos telefonemas, atendi um há pouco.

K. não respondeu a essa observação, tomou uma decisão repentina e anunciou:

— Sou o ajudante do senhor agrimensor.

— Que ajudante? Que senhor? Que agrimensor?

K. lembrou-se do telefonema do dia anterior.

— Pergunte ao Fritz — disse ele, lacônico. E funcionou, para sua surpresa. Mais do que isso, ele ficou surpreso com a uniformidade dos serviços ali. A resposta foi:

— Já sei. Sempre o agrimensor. Sim, sim. O que mais? Que ajudante?

— Josef — disse K. O murmúrio dos camponeses pelas suas costas o incomodava um pouco; estava claro que não concordavam com o fato de ele ter dado uma identidade falsa. Mas K. não tinha tempo para se ocupar com eles, a conversa já estava durando demais.

— Josef? — perguntou ele de novo. — Os ajudantes se chamam — aqui houve uma pausa, era evidente que estava consultando alguém — Artur e Jeremias.

— Estes são os novos ajudantes — disse K.

— Não, são os antigos.

— Eles são os novos, eu sou o antigo, que chegou hoje para o senhor agrimensor.

— Não! — gritou o homem.

— Quem sou então? — perguntou K., calmo como antes. Após uma pausa, a mesma voz disse, com o mesmo defeito, mas agora parecia uma voz mais profunda e respeitável:

— Você é o antigo ajudante.

K. ouviu o som dessa voz e quase deixou de perceber a pergunta seguinte:

— O que você quer?

Teria sido melhor desligar. Não podia esperar mais nada dessa conversa. Viu-se forçado a dar uma resposta rápida:

— Quando meu patrão pode ir ao castelo?

— Nunca — foi a resposta.

— Está bem — disse K., e desligou.

Os camponeses que o rodeavam haviam se aproximado muito. Os ajudantes, que olhavam para ele de soslaio, tentavam mantê-los afastados. Parecia uma comédia —os camponeses, satisfeitos com o resultado da conversa, recuaram pouco a pouco. Então um homem aproximou-se por trás, inseriu-se entre o grupo, fez uma reverência a K. e entregou-lhe uma carta. K. olhou para o homem, que por um momento lhe pareceu mais importante que a carta. Havia uma grande semelhança entre ele e os ajudantes, era tão magro quanto eles, suas roupas eram tão justas como as deles, era ágil e diligente como eles, e ainda assim completamente diferente. Bem que K. gostaria de tê-lo como ajudante! Ele lembrava um pouco a mulher com o bebê, que vira na casa do mestre curtidor. A roupa era praticamente branca, o tecido provavelmente não era seda, era uma roupa de inverno como outras, mas tinha o requinte e a delicadeza de um tecido de seda. Seu rosto era claro e franco, os olhos muito grandes. O sorriso era particularmente animador; passou a mão pelo rosto, como se quisesse apagar o sorriso, mas não conseguiu.

— Quem é você? — perguntou K.

— Eu me chamo Barnabas — disse ele. — Sou mensageiro.

Seus lábios se mexiam de forma máscula, mas suave, enquanto falava.

— Você gosta daqui? — perguntou K. apontando para os camponeses, pelos quais ainda não tinha perdido o interesse, e que o observavam com rostos rigidamente atormentados — era como se seus crânios houvessem sido achatados por golpes vindos do alto, os traços faciais pareciam moldados pela dor. Olhavam para ele com lábios salientes, de boca aberta, e ao mesmo tempo não olhavam, o olhar vagava, até que se detinha em um objeto qualquer, e então K. apontou para os ajudantes, que estavam abraçados, de rosto colado, e riam, não se sabia se por humildade ou zombaria; ele apontava para todos, como se quisesse apresentar a situação bem específica em que se encontrava, e esperava — o que implicava discrição, e isso era importante para K. — que Barnabas pudesse diferenciá-lo dessas pessoas. Mas Barnabas — com toda inocência, deve-se reconhecer — não respondeu à questão, desviou-se dela; como um empregado bem-educado ao ouvir uma palavra do patrão aparentemente direcionada a ele, apenas olhou em volta, em consideração à pergunta, cumprimentou com um aceno os conhecidos entre os camponeses e trocou algumas palavras com os ajudantes, tudo isso de forma livre e independente, sem se misturar com eles. K. voltou-se — rejeitado, mas não envergonhado — para a carta que tinha em mãos e a abriu. O conteúdo era:

"Prezado senhor! Como bem sabe, o senhor foi contratado para servir ao nosso mandatário. Seu superior imediato é o burgomestre da aldeia, que irá informá-lo sobre as condições de trabalho e pagamento, e é a ele que o senhor prestará contas. No entanto, não quero perdê-lo de vista. Barnabas, o portador desta carta, o consultará periodicamente sobre suas necessidades, e comunicá-las-á a mim. Estarei sempre a postos para atendê-lo, na medida do possível. É muito importante para mim que os trabalhadores estejam satisfeitos."

A assinatura não era legível, mas ao lado estava impresso: Do supervisor do departamento X.

— Espere! — disse K. a Barnabas, que estava curvado para ele, chamou o estalajadeiro e pediu um quarto, queria ficar um tempo só com a carta. Então se lembrou de que Barnabas, apesar da boa impressão que lhe causara, era apenas um mensageiro, e ordenou que servissem a ele uma cerveja. Cuidou de saber como Barnabas reagiria, o mensageiro aceitou de bom grado e bebeu imediatamente. K. acompanhou o estalajadeiro. Na casinha não havia nada melhor para K. que um quartinho no sótão, e até isso foi difícil, pois duas criadas que dormiam lá tiveram de ser deslocadas. Na verdade, realojar as criadas foi a única providência, o quarto continuou igual: não havia cobertas na única cama, só alguns travesseiros e um cobertor para cavalos, no estado em que haviam sido deixados na noite anterior. Na parede havia alguns quadros de santos e fotografias de soldados. O cômodo não era ventilado, esperava-se que os hóspedes não ficassem ali por muito tempo, nada foi feito para que ficassem. K., porém, concordou, enrolou-se no cobertor, sentou-se à mesa e começou a ler a carta à luz de uma vela.

O conteúdo não era uniforme, havia passagens em que ele era tratado como alguém livre, cuja autonomia era reconhecida, como na introdução, ou aquelas que tratavam de suas necessidades. Havia, porém, passagens em que ele era abertamente ou disfarçadamente tratado como um inferior, um trabalhador que dificilmente seria notado pelo supervisor, que não queria "perdê-lo de vista"; seu superior imediato era o burgomestre da aldeia, a quem deveria prestar contas, e seu único colega talvez fosse o policial da aldeia. Eram contradições, sem dúvida, tão evidentes que só poderiam ser intencionais. Tais ordens não poderiam ser o resultado de indecisões, isso não fazia sentido para K. Em vez disso, ele viu que havia uma oferta franca, e teria de decidir sobre as instruções da carta, se queria ser um trabalhador da aldeia que ao menos aparentemente tinha uma ligação clara com o castelo ou um trabalhador da aldeia cujas relações de trabalho estavam na verdade especificadas na carta entregue por Barnabas. K. não hesitou em fazer sua escolha, não teria hesitado mesmo sem passar pelas últimas experiências. Somente como trabalhador da aldeia, o mais longe possível dos senhores do castelo, ele poderia obter alguma coisa de lá, pois as pessoas da aldeia, ainda muito desconfiadas dele, passariam a tratá-lo não como amigo, mas como um deles; K. não seria diferente de, por exemplo, Gerstäcker ou Lasermann — e isso aconteceria muito rápido, tudo dependia disso —, e assim todos os caminhos se abririam para ele, pois, se dependesse da boa vontade dos senhores lá do alto, não estaria apenas bloqueado, mas também permaneceria invisível. Claro que havia perigo, estava destacado na carta, foi apresentado até com certo prazer, pois era inevitável. Era ser trabalhador. Serviço, superiores, trabalho, condições de pagamento, prestação de contas, trabalhadores, a carta estava repleta de termos como esses, e mesmo assuntos mais pessoais eram tratados da mesma forma. Se K. quisesse ser trabalhador, poderia ser, mas com toda a seriedade, sem considerar a hipótese de ir para outro lugar. K. sabia que não havia uma verdadeira ameaça, nada temia, muito menos ali, mas temia o impacto desanimador do ambiente, acostumar-se com as decepções, temia a cada momento as influências imperceptíveis, era isso o que realmente temia, mas precisava enfrentar esses perigos. A carta não ocultava o fato de que, se houvesse conflitos, estes seriam resultado da audácia de K.; estava escrita de forma refinada, e só uma consciência perturbada — perturbada, não má — poderia ter notado, eram estas palavras: "como bem sabe", em referência à sua contratação pelo castelo. K. havia se candidatado, e agora sabia, conforme expressava a carta, que tinha sido contratado.

Ele tirou um quadro da parede e no prego pendurou a carta; iria morar naquele quarto, a carta ficaria pendurada ali.

Então ele desceu para o salão. Barnabas estava em uma mesa com os ajudantes.

— Ah, aqui está você — disse K. sem uma razão especial, só porque estava feliz por ver Barnabas. Ele saltou da cadeira. Mal K. entrou, os camponeses se levantaram e aproximaram-se, já era um hábito irem atrás dele.

— O que estão querendo de mim? — gritou K.

Eles não se ofenderam e voltaram lentamente para seus lugares. Um deles, afastando-se, disse com um sorriso enigmático, os demais ouviam:

— Há sempre alguma novidade — e lambeu os lábios, como se a novidade fosse uma iguaria.

K. não disse nada para amenizar, seria bom que tivessem um pouco de respeito por ele, mas assim que se sentou ao lado de Barnabas, percebeu a respiração de um camponês que estava por perto; viera buscar o saleiro, foi o que disse, mas K. bateu os pés irritado, e o camponês afastou-se sem o saleiro. Era realmente fácil lidar com K., bastava, por exemplo, incitar os camponeses contra ele, a participação obstinada de alguns era pior para ele que a atitude reservada dos outros, e além disso a atitude dos primeiros era também reservada, pois se K. tivesse se sentado à mesa com eles, provavelmente não ficariam ali sentados. Somente a presença de Barnabas o impediu de fazer uma confusão. Mas ele voltou-se ameaçadoramente para os camponeses, que também se voltaram para ele. Ao vê-los sentados, cada um em seu lugar, sem falarem uns com os outros, sem qualquer ligação visível entre eles, exceto pelo fato de que todos olhavam para ele, pareceu-lhe que não era por maldade que o perseguiam; talvez quisessem alguma coisa, mas simplesmente não podiam dizer o quê, talvez fosse apenas infantilidade o que aparentemente acontecia ali; mas não estava o estalajadeiro sendo infantil ao ficar parado, com um copo de cerveja nas mãos, em vez de levá-lo para algum freguês, olhando para K. e ignorando a estalajadeira, que o chamava inclinada da janelinha da cozinha?

K. voltou-se calmamente para Barnabas, gostaria de ter afastado os ajudantes, mas não encontrou um pretexto, em todo caso olhavam quietos para a cerveja.

— A carta — começou K. —, eu a li. Você conhece o conteúdo?

— Não — disse Barnabas — seu olhar parecia dizer mais que as palavras. Talvez K. estivesse enganado quanto ao bem aqui, assim como quanto ao mal em relação aos camponeses, embora considerasse sua companhia benéfica.

— A carta também o cita, você deveria transmitir as informações entre mim e o supervisor, e por isso pensei que conhecesse o conteúdo.

— Apenas recebi a ordem — disse Barnabas — de entregar a carta, esperar que fosse lida e, se necessário, levar uma resposta oral ou por escrito.

— Está bem — disse K. —, não há necessidade de enviar uma resposta por escrito ao supervisor — como ele se chama? Não consegui ler a assinatura.

— Klamm — disse Barnabas.

— Envie ao senhor Klamm meu agradecimento por me receber e também por sua especial gentileza, que aprecio de sobremaneira, uma vez que meus méritos ainda não foram reconhecidos por aqui. Vou me comportar exatamente conforme suas prescrições. Para hoje não tenho qualquer pedido especial.

Barnabas, que estava bem atento, pediu a K. autorização para repetir suas ordens. K. autorizou, e Barnabas repetiu tudo fielmente. Então se levantou para se despedir.

Por todo esse tempo, K. escrutinava o rosto dele, e o fez pela última vez. Barnabas tinha mais ou menos a mesma altura de K., mas parecia que o olhava do alto, como que para humilhá-lo, ainda que fosse impossível aquele homem constranger alguém. Na verdade, era apenas um mensageiro, não conhecia o conteúdo da carta que entregara, mas seu olhar, seu sorriso e seu andar pareciam constituir uma mensagem, ainda que não soubesse disso. K. estendeu a mão a ele, que ficou surpreso, desejava apenas fazer uma reverência.

Assim que Barnabas partiu — antes de abrir a porta, encostou por um instante o ombro na porta e olhou em volta, sem se deter em um local específico do salão —, K. disse aos ajudantes:

— Vou ao quarto pegar minhas anotações, então vamos conversar sobre o próximo trabalho.

Eles quiseram acompanhá-lo.

— Fiquem aqui! — disse K.

Eles insistiam em acompanhá-lo. K. repetiu a ordem com mais severidade. Barnabas não estava mais no corredor, tinha acabado de sair. Na verdade estava diante da casa — a neve voltara a cair —, K. não o viu. Ele gritou:

— Barnabas!

Não houve resposta. Ainda estaria na casa? Parecia não haver outra possibilidade. Entretanto, K. gritou seu nome novamente, com toda a força. O nome trovejou pela noite afora. Ouviu-se uma fraca resposta a distância. Barnabas já estava bem distante. K. o chamou novamente, enquanto ia ao encontro dele; quando se encontraram, a estalagem não estava mais visível.

— Barnabas — disse K., sem conseguir controlar o tremor em sua voz —, queria lhe dizer mais uma coisa. Percebo que as coisas estão muito mal organizadas e que só posso contar com sua presença quando preciso de algo do castelo. Se por acaso não o tivesse alcançado agora — você parece que voa, pensei que estivesse em casa —, quem sabe o quanto eu teria de esperar por sua próxima visita.

— Você pode — declarou Barnabas — pedir ao supervisor que eu sempre venha em horários determinados por você.

— Não seria suficiente — disse K. —, pode ser que eu passe um ano sem ter nada para dizer, mas pode ocorrer algo urgente um quarto de hora após sua partida.

— Nesse caso — disse Barnabas — devo levar ao conhecimento do supervisor que deve haver outra conexão entre você e ele que não seja a minha pessoa?

— Não, não — respondeu K. —, de jeito nenhum, só mencionei esse fato de passagem, felizmente consegui alcançá-lo.

— Devemos — disse Barnabas — voltar para a estalagem para que você me dê uma nova tarefa?

Ele já havia dado um passo em direção à casa.

— Barnabas — disse K. —, isso não é necessário, eu sigo um pouco com você.

— Por que não quer ir para a estalagem? — perguntou Barnabas.

— As pessoas de lá me perturbam — declarou K. —, você viu como os camponeses são intrometidos.

— Podemos ir para o seu quarto — disse Barnabas.

— É o quarto das criadas — disse K. —, sujo e úmido; para não ter de ficar lá, quis ir com você por um tempinho; você só precisa — prosseguiu K., tentando superar sua hesitação — me dar o braço, assim caminhará com mais segurança.

K. deu o braço a ele. Estava bem escuro, K. não via mais o rosto de Barnabas, sua figura estava indefinida, já havia tentado alcançar o braço dele pouco antes.

Barnabas cedeu, e eles se afastaram da estalagem. Claro que K, embora se esforçasse muito, não conseguia acompanhar os passos de Barnabas, estava dificultando sua marcha, o que, em circunstâncias normais, resultaria em fracasso, mesmo em ruas secundárias, como aquela em que K. havia afundado na neve pela manhã, e da qual só poderia ser retirado por Barnabas. Mas agora deixava essas preocupações para trás, e se consolava pelo fato de Barnabas estar calado; e como iam calados, prosseguir era também para Barnabas o único propósito de ter aquela companhia.

Eles seguiam, mas K. não sabia para onde; não reconhecia nada. Nem sabia se já haviam passado pela igreja. O cansaço decorrente da caminhada o impedia de dominar seus pensamentos. Em vez de permanecerem focados no destino, ficaram confusos. As lembranças da terra natal apareciam repetidas vezes para K. e preenchiam sua mente. Lá também, na praça principal, havia uma igreja, parcialmente circundada por um velho cemitério, que por sua vez era cercado por um muro alto. Uns poucos meninos haviam conseguido escalar aquele muro, K. era um dos que havia falhado. Não era por curiosidade que queriam escalá-lo, o cemitério não tinha mais segredos para eles. Haviam entrado muitas vezes pela portinha gradeada, mas queriam conquistar o muro alto e liso. Certa manhã — o local calmo e vazio estava banhado de luz, quando K. o vira assim, antes ou depois? — conseguiu com surpreendente facilidade, num local onde já falhara repetidas vezes, escalar o muro na primeira tentativa, com uma bandeirinha entre os dentes. Algumas pedrinhas rolaram para baixo, mas K. já estava no alto. Ele fincou a bandeira, o vento esticava o tecido, ele olhava para baixo e em volta, e também por sobre o ombro, para as cruzes espetadas na terra; agora ninguém era maior do que ele. O professor apareceu ali por acaso, e olhou zangado para K., que, ao saltar, machucou o joelho, e com dificuldade voltou para casa, mas atingira o alto do muro. A sensação dessa conquista pareceu-lhe então um apoio para toda a vida, não foi algo tolo, afinal, agora, muitos anos depois, em uma noite nevada e de braço dado com Barnabas, poderia ajudá-lo.

Agarrou com mais força, Barnabas quase o empurrava, o silêncio não foi rompido. Sobre o caminho, K. só sabia que, dadas as condições da rua, não haviam se desviado para uma rua lateral. Prometeu a si mesmo que não desistiria da caminhada por alguma dificuldade no caminho nem pela preocupação com o retorno. Por fim, ainda teria forças suficientes para seguir, nem que fosse arrastado. O caminho poderia ser interminável? Durante o dia o castelo parecia ser um destino fácil de ser atingido, e o mensageiro certamente conhecia o caminho mais curto.

Então Barnabas deteve-se. Onde estavam? Não iriam prosseguir? Barnabas iria se despedir de K.? Não ia conseguir. K. apertou o braço de Barnabas até quase machucá-lo. Ou ocorrera o inacreditável, já estavam no castelo ou às portas dele? Até onde K. sabia, ainda não tinham chegado ao alto. Ou Barnabas o havia conduzido ao alto sem que notasse?

— Onde estamos? — perguntou K. em voz baixa, mais para si mesmo do que para ele.

— Em casa — disse Barnabas do mesmo modo.

— Em casa?

— Agora tome cuidado, senhor, para você[4] não escorregar. O caminho a seguir é uma descida.

— Descida?

— Só mais alguns passos — prosseguiu ele, já batendo em uma porta.

Uma moça abriu; estavam na soleira de uma grande sala quase às escuras, havia apenas uma lamparina a óleo pendurada por sobre uma mesa no fundo, à esquerda.

— Quem vem com você, Barnabas? — perguntou a moça.

— O agrimensor — disse ele.

— O agrimensor — repetiu a moça mais alto, na direção da mesa. Dali levantaram-se dois idosos, um homem e uma mulher, e também uma moça.

K. foi cumprimentado. Barnabas apresentou-o a todos, eram seus pais e suas irmãs Olga e Amalia. K. mal pôde vê-los, retiraram seu casado molhado e o colocaram junto à estufa para secar. K. consentiu.

Mas eles não estavam em casa, só Barnabas estava em casa. Por que estavam ali? K. chamou Barnabas de lado e perguntou:

— Por que você foi para casa? Ou já moram nos domínios do castelo?

— Nos domínios do castelo? — repetiu Barnabas, sem entender K.

— Barnabas — disse K. —, você queria ir da estalagem para o castelo.

— Não, senhor — retrucou Barnabas —, eu queria ir para casa; vou ao castelo pela manhã, nunca durmo lá.

— Então — disse K. — você não queria ir ao castelo, mas vir para cá.

O sorriso dele estava mais inexpressivo, e ele próprio mais inseguro.

— Por que você não me disse?

— Você não perguntou, senhor — disse Barnabas —, você só queria me dar uma tarefa, mas não no salão da estalagem, nem no seu quarto,

4. Nessa passagem, Barnabas chama K. de *Herr* ("senhor", "cavalheiro") e de Du ("tu", "você").

então pensei que poderia me passar a tarefa aqui, na casa de meus pais, sem ser perturbado. Todos podem se afastar, caso você assim ordene; se preferir, você pode passar a noite aqui conosco. Não agi bem?

K. não pôde responder. Houve um mal-entendido, um mal-entendido bobo, sem importância, e K. deixou-se levar por ele. Ficara encantado pelo casaco justo, de aparência sedosa, de Barnabas, que agora desabotoava, revelando uma camisa cinza rústica, suja, remendada, que cobria o peito forte e anguloso de um trabalhador rural. Tudo ao redor não apenas combinava, mas superava essa imagem: o pai velho e gotoso, que para caminhar contava mais com o auxílio das mãos tateantes do que com as pernas rígidas e lentas, a mãe com as mãos cruzadas sobre o busto, que só podia dar passos mínimos em razão de sua obesidade. Ambos, pai e mãe, caminhavam do canto onde estavam em direção a K. assim que ele entrara, mas ainda faltava muito para alcançá-lo. As irmãs, loiras, parecidas com Barnabas, mas com feições mais grosseiras, moças altas e fortes, rodeavam os recém-chegados, à espera de algum cumprimento de K. Mas ele não conseguia dizer nada, pensava que todos na aldeia tinham alguma importância para ele, possivelmente era o caso agora, mas não estava interessado naquelas pessoas. Se pudesse voltar sozinho para a estalagem, sairia imediatamente. A possibilidade de ir pela manhã ao castelo com Barnabas tampouco o agradava. Agora à noite, bem que ele gostaria de entrar no castelo sem ser notado, conduzido por Barnabas, mas pelo Barnabas como havia lhe aparecido antes, um homem mais próximo dele do que qualquer outro que vira antes, e que, ao mesmo tempo, ele acreditava estar muito ligado ao castelo, muito mais do que sua posição social sugeria. Mas ir ao castelo em plena luz do dia, de braço dado com um homem, filho de uma família como essa, uma família à qual estava intimamente ligado e com a qual já estava sentado à mesa, e que, significativamente, não tinha permissão para dormir no castelo, era impossível, seria uma tentativa ridícula e fadada ao fracasso.

K. sentou-se no parapeito da janela, determinado a passar a noite lá, sem exigir mais nada daquela família. As pessoas da aldeia que o haviam dispensado, ou que pareciam ter medo dele, pareciam menos perigosas, reprovavam-no por ele ser o que era, mas o ajudaram a reunir suas forças; estes que aparentemente o ajudaram, porém, em vez de levá-lo para o castelo, o trouxeram para junto da família, e graças a um pequeno disfarce, o distraíram; querendo ou não, agiram para destruir suas forças. Ele ignorou um chamado para sentar-se à mesa da família e permaneceu onde estava, com a cabeça baixa.

Olga, a mais gentil das irmãs, quc ainda tinha alguns traços de embaraço tipicamente feminino, levantou-se, foi até K. e pediu a ele que fosse até a mesa. Havia pão e toucinho, e ela ainda iria pegar cerveja.

— De onde? — perguntou K.

— Da estalagem — disse ela.

K. gostou muito do que ouviu. Pediu a ela que o acompanhasse até a estalagem em vez de trazer cerveja, pois tinha um trabalho importante para fazer. Só que ela não queria ir tão longe, na verdade iria para um local muito mais próximo, a estalagem do conde. K., ainda assim, quis acompanhá-la, pois, pensava ele, talvez lá houvesse algum lugar para dormir; de qualquer modo, era preferível à melhor cama dali. Olga não respondeu de pronto, olhava para a mesa. O irmão levantou-se, acenou, prestativo, e disse:

— Se o senhor assim deseja.

O consentimento dele quase fez com que K. retirasse seu pedido, pois só poderia concordar com algo sem valor. Mas quando se discutiu se K. teria autorização para entrar na estalagem, o que todos duvidavam, ele insistiu ainda mais em ir, mas sem se dar ao trabalho de encontrar uma justificativa para tal pedido; a família teve de aceitá-lo tal como era, e ele não sentia nenhuma vergonha diante deles. Apenas Amalia o confundia um pouco com seu olhar sério, direto, impassível, talvez um pouco obtuso.

No caminho mais curto para lá — K. estava de braço dado com Olga, era conduzido por ela, não podia ser de outro modo, ela fazia o mesmo que o irmão fizera antes — ele soube que essa estalagem era apenas para cavalheiros do castelo, que ali comiam e às vezes pernoitavam quando tinham algo para fazer na aldeia. Olga falava com K. em voz baixa, como se o conhecesse, era agradável caminhar com ela, quase tanto como com o irmão. K. tentou resistir a essa sensação de bem-estar, mas ela persistiu.

A estalagem era externamente muito parecida com aquela onde K. estava hospedado. Provavelmente não havia muitas diferenças visíveis entre elas, mas algumas eram perceptíveis; na escada frontal havia um corrimão, e uma bela lamparina estava fixada acima da porta. Ao entrarem, um pano flutuava sobre suas cabeças, era uma bandeira com as cores do conde. No corredor logo encontraram, obviamente fazendo uma ronda, o estalajadeiro; com olhos pequenos, inquiridores ou sonolentos, olhou de passagem para K. e disse:

— O senhor agrimensor só pode ir até a taberna.

— É claro — disse Olga, respondendo por K. —, ele só está me acompanhando.

K., porém, mal-agradecido, desvencilhou-se de Olga e chamou o estalajadeiro de lado. Enquanto isso, Olga esperava pacientemente no final do corredor.

— Gostaria de pernoitar aqui — disse K.

— Infelizmente é impossível — disse o estalajadeiro. — Parece que o senhor ainda não sabe, a casa destina-se exclusivamente aos cavalheiros do castelo.

— Este pode ser o regulamento — disse K. —, mas certamente é possível arranjar-me um canto para dormir.

— Ficaria muito feliz em ceder — disse o estalajadeiro —, mas além do rigor do regulamento, sobre o qual você fala como um forasteiro, isso é algo impraticável, pois os cavalheiros são extremamente sensíveis sobre a questão; estou convencido de que não são capazes, ao menos sem um preparo prévio, de suportar a presença de um forasteiro; portanto, se eu permitisse que o senhor pernoitasse aqui, e por acaso — sempre ocorrem acasos por parte dos cavalheiros — você fosse descoberto, não somente eu estaria perdido, mas o senhor também. Soa ridículo, mas é verdade.

Esse homem alto, bem abotoado, com uma mão apoiada na parede e a outra no quadril, com as pernas cruzadas, inclinou-se um pouco em direção a K. para falar com ele reservadamente, mal parecia ser da aldeia, ainda que sua roupa escura se assemelhasse a um traje dominical de camponês.

— Acredito piamente no senhor — disse K. —, e não subestimo de modo algum a importância do regulamento, embora tenha me expressado de modo inapropriado. Mas quero chamar sua atenção para uma coisa; tenho vínculos importantes com o castelo, e terei outros ainda mais importantes, que irão protegê-lo contra qualquer perigo decorrente de meu pernoite aqui, e posso assegurar que estou em posição de agradecer à altura por esse pequeno favor.

— Eu sei — disse o estalajadeiro, e afirmou novamente:

— Isso eu já sei.

K. poderia fazer seu pedido de forma mais enfática, mas a resposta do estalajadeiro desviou-o do objetivo, e por isso só perguntou:

— Muitos cavalheiros do castelo pernoitam aqui?

— Nesse aspecto, hoje é um dia bom— disse o estalajadeiro, como se quisesse atraí-lo. — Só há um cavalheiro aqui.

K. não podia pressioná-lo, mas tinha a esperança de ser quase admitido ali, então perguntou o nome do cavalheiro.

— Klamm — disse o estalajadeiro sem muita ênfase, enquanto se voltava para sua mulher, que apareceu correndo com requintadas roupas citadinas, notavelmente surradas, antiquadas, cheias de babados e dobras. Veio chamar o estalajadeiro; o senhor supervisor desejava alguma coisa. Antes de partir, o estalajadeiro dirigiu-se novamente a K., como se não fosse mais ele, e sim K., o responsável por decidir pelo pernoite. Mas K. não pôde dizer nada, principalmente porque a presença de seu superior imediato ali o intrigava. Não podia explicar por conta própria, mas se sentia menos à vontade em relação a Klamm do que em relação ao castelo; ser flagrado por ele não seria algo tão terrível como dissera o estalajadeiro, mas ainda assim seria tremendamente embaraçoso, algo como magoar inadvertidamente alguém a quem devia agradecimentos; obviamente ele temia as consequências de ser visto como um subordinado, um trabalhador, algo que o impressionava fortemente, isso estava claro, e ele nada podia fazer para combater esse temor. Permaneceu onde estava, mordeu o lábio e não disse nada. Antes de desaparecer pela porta, o estalajadeiro olhou mais uma vez para K., este olhou para ele e não saiu do lugar até Olga vir buscá-lo.

— O que você queria do estalajadeiro? — perguntou Olga.

— Eu queria pernoitar aqui — disse K.

— Você vai pernoitar conosco — disse Olga, admirada.

— Sim, é claro — disse K., e deixou que ela interpretasse essas palavras.

3.

Frieda

Na taberna, uma grande sala vazia no meio, havia alguns camponeses sentados junto às paredes, em barris ou perto deles, mas eram diferentes dos que havia na estalagem de K. Estavam vestidos com maior apuro e de maneira mais uniforme, com roupas de tecido grosso cinza-amarelado — os casacos eram folgados, e as calças, justas. Eram pequenos, à primeira vista muito parecidos uns com os outros, com rostos achatados e ossudos, mas de bochechas arredondadas. Estavam todos quietos, quase não se moviam, seguiam apenas com o olhar quem entrava, mas de forma lenta e impassível. Entretanto, por serem tantos e por estarem tão calados, causaram certa impressão em K. Ele novamente deu o braço a Olga para explicar sua presença ali. Num canto ergueu-se um homem, conhecido de Olga, e quis ir na direção deles, mas K., de braço dado com ela, virou-a para o outro lado. Ninguém além dele notou, mas ela permitiu, com um sorriso matreiro.

Uma jovem, que se chamava Frieda, trouxe a cerveja. Era uma moça loira, baixa, não muito vistosa, com olhos tristes e bochechas encovadas, mas que impressionava pelo olhar, um olhar de notável superioridade. Quando esse olhar caiu sobre K., era como se ela soubesse de coisas sobre ele que ele mesmo ainda não sabia, mas o olhar o convenceu da existência de tais coisas. K. olhava de lado continuamente para Frieda, mesmo quando ela já estava conversando com Olga. Olga e Frieda não pareciam ser amigas, apenas trocaram algumas palavras frias. K. queria ajudar, por isso perguntou de supetão:

— A senhora conhece o senhor Klamm?

Olga riu.

— Por que está rindo? — perguntou K., irritado.

— Não estou rindo — disse ela, mas continuou a rir.

— Olga é uma moça bem infantil — disse K., inclinando-se sobre a mesa para atrair o olhar de Frieda novamente. Mas ela continuou desviando o olhar, e disse em voz baixa:

— O senhor deseja ver o senhor Klamm?

K. assentiu. Ela apontou para uma porta à sua esquerda.

— Há um buraquinho na porta. O senhor pode dar uma olhada.

— E essas pessoas aqui? — perguntou K.

Ela estendeu o lábio inferior e, com uma mão incrivelmente macia, conduziu K. até a porta. Pelo buraquinho, que obviamente fora feito para fins de observação, ele podia ver quase todo o cômodo ao lado.

Junto a uma escrivaninha bem no meio do cômodo, sentado em uma confortável poltrona de formas arredondadas, iluminado por uma lamparina à sua frente, ele viu o senhor Klamm. O rosto ainda era liso, mas as bochechas estavam um pouco caídas pelo peso da idade. Tinha um bigode preto e comprido. Um pincenê torto e espelhado escondia os olhos. Se o senhor Klamm estivesse bem sentado à escrivaninha, K. teria visto apenas o seu perfil. Mas como estava virado, K. pôde ver todo o rosto dele. O cotovelo esquerdo estava sobre a mesa, e a mão direita, que segurava um Virginia[5], estava sobre o joelho. Havia um copo de cerveja na escrivaninha; como a borda da escrivaninha era alta, K. não pôde ver se havia alguma coisa escrita ali, mas aparentemente estava vazia. Para ter certeza, pediu que Frieda fosse ao buraquinho e lhe contasse o que via. Como estivera havia pouco tempo no cômodo, ela assegurou a K. que não havia nenhum papel escrito ali. K. perguntou se já deveria deixar de olhar pelo buraquinho, mas Frieda disse que ele poderia ficar ali o tempo que quisesse.

5. Cigarro feito com um tipo de tabaco originário dos Estados Unidos.

— Frieda — sussurrou K. —, a senhora conhece bem o senhor Klamm?

— Ah, sim — disse ela —, muito bem.

Ela inclinou-se na direção de K., ajeitando de modo gaiato a blusa fina de cor creme, decotada, como K. percebia agora, que não combinava muito com seu corpo magro. Então, disse:

— O senhor não se lembra da risada de Olga?

— Sim, foi mal educada.

— Agora — disse ela em tom apaziguador — há motivos para rir. O senhor pergunta se conheço Klamm, e eu sou — ela ergueu-se um pouco, involuntariamente, e voltou novamente o olhar triunfante para K., que parecia não estar muito de acordo com o que estava dizendo — sou sua amante.

— Amante de Klamm.

Ela assentiu.

— Então a senhora — disse K., rindo, para que o tom entre eles não fosse muito sério — é uma pessoa respeitável para mim.

— Não apenas para o senhor — disse Frieda alegre, mas sem reagir ao riso dele.

K. tinha uma maneira de enfrentar o orgulho dela, e assim fez; perguntou:

— A senhora já esteve no castelo?

Mas não teve efeito, pois ela respondeu:

— Não, mas não basta eu estar aqui na taberna?

Era visivelmente ambiciosa, e parecia a K. que queria satisfazer-se com ele.

— É claro, aqui na taberna a senhora já entende o trabalho do estalajadeiro.

— Isso mesmo — disse ela —, comecei como criada na estalagem Da Ponte.

— Com essas mãos macias? — disse K. algo questionador, não sabia se a estava bajulando ou se era atraído por ela. Suas mãos eram realmente pequenas e macias; também se poderia dizer que eram frágeis e pouco reveladoras.

— Na época ninguém tinha reparado — declarou ela — e mesmo agora.

K. olhava para Frieda de modo questionador. Ela balançava a cabeça, não queria mais falar sobre isso.

— Evidentemente — disse K. — a senhora tem seus segredos, não vai falar sobre eles com alguém que conhece há meia hora, alguém que ainda não teve a oportunidade de contar à senhora coisa alguma sobre si mesmo.

Essa observação, porém, foi inadequada, como se tivesse despertado Frieda de um sono que lhe era favorável. Da bolsa de couro que trazia presa no cinto tirou um pedacinho de madeira, com ele tapou o buraquinho e disse a K., visivelmente se contendo para que ele não percebesse a mudança de atitude:

— No que diz respeito à sua pessoa, eu sei tudo, o senhor é o agrimensor — e prosseguiu —, mas agora preciso trabalhar — e foi para seu posto atrás do balcão da taberna, onde de quando em quando alguém se levantava para encher o copo vazio. K. queria falar com ela reservadamente, por isso pegou um copo vazio de uma prateleira e foi até lá.

— Só mais uma coisa, senhorita Frieda — disse ele —, é extraordinário, é necessário ter uma força excepcional para passar de criada a uma moça de taberna, mas seria esse o objetivo final de tal pessoa? Pergunta tola. Seus olhos, não ria de mim, senhorita Frieda, revelam não o passado, mas a batalha do porvir. Mas os obstáculos neste mundo são grandes, ficam maiores quanto maiores são as metas, e não é vergonhoso procurar ajuda de um homem pequeno e pouco influente, ainda que esforçado. Talvez pudéssemos conversar com mais tranquilidade, sem tantos olhos a nos observar.

— Não sei o que o senhor deseja — disse ela, num tom que, involuntariamente, parecia ecoar não as conquistas de sua vida, mas as infinitas decepções.

— O senhor quer me afastar de Klamm? Céus! — e bateu as mãos.

— A senhora viu através de mim — disse K., como se estivesse farto de tanta desconfiança. — Esta era mesmo minha intenção secreta. A senhora deveria deixar Klamm e tornar-se minha amante. E agora estou indo. Olga! — gritou K. —, vamos para casa.

Olga deslizou obedientemente do barril, mas não se livrou imediatamente dos amigos que a cercavam.

Então Frieda disse em voz baixa, olhando ameaçadoramente para K.:

— Quando posso falar com o senhor?

— Posso pernoitar aqui? — perguntou K.

— Sim — disse Frieda.

— Posso ficar aqui agora?

— Saia agora com Olga, para que eu possa me livrar das pessoas aqui. Daqui a pouquinho vou com o senhor.

— Está bem — disse K., e esperou impacientemente por Olga. Mas os camponeses não a deixavam, haviam inventado uma dança em cujo centro estava Olga, dançavam em círculo em torno dela, e a cada grito em uníssono um deles chagava até Olga, agarrava-a com força pela cintura e a girava algumas vezes; o cântico era cada vez mais rápido, os gritos, a gana, a respiração ofegante, era tudo como se fossem uma coisa só. Olga, que antes havia tentado romper o círculo rindo, agora cambaleava de um homem para outro, com os cabelos soltos.

— Estas são as pessoas que mandam para mim — disse Frieda, mordendo de raiva o lábio fino.

— Quem são? — perguntou K.

— Os empregados de Klamm — disse Frieda. — Sempre traz essa gente com ele, e isso me perturba. Mal me lembro do que falei com o senhor hoje, senhor agrimensor. Se foi algo ruim, me perdoe, a culpa é da presença dessas pessoas, são as mais desprezíveis e repulsivas que conheço, e tenho de encher de cerveja seus copos. Quantas vezes pedi a Klamm que as deixasse onde moram? tenho de aturar os empregados de outros cavalheiros; ele poderia ter mais consideração por mim, mas todos os pedidos foram em vão, eles já invadem o lugar uma hora antes da chegada dele, como gado no estábulo. Deveriam mesmo estar no estábulo, é o lugar deles. Se o senhor não estivesse aqui, eu mesma abriria a porta e Klamm os colocaria para fora.

— Mas ele não os ouve? — perguntou K.

— Não — disse Frieda. — Está dormindo.

— Como? — gritou K. — Dormindo? Quando o vi no cômodo, estava acordado, sentado junto a uma mesa.

— Ele sempre se senta assim — disse Frieda. — Quando o vi, já estava dormindo. Caso contrário, eu o teria deixado observá-lo? É o jeito dele de dormir, os cavalheiros dormem muito, é difícil de entender. Além disso, se não dormisse muito, como poderia aturar essas pessoas? Agora terei eu mesma de expulsá-los.

E apanhando um chicote de um canto, deu um salto — um salto não muito bem dado, na direção dos dançarinos, mais ou menos como saltaria um carneirinho. A princípio se voltaram para ela, como se uma nova dançarina tivesse chegado, e por um momento pareceu que Frieda iria largar o chicote, mas ela o ergueu novamente.

— Em nome de Klamm — gritou ela —, para o estábulo! Todos para o estábulo!

Então viram que era sério; com um temor incompreensível para K., começaram a recuar; ao empurrão do primeiro, uma porta se abriu, a brisa da noite entrou, e todos desapareceram com Frieda, que obviamente os estava conduzindo do pátio até o estábulo.

Em meio ao silêncio repentino que se seguiu, K. ouviu passos no corredor. Por precaução, foi para trás do balcão da taberna, era o único lugar onde poderia se esconder. Ele não estava proibido de permanecer na taberna, mas como queria pernoitar por lá, não queria ser visto naquele momento. Por isso, assim que a porta foi aberta, deslizou para baixo do balcão. Claro que ser descoberto ali não era algo isento de perigo, mas dizer que estava se escondendo dos camponeses enfurecidos não era uma desculpa absurda. Era o estalajadeiro.

— Frieda! — gritou ele, percorrendo o cômodo repetidas vezes.

Felizmente Frieda voltou logo e não mencionou K., só reclamou dos camponeses e foi até o balcão, na tentativa de procurar K. Ali, K.

roçou no pé dela e sentiu-se mais seguro. Como Frieda não mencionara K., o estalajadeiro por fim teve de fazê-lo.

— Onde está o agrimensor? — perguntou ele.

De modo geral, era um homem educado, moldado pelo contato regular e frequente com pessoas de elevada posição social, mas com Frieda falava de forma particularmente respeitosa, sobretudo porque não deixava de ser uma conversa entre empregador e empregada — uma funcionária bem atrevida, aliás.

— Esqueci completamente do agrimensor — disse Frieda, pressionando seu pezinho contra o peito de K. — De certo já se foi há tempos.

— Não o vi — disse o estalajadeiro — e fiquei quase todo o tempo no corredor.

— Aqui não está — declarou Frieda com frieza.

— Talvez tenha se escondido — disse o estalajadeiro. — Pela impressão que tive dele, seria capaz de tudo.

— Não teria tamanha audácia — disse Frieda, pressionando K. com o pé, com um pouco mais de força. Havia algo alegre e livre em sua natureza que K. não havia notado antes, o que ficou ainda mais notório, de forma improvável, quando ela de repente disse, rindo:

— Talvez esteja escondido aqui embaixo — e inclinou-se para K., deu-lhe um beijo rápido, aprumou-se novamente e disse com tristeza:

— Não, ele não está aqui.

O estalajadeiro também causou surpresa quando disse:

— Para mim é muito desagradável não ter certeza se ele se foi. Não tem a ver apenas com o senhor Klamm, mas com o regulamento. O regulamento se aplica à sua pessoa, senhorita Frieda, bem como a mim. A taberna é sua responsabilidade, o restante da casa cabe a mim examinar. Boa noite! Bom descanso!

Ele ainda não havia saído do cômodo quando Frieda acendeu a luz elétrica e foi para junto de K., sob o balcão.

— Meu querido! Meu docinho querido! — sussurrou ela, mas sem tocar em K., e sem poder resistir ao amor, deitou de costas e estendeu os braços, o tempo parecia infinito para seu êxtase amoroso, e ela cantou, ou antes suspirou, uma pequena canção. Assustou-se porque K. permaneceu em silêncio, imerso em pensamentos, e começou a puxá-lo, como uma criança.

— Vamos sair, está abafado aqui!

Abraçaram-se, o corpinho dela ardia nas mãos de K.; rolaram, em um estado de semiconsciência, do qual K., sem sucesso, tentava emergir, deram alguns passos, bateram na porta de Klamm e deitaram-se no chão, coberto de lixo e de poças de cerveja. Passaram-se horas, horas em que respiraram juntos, como se as batidas de seus corações tivessem o mesmo ritmo, horas nas quais K. teve uma sensação contínua de que estava perdido, ou bem longe, numa terra estrangeira, onde até o ar era diferente do de sua terra natal, onde é possível se sufocar pela estranheza desse ar, onde tentações absurdas só levam para ainda mais longe, para ficar ainda mais perdido. Não foi um choque para ele, pelo menos a princípio, mas um amanhecer revigorante, quando uma voz profunda, autoritária e impassível saiu do quarto de Klamm para chamar Frieda.

— Frieda — disse K. no ouvido dela, repetindo o chamado. Frieda quis saltar, num ato de obediência inata, mas então deu-se conta de onde estava, riu baixinho e disse:

— Eu não vou, nunca mais vou ao encontro dele.

K. quis retrucar, queria pressioná-la a ir até Klamm, tentou juntar o que restara da blusa dela, mas não podia dizer nada, estava tão feliz por ter Frieda em suas mãos, feliz e temeroso ao mesmo tempo, pois lhe parecia que, se Frieda o deixasse, perderia tudo o que tinha. E como Frieda se sentia fortalecida ao lado de K., cerrou o punho, bateu na porta e gritou:

— Estou com o agrimensor! Estou com o agrimensor!

Klamm ficou em silêncio. Mas K. se ergueu, depois ajoelhou-se ao lado de Frieda e olhou em volta, sob a tênue luz que precede a aurora. O que estava acontecendo? Onde estavam suas esperanças? O que poderia esperar de Frieda, agora que tudo fora revelado? Em vez de ser cuidadoso, considerando a dimensão do inimigo e da meta, passara a noite chafurdando em poças de cerveja, cujo cheiro o entontecia.

— O que você fez? — disse ele, cauteloso. — Estamos ambos perdidos.

— Não — disse Frieda —, só eu estou perdida, mas conquistei você. Fique calmo. Veja como os dois estão rindo.

— Quem? — perguntou K., voltando-se. Seus ajudantes estavam sentados no balcão, como se tivessem passado a noite acordados, mas alegres; a alegria pelo fiel cumprimento do dever.

— O que os senhores querem aqui? — gritou K., como se eles fossem culpados por tudo. Procurou no entorno o chicote que Frieda havia usado na noite anterior.

— Tínhamos de procurá-lo — disseram os ajudantes — pois você não voltou para o quarto na estalagem; nós o procuramos na casa de Barnabas e finalmente o encontramos aqui. Ficamos aqui sentados a noite toda. O serviço não é fácil.

— Preciso de vocês durante o dia, não à noite — disse K. — Caiam fora.

— Já é dia — disseram eles, e não se mexeram.

Era mesmo dia, a porta da estalagem estava aberta, e os camponeses, acompanhados de Olga, de quem K. já havia se esquecido completamente, entraram. Olga estava tão disposta como estivera à noite, ainda que as roupas e os cabelos estivessem em desalinho, e já na porta procurava K. com os olhos.

— Por que não voltou para casa? — disse ela, quase em lágrimas. — Por causa de uma sirigaita[6] como esta! — e repetiu a frase algumas vezes.

Frieda, que desaparecera por alguns instantes, voltou com uma trouxinha de roupa suja. Olga deu um passo para o lado, triste.

— Agora podemos ir — disse Frieda; era evidente que ela se referia à estalagem Da Ponte, para onde deveriam ir.

K. e Frieda formaram um cortejo, atrás deles iam os ajudantes. Os camponeses mostravam muito desprezo por Frieda, era compreensível, pois até então ela os chefiara com rigor; um deles pegou a bengala e insinuou que não a deixaria passar, a não ser que pulasse a bengala;

6. No original, *Frauenzimmer*; no contexto, palavra depreciativa para “mulher”, “moça”.

mas o olhar dela foi o suficiente para detê-lo. Do lado de fora, na neve, K. respirou aliviado. A felicidade de estar ao ar livre tornava suportável a dificuldade do caminho; se K. estivesse sozinho, seria ainda melhor. Na estalagem foi direto para o quarto e deitou-se na cama, Frieda acomodou-se no chão, ao lado. Os ajudantes entraram com eles, foram expulsos, mas retornaram pela janela. K. estava muito cansado para expulsá-los novamente. A estalajadeira veio especialmente para cumprimentar Frieda, e foi chamada por ela de "mãezinha"; foi uma saudação inexplicavelmente calorosa, com longos beijos e abraços. Silêncio era o que não havia no quartinho, criadas com botas masculinas vinham com frequência trazer ou levar alguma coisa. Se precisassem de algo que estava na cama repleta de coisas, tiravam-nas sem cerimônia de baixo de K. Frieda as tratava como iguais. Apesar dos transtornos, K. ficou na cama por um dia e uma noite. Frieda prestou-lhe pequenos serviços. Quando finalmente se levantou, na manhã seguinte, plenamente revigorado, já era o quarto dia de sua estada.

4.

Primeira conversa com a estalajadeira

Ele gostaria de ter falado reservadamente com Frieda, mas os ajudantes, com os quais ela ria e brincava de quando em quando, o impediam de fazê-lo e o perturbavam com sua presença indesejável. No entanto, não eram exigentes, haviam se instalado no chão, em um canto, sobre duas saias velhas. Assim agiram para, conforme explicaram a Frieda, não perturbar o senhor agrimensor, e para ocupar o mínimo espaço possível, e para isso, após várias tentativas, sempre entre risos e cochichos, cruzaram os braços e as pernas, agacharam-se juntos, e à meia-luz, tudo o que se via, no canto onde estavam, era um grande emaranhado, na forma de um novelo. Entretanto, infelizmente se sabia que, pelas experiências à luz do dia, eles eram observadores muito atentos, sempre de olho em K., seja simulando telescópios com as mãos em brincadeiras aparentemente infantis, seja com outras tolices desse tipo, ou quando o observavam enquanto aparentemente estavam ocupados em cofiar as barbas, às quais se dedicavam muito, comparando com muita frequência os respectivos comprimento e volume, e pediam que Frieda as avaliasse. De sua cama, K. frequentemente os observava com total indiferença.

Quando finalmente se dispôs a sair da cama, todos se apressaram para servi-lo. Ainda não se sentia forte o bastante para dispensar os serviços dos ajudantes, notou que em alguma medida dependia deles, o que poderia ter consequências negativas, mas que assim fosse. Não seria nada mal beber o bom café que Frieda trouxera para ele, aquecer-se na estufa que ela havia acendido, ver os ajudantes, de forma zelosa e desajeitada, subindo e descendo apressadamente as escadas para trazer-lhe água para se lavar, sabão, pente e espelho, e por fim, pois K. havia explicitamente manifestado esse desejo, também um copinho de rum.

Em meio a essas ordens e serviços, K. disse, mais por galhofa do que por esperança de um sucesso:

— Agora vão embora, vocês dois, por ora não preciso de mais nada, quero falar a sós com a senhorita Frieda.

Como não viu sinal de oposição em seus rostos, declarou ainda, para compensar:

— Nós três vamos ao encontro do supervisor, esperem por mim na sala, lá embaixo.

Curiosamente o obedeceram; mas antes de partir, disseram:

— Também poderíamos esperar aqui.

E K. respondeu:

— Eu sei, mas não quero.

Foi algo irritante, e de certa forma também bem-aceito por K., quando Frieda sentou-se no colo dele, logo após a saída dos ajudantes, e disse:

— O que você tem contra os ajudantes, querido? Não temos de ter segredos para eles. São de confiança.

— Ah, de confiança — retrucou K. — Ficam me olhando o tempo todo, não faz sentido, é desagradável.

— Acho que entendo você — disse ela, agarrando-se no pescoço dele; queria dizer alguma coisa, mas não pôde; como a poltrona estava bem perto da cama, cambalearam dela para lá. E ali ficaram, mas não tão unidos como na noite anterior. Ela procurava por algo, ele também, furiosamente, fazendo caretas, batendo com a cabeça no peito um do outro, procuravam, seus abraços e corpos contorcidos não os faziam esquecer, mas os lembravam do cumprimento do dever; assim como cães arranham desesperadamente o chão, eles arranhavam os corpos;

impotentes, decepcionados, na busca por um último naco de prazer, lambiam mutuamente os rostos. Apenas o cansaço os deteve, e sentiam gratidão um pelo outro. Então vieram as criadas.

— Olhe só para eles deitados aqui — disse uma delas, que por compaixão jogou uma coberta sobre eles.

Mais tarde, quando K. livrou-se da coberta e olhou o entorno — não foi surpresa para ele —, os ajudantes estavam lá no canto, com o dedo apontado para K., alertando um ao outro para se manterem sérios, e o saudaram — além disso, a estalajadeira estava sentada junto à cama, e tricotava uma meia, um trabalho delicado, que não combinava com sua figura robusta, que quase obscurecia o quarto.

— Faz tempo que estou esperando — declarou ela, erguendo o rosto largo, vincado pelos sinais da idade, mas ainda liso, de grandes dimensões, talvez um rosto outrora belo. As palavras soaram como uma reprimenda, inapropriada, pois K. não a havia convidado para vir. Apenas assentiu, inclinando a cabeça, e sentou-se. Frieda levantou-se, deixou K. e foi até a poltrona da estalajadeira.

— Seria possível, senhora estalajadeira — disse K. despreocupadamente —, aguardar que eu retorne da visita ao burgomestre para me dizer o que deseja? Tenho uma conversa importante lá.

— Esta é mais importante, acredite em mim, senhor agrimensor — respondeu a estalajadeira. — Lá se trata apenas de um trabalho, mas aqui é sobre uma pessoa, Frieda, minha querida criada.

— Ah, bom — disse K. —, mas é claro; só não sei por que não deixam que nós dois resolvamos essa questão.

— Por amor, por preocupação — disse a estalajadeira, puxando para ela a cabeça de Frieda, que até então, em pé, alcançava apenas os ombros da estalajadeira, sentada.

— Como Frieda confia muito na senhora — disse K. —, não posso agir de outro modo. E como ela há pouco disse que os ajudantes são de confiança, então estamos entre amigos. Assim posso dizer-lhe, senhora estalajadeira, que seria melhor que eu e Frieda nos casássemos, e muito em breve. Infelizmente, é realmente uma lástima, não poderei compensá-la pelo que ela perdeu por minha causa, o emprego na estalagem dos cavalheiros e a amizade de Klamm.

Frieda ergueu o rosto, seus olhos estavam cheios de lágrimas, mas não havia neles expressão de triunfo.

— Por que eu? Por que fui escolhida?

— Como? — perguntaram K. e a estalajadeira ao mesmo tempo.

— Ela está confusa, a pobre criança — disse a estalajadeira —, confusa pela mistura de felicidade e infelicidade.

Como que para confirmar essas palavras, Frieda atirou-se sobre K. e o beijou loucamente, como se não houvesse mais ninguém no quarto, e então caiu de joelhos diante dele, chorando, abraçando-o. Enquanto acariciava os cabelos dela com ambas as mãos, K. perguntou à estalajadeira:

— A senhora parece estar de acordo comigo?

— O senhor é um homem honrado — disse a estalajadeira, com a voz embargada pelas lágrimas, algo esgotada, com a respiração pesada, mas encontrou forças para dizer:

— Mas o senhor precisa dar algumas garantias para Frieda, pois, embora eu tenha muito respeito por sua pessoa, o senhor é de fora, não pode contar com ninguém daqui, não se conhece seu comportamento em ambiente doméstico. Garantias também são necessárias, senhor agrimensor, e estou certa de que compreende, porque, como o senhor mesmo apontou, Frieda terá muito a perder em razão do vínculo com o senhor.

— É claro, garantias, certamente — disse K. — Creio que o melhor é apresentá-las ao notário, e naturalmente outras autoridades designadas pelo conde deverão estar envolvidas. A propósito, também preciso resolver algo com urgência, antes do casamento. Preciso falar com Klamm.

— Isso é impossível — afirmou Frieda, erguendo-se um pouco e apertando K. — Que ideia!

— Tem de ser assim — disse K. — Se for impossível para mim, você pode fazer isso.

— Não posso, K., não posso — disse Frieda —, Klamm nunca vai falar com você. Como pode acreditar que Klamm vai falar com você?!

— E com você, falaria? — perguntou K.

— Também não — disse Frieda. — Nem com você, nem comigo, é simplesmente impossível.

Ela voltou-se para a estalajadeira com os braços estendidos:

— Veja bem, senhora estalajadeira, o que ele exige.

— O senhor é mesmo um homem muito peculiar, senhor agrimensor — disse a estalajadeira, chocada, agora sentada mais ereta, de pernas abertas, com os joelhos poderosos aparecendo sob a saia fina. — O senhor exige o impossível.

— Por que é impossível? — perguntou K.

— Vou explicar ao senhor — disse a estalajadeira, como se tal explicação não fosse um último favor, mas antes uma punição que ela lhe impunha —, terei prazer em explicar. Não sou do castelo, sou apenas uma mulher, uma estalajadeira, numa estalagem de ínfima categoria — bem, quase isso —, e pode ser que não dê muita importância à minha explicação, mas ao longo da vida sempre mantive os olhos abertos, conheci muitas pessoas, carreguei sozinha o fardo dessa estalagem, pois meu marido é um bom homem, mas não é um estalajadeiro, não é capaz de assumir essa responsabilidade. O senhor, por exemplo, só por um descuido dele — pois eu já estava muito cansada naquela noite — está aqui na aldeia, confortavelmente sentado nesta cama.

— Como? — perguntou K., despertado de uma certa letargia mais por curiosidade que por raiva.

— E o senhor deve isso só ao descuido dele! — gritou novamente a estalajadeira, com o indicador apontado para K. Frieda tentou acalmá-la.

— O que você quer? — disse a estalajadeira girando bruscamente todo o corpo. — O senhor agrimensor me fez uma pergunta, eu tenho de responder. De que outro modo ele poderia entender o que é natural para nós, que o senhor Klamm nunca irá falar com ele, é o que digo, "nunca irá" falar com ele. Ouça bem, senhor agrimensor! O senhor Klamm é um cavalheiro do castelo, o que por si só significa muita coisa, independentemente de sua elevada posição social. E quem é o senhor, que tão humildemente pede consentimento para se casar?! O senhor não é do castelo, o senhor não é da aldeia, o senhor não é nada. Mas infelizmente é alguma coisa, é um forasteiro, alguém que está sobrando, que está sempre no caminho, alguém que sempre causa problemas, por sua causa precisamos desalojar as criadas, alguém cujas intenções são desconhecidas, que seduziu nossa querida, pequena Frieda, e para quem infelizmente temos de dá-la como mulher. Não culpo o senhor por tudo isso. O senhor é o que é; já vi muita coisa na vida para que não possa tolerar mais essa visão. Mas veja bem o que está pedindo. Que um homem como Klamm fale com o senhor! Com pesar, soube que Frieda permitiu que olhasse pelo buraquinho da porta, ainda que por ter sido seduzida pelo senhor. Diga-me, como pôde suportar a visão de Klamm? O senhor não precisa responder, eu sei, o senhor suportou muito bem. O senhor não está em posição de ver realmente Klamm, não digo isso por arrogância, pois eu mesma não estou em tal posição. Klamm deveria falar com o senhor, mas não fala nem com as pessoas da aldeia, nunca falou com ninguém daqui. Foi uma grande honra para Frieda, da qual me orgulharei até o fim de meus dias, que ele ao menos dissesse o nome dela, e que ela poderia falar com ele à vontade, e tinha permissão para olhar pelo buraquinho da porta, embora ele nunca tenha falado com ela. Embora ele às vezes chamasse Frieda, isso não significa necessariamente que esse fato tem a importância que gostaríamos — quem conhece suas intenções? —, o fato de Frieda atendê-lo rapidamente é problema dela, e o fato de poder vê-lo sem objeções foi uma gentileza de Klamm, mas não se pode afirmar que ele realmente a chamou. Talvez Klamm ainda chame pelo nome "Frieda", é possível, mas certamente não irá mais vê-lo, uma moça que se envolveu com o senhor. Só mais uma coisa, uma coisa que não entra na minha cabeça; como uma moça que, como se dizia, era amante de Klamm — embora eu considere essa descrição muito exagerada —, como permitiu que o senhor a tocasse?

— Claro, é mesmo notável — disse K., conduzindo Frieda para seu colo; ela logo aquiesceu, embora de cabeça baixa. — Mas isso é uma prova de que as coisas não são bem como a senhora diz. Por exemplo, a senhora certamente tem razão quando diz que não sou nada diante de Klamm; e como desejo falar com ele, e não fui dissuadido por suas explicações, isso não quer dizer que sou capaz de suportar a visão de Klamm sem que haja uma porta entre nós, ou que eu sairia correndo assim que ele aparecesse. Tal receio, ainda que justificado, não é motivo para que eu nem ao menos corra esse risco. Se conseguir ficar diante dele, não é necessário que fale comigo, basta que eu possa ver que impressão minhas palavras despertam nele, e caso não despertem nenhuma, ou ele nem mesmo as ouça, ainda assim terei realizado o feito de falar com uma pessoa poderosa. E então, senhora estalajadeira, com seu grande conhecimento sobre a vida e as pessoas, e Frieda, que ainda ontem era a amante de Klamm — não vejo razão para evitar essa palavra — poderiam, com felicidade, me proporcionar a oportunidade de falar com Klamm; se não for possível de outro modo, que seja na estalagem dos cavalheiros, talvez ele ainda esteja lá hoje.

— É impossível — disse a estalajadeira —, vejo que lhe falta a capacidade para compreender isso. Diga-me, sobre o que deseja falar com Klamm?

— Sobre Frieda, evidentemente — declarou K.

— Sobre Frieda? — perguntou a estalajadeira sem entender, voltando-se para ela. — Ouviu isso, Frieda? Ele quer falar sobre você, e com Klamm, quer falar com Klamm.

— Ora, senhora estalajadeira — disse K. —, a senhora é uma mulher tão sábia, tão respeitável, mas se assusta com miudezas. Querer falar sobre Frieda não é algo monstruoso, é até bem natural. A senhora se engana se pensa que Frieda perdeu toda a importância para Klamm desde que cheguei. Se pensa assim, a senhora o subestima. Pode ser presunção de minha parte querer explicar-lhe isso, mas tenho de fazê-lo. O relacionamento entre Frieda e Klamm não mudou por minha causa. Ou não havia um relacionamento real — como dizem aqueles que querem privá-la do honroso nome de amante — e portanto não há um relacionamento hoje; ou havia, e nesse caso como poderia eu, que não sou nada diante de

Klamm — isso a senhora disse, e com razão — como tal relacionamento poderia ser abalado por mim? É possível acreditar em tais coisas num primeiro momento, pelo impacto, mas até a mais leve reflexão é capaz de pôr as coisas em seus lugares. Deixemos que Frieda expresse sua opinião.

Com o olhar vago e o rosto apoiado no peito de K., Frieda disse:

— É exatamente como a mamãezinha disse: Klamm não vai mais querer saber de mim. Claro que não é por sua vinda, querido, isso não o abalaria. Mas creio que foi por obra dele que nos encontramos aqui, debaixo do balcão; aquele momento não foi uma fatalidade, mas uma bênção.

— Se é assim — disse K. devagar, pois as palavras de Frieda eram doces; por alguns segundos ele fechou os olhos, para que as palavras lhe viessem — se é assim, há ainda menos motivos para temer uma conversa com Klamm.

— Pois é — disse a estalajadeira, olhando de cima a baixo para K. —, às vezes o senhor lembra meu marido, é tão teimoso e infantil quanto ele. Está aqui há poucos dias e quer saber mais que nós, os nativos, mais que eu, uma velha, e mais que Frieda, que tanto viu e ouviu na estalagem dos cavalheiros. Não nego que às vezes seja possível conseguir algo totalmente contrário ao regulamento e à tradição; não soube de nada parecido, decerto houve alguns casos, mas certamente não da maneira como o senhor age, pois só leva em conta o que tem na cabeça, sempre diz "não", "não" e ignora os conselhos bem-intencionados. O senhor pensa que estou preocupada com sua pessoa? Por acaso me ocupei com o senhor quando estava sozinho? Claro que teria sido bom, algumas coisas poderiam ter sido evitadas. A única coisa que disse a meu marido naquele momento foi: fique longe dele. Esse ainda seria o caso hoje se Frieda não tivesse atrelado o destino dela ao seu. É a ela que o senhor deve — quer goste ou não — minha preocupação, e até minha consideração por sua pessoa. O senhor não pode simplesmente me ignorar, tem grande responsabilidade perante mim, pois sou a única pessoa que dedica à pequena Frieda cuidados maternais. É possível que Frieda esteja certa, e tudo o que aconteceu tenha sido obra de Klamm; mas não sei nada sobre ele; nunca falarei com ele, ele é completamente inacessível para mim; o senhor, porém, está sentado aqui, com a minha Frieda, e quer — por que deveria silenciar sobre isso? — que eu o acomode. Sim, que eu o acomode, pois se eu expulsá-lo daqui, vai procurar algum lugar na aldeia, nem que seja uma casinha de cachorro.

— Obrigado — disse K. —, são palavras francas, e eu acredito piamente na senhora. Minha situação é bastante incerta, bem como a de Frieda.

— Não! — gritou a estalajadeira, irritada. — Nesse aspecto, a situação de Frieda não tem nada a ver com a do senhor. Frieda mora na minha casa, e ninguém tem o direito de dizer que a situação dela aqui é incerta.

— Está bem, está bem — disse K. —, a senhora está certa, sobretudo porque Frieda, por razões que desconheço, parece ter muito medo da senhora para se meter na conversa. Tratemos apenas de mim, portanto. Minha posição é demasiado incerta, a senhora não nega, ao contrário, esforça-se para provar isso. Como tudo o que diz, isso é em grande parte verdadeiro, mas não totalmente. Por exemplo, conheço um bom lugar para passar a noite, disponível para mim.

— Onde, então? Onde? — gritaram Frieda e a estalajadeira ao mesmo tempo, agitadas, como se tivessem o mesmo motivo para perguntar.

— Na casa de Barnabas.

— Aqueles canalhas! — gritou a estalajadeira —, os malditos canalhas! Na casa de Barnabas! Ouviram isso? — e voltou-se para o canto, mas os ajudantes já haviam saído de lá há um bom tempo, estavam de braços dados atrás da estalajadeira, que agora segurava as mãos de um deles, como se precisasse de apoio — ouviram isso? Com quem este cavalheiro tem andado? com a família de Barnabas! Claro, lá ele pode passar a noite, estaria melhor lá do que na estalagem dos cavalheiros. Onde então vocês estavam?

— Senhora estalajadeira — disse K., antes que os ajudantes pudessem responder —, eles são meus ajudantes, mas agem não como ajudantes, mas como vigias. Estou disposto a discutir educadamente qualquer assunto com a senhora, mas em relação a meus ajudantes, a coisa é bem clara! Peço que não fale com meus ajudantes, e caso meu pedido não seja suficiente, eu os proíbo de lhe responder.

— Então não posso falar com vocês — disse a estalajadeira, e os três riram, a estalajadeira em tom de zombaria, ainda que mais suave do que K. esperava, e os ajudantes à sua maneira habitual, de um modo que dizia muito e nada, esquivando-se de qualquer responsabilidade.

— Não fique bravo — disse Frieda —, você precisa entender essa agitação. O fato é que é graças a Barnabas que agora pertencemos um ao outro. Quando o vi pela primeira vez, na taberna — chegou lá de braço dado com Olga —, eu já sabia alguma coisa sobre você, mas não me importei. Não me importei com você, e quase nada importava para mim. Já estava muito insatisfeita, estava com raiva de muitas coisas; que insatisfação, que raiva! Por exemplo, um dos clientes da taberna me insultou — estavam sempre atrás de mim, você viu os caras, havia alguns ainda piores, os funcionários de Klamm não eram os piores — então um deles me insultou, e o que significa isso? Era como se tivesse acontecido há muitos anos, ou nem mesmo tivesse acontecido, ou apenas ouvi contarem, ou eu mesma já tinha esquecido. Não posso descrever, tampouco imaginar, mas tudo mudou desde que Klamm me deixou.

Frieda interrompeu sua história e abaixou a cabeça, triste, com as mãos cruzadas no colo.

— Veja bem — gritou a estalajadeira, e fez isso não como se falasse por si, mas como se emprestasse sua voz à Frieda, da qual se aproximou, sentando-se ao lado dela —, veja bem, senhor agrimensor, as consequências de seus atos; seus ajudantes, com quem não tenho permissão para falar, talvez possam aprender algo com isso! O senhor arrancou Frieda da condição mais feliz em que ela jamais esteve, e conseguiu isso porque Frieda, com sua compaixão exagerada e infantil, não pôde suportar vê-lo nos braços de Olga, aparentemente enviada pela família de Barnabas. Ela o salvou, e com o próprio sacrifício. E tudo isso aconteceu porque Frieda trocou tudo o que tinha pela felicidade de sentar-se em seus joelhos, e agora o senhor aparece aqui e age como se esta fosse sua grande cartada, pois teve a oportunidade de pernoitar na casa de Barnabas. Com isso talvez queira provar que não depende de mim. De fato, se tivesse realmente pernoitado na casa de Barnabas, seria tão independente que deveria deixar esta casa imediatamente, o mais rapidamente possível.

— Não conheço os pecados da família de Barnabas — disse K., enquanto erguia cuidadosamente Frieda, que estava inerte, e colocou-a na cama; então ele se levantou — talvez a senhora tenha razão quanto a isso, mas eu tinha razão quando lhe pedi que deixasse que eu e Frieda resolvêssemos só entre nós nossos assuntos. A senhora disse algo sobre amor e preocupação, mas não notei nada significativo sobre esses temas, em vez disso ouvi palavras de ódio, zombaria, e ameaças de expulsão. Se com isso desejava afastar Frieda de mim ou eu dela, o fez com habilidade; mas não creio que terá sucesso, e caso tenha — permita-me também uma ameaça funesta — vai se arrepender amargamente. Quando à habitação que a senhora me disponibilizou — só pode estar se referindo a esse buraco sórdido —, com certeza não o faz por vontade própria, aparentemente é alguma ordem de autoridades do conde. Vou informá-los de que fui expulso daqui; quando encontrar outra acomodação, a senhora provavelmente vai respirar aliviada, e eu mais ainda. Vou agora falar com o líder desta comunidade sobre este e outros assuntos. Peço que, ao menos, cuide de Frieda, a quem já prejudicou bastante com suas supostas palavras maternais.

Então ele se voltou para os ajudantes.

— Vamos! — disse ele, apanhando a carta de Klamm que estava pendurada em um gancho na parede, e quis sair. A estalajadeira o observou em silêncio; somente quando ele já estava com a mão na maçaneta, declarou:

— Senhor agrimensor, tenho algo mais para lhe dizer, não importa sua opinião, muito menos os insultos que possa dirigir a mim, uma mulher idosa, pois o senhor é o futuro marido de Frieda. E é só por isso que vou lhe dizer, pois o senhor é terrivelmente ignorante sobre as coisas daqui; a cabeça parece girar ao ouvi-lo, quando se compara o que diz e o que pensa com a realidade. Não dá para corrigir tal ignorância de uma vez, e talvez de modo algum; mas as coisas podem melhorar bastante se o senhor acreditar em algo que digo e tiver consciência de sua ignorância. Então o senhor será mais justo comigo e poderá ter uma ideia do choque que sofri — cujas consequências ainda perduram — quando soube que minha querida pequena havia deixado uma águia para juntar-se com uma cobra-cega[7], e a situação real é ainda pior, estou tentando esquecer para conversar com calma com o senhor. Ora, o senhor se irrita novamente. Não, não vá ainda, e por favor, ouça esse pedido mais uma vez: aonde quer que vá, saiba que é a pessoa mais ignorante aqui, e tome cuidado; aqui na nossa casa, onde a presença de Frieda o protege, pode falar o que bem entender; pode falar, por exemplo, sobre o que deseja discutir com Klamm; mas na vida real, sim, na vida real, por favor não faça isso!

Ela levantou-se, cambaleando um pouco pela excitação, foi até K., pegou na mão dele e dirigiu-lhe um olhar de súplica.

— Senhora estalajadeira — disse K. —, não entendo por que a senhora se rebaixa a ponto de me pedir tal coisa. Se é impossível, como diz, que eu fale com Klamm, então não vou conseguir, com ou sem pedido. E se fosse possível, por que eu não o faria? Pois, ao remover sua principal objeção, os demais temores seriam muito questionáveis. É claro, sou ignorante, a verdade fica, o que é muito triste para mim, e ao mesmo tempo é uma vantagem, pois um ignorante arrisca mais, e por isso posso seguir em frente com minha ignorância, com suas desagradáveis consequências, enquanto tiver forças. Tais consequências, porém, afetam somente a mim, portanto não entendo a razão de seu pedido. Tenho certeza de que sempre cuidará de Frieda, e se eu sumir da vista dela, será algo positivo, em sua opinião. O que a senhora teme, então? Por acaso não teme — para um ignorante tudo é possível — por acaso não teme Klamm?

A estalajadeira o observou em silêncio quando ele desceu as escadas, seguido pelos ajudantes.

---

7. *Blindschleiche* no original, espécie de lagarto sem patas; a tradução literal do termo alemão é "verme cego"; a estalajadeira faz uma comparação depreciativa entre K. e Klamm, associando o primeiro a um animal que considera desprezível e o segundo a um que considera nobre.

5.

Com o burgomestre

A conversa com o burgomestre, para surpresa do próprio K., não lhe causou grande preocupação — o que era compreensível, pois com base em sua experiência até aquele momento, suas relações profissionais com as autoridades do conde estavam sendo bem simples. Isso se devia, por um lado, pelo fato de uma decisão definitiva sobre assuntos pessoais já ter sido tomada, e por outro lado pela notável uniformidade do serviço a ser feito, o que no caso era particularmente bom, ainda que não evidente no momento. Quando K. pensava nessas questões, não estava longe de considerar sua situação satisfatória, embora sempre dissesse prontamente a si mesmo que, após os momentos agradáveis, era exatamente onde estava o perigo.

O contato direto com as autoridades não era tão difícil, pois, embora fossem muito bem organizadas, só tinham de defender coisas remotas e invisíveis em nome de senhores invisíveis, enquanto K. lutava por algo mais próximo e real, ou seja, por si mesmo; além disso, pelo menos em um primeiro momento, ele é que estava no ataque; e não apenas lutava por si mesmo, mas aparentemente também por forças que não conhecia, mas em que acreditava após as medidas tomadas pelas autoridades. No entanto, como desde o início as autoridades atenderam aos desejos de K. em relação a coisas sem maior importância, privaram-no da possibilidade de obter conquistas modestas e fáceis, e naturalmente também da satisfação que as acompanhava, além da segurança necessária para outras batalhas mais importantes. Em vez disso, permitiram que K. circulasse livremente, desde que dentro do perímetro da aldeia; com isso o agradavam, mas ao mesmo tempo o enfraqueciam, o que eliminava qualquer possibilidade de confronto, e assim ele adotou um estilo de vida não profissional, totalmente confuso, sombrio e estranho. Desse modo, caso não estivesse sempre alerta, poderia ocorrer que, um dia, apesar da gentileza das autoridades, e de que o pleno cumprimento de todos os deveres oficiais era extremamente fácil, ele falhasse em razão de seu estilo de vida descuidado, iludido pelo aparente favor com que era tratado; e então as autoridades, embora de maneira gentil e amistosa, teriam de demiti-lo, ainda que contra a vontade, mas em nome de uma ordem pública desconhecida para ele. E o que era esse estilo de vida? Em nenhum outro lugar a vida e a profissão de K. estiveram tão interligados, era como se vida e profissão tivessem trocado de lugar. O que significava, por exemplo, o poder, até agora apenas formal, que Klamm tinha sobre o trabalho de K., em relação ao poder que realmente tinha em relação ao quarto de K.? Isso mostrava que um comportamento descuidado, e até um certo relaxamento, só se aplicavam diretamente às autoridades locais; em qualquer outra situação, era necessária muita cautela; tinha de olhar para todos os lados antes de cada passo.

K. confirmou sua opinião sobre as autoridades no encontro com o burgomestre. Simpático, gordo, de rosto escanhoado, o burgomestre estava doente, tivera uma forte crise de gota, e recebeu K. de cama.

— Então este é o nosso agrimensor — disse ele; quis levantar-se para cumprimentá-lo, mas não pôde, e deixou-se cair novamente no travesseiro, apontando para as pernas. Uma mulher calada, que mais parecia uma sombra no quartinho obscurecido pelas cortinas, trouxe uma cadeira para K. e colocou-a ao lado da cama.

— Sente-se, por favor, senhor agrimensor — disse o burgomestre —, e diga o que deseja.

K. leu a carta de Klamm e acrescentou alguns comentários. Novamente teve a sensação de que era muito fácil lidar com as autoridades. Elas literalmente carregavam qualquer fardo, tratavam de qualquer assunto, enquanto ele permanecia livre, sem ser afetado. Como se o burgomestre, à sua maneira, também sentisse isso, virou-se desajeitadamente na cama. Por fim, disse:

— Como deve ter notado, senhor agrimensor, eu já estava a par de tudo. Se ainda não fiz nada, a primeira causa foi minha doença; e como o senhor demorou tanto para vir, achei que havia desistido. Mas como teve a gentileza de me procurar, devo contar-lhe toda a verdade, ainda que seja desagradável. O senhor diz que foi contratado como agrimensor; infelizmente não precisamos de um agrimensor. Aqui não há nem o trabalho mais insignificante para um deles. Os limites de nossas propriedades estão demarcados, tudo está bem registrado. Raramente há mudanças de propriedade por aqui, e nós mesmos resolvemos pequenas disputas quanto a limites. De que nos serviria um agrimensor?

Embora não tenha pensado sobre isso antes, K., no íntimo, estava convencido de que receberia uma resposta como essa. Por isso mesmo, disse de pronto:

— Estou muito surpreso. Todos os meus cálculos foram por água abaixo. Espero que seja um mal-entendido.

— Infelizmente não é — disse o burgomestre —, é isso mesmo que eu disse.

— Mas não é possível! — exclamou K. — Fiz uma viagem interminável para ser mandado de volta!

— Essa é outra questão — disse o burgomestre — e não sou eu que vou decidir sobre ela, mas posso explicar como se deu esse mal-entendido. Quando autoridades tão importantes, como as que estão a serviço do conde, estão envolvidas, pode acontecer que um departamento dê uma ordem, outro departamento determine algo diferente, e um não saiba o que o outro ordenou; o departamento de nível superior é extremamente preciso, mas por sua natureza agiu tarde demais, e por isso mesmo pode ocorrer uma pequena confusão. Claro que são sempre coisas insignificantes, como é seu caso. Desconheço erros em relação a coisas importantes, mas as pequenas já bastam para incomodar. No que se refere a seu caso, vou explicar ao senhor, mas sem revelar segredos de Estado — não sou um funcionário qualificado para tanto, sou um camponês — e vou lhe contar com franqueza. Há muito tempo, quando havia assumido o cargo de burgomestre havia poucos meses, houve um decreto, não sei de qual departamento, redigido em termos categóricos, típicos daqueles cavalheiros, que comunicava a contratação de um agrimensor, e a comunidade deveria disponibilizar todos os planos e documentos necessários para seu trabalho. Tal decreto evidentemente não se aplica ao senhor, pois foi emitido há muitos anos; nem me lembraria mais dele se não estivesse doente, e portanto com tempo para pensar em coisas ridículas enquanto estou na cama.

— Mizzi — disse ele, interrompendo bruscamente seu relato, para a mulher que ainda fazia algo no quarto, não se sabia o quê — por favor, dê uma olhada no armário, talvez encontre o decreto.

— Na verdade — explicou ele para K. — isso é coisa de meus primeiros tempos, quando eu ainda guardava tudo.

A mulher abriu então o armário, observada por K. e pelo burgomestre. Estava abarrotado de papéis. Assim que o abriu, caíram dois pacotes de papéis, enrolados como se fossem feixes de lenha; a mulher saltou para o lado, espantada.

— Deve estar ali embaixo, ali embaixo — disse o burgomestre, que a orientava da cama.

A mulher juntava obedientemente os pacotes com os braços e os tirava do armário, para chegar aos que estavam embaixo. Os papéis já cobriam metade do quarto.

— Muito trabalho já foi feito — disse o burgomestre, inclinando a cabeça. — Isto é só uma pequena parte. Guardei a maior parte no celeiro, e uma parte maior ainda se perdeu. Quem pode juntar tanta coisa? Mas há muita coisa no celeiro.

— Você pode encontrar o decreto? — e voltou-se novamente para sua mulher. — Você precisa encontrar um documento com a palavra "agrimensor" sublinhada em azul.

— Está muito escuro aqui — disse a mulher —, vou pegar uma vela — e, abrindo caminho entre os papéis, saiu do quarto.

— Minha mulher é de grande valia — disse o burgomestre — nessas árduas tarefas administrativas, que só devem ser feitas como atividade extra. Para as tarefas que devem ser feitas por escrito tenho outro auxiliar, o professor, mas ainda assim é impossível terminá-las, sempre sobram muitas coisas incompletas, que ficam acumuladas naquela caixa — e apontou para um caixote. — E agora, que estou doente, tudo sai do controle — disse ele, reclinando-se cansado, mas também com orgulho.

— Eu não poderia — disse K., quando a mulher voltou com uma vela e ajoelhou-se diante do caixote, à procura do decreto — ajudar sua mulher a procurar?

O burgomestre balançou a cabeça, rindo:

— Como já disse, não tenho segredos de Estado para o senhor; mas não posso ir tão longe a ponto de permitir que o senhor mesmo procure os documentos.

O quarto ficou silencioso; ouvia-se apenas o farfalhar dos papéis, o burgomestre até deu uma cochilada. K. voltou-se quando ouviu uma leve batida na porta. Claro que eram os ajudantes. Ao menos estavam um pouco mais educados e não entraram correndo no quarto; em vez disso, murmuraram pela porta entreaberta:

— Está muito frio aqui fora.

— Quem são eles? — perguntou o burgomestre, surpreso.

— São apenas meus ajudantes — disse K. — Não sei onde deixá-los à minha espera, está muito frio lá fora, e aqui eles vão incomodar.

— Não me incomodam — disse o burgomestre, em tom amistoso. — Deixe-os entrar. A propósito, já os conheço. São velhos conhecidos.

— Mas incomodam a mim — disse K. com franqueza, olhando para os ajudantes, para o burgomestre e novamente para os ajudantes, sem poder distinguir os risos dos três. — Mas já que estão aqui — arriscou ele — fiquem e tentem ajudar a esposa do burgomestre a encontrar o documento em que a palavra "agrimensor" está sublinhada em azul.

O burgomestre não se opôs. O que não era permitido para K., era para os ajudantes, e eles lançaram-se imediatamente em direção aos papéis, mas antes chacoalhavam as pilhas do que procuravam propriamente, e quando um deles soletrava algo escrito em uma folha, o outro a arrancava de suas mãos. A mulher, porém, estava ajoelhada diante do caixote vazio; aparentemente não estava mais procurando, pois a vela já estava bem distante dela.

— Os ajudantes — disse o burgomestre com um sorrisinho de satisfação, como se tudo estivesse ocorrendo de acordo com suas ordens, embora ninguém pudesse imaginar tal coisa — eles o incomodam, mas são seus próprios ajudantes.

— Não — disse K. com frieza —, só aqui vieram a meu encontro.

— Pois então vieram a seu encontro — disse o burgomestre —, talvez o senhor queira dizer que foram designados para atendê-lo.

— Então agora foram designados — disse K. — Até parece que caíram do céu, pela forma impensada como foram designados.

— Nada impensado acontece por aqui — disse o burgomestre, esquecendo-se até da dor nos pés e sentando-se ereto.

— Nada — disse K. —, e quanto à minha contratação?

— Sua contratação também foi bem considerada — disse o burgomestre —, apenas surgiram situações de menor importância que confundiram as coisas; vou provar assim que tiver o documento em mãos.

— Os documentos não serão encontrados — disse K.

— Não serão encontrados? — gritou o burgomestre. — Mizzi, por favor, procure um pouco mais rápido! Mas posso começar a contar a história sem os documentos. Em relação ao decreto de que falei, agradecemos, e dissemos que não precisávamos de um agrimensor. Parece que a resposta não chegou ao devido departamento; vamos chamá-lo de A; em vez disso, chegou por engano para outro departamento, B. Então o departamento A ficou sem resposta, e infelizmente o departamento B não recebeu nossa resposta completa; seja porque o conteúdo do documento tenha permanecido conosco, seja porque se perdeu no caminho — certamente não no próprio departamento, isso posso garantir. — Em todo caso, somente um envelope chegou ao departamento B, no qual havia apenas uma referência a um documento, que infelizmente não estava no envelope, que versava sobre a contratação de um agrimensor. Enquanto isso, o departamento A aguardava nossa resposta; tinham até algumas notas preliminares sobre a questão; mas como ocorre com frequência, e de forma compreensível, considerando a precisão com que devem ser tratados todos esses assuntos, o responsável contava com nossa resposta para decidir se contrataria o agrimensor ou se entraria em contato por escrito para mais informações. Consequentemente, negligenciou as notas preliminares e a coisa toda caiu no esquecimento. No departamento B, o envelope chegou a um funcionário conhecido por sua integridade; Sordini era seu nome, era italiano; até para um iniciado como eu é difícil compreender por que um homem com tais qualidades estava em um cargo subalterno. Esse Sordini naturalmente nos devolveu o envelope vazio para que nele fosse colocado o documento; mas haviam se passado meses, senão anos, desde a chegada desse envelope ao departamento A; é compreensível, pois, via de regra, quando um documento é enviado de forma correta, chega ao devido departamento no máximo em um dia, e no mesmo dia tudo é resolvido; mas se seguir uma trajetória errada — considerando a excelência da organização, seria necessário muito esforço para seguir uma trajetória errada, do contrário não conseguiria — então, evidentemente, isso levou muito tempo. Logo, quando recebemos a nota de Sordini, lembrávamos vagamente do assunto; então havia só nós dois para o trabalho, Mizzi e eu, o professor ainda não estava aqui para ajudar; só guardávamos cópias das coisas mais importantes; em suma, só podíamos dar uma resposta vaga, ou seja, que não sabíamos nada sobre tal contratação, e que não havia necessidade de um agrimensor.

— Mas — interrompeu-se o burgomestre, que na ânsia de contar a história, tinha ido longe demais; ao menos era possível que tivesse ido longe demais — essa história não o aborrece?

— Não — disse K. —, ela me diverte.

— Não estou contando para diverti-lo — respondeu o burgomestre.

— Pois me diverte — disse K. — e só porque com isso posso ter uma ideia da ridícula confusão que, sob certas condições, pode determinar a vida de uma pessoa.

— O senhor ainda não tem ideia alguma — disse, sério, o burgomestre — e posso contar mais. Claro que um Sordini não poderia ter ficado satisfeito com nossa resposta. É um homem que admiro, embora seja um tormento para mim. Ele desconfia de todos, inclusive daqueles que reconheceu como as pessoas mais confiáveis em inúmeras ocasiões; no encontro seguinte, desconfia da pessoa como se não a conhecesse, ou melhor, como se considerasse que era um canalha. Está correto, penso que um funcionário deve agir assim; infelizmente, em razão de minha natureza, não posso seguir esse princípio; veja como digo tudo com franqueza ao senhor, um estranho, não posso fazer de outro modo. Sordini, ao contrário, imediatamente desconfiou de nossa resposta. Teve início uma volumosa correspondência. Sordini perguntou por que de repente me ocorrera que nenhum agrimensor deveria ser contratado; respondi, com auxílio da privilegiada memória de Mizzi, que tal ideia viera dos funcionários de um departamento (claro que já tínhamos esquecido havia muito tempo que se tratava de outro departamento); Sordini: por que só então eu mencionava essa correspondência oficial? Eu: porque só então me lembrei dela; Sordini: isso é muito estranho; eu: respondi que não era nada estranho, pois era algo que se arrastava havia muito tempo; Sordini: estranho, pois a correspondência de que me lembrava não existia; eu: claro que não existe, todo o documento se perdeu; Sordini: deveria haver uma nota referente à primeira correspondência, mas não há. Então hesitei, pois não podia afirmar, nem acreditar, que tivesse ocorrido um erro no departamento de Sordini. Na sua cabeça, senhor agrimensor, talvez o senhor esteja culpando Sordini porque ele deveria ao menos ter levado em conta minhas considerações e pedido que outros departamentos verificassem o problema. Mas não seria justo; não quero que nenhuma mácula seja atribuída a esse homem, nem em seus pensamentos. Um princípio fundamental para as autoridades é nem considerar a hipótese de que possam ocorrer erros. Esse princípio é justificado pela excelente organização geral, e é necessário para garantir a máxima rapidez nos resultados. Além disso, Sordini não poderia inquirir outros departamentos, que tampouco teriam respondido, pois logo constatariam que se tratava da investigação de um erro.

— Permita-me interrompê-lo com uma questão, senhor burgomestre — disse K. — O senhor não mencionou antes uma autoridade superior que seria responsável pelo controle? De acordo com sua descrição, a organização é de tal natureza que a simples ideia de que o controle poderia falhar causa incômodo.

— O senhor é muito rigoroso — disse o burgomestre. Pois multiplique sua rigidez mil vezes e não será nada em comparação com a rigidez que as autoridades têm consigo mesmas. Só mesmo alguém de fora poderia fazer tal pergunta. Se há autoridades de controle? Há somente autoridades de controle. Claro que elas não se destinam a encontrar erros no sentido comum da palavra, pois erros não acontecem, e mesmo se ocorrerem, como é seu caso, quem poderia garantir, ao fim e ao cabo, que se trata mesmo de um erro?

— Seria algo inédito! — exclamou K.

— Não é nenhuma novidade para mim — disse o burgomestre. — Estou convencido, e não menos que o senhor, que ocorreu um erro, e Sordini ficou muito doente em razão de seu desespero; as primeiras autoridades de controle, a quem agradecemos pela descoberta do erro, também o admitem. Mas quem pode afirmar que as segundas autoridades de controle vão julgar dessa forma, e depois as terceiras, e assim por diante?

— Pode ser — disse K. — Não quero me envolver em tais considerações; é a primeira vez que ouço falar dessas autoridades de controle, e é claro que ainda não compreendo. Mas creio que devemos fazer duas distinções: a primeira é o que está a cargo das autoridades, e portanto é oficial, ou deve ser tratado como tal; a segunda é a minha própria pessoa, que não está no âmbito dessas autoridades, porém tenho o trabalho prejudicado por restrições sem sentido, de modo que ainda não posso crer que esteja em perigo. No primeiro caso, senhor burgomestre, o que o senhor descreveu com incrível e extraordinária exatidão provavelmente é verdadeiro; mas gostaria de ouvir também uma palavra sobre mim.

— Já chego lá — disse o burgomestre —, o senhor não iria entender se eu não contasse antes essas coisas. Teria sido prematuro se já tivesse falado das autoridades de controle. Retomo então as divergências com Sordini. Como já disse, meus argumentos estavam enfraquecidos. Se Sordini tiver uma vantagem mínima em relação a qualquer outra pessoa, já venceu, pois sua atenção, energia e presença de espírito só se fortalecem; e é uma visão terrível para quem está sob seu ataque, e uma visão maravilhosa para os inimigos dos atacados. Como já tive tal experiência em outros casos, posso falar da maneira que falo. Na verdade, nunca o vi com meus próprios olhos, ele nunca vem para cá, está sempre muito atarefado; dizem que as paredes do gabinete dele estão ocultas por grandes colunas de documentos empilhados uns sobre os outros, e são só os documentos com que Sordini trabalha no momento; como os documentos são constantemente tirados das pilhas e inseridos em pacotes, com muita celeridade, as colunas estão sempre desabando, e é precisamente o ruído causado por esses constantes desabamentos que caracteriza o trabalho de Sordini. Pois ele é trabalhador, e trata com a mesma dedicação questões pequenas e grandes.

— O senhor sempre diz, senhor burgomestre — disse K. — que meu caso é de mínima importância, mas há muitos funcionários que se ocupam dele; se desde o início era algo tão pequeno, o zelo de funcionários como o senhor Sordini o tornou algo grande. Infelizmente isso ocorreu, contra a minha vontade, pois não desejo que colunas de documentos cresçam e desabem; só quero trabalhar como um pequeno agrimensor em uma pequena prancheta.

— Não — disse o burgomestre — não é um caso de grande importância. Nesse sentido, o senhor não tem motivos para reclamar, é uma das menores entre as menores questões. A quantidade de trabalho envolvida não determina a importância do caso; se pensa assim, está longe de entender o trabalho das autoridades. Ainda que a quantidade de trabalho fosse o que contasse, o seu caso seria um dos mais insignificantes; os casos habituais, aqueles sem os chamados erros, requerem muito mais trabalho, e, naturalmente, valem muito mais a pena. A propósito, o senhor nada sabe sobre o trabalho que seu caso gerou; vou lhe contar agora. No início, Sordini me deixou fora da jogada, mas seus funcionários apareceram, e diariamente ocorriam interrogatórios protocolares de respeitáveis membros da comunidade na estalagem dos cavalheiros. A maioria me apoiou, apenas alguns desconfiaram; a questão da agrimensura dizia respeito aos camponeses; eles pressentiram algum acordo secreto e injustiças; haviam designado um líder, e pelas declarações deles, Sordini teria de ser convencido de que, se eu tivesse levado a questão ao conselho local, nem todos teriam sido contrários à contratação de um agrimensor. De qualquer modo, um fato óbvio — que não havia necessidade de um agrimensor — seria ao menos questionado. Um certo Brunswick se destacou particularmente — o senhor não deve conhecê-lo —, talvez não seja mau sujeito, é estúpido, mas tem muita imaginação; é cunhado de Lasemann.

— O mestre curtidor? — perguntou K., e descreveu o barbudo que vira na casa de Lasemann.

— Sim, ele mesmo — disse o burgomestre.

— Também conheço a mulher dele — palpitou K.

— É possível — disse o burgomestre, calando-se em seguida.

— Ela é bonita — disse K. —, mas um pouco pálida e doentia. Provavelmente veio do castelo? — disse em tom de pergunta.

O burgomestre olhou para o relógio, colocou o remédio em uma colher e o engoliu avidamente.

— Do castelo o senhor conhece apenas os departamentos? — perguntou K. secamente.

— Sim — disse o burgomestre com um sorriso irônico, mas agradecido. — É o que há de mais importante. Quando a Brunswick: se pudéssemos excluí-lo da comunidade, ficaríamos quase todos felizes, e Lasemann não menos. Mas na época Brunswick já conquistara certa influência; não era um orador, só gritava, mas era suficiente. E então fui forçado a apresentar a questão ao conselho local, o que a princípio foi o único sucesso de Brunswick, pois evidentemente a grande maioria do conselho local não queria saber de um agrimensor. Isso ocorreu há anos, mas a coisa não foi resolvida, em parte pela atitude consciente de Sordini, que procurou investigar, de forma muito cuidadosa, os motivos dos favoráveis e dos contrários, e em parte pela estupidez e ambição de Brunswick — ele tem diversos vínculos com as autoridades — que ele manipula com as invenções de sua imaginação. Sordini, porém, não se deixou enganar por ele; como Brunswick poderia enganá-lo? — mas exatamente para não se deixar enganar, foram necessárias novas investigações; antes mesmo de serem concluídas, Brunswick já havia inventado algo novo, ele é muito rápido, é algo ligado à sua estupidez. Agora gostaria de falar sobre uma particularidade de nosso aparato oficial. Devido à sua precisão, ele é também bastante sensível. Quando uma questão é investigada por muito tempo, pode acontecer, antes mesmo da conclusão do caso, de algo inesperado e imprevisível surgir de repente, algo que não acontecerá novamente mais tarde, e dessa forma o caso acaba sendo concluído de forma arbitrária, mas em geral de maneira muito correta. É como se o aparato oficial já não tivesse mais suportado a pressão e a tensão de anos a fio geradas pelo mesmo assunto, possivelmente trivial, e que portanto tomou a decisão por conta própria, sem consultar funcionários. Claro que não foi nenhum milagre, certamente algum funcionário deu uma solução, por escrito ou não; em todo caso, de nossa parte, não podemos saber qual funcionário tomou a decisão, tampouco quais foram os motivos. As autoridades de controle vão descobrir muito mais tarde; de nada sabemos, e ninguém mais se interessaria pela questão. Como já disse, essas decisões são geralmente as melhores; o único problema é que, como geralmente acontece, as pessoas tomam conhecimento delas tarde demais, e por isso continuam a discutir apaixonadamente questões que já foram resolvidas há muito tempo. Não sei se uma decisão assim foi tomada no seu caso — muita coisa indica que sim, muita coisa indica que não — em caso positivo, porém, uma nota teria sido enviada ao senhor, que faria uma longa viagem até aqui; muito tempo teria se passado, e Sordini trabalharia exaustivamente nisso, Brunswick faria suas intrigas, e eu seria atormentado por ambos. Estou apenas sugerindo essa possibilidade, mas o que sei é o seguinte: uma autoridade de controle descobriu que, há muitos anos, o departamento A havia enviado à comunidade uma consulta sobre a necessidade de um agrimensor, e até então não obtivera resposta. Eles me perguntaram novamente sobre isso, mas agora está tudo esclarecido; o departamento A ficou satisfeito com minha resposta, a saber, que não era necessário um agrimensor; Sordini teria de reconhecer que não era o responsável por esse caso, e que fez um trabalho irritante e inútil. Se não houvesse muitos outros trabalhos, como sempre ocorre, e o seu caso não tivesse sido algo muito pequeno — o menor entre os menores, quase se poderia dizer —, teríamos todos respirado aliviados, inclusive Sordini. Só Brunswick resmungou, o que era ridículo. Agora imagine minha decepção, senhor agrimensor, agora que o caso já estava felizmente resolvido — muito tempo se passou desde então — de repente o senhor aparece, e tudo parece que vai começar de novo. O senhor entende que, no que depender de mim, estou determinado a não permitir que isso aconteça?

— É claro — disse K. —, mas compreendo de forma ainda mais clara que terríveis abusos têm sido cometidos não apenas contra mim, mas também contra as leis. Saberei defender minha pessoa contra isso.

— Como o senhor vai fazer isso? — perguntou o burgomestre.

— Não posso revelar — disse K.

— Não quero me impor — disse o burgomestre —, mas sugiro que o senhor me considere não como um amigo, pois somos totalmente estranhos um para o outro, mas como um parceiro de negócios, em alguma medida. Só não permitirei que seja aceito como agrimensor; no entanto, o senhor pode recorrer a mim, evidentemente dentro dos limites de meu poder, que não é grande.

— O senhor sempre fala — disse K. — na hipótese de eu ser contratado como agrimensor, mas na verdade já fui contratado. Aqui está a carta de Klamm.

— Uma carta de Klamm — disse o burgomestre — é algo valioso e honroso por ter a assinatura dele, que parece ser legítima, mas — não me atrevo a falar sozinho sobre isso — Mizzi! — gritou ele, e acrescentou: — O que você está fazendo aí?

Os ajudantes e Mizzi, que já há algum tempo não recebiam atenção, obviamente não haviam encontrado o documento e queriam por tudo de volta no armário, mas não conseguiam pela excessiva quantidade de papéis desordenados. Por isso os ajudantes tiveram a ideia que agora colocavam em prática. Deitaram o armário no chão, enfiaram os documentos nele e sentaram-se na porta, juntamente com Mizzi, e tentavam lentamente empurrar tudo para dentro.

— Então não encontraram o documento — disse o burgomestre. — É pena, mas agora o senhor sabe da história, nem precisamos mais do documento, que na certa não será encontrado; talvez esteja com o professor, muitos documentos estão com ele. Mas traga a vela, Mizzi, e leia esta carta comigo.

Mizzi veio; parecia ainda mais grisalha e insignificante quando se sentou na beira da cama, ao lado do homem forte e vivaz que a abraçou. Apenas seu rosto pequeno era iluminado pela vela, seus traços fortes e bem definidos só eram suavizados pela idade. Assim que viu a carta, juntou as mãos e disse:

— De Klamm!

Eles leram juntos a carta, cochicharam e, por fim, enquanto os ajudantes gritavam "viva!", pois finalmente haviam conseguido fechar a porta do armário, e Mizzi olhava agradecida para eles, o burgomestre disse:

— Mizzi está de pleno acordo comigo, portanto ouso dizer: Esta carta não é um comunicado oficial, é uma carta particular. Isso já fica muito claro no cabeçalho: "Prezado senhor!". Além disso, não consta em parte alguma que o senhor foi contratado como agrimensor, trata apenas de forma genérica de serviços para o conde, não menciona qualquer vínculo, como mostra o "Como bem sabe", ou seja, cabe ao senhor comprovar que foi contratado. Por fim, no que se refere a questões oficiais, o senhor deve se reportar a mim, o burgomestre, como seu superior imediato, que lhe informará sobre mais detalhes, o que em grande medida já foi feito. Tudo isso é muito claro para quem é capaz de ler comunicados oficiais, e consequentemente também os não oficiais. Não me surpreende o fato de o senhor, um estranho, não saber disso. Em suma, a carta não significa nada além de que Klamm irá tratar pessoalmente com o senhor caso entre para o serviço do conde.

— Burgomestre, o senhor interpreta tão bem a carta — disse K. —, não seria nada mais que uma assinatura em um papel em branco. O senhor não percebe que está menosprezando o nome de Klamm, que diz respeitar?

— Trata-se de um mal-entendido — disse o burgomestre. — Não interpreto mal o sentido da carta, e não o subestimo com minha interpretação, ao contrário. Uma carta particular de Klamm tem naturalmente muito mais valor que um comunicado oficial; mas não tem o significado que o senhor atribui a ela.

— O senhor conhece Schwarzer? — perguntou K.

— Não — disse o burgomestre —, talvez você, Mizzi? Também não. Não, não o conhecemos.

— Estranho — disse K. —, é filho de um dos subcastelões.

— Caro senhor agrimensor — disse o burgomestre —, como posso conhecer todos os filhos dos subcastelões?

— Está bem — disse K. —, então o senhor tem de acreditar que ele é um deles. Tive um encontro desagradável com esse Schwarzer no dia de minha chegada. Ele telefonou para um subcastelão chamado Fritz e foi informado de que eu tinha sido contratado como agrimensor. Como explica isso, senhor burgomestre?

— É muito simples — disse o burgomestre. — O senhor nunca havia entrado em contato com nossas autoridades. Todos esses contatos são apenas aparentes, mas o senhor, por ignorância, os toma por verdadeiros: Veja bem, para mim, que tenho até bastante contato com as autoridades, não há telefone. Em tabernas e locais semelhantes pode até funcionar bem, como uma vitrola automática, nada além disso. O senhor já falou ao telefone aqui? Bom, então talvez me entenda. Claro que o telefone funciona muito bem no castelo; me contaram que por lá as pessoas estão sempre ao telefone, o que agiliza muito o trabalho. Esses telefonemas constantes são ouvidos aqui como assobios e cantorias, é provável que o senhor já tenha ouvido. Mas esses assobios e cantorias são a única coisa concreta e real que esses telefones transmitem, tudo o mais é enganoso. Não há uma linha telefônica específica para o castelo, nem uma central que retransmita nossas chamadas; se você ligar daqui para o castelo, todos os telefones dos departamentos inferiores vão tocar, ou melhor, tocariam, se quase todos não estivessem com a campainha desligada, como bem sei. Mas de vez em quando um funcionário, cansado, sente necessidade de relaxar um pouco, e a campainha toca, principalmente à tarde ou à noite; então recebemos uma resposta, embora geralmente nada além de uma piada. É compreensível. Quem tem direito de interromper um trabalho urgente e importante por conta de pequenas preocupações particulares? Tampouco posso compreender que até um estranho, se ligar para Sordini, vai acreditar que ele próprio o atendeu. Provavelmente foi apenas um pequeno funcionário de outro departamento. Por outro lado, pode acontecer de, ao ligar para um pequeno funcionário em determinado horário, o próprio Sordini atenda. Logo, é recomendável fugir do telefone assim que ele tocar.

— Bem, não vejo dessa forma — disse K. —, não poderia saber desses detalhes; na verdade, não confiava muito nesses telefonemas; tinha consciência de que somente algo vivido ou obtido no castelo é que tinha real significado.

— Não — disse o burgomestre, enfatizando essa palavra —, esses telefonemas têm significado real, como não? Como pode não ter significado uma comunicação transmitida por um funcionário do castelo? Já disse isso em relação à carta de Klamm; essas comunicações não têm significado oficial; se o senhor atribui a elas tal significado, está enganado; por outro lado, no âmbito privado, em sentido amistoso ou hostil, têm grande significado, um comunicado oficial jamais teria.

— Está bem — disse K. — Considerando que seja assim, devo ter muitos amigos no castelo; pensando bem, quando, há muitos anos, aquele departamento decidiu que um agrimensor poderia ser contratado, isso foi um ato de amizade com a minha pessoa, e seguiram-se outros, em sequência, até que fui atraído para cá, sem propósito, e agora estou sob ameaça de expulsão.

— Há um quê de verdade em suas palavras — disse o burgomestre —, o senhor tem razão quando afirma que as comunicações do castelo não devem ser interpretadas literalmente. Mas é necessário ter cautela, não somente aqui, mas em qualquer lugar; particularmente quando se trata de uma comunicação importante. Mas não compreendo o que quis dizer com ser atraído para cá. Se tivesse compreendido melhor minhas explicações, saberia que a questão de sua contratação é muito complicada para ser resolvida em uma breve conversa.

— A conclusão é, portanto — disse K. —, que tudo é muito obscuro e insolúvel, mas estou sendo expulso.

— Quem se atreveria a expulsá-lo, senhor agrimensor? — disse o burgomestre. — É exatamente a falta de clareza sobre questões preliminares que lhe garante um tratamento muito cortês, mas o senhor aparentemente é muito sensível. Ninguém o prende aqui, o que não implica expulsão.

— Puxa, senhor burgomestre — disse K. —, agora o senhor novamente vê tudo de forma clara. Vou lhe contar um pouco sobre o que me prende aqui: os sacrifícios que fiz para deixar minha terra; a longa e difícil viagem; as fundadas esperanças de ser bem recebido; minha absoluta carência de recursos; a impossibilidade de encontrar trabalho em minha terra; e por fim, mas não menos importante, minha noiva, que é desta aldeia.

— Ah, Frieda! — disse o burgomestre, sem se mostrar surpreso. — Eu sei. Mas Frieda o acompanharia para qualquer lugar. Quanto ao restante, algumas considerações serão necessárias, e vou comunicá-las ao castelo. Quando houver uma decisão, ou se for necessário ouvi-lo novamente, eu mandarei chamá-lo. De acordo?

— Não, de modo algum — disse K. — Não quero favores do castelo, apenas meus direitos.

— Mizzi — disse o burgomestre à sua esposa, que ainda estava abraçada com ele, brincando de forma imaginativa com a carta de Klamm, com a qual havia feito um barquinho. Chocado, K. arrancou-a das mãos dela. — Mizzi, minha perna está doendo de novo, temos de trocar a compressa.

K. levantou-se e disse:

— Bem, estou de partida.

— Puxa! — disse Mizzi, que já preparava uma pomada. — A corrente de ar está muito forte.

K. voltou-se: os ajudantes, na incessante ânsia de servir, haviam aberto ambas as folhas da porta logo após a despedida de K. Para impedir a entrada do frio intenso no quarto do doente, K. fez apenas uma breve reverência ao burgomestre. Então saiu correndo do quarto, levando consigo os ajudantes, e fechou rapidamente a porta.

6.

Segunda conversa com a estalajadeira

O estalajadeiro estava à sua espera diante da estalagem. Não ousaria falar se não fosse perguntado, e então K. perguntou o que ele desejava.

— Já encontrou outro lugar? — perguntou o estalajadeiro, olhando para o chão.

— Pergunta em nome de sua esposa? — disse K. — Parece que você é muito dependente dela!

— Não — disse o estalajadeiro —, não pergunto em nome dela. Mas ela está muito nervosa e triste por sua causa; não pode trabalhar, fica na cama, suspirando e reclamando.

— Devo falar com ela? — perguntou K.

— Eu lhe peço que sim — disse o estalajadeiro. — Eu queria tê-lo buscado lá com o burgomestre; fiquei ouvindo atrás da porta, vocês estavam conversando, não queria incomodar, mas estava preocupado com minha mulher e voltei correndo; ela não me deixou entrar; não havia outra coisa a fazer senão esperá-lo.

— Então vamos rápido — disse K. —, logo vou acalmá-la.

* * *

— Espero que sim — disse o estalajadeiro.

Atravessaram a cozinha bem iluminada, onde três ou quatro criadas, distantes uma da outra, literalmente ficaram paralisadas e interromperam o trabalho ao ver K. Já na cozinha podia-se ouvir os suspiros da estalajadeira. Estava em um pequeno cômodo sem janelas, separado da cozinha por uma divisória de madeira. Havia espaço apenas para uma grande cama de casal e um armário. A cama estava posicionada de forma a permitir ver toda a cozinha e supervisionar o trabalho. Por outro lado, praticamente nada do que havia no cômodo podia ser visto da cozinha. Estava escuro ali dentro, apenas as cobertas brancas e vermelhas se destacavam um pouco. Só era possível distinguir alguma coisa depois que os olhos se acostumavam.

— Finalmente o senhor veio — disse a estalajadeira, com voz fraca. Estava deitada de costas, claramente respirava com dificuldade e havia jogado o edredom para fora da cama. Na cama parecia bem mais jovem do que quando estava vestida, mas a delicada touquinha de renda que usava era, porém, muito pequena, não se ajustava em seus cabelos, o que dava à sua face cansada um aspecto ainda mais triste.

— Como eu poderia ter vindo antes? — disse educadamente K. — A senhora não mandou me chamar.

— O senhor não deveria me ter feito esperá-lo por tanto tempo — disse a estalajadeira com a teimosia dos doentes. — Sente-se — disse ela, apontando para a beirada da cama. — Os demais podem ir!

Não apenas os ajudantes estavam ali, mas também as criadas.

— Vou embora também, Gardena — disse o estalajadeiro. Pela primeira vez, K. ouvia o nome da mulher.

— Claro — disse ela lentamente, e como se estivesse ocupada com outros pensamentos, acrescentou, distraída:

— E por que deveria ficar?

Quando todos haviam se retirado para a cozinha — e desta vez até os ajudantes, embora estivessem seguindo uma criada —, Gardena estava suficientemente atenta para perceber que tudo o que era dito ali podia ser ouvido na cozinha, pois o cômodo não tinha porta; então ordenou que deixassem a cozinha também, e foi prontamente atendida.

— Por favor — disse então Gardena —, senhor agrimensor, há um xale pendurado na frente do armário, passe-o para mim, quero me cobrir; não suporto o peso do edredom, estou sufocada.

Quando K. entregou-lhe o xale, ela disse:

— Veja bem, é um belo xale, não é?

Para K. parecia um tecido de lã bem comum; ele sentiu a textura para agradá-la, mas não disse nada.

— Sim, é um belo xale — disse Gardena, enrolando-se nele. Agora estava tranquila, não estava mais sofrendo. Até notou que os cabelos estavam em desalinho; ajeitou-os rapidamente e ajustou o penteado em volta da touquinha. Tinha cabelos volumosos.

K. ficou impaciente:

— A senhora mandou perguntar se eu já tinha encontrado outro lugar.

— Mandei perguntar? — disse a estalajadeira. — Não, é um engano.

— O seu marido me perguntou sobre isso.

— Acredito — disse a estalajadeira —, estou às turras com ele. Eu não queria o senhor aqui, ele permitiu que ficasse; agora que estou feliz com sua presença, ele quer que vá embora. Ele sempre faz essas coisas.

— Então a senhora mudou completamente de opinião sobre mim? Em uma ou duas horas?

— Não mudei de opinião — disse a estalajadeira, novamente com a voz fraca. — O senhor me dê a mão. Assim. Prometa que será honesto, e eu serei honesta com o senhor.

— Está bem — disse K. — Quem começa?

— Eu — disse a estalajadeira. Não parecia que adotava um tom conciliador, apenas estava ansiosa para falar primeiro.

Ela pegou uma fotografia que estava embaixo do travesseiro e a entregou a K.

— Olhe para esta foto — pediu ela. Para ver melhor, K. deu um passo na direção da cozinha, mas mesmo assim não era fácil distinguir o que estava no retrato, esmaecido pelo tempo, rachado, amassado e manchado.

— Não está em bom estado — disse K.

— É uma pena, uma pena — disse a estalajadeira —, é o que acontece quando se carrega algo por muitos anos. Mas se o senhor olhar com atenção, vai reconhecer tudo, com certeza. Posso ajudá-lo. Diga o que vê, ficarei feliz em ouvi-lo falar sobre a foto. O que vê, então?

— Um jovem — disse K.

— Certo — disse a estalajadeira. — E o que ele está fazendo?

— Está deitado numa prancha, espreguiçando-se e bocejando.

A estalajadeira riu.

— Está completamente enganado — disse ela.

— Mas há de fato uma prancha, e ele está deitado nela — K. insistia em sua afirmação.

— Olhe com mais atenção — disse a estalajadeira, irritada. — Está mesmo deitado?

— Não — disse agora K. —, não está deitado, está flutuando; agora vejo que não é uma prancha, deve ser uma corda, e o jovem está saltando sobre ela.

— Então — disse a estalajadeira, satisfeita. — Sim, está saltando. É assim que os mensageiros oficiais se exercitam. Sabia que o senhor notaria. Reconhece o rosto?

— Não vejo muitos detalhes do rosto — disse K. — Obviamente está fazendo muito esforço, está de boca aberta, com os olhos semicerrados, de cabelos esvoaçantes.

— Muito bem — disse a estalajadeira em tom de aprovação. — Para quem não o conhece pessoalmente, não dá para ver mais do que isso. Mas era um belo rapaz; eu o vi brevemente uma vez, e nunca o esquecerei.

— Quem era ele, então? — perguntou K.

— Era — disse a estalajadeira — o mensageiro enviado por Klamm quando ele mandou me chamar pela primeira vez.

K. não conseguia ouvir com atenção, o som de batidas na vidraça o distraía. Logo ele descobriu a causa do incômodo. Os ajudantes estavam no pátio, do lado de fora, saltitando na neve. Agiam como se estivessem felizes por ver K. novamente; apontavam alegremente um para o outro e davam batidinhas na janela da cozinha. Quando K. fez um movimento ameaçador, pararam imediatamente; um tentava empurrar o outro para longe, mas se livravam e logo estavam de volta à janela. K.

correu para o pequeno cômodo, onde os ajudantes não podiam vê-lo, e onde nem ele tinha de vê-los. Mas as batidinhas suaves e suplicantes continuaram por um bom tempo.

— De novo esses ajudantes — desculpou-se K. para a estalajadeira, apontando para o lado de fora. Mas ela não lhe deu atenção; tirou a fotografia das mãos dele e a colocou de volta sob o travesseiro. Seus movimentos eram lentos, não por cansaço, mas pelo peso das lembranças. Queria contar a história a K., mas esquecera-se dele por conta disso. Brincava com as franjas do xale. Após algum tempo, olhou para ele, passou a mãos nos olhos e disse:

— Este xale veio de Klamm. E a touquinha. A fotografia, o xale e a touquinha são três lembranças que recebi dele. Não sou jovem como Frieda, nem tão ambiciosa como ela, nem tão sentimental, ela é muito sentimental; em suma, sei me adaptar; tenho de admitir que sem essas três coisas não teria resistido por muito tempo aqui, provavelmente não resistiria nem um só dia. Essas três lembranças podem parecer ao senhor insignificantes, mas veja bem: Frieda, que está com Klamm há muito tempo, não ganhou dele nenhuma lembrança; ela é tão passional, e nunca está satisfeita; eu, por outro lado, que só estive com Klamm três vezes — nunca mais mandou me chamar, não sei por quê — trouxe essas lembranças comigo, talvez antecipando que meu tempo seria breve. Claro, você precisa cuidar de si mesmo, o próprio Klamm não dá nada, mas caso veja algo que lhe agrade, pode pedir a ele.

K. sentia-se desconfortável ao ouvir essas histórias, pois também o afetavam.

— Há quanto tempo tudo isso aconteceu? — perguntou ele, suspirando.

— Há mais de vinte anos — disse a estalajadeira. — Bem mais de vinte anos.

— As pessoas permanecem por tanto tempo fiéis a Klamm — disse K. —, mas a senhora estalajadeira tem consciência de que, com essas confissões, a senhora desperta grandes preocupações quanto a meu futuro casamento?

A estalajadeira considerou inadequado que K. tratasse de seus assuntos pessoais, e olhou para ele de soslaio, irritada.

— Não se zangue, senhora estalajadeira — disse K. —, não disse uma palavra contra Klamm, mas por força das circunstâncias tenho certo vínculo com ele; o maior admirador dele não pode negar esse fato. Pois então, sempre que Klamm é citado, tenho de pensar em mim mesmo, não posso evitar. A propósito, senhora estalajadeira — K. juntou as mãos trêmulas —, lembre-se de como foi desagradável nossa última conversa; agora queremos seguir nosso caminho, em paz.

— O senhor tem razão — disse a estalajadeira, inclinando a cabeça —, mas tenha consideração. Não sou mais sensível do que os outros, ao contrário, cada um tem suas sensibilidades, só tenho essa.

— Infelizmente também é a minha — disse K. —, porém vou me controlar; mas agora me esclareça, senhora estalajadeira, como vou suportar essa terrível fidelidade a Klamm em meu casamento, já que nesse aspecto Frieda é parecida com a senhora?

— Terrível fidelidade? — repetiu a estalajadeira, resmungando. — Isto é fidelidade? Sou fiel a meu marido, mas a Klamm? Ele já me considerou sua amante, posso perder essa posição? Como o senhor vai suportar isso quando estiver com Frieda? Ora, senhor agrimensor, quem é o senhor para ter a ousadia de fazer tais perguntas?

— Senhora estalajadeira — disse K. em tom de advertência.

— Eu sei — disse a estalajadeira, concordando. — Mas meu marido não faz perguntas como essa. Não sei quem poderia ser chamado de infeliz, eu, na época, ou Frieda, agora. Frieda que abandonou Klamm por livre e espontânea vontade, ou eu, a quem ele nunca mais mandou chamar. Talvez seja mesmo Frieda, embora ela possivelmente ainda não tenha plena consciência disso. Meus pensamentos na época eram dominados exclusivamente por minha infelicidade; então eu me perguntava continuamente, e até hoje me pergunto: por que isso aconteceu? Klamm mandou me chamar três vezes, mas não houve uma quarta vez. Nunca houve uma quarta vez! Com o que mais eu poderia me ocupar na época? O que poderia dizer a meu marido, com quem me casei pouco depois? Durante o dia não tínhamos tempo, esta estalagem estava em péssimas condições quando a assumimos, tínhamos de tentar recuperá-la; mas à noite? Durante anos nossas conversas noturnas giravam em torno de Klamm, e sobre as razões de sua mudança de opinião. Quando meu marido adormecia durante essas conversas, eu o acordava e continuávamos.

— Agora eu vou, se a senhora me permite — disse K. —, fazer uma pergunta muito grosseira.

A estalajadeira se calou.

— Bom, creio que não devo perguntar — disse K. —, isso basta para mim.

— É claro — disse a estalajadeira —, isso basta para o senhor, realmente. O senhor interpreta tudo mal, inclusive o silêncio. Não pode evitar. Permito que faça a pergunta.

— Se eu interpreto tudo mal — disse K. —, talvez eu interprete mal minha pergunta, que pode não ser grosseira, afinal. Só queria saber como a senhora conheceu seu marido, e como se tornaram proprietários desta estalagem?

A estalajadeira franziu a testa, mas disse calmamente:

— É uma história bem simples. Meu pai era ferreiro, e Hans, meu atual marido, era cavalariço de um grande fazendeiro, e vinha com frequência à casa de meu pai. Foi logo depois do último encontro com Klamm; eu estava muito infeliz, mas não deveria; tudo tinha ocorrido de forma correta, e o fato de eu não ter mais permissão para me encontrar com Klamm foi por decisão dele, que também foi correta; apenas os motivos eram obscuros, e eu não deveria investigá-los, nem ter ficado infeliz por isso. Mas eu estava, não podia mais trabalhar, ficava sentada o dia todo no jardinzinho em frente de casa. Hans me viu ali, e às vezes sentava-se a meu lado. Eu não me queixava, mas ele sabia do que se tratava; como era um bom rapaz, chorava junto comigo. O antigo estalajadeiro queria desistir do negócio após o falecimento da esposa — já era um homem velho —, um dia ele passou diante do jardinzinho e nos viu ali sentados; então se deteve e, sem mais delongas, propôs que alugássemos a estalagem; como confiava em nós, não exigiu adiantamento, e o aluguel era muito barato. Não queria ser um fardo para meu pai, nada mais importava para mim; pensei que a estalagem e o novo trabalho poderiam me fazer esquecer, e dei minha mão a Hans em casamento. Esta é a história.

Após um instante de silêncio, K. disse:

— O estalajadeiro foi generoso, mas descuidado; ele tinha razões especiais para confiar em vocês dois?

— Ele conhecia bem Hans — disse a estalajadeira —, era tio dele.

— Agora está claro — comentou K. — E obviamente a família de Hans apoiou sua união com ele?

— Pode ser — disse a estalajadeira —, não sei ao certo, nunca me preocupei com isso.

— Certamente foi assim — disse K. — A família estava disposta a fazer tal sacrifício, entregou-lhes a estalagem sem qualquer garantia.

— Eles não foram descuidados, como se comprovou mais tarde — disse a estalajadeira. — Lancei-me ao trabalho. Eu era forte, filha de um ferreiro, não precisava de criada, nem de criado; estava em toda parte: no salão, na cozinha, no estábulo, no quintal; cozinhava tão bem que até roubava hóspedes da estalagem dos cavalheiros. O senhor ainda não esteve no salão na hora do almoço, não conhece nossos clientes, na época havia muitos mais, mas desde então alguns deixaram de vir. O resultado foi que não apenas conseguíamos pagar o aluguel corretamente, mas poucos anos depois compramos toda a propriedade, e hoje quase não temos dívidas. Mas o outro resultado é que me prejudiquei, fiquei doente do coração e hoje sou uma velha. Talvez o senhor pense que sou muito mais velha que Hans, mas na verdade ele é apenas dois ou três anos mais novo, e nunca vai envelhecer, pois nesse trabalho — fumar cachimbo, ouvir os hóspedes, esvaziar o cachimbo e de vez em quando servir uma cerveja — nesse tipo de trabalho as pessoas não envelhecem.

— Suas conquistas são admiráveis, sem dúvida — disse K. —, mas falávamos de uma época anterior a seu casamento; é estranho que a família de Hans estivesse disposta a fazer tal sacrifício financeiro, ou que ao menos assumisse tamanho risco ao repassar a estalagem, pressioná-los para se casarem, sem confiar em mais nada além de sua capacidade de trabalho, que ainda não era conhecida, e na ausência de capacidade de trabalho por parte de Hans, que deve ter sido notada na época.

— Bom — disse a estalajadeira, cansada —, sei aonde quer chegar, e como passou longe de seu objetivo. Klamm não teve nada a ver com isso. Por que se preocuparia comigo, ou melhor: como poderia se preocupar comigo? Já nem sabia mais de mim. O fato de não ter me mandado chamar novamente era sinal de que havia me esquecido. Quando não manda mais chamar uma pessoa, é porque a esqueceu completamente. Não queria falar sobre isso diante de Frieda. Não é apenas esquecimento, é mais do que isso. Se esquecemos alguém, podemos vir a conhecer essa pessoa novamente. Para Klamm, isso não é possível. Se ele não chama mais uma pessoa, é porque esqueceu completamente não apenas o passado, mas também o futuro. Se eu me esforçar bastante, posso penetrar em seus pensamentos, que não têm sentido aqui; talvez em terra estrangeira, de onde o senhor vem, sejam válidos. Talvez o senhor seja tão tolo a ponto de pensar que Klamm me deu em casamento a Hans para que eu não tivesse maiores obstáculos para ir ao encontro dele, caso me chamasse no futuro. Bem, a tolice não pode ir tão longe. Que homem poderia impedir que eu fosse ao encontro de Klamm, se ele me desse um sinal? Bobagem, a mais completa bobagem; as pessoas enganam a si mesmas ao imaginar tamanhas bobagens.

— Não — disse K. —, não estamos nos enganando, minha imaginação não foi tão longe como a senhora supõe, embora, para falar a verdade, estivesse indo por esse caminho. Só fiquei surpreso pela família ter tantas esperanças em relação a esse casamento, e que tais esperanças tenham se tornado realidade, ainda que à custa de sua saúde e de seu coração. Ocorre-me que poderia haver uma ligação entre esses fatos e Klamm, mas não da maneira rude como a senhora apresentou, aparentemente com o único objetivo de me atacar, pois a senhora se alegra com isso. Pode se alegrar! Meu raciocínio foi o seguinte: em primeiro lugar, Klamm é obviamente a razão do casamento. Se não fosse por Klamm, a senhora não teria se tornado infeliz, não teria se sentado no jardinzinho em frente à sua casa; se não fosse por Klamm, Hans não a teria visto lá; se não fosse por sua tristeza, o tímido Hans não teria ousado falar com a senhora, e ele não teria chorado junto com a senhora; se não fosse por Klamm, o velho e generoso tio, proprietário da estalagem, não os teria visto juntos; a senhora não diria que nada mais importava, e não teria se casado com Hans. Bem, em tudo isso há claramente a interferência de Klamm, é o que quero dizer. E há mais. Se a senhora não tivesse tentado esquecer, não teria trabalhado tão arduamente, o que a prejudicou, e o negócio não teria prosperado tanto. Eis aqui a presença de Klamm. Além disso, Klamm é também a causa de sua doença, pois seu coração estava exaurido por uma paixão infeliz antes de seu casamento. Resta a questão de por que a família de Hans estava tão apegada a esse casamento. A senhora mesma mencionou que ser amante de Klamm significava uma posição social que não pode ser perdida; bem, isso pode tê-los atraído. Além disso, creio eu, tinham esperança na boa estrela que a conduziu até Klamm — considerando que foi uma boa estrela, como a senhora diz — que pertencia à senhora, permaneceria com a senhora, e portanto a senhora não seria abandonada de forma tão rápida e repentina, como o foi por Klamm.

— O senhor está falando sério? — perguntou a estalajadeira.

— Muito sério — disse prontamente K. —, e creio que a família de Hans não estava totalmente certa, nem totalmente errada em suas esperanças, e creio que reconheço o erro que cometeram. Aparentemente tudo deu certo, Hans é bem cuidado, tem uma esposa imponente, é honrado, o negócio está livre de dívidas. Mas na verdade nem tudo deu certo; ele teria sido muito mais feliz com uma moça simples, de quem fosse o primeiro amor; se às vezes parece desnorteado na taberna, como você o acusa, é porque ele realmente se sente desnorteado — mas não é infeliz por isso, até onde sei — porém também é evidente que esse rapaz bonito e inteligente teria sido mais feliz com outra mulher e, digo também, seria mais independente, mais esforçado, mais másculo. A senhora claramente também não é feliz, pois, como disse, não poderia ter resistido sem as três lembranças, e ficou doente do coração. A família estava errada quanto a suas esperanças? Não creio. Uma bênção pairava sobre vocês, mas não sabiam como trazê-la para si.

— O que não soubemos fazer? — perguntou a estalajadeira. Estava agora deitada de costas e olhava para o teto.

— Perguntar a Klamm — disse K.

— Voltamos a seus assuntos — disse a estalajadeira.

— Ou aos seus — disse K. — Nossos interesses quase se tocam.

— O que o senhor deseja de Klamm? — perguntou a estalajadeira. Ela sentou-se ereta, sacudiu os travesseiros e olhou nos olhos de K. — Contei-lhe minha história com franqueza, bem que o senhor poderia ter aprendido algo com ela. Diga-me com franqueza o que deseja de Klamm. Foi com muita dificuldade que convenci Frieda a ir para o quarto dela e ficar lá. Tive receio de que o senhor não falasse com a franqueza necessária diante dela.

— Não tenho nada a esconder — disse K. — Mas quero chamar sua atenção para uma coisa. Klamm esquece rápido, a senhora disse. Em primeiro lugar, isso me parece muito improvável; em segundo lugar parece pouco crível, nada mais que uma lenda imaginada por alguma moça que tenha recebido favores de Klamm. Muito me admira que a senhora creia em invencionices tão simplórias.

— Não é uma lenda — disse a estalajadeira —, é algo originado de experiências reais.

— E que pode ser refutado por uma nova invencionice — disse K. — Mas há uma diferença entre o seu caso e o de Frieda. Na verdade Klamm não deixou de chamar Frieda, ele a chamou, mas ela não atendeu. É bem possível que ainda esteja à espera dela.

A estalajadeira ficou em silêncio enquanto olhava de alto a baixo para K. Então ela disse:

— Vou ouvir silenciosamente tudo o que o senhor tem a dizer. É melhor falar com franqueza do que me poupar. Mas eu lhe peço que não diga o nome de Klamm. Chame-o de "ele" ou de qualquer outra coisa, mas não pelo nome.

— Com prazer — disse K. — É difícil dizer o que desejo dele. Primeiramente gostaria de vê-lo de perto, depois queria ouvir sua voz, depois queria saber o que pensa sobre nosso casamento. Outro pedido eventual dependeria de como fosse a nossa conversa. Muitos assuntos podem surgir, mas o importante é que eu possa enfrentá-lo. Ainda não falei com nenhum autêntico funcionário, parece que é mais difícil do que eu imaginava. Mas agora tenho o dever de falar com ele como um cidadão particular, o que me parece ser bem mais fácil. Como funcionário, só posso falar com ele no departamento, que talvez seja inacessível, deve ficar no castelo, ou, o que é questionável, na estalagem dos cavalheiros. Como cidadão particular, porém, posso falar com ele em qualquer lugar, em casa, na rua, onde quer que possa encontrá-lo. Se, porém, deparar-me com um funcionário na minha frente, aceitarei de bom grado, embora não seja meu objetivo.

— Está bem — disse a estalajadeira apertando o rosto contra o travesseiro, como se dissesse algo vergonhoso. — Se, por intermédio de meus contatos, eu conseguir que seu pedido de uma entrevista com Klamm seja aceito, o senhor promete que não fará nada por conta própria[8] até que chegue a resposta?

— Isso eu não posso prometer — disse K. —, por mais que eu queira atender a seus pedidos ou seus caprichos. O assunto é urgente, especialmente depois de meu encontro pouco proveitoso com o burgomestre.

— Esta objeção não mais se aplica— disse a estalajadeira —, o burgomestre é uma pessoa absolutamente insignificante. O senhor não notou? Não ficaria um só dia no cargo se não fosse a esposa, que comanda tudo.

— Mizzi? — perguntou K.

A estalajadeira fez que sim com a cabeça.

— Ela estava lá — disse K.

— Ela disse alguma coisa? — perguntou a estalajadeira.

— Não — disse K. — Nem deu a impressão de que diria algo.

8. No original, *auf eigene Faust*, expressão idiomática que pode ser traduzida como "por contra própria", "por sua iniciativa", possível alusão ao Fausto de Goethe.

— Bom — disse a estalajadeira —, o senhor está completamente enganado sobre tudo. Além disso, qualquer decisão do burgomestre sobre o senhor não tem nenhum significado; qualquer hora falo com a esposa. Se eu lhe prometer agora que a resposta de Klamm virá no máximo em uma semana, o senhor não terá mais motivos para não ceder a meus apelos.

— Nada disso é decisivo — disse K. —, minha decisão já está tomada, e pretendo cumpri-la ainda que receba uma resposta negativa. E se a decisão está tomada, não há por que pedir uma entrevista prévia. O que poderia ser uma iniciativa ousada, ainda que bem intencionada, sem o pedido seria simplesmente insubordinação após uma resposta negativa. E seria algo muito pior.

— Muito pior? — disse a estalajadeira. — Isso é claramente uma insubordinação. Passe-me minha saia, por favor.

Sem se importar com K., ela vestiu a saia e correu para a cozinha. Há algum tempo havia uma agitação no salão. Ouviu-se uma batida na janela. Os ajudantes a abriram e berraram que estavam com fome. Outros rostos podiam ser vistos. Podia-se até mesmo ouvir um canto baixo, a várias vozes.

Era evidente que a conversa de K. com a estalajadeira havia atrasado muito a preparação do almoço, que ainda não estava pronto, embora os clientes já estivessem reunidos. Ninguém se atrevera a ir até a cozinha, a estalajadeira proibira a entrada. Mas as pessoas que estavam na janela avisaram que a estalajadeira estava chegando, e as criadas correram para lá; quando K. entrou no salão, um grupo surpreendentemente grande, mais de vinte pessoas, homens e mulheres, provincianos, mas não vestidos como camponeses, saiu da janela onde estava e seguiu para as mesas, para garantir seus lugares. Em uma mesinha de canto estavam um casal e algumas crianças; o homem, um cavalheiro simpático, de olhos azuis, de cabelos grisalhos desgrenhados e barba, inclinava-se na direção das crianças e marcava o ritmo do canto delas, que ele tentava continuamente abafar, com uma faca; talvez quisesse fazê-las esquecer a fome pelo canto. A estalajadeira pediu desculpas ao grupo com algumas palavras casuais, mas ninguém a repreendeu. Perscrutou o salão à procura do estalajadeiro, que provavelmente já deveria estar longe há algum tempo pela dificuldade da situação. Então voltou lentamente para a cozinha; nem pôde mais ver K., que correu para o quarto de Frieda.

7.

O professor

K. encontrou o professor no andar de cima. Felizmente Frieda havia sido tão zelosa que o quarto estava quase irreconhecível. Estava bem ventilado, a estufa estava mais do que aquecida, o piso lavado, a cama arrumada, e as coisas das criadas, um lixo nauseabundo, inclusive suas fotos, haviam desaparecido; a mesa, cujo tampo incrustado de sujeira literalmente parecia nos encarar para onde quer que voltássemos o olhar, estava coberta com uma toalha branca de tricô. Agora hóspedes podiam ser recebidos ali; o fato de algumas poucas roupas de K., que Frieda obviamente havia lavado pela manhã, estarem penduradas perto da estufa para secar, quase não o incomodou. O professor e Frieda estavam sentados à mesa, e se levantaram quando K. entrou. Frieda cumprimentou K. com um beijo, e o professor fez uma pequena reverência. K., ainda distraído pela conversa tensa com a estalajadeira, pediu desculpas ao professor por não ter podido visitá-lo antes; era como se ele presumisse que o professor, impaciente pela ausência de K., tivesse tomado a iniciativa de visitá-lo. O professor, porém, de forma comedida, aparentemente foi se lembrando aos poucos de que algum tipo de visita havia sido previamente combinada entre eles.

— Ah, o senhor agrimensor — disse ele devagar —, o estranho com quem falei há alguns dias na praça em frente à igreja.

— Sim — disse K. laconicamente; o que havia tolerado antes, na situação desoladora em que se encontrava, não teria de tolerar agora, em seu quarto. Voltou-se para Frieda e comunicou-lhe que teria de fazer uma importante visita, e para isso teria de estar tão bem vestido quanto possível. Sem fazer mais perguntas a K., Frieda logo chamou os ajudantes, que estavam ocupados examinando a toalha nova da mesa, e ordenou que levassem as roupas e as botas de K., que ele começou a descalçar naquele instante, para o quintal, onde deveriam ser cuidadosamente limpas. Ela mesma tirou uma camisa do varal e foi para cozinha passá-la a ferro.

K. ficou a sós com o professor, que estava quieto, sentado à mesa; ele deixou-o esperando um pouco mais, tirou a camisa e começou a lavar-se na pia. Ainda de costas para o professor, perguntou a razão de sua vinda.

— Vim em nome do senhor burgomestre da aldeia — disse ele.

K. estava pronto para ouvir a proposta. Como era difícil ouvi-lo por causa do barulho da água, o professor aproximou-se e inclinou-se na direção de K., junto à parede. K. desculpou-se pelo barulho e pela urgência da visita que tinha de fazer. O professor ignorou-o e disse:

— O senhor foi descortês com o senhor burgomestre, um homem idoso, com muitos méritos, experiente e honrado.

— Não sei se fui descortês — disse K. enquanto se enxugava —, mas admito que eu tinha outras coisas em que pensar além de um comportamento cortês; minha própria existência estava em risco por uma lamentável organização oficial; me abstenho de explicar os detalhes, uma vez que o senhor mesmo é membro de tal organização. O burgomestre queixou-se de mim?

— A quem ele poderia ter reclamado? — disse o professor. — E mesmo se pudesse reclamar para alguém, ele reclamaria? Apenas escrevi uma pequena ata sobre a reunião, com base no que ele ditou, e assim pude constatar como o senhor burgomestre foi gentil, e como foram suas respostas a ele.

Enquanto procurava o pente, que Frieda deveria ter guardado em algum lugar, K. disse:

— Como? Uma ata? Redigida na minha ausência, e por alguém que não estava presente na reunião? Nada mal. E por que uma ata? Foi em evento oficial?

— Não — disse o professor —, semioficial, pois as atas são apenas semioficiais; só foi redigida porque temos de manter tudo na mais estrita ordem. De qualquer modo, já está no papel, e não afeta sua honra.

K., após finalmente ter encontrado o pente, que havia escorregado para a cama, disse calmamente:

— Está no papel. O senhor veio até aqui para me dizer isso?

— Não — disse o professor —, mas não sou um autômato e devo manifestar minha opinião. Meu comunicado é mais uma prova da generosidade do senhor burgomestre; enfatizo que tal gentileza é incompreensível para mim, e só cumpro a ordem em razão de meu cargo e por reverência ao senhor burgomestre.

Lavado e penteado, K. sentou-se à mesa enquanto esperava pela camisa e pelo traje; tinha pouca curiosidade sobre o que o professor lhe dizia; também estava influenciado pela opinião negativa que a estalajadeira tinha sobre o burgomestre.

— Já passa de meio-dia, não é? — perguntou, enquanto pensava no caminho que iria percorrer; então corrigiu-se e disse:

— O senhor deseja me apresentar uma proposta do burgomestre.

— Sim — disse o professor encolhendo os ombros, como que para se eximir de qualquer responsabilidade. — Caso a decisão sobre seu caso demore muito, o senhor burgomestre teme que o senhor aja de forma impensada, por conta própria. De minha parte, não sei por que tem tal temor; na minha opinião, o senhor pode fazer o que quiser. Não somos seus anjos da guarda nem temos obrigação de acompanhá-lo por todos os caminhos. Bem, o burgomestre tem uma opinião diferente. Claro que não pode apressar a decisão, que está a cargo das autoridades do conde. Mas dentro dos limites de sua influência, quer tomar uma decisão provisória, e verdadeiramente generosa; cabe ao senhor aceitá-la: está lhe oferecendo o cargo de bedel da escola.

A princípio K. prestou pouca atenção ao que lhe era dito, mas o fato de lhe oferecerem alguma coisa não era desprezível. Indicava que, na visão do burgomestre, ele tinha condições de fazer algo para se defender, de forma que o conselho local também adotou medidas de proteção. E como estavam levando a coisa a sério! O professor, que já aguardava ali há algum tempo, após ter redigido a ata, certamente fora instado a ir até ali pelo burgomestre. Quando o professor percebeu que havia conseguido fazer com que K. pensasse na questão, prosseguiu:

— Apresentei minhas objeções. Salientei que até então não havíamos precisado de um bedel; a esposa do sacristão faz a faxina de vez em quando, e a senhorita Gisa, a professora, supervisiona tudo. Já tenho problemas demais com as crianças, não quero me irritar com um bedel. O senhor burgomestre rebateu, dizendo que a escola estava muito suja. Respondi que, na verdade, não estava tão ruim. E acrescentei: vai melhorar se contratarmos um bedel? Certamente que não. Além disso, a escola tem apenas duas grandes salas de aula, não há cômodos adicionais; além de não saber nada sobre esse trabalho, o bedel teria de morar com a família em uma das salas de aula, lá dormir, talvez até cozinhar, o que evidentemente não contribuiria com a limpeza. Mas o senhor burgomestre destacou que seria uma salvação para o senhor em tempos de necessidade, e que por isso o senhor daria o seu melhor para se sair bem; além disso, prosseguiu o senhor burgomestre, contaríamos com a força adicional de sua esposa e de seus ajudantes, que poderiam manter não só a escola, mas também o jardim, em ordem exemplar. Tudo isso eu refutei com facilidade. Por fim, o senhor burgomestre não pôde mais argumentar a seu favor, riu e disse que o senhor era apenas um agrimensor; portanto, seria capaz de cuidar bem dos canteiros do jardim da escola. Bem, não há como rebater piadas, então vim trazer ao senhor a proposta.

— Não há motivos para se preocupar, senhor professor — disse K. — Não pretendo aceitar esse trabalho.

— Que ótimo — disse o professor — que ótimo, o senhor rejeitou a proposta sem reservas — e apanhou o chapéu, fez uma reverência e partiu.

Frieda logo voltou, com uma expressão perturbada; trouxe a camisa sem passar, não respondia a perguntas; para entretê-la, K. contou sobre o professor e a proposta; mal ouviu a história, ela jogou a camisa na cama e saiu correndo. Voltou logo, mas com o professor, que parecia aborrecido e nem sequer o cumprimentou. Frieda pediu a ele que tivesse um pouco de paciência — obviamente já tinha pedido algumas vezes até chegar ali — e então arrastou K. por uma porta lateral, que ele até então ignorava, que dava para um sótão ao lado do quarto, onde finalmente contou, ainda excitada e sem fôlego, o que tinha acontecido com ela. A estalajadeira, ultrajada por ter se rebaixado diante de K. ao fazer confissões a ele; e o que foi ainda pior, ter concordado, por pura indulgência, com uma entrevista entre Klamm e K., e, como ela disse, não tinha conseguido nada além de uma fria e insincera negativa, estava decidida a não mais tolerar a presença de K. na casa; caso ele tivesse mesmo vínculos com o castelo, deveria tirar proveito deles ainda hoje, pois deveria deixar a casa naquele momento; e não o aceitaria de volta, exceto em caso de coerção ou ordens diretas oficiais; mas ela esperava que a situação não chegasse a esse ponto, pois também tinha vínculos com o castelo, e saberia usá-los a seu favor. Aliás, ele só estava ali por negligência do estalajadeiro; de qualquer modo, não estava em apuros, pois hoje pela manhã se gabara de ter um lugar disponível para passar a noite. Claro que Frieda deveria ficar; se acompanhasse K., a estalajadeira ficaria profundamente infeliz; só de pensar nisso, já havia desabado em lágrimas na cozinha, ao lado do fogão, a pobre mulher de coração partido! Como ela poderia agir de outra forma, pois se tratava, ao menos na mente dela, da honra de Klamm. E assim foi em relação à estalajadeira. Claro que Frieda acompanharia K. onde quer que ele fosse, na neve e no gelo, nem haveria mais o que dizer sobre isso, mas de qualquer modo a situação de ambos era muito ruim, por isso recebeu com grande alegria a proposta do professor; ainda que não fosse um cargo adequado para K., era apenas algo temporário, como foi expressamente destacado; poderiam ganhar algum tempo e depois encontrariam facilmente outras possibilidades, ainda que a decisão final fosse desfavorável.

— Em caso de emergência — gritou Frieda, já agarrando o pescoço de K. — podemos emigrar, o que nos prende aqui na aldeia? Mas por enquanto, querido, devemos aceitar a proposta. Eu trouxe o professor de volta, basta você dizer a ele "aceito", nada mais, e vamos para a escola.

— Que ruim — disse K., não muito a sério, pois não se importava muito com a moradia; e também estava congelando só de roupa de baixo, no sótão, por onde penetrava um vento gelado, pois em dois lados não havia paredes nem janelas. — Agora que você deixou o quarto tão bem arrumado, temos de sair! Eu não queria, não queria mesmo, aceitar essa proposta; seria bem penoso para mim humilhar-me diante desse professorzinho, que seria meu superior. Se pudéssemos ficar só mais um pouquinho, talvez ainda hoje à tarde minha situação mude. Se ao menos você ficasse aqui, poderíamos dar uma resposta vaga ao professor e aguardar. Sempre posso encontrar um lugar para dormir, se for preciso, posso ir para a casa de Barn...

Frieda tapou a boca de K. com a mão.

— Isso não — disse ela, assustada. — Por favor, não diga isso de novo. Mas vou acompanhá-lo seja para onde for. Se você quiser, fico aqui sozinha, por mais triste que isso seja para mim. Se quiser, podemos rejeitar a proposta, ainda que seja um erro, na minha opinião. Veja, se ainda hoje à tarde você encontrar outra possibilidade, é evidente que não vamos aceitar o cargo na escola, e ninguém vai nos incomodar; quanto a humilhar-se diante do professor, cuidarei para que isso não aconteça, eu mesma vou falar com ele, você só tem de ficar aí quieto, e depois não será diferente; você nunca terá de falar com ele se não quiser; na verdade, só eu serei subordinada a ele, e na verdade não serei, pois conheço suas fraquezas. Logo, não temos nada a perder se aceitarmos o cargo, mas perderemos muito se o rejeitarmos; acima de tudo, se não conseguir nada do castelo ainda hoje, você não vai encontrar nenhum lugar para passar a noite aqui na aldeia, um lugar onde eu, sua futura esposa, não me envergonharia de estar. E se você não conseguir um lugar para passar a noite, como pode querer que eu fique aqui, em um quarto quentinho, enquanto vaga lá fora, na noite fria?

K., que durante todo esse tempo permaneceu com os braços cruzados, batendo as mãos nas costas para se aquecer um pouco, disse:

— Então só nos resta aceitar. Que seja!

No quarto, correu para a estufa; não se importava mais com o professor; este sentou-se à mesa, apanhou o relógio e disse:

— Está ficando tarde.

— Estamos de pleno acordo, senhor professor — disse Frieda. — Aceitamos o cargo.

— Bom — disse o professor —, mas o cargo foi oferecido ao senhor agrimensor. Ele mesmo tem de se manifestar.

Frieda veio em seu socorro.

— É claro — disse ela —, que ele vai aceitar o cargo, não é, K.?

Dessa forma, K. pôde limitar seus esclarecimentos a um simples "sim", que sequer foi dirigido ao professor, mas à Frieda.

— Então — disse o professor —, resta-me lembrá-los de seus deveres profissionais, para que possamos chegar a um acordo definitivo; senhor agrimensor, todos os dias o senhor deverá limpar e aquecer as duas salas de aula, fazer pequenos reparos no edifício, nos materiais escolares e nos de ginástica, manter a passagem do jardim livre de neve, transmitir recados entre mim e a senhorita professora e, nas estações mais quentes, fazer todo o trabalho de jardinagem. Em troca, o senhor tem direito de escolher uma das salas da escola como moradia; caso as aulas não estejam ocorrendo simultaneamente em ambas as salas, e o senhor estiver em uma sala onde há aula, naturalmente deverá se transferir para a outra. Naturalmente não poderá cozinhar na escola, mas o senhor e os seus serão servidos aqui na estalagem, à custa da comunidade. O senhor deverá se comportar de maneira digna em relação à escola, e as crianças não devem jamais presenciar cenas desagradáveis de sua vida doméstica durante as aulas; é algo que menciono de passagem, pois um homem cultivado deve estar ciente disso. Em relação a esse fato, devo insistir para que regularize seu relacionamento com a senhorita Frieda o quanto antes. Um contrato de prestação de serviços será elaborado sobre esse e outros pequenos detalhes, e o senhor deverá assiná-lo assim que se mudar para a escola.

Para K., nada disso parecia ter importância; era como se não o afetasse, nem criasse qualquer vínculo; apenas a empáfia do professor o incomodava, e ele disse espontaneamente:

— Bem, essas são obrigações habituais.

— Para amenizar o comentário, Frieda perguntou sobre o salário.

— Se haverá ou não salário — disse o professor — é algo que só será definido após um mês do período de experiência.

— Mas isto é difícil para nós — disse Frieda. — Vamos nos casar praticamente sem dinheiro e constituir uma família do nada. Não poderíamos pedir à comunidade, senhor professor, um pequeno adiantamento? O senhor poderia intervir?

— Não — disse o professor, que dirigia suas palavras sempre a K. — Tal pedido só seria atendido por recomendação minha, e não o farei. A proposta do cargo já foi um favor ao senhor, e não há necessidade de favores de tal ordem se a pessoa tem consciência de sua responsabilidade pública.

Então K. interveio, quase contra a vontade.

— Senhor professor, creio que está enganado quanto a favores. Eu é que estou fazendo-lhe um favor.

— Não — disse o professor, rindo, pois havia forçado K. a falar. — Estou muito bem informado sobre a questão. Precisamos tanto de um bedel quanto de um agrimensor. Bedéis e agrimensores são um fardo sobre nossos ombros. Vou ter de pensar muito para justificar esse gasto para a comunidade. Seria mais fácil e mais honesto simplesmente colocar a questão na mesa, sem qualquer justificativa.

— É isso mesmo que eu quis dizer — disse K. —, o senhor tem de contratar contra a sua vontade. Embora à custa de uma penosa reflexão, o senhor tem de me contratar. Ora, se alguém é obrigado a contratar um outro, e este aceita, é este último que faz um favor.

— Estranho — disse o professor —, o que nos obrigaria a contratá-lo? O coração bondoso, muito bondoso do senhor burgomestre nos compele a isso. Percebo, senhor agrimensor, que terá de pôr de lado suas fantasias se deseja ser um bedel útil. É claro que comentários dessa natureza não vão favorecer a concessão de um salário. Também notei, infelizmente, que seu comportamento me dará muito trabalho; durante o tempo em que esteve negociando comigo — não pude deixar de ver, e quase não acreditei —, o senhor permaneceu de camisa e cueca.

— Sim — gritou K., rindo e batendo palmas —, aqueles abomináveis ajudantes! Onde estão eles?

Frieda correu para a porta; o professor, ao perceber que K. não falaria mais com ele, perguntou a ela quando se mudariam para a escola.

— Hoje — disse Frieda.

— Então volto amanhã de manhã para conferir — disse o professor, fazendo um aceno; ele queria sair pela porta que Frieda havia aberto para ele, mas esbarrou nas criadas, que voltavam com suas coisas para se instalar ali novamente. Teve de abrir caminho entre elas, que não davam licença para ninguém, e Frieda o seguiu.

— Mas vocês estão com pressa — disse K., que agora estava feliz pela presença delas. —Ainda estamos aqui, e vocês já vieram?

Elas não responderam, apenas lidavam desajeitadamente com as trouxas, nelas estavam os trapos sujos que K. já havia visto.

— Parece que nunca lavaram suas roupas — disse K., não com raiva, mas até com certo carinho.

Elas notaram, e abriram ao mesmo tempo as bocas rígidas, que exibiam dentes bonitos, fortes, quase animalescos, e riram silenciosamente.

— Venham então — disse K. —, podem se instalar, o quarto é de vocês.

Mas elas ainda estavam hesitantes — o quarto delas parecia tão mudado. K. pegou uma delas pelo braço e a conduziu. Mas logo a soltou; ambas pareciam muito surpresas; após um rápido entendimento entre elas, porém, não se afastaram mais de K.

— Vocês já me olharam por bastante tempo — disse K., e para afastar qualquer constrangimento, pegou as botas e as roupas que Frieda lhe trouxera, seguida discretamente pelos ajudantes, e se vestiu. Para ele era sempre incompreensível, e ainda mais agora, a paciência que Frieda tinha com os ajudantes. Ela os encontrara no quintal, onde deveriam limpar as roupas e as botas; em vez disso, almoçavam tranquilamente, com as roupas sujas dobradas no colo; ela teve de limpar tudo sozinha; mas não se zangou com eles, pois sabia lidar bem com pessoas rudes, mas, diante deles, considerou tal negligência como uma brincadeirinha, e até acariciou a bochecha de um deles. K. pretendia censurá-la mais tarde por isso. Mas agora tinham de partir.

— Os ajudantes ficam por aqui para ajudar na mudança — disse K.

Só que eles não estavam de acordo; satisfeitos e felizes, gostariam de se movimentar um pouco. Só quando Frieda disse: "Claro, vocês ficam aqui", eles aceitaram.

— Sabe para onde vou? — perguntou K.

— Sim — disse Frieda.

— E não vai mais tentar me impedir? — perguntou K.

— Você vai encontrar muitos obstáculos — disse ela —, o que significariam minhas palavras?

Ela lhe deu um beijo de despedida e entregou a ele, que ainda não tinha almoçado, um embrulhinho com pão e linguiça que tinha trazido lá de baixo, lembrou-lhe que não deveria mais ir até lá, mas direto para a escola, e acompanhou-o, com a mão em seu ombro, até a porta.

8.

À espera de Klamm

De início, K. ficou feliz por ter deixado o quarto aquecido, abarrotado de criadas e ajudantes. Sentia um pouco de frio, mas a neve estava mais firme, e a caminhada, mais fácil. Já estava escurecendo, e ele apertou o passo.

O castelo, cujos contornos começavam a se dissipar, continuava do mesmo jeito; K. nunca vira o menor sinal de vida lá, talvez não fosse mesmo possível distinguir alguma coisa pela distância, mas era o que seus olhos exigiam, não queriam tolerar o silêncio. Quando K. olhava para o castelo, às vezes tinha a impressão de ver alguém sentado, olhando ao longe, não perdido em devaneios e portanto alheio a tudo, mas de forma livre e despreocupada, como se estivesse sozinho, sem ninguém a observá-lo; porém notara que certamente estava sendo observado, o que não afetou minimamente sua calma; na verdade — não se sabia se era causa ou consequência — os olhos do observador não podiam se deter, logo se desviavam. Essa impressão fora reforçada porque havia escurecido cedo; quanto mais ele olhava, menos distinguia, tudo estava cada vez mais imerso no crepúsculo.

No momento em que chegava à estalagem dos cavalheiros, ainda não iluminada, abriu-se uma janela no primeiro andar; um jovem cavalheiro, gordo, com o rosto escanhoado, debruçou-se para fora e ali permaneceu. Aparentemente não respondeu à saudação de K. nem mesmo com um mínimo aceno de cabeça. Não havia ninguém no corredor, nem na taberna, e o cheiro de cerveja choca estava ainda pior do que antes; algo assim provavelmente não aconteceria na estalagem Da Ponte. K. foi imediatamente para a porta de onde tinha observado Klamm e pressionou cuidadosamente a maçaneta, mas a porta estava trancada; tentou encontrar o buraquinho na porta, mas provavelmente estava tão bem tampado que ele não conseguiu encontrá-lo; por isso, acendeu um fósforo. Então foi surpreendido por um grito. Num canto entre a porta e uma mesinha, ao lado da estufa, uma jovem estava sentada encurvada, olhando para ele, que estava iluminado pelo fósforo, com olhos sonolentos, que se abriram com dificuldade. Era obviamente a sucessora de Frieda. Ela logo se recompôs e acendeu a luz elétrica; sua expressão não era hostil, e reconheceu K.

— Ah, o senhor agrimensor — disse ela sorrindo; estendeu a mão e se apresentou:

— Eu me chamo Pepi.

Era pequena, corada, saudável, o exuberante cabelo loiro-avermelhado estava preso em uma grossa trança; além disso, cachos escapavam ao redor do rosto; estava com um vestido liso, de um tecido cinza brilhante, que caía solto e não lhe ficava muito bem; na parte inferior, estava desajeitadamente apertado, de forma infantil, por um laço de seda, o que limitava seus movimentos. Perguntou sobre Frieda e se ela voltaria logo. Uma pergunta quase maliciosa.

— Fui chamada às pressas após a partida de Frieda — disse ela então —, pois não poderiam chamar qualquer uma; até agora era camareira, mas não foi uma boa troca essa que eu fiz. Aqui há muito trabalho, de dia e de noite, é muito cansativo, mal posso aguentar, não me admira que Frieda tenha desistido.

— Frieda estava muito satisfeita aqui — disse K., para que ela se desse conta da diferença entre ela e Frieda, que fora desconsiderada.

— Não acredite nela — disse Pepi —, Frieda é capaz de se controlar como nenhuma outra pessoa. O que ela não quer confessar, não confessa, e as pessoas nem percebem que ela tem algo a confessar. Trabalho aqui com ela há alguns anos, sempre dormimos na mesma cama, mas nunca fomos amigas, hoje nem deve mais lembrar de mim.

Talvez a única amiga dela seja a estalajadeira da estalagem Da Ponte, o que é significativo.

— Frieda é minha noiva —disse K., enquanto procurava o buraquinho na porta.

— Eu sei — disse Pepi —, por isso estou lhe contando. Caso contrário, não teria qualquer significado para o senhor.

— Entendo — disse K. — A senhora quer dizer que devo estar orgulhoso por ter conquistado uma moça tão reservada.

— Sim — disse ela com um riso de satisfação, como se tivesse levado a K. algum entendimento secreto sobre Frieda.

Mas, na verdade, não foram com suas palavras que a mente de K. se ocupou naquele instante, e que o distraíram da busca pelo furinho da porta; foram sua presença e sua aparência. Claro, era bem mais jovem que Frieda, quase infantil, suas roupas eram ridículas; obviamente se vestia daquela maneira pela ideia exagerada que tinha sobre uma moça de taberna. De certa forma, essas ideias estavam corretas; o cargo não era muito adequado para ela, provavelmente era algo inesperado, imerecido e apenas temporário; pois nem mesmo a bolsinha de couro, que Frieda sempre trazia consigo, lhe fora confiada. Sua suposta insatisfação com o cargo não era nada mais que arrogância. No entanto, apesar de sua ignorância infantil, tinha vínculos com o castelo; se não estivesse mentindo, tinha sido camareira; sem saber de seu valor, ela dormia ali; se ele abraçasse aquele corpo pequeno, gorducho, algo arredondado, não tiraria nada dela, mas era algo que poderia acalmá-lo e encorajá-lo para a difícil jornada. Era algo muito diferente do que tinha acontecido com Frieda? Era sim, bem diferente. Bastava pensar na visão de Frieda para ter certeza disso. K. jamais teria tocado em Pepi. Mas agora precisava cobrir os olhos por um tempinho, pois olhava avidamente para ela.

— A luz não precisa ficar acesa — disse Pepi, apagando-a. — Só acendi a luz porque o senhor me assustou. O que deseja aqui? Frieda esqueceu alguma coisa?

— Sim — disse K., apontando para a porta. — Uma toalha branca de tricô no quarto ao lado.

— Sim, uma toalha de mesa — disse Pepi. — Eu me lembro, um belo trabalho, ajudei a fazer, mas não creio que esteja nesse quarto.

— Frieda acha que sim. Quem mora aqui? — perguntou K.

— Ninguém — disse Pepi. — É o quarto dos cavalheiros, eles comem e bebem ali, é para isso que serve, mas a maioria fica lá em cima, em seus quartos.

— Se eu soubesse — disse K. — que no momento não há ninguém ali, gostaria muito de entrar e procurar a toalha. Mas não estou certo; Klamm, por exemplo, costuma sentar-se ali.

— Com certeza Klamm não está lá agora — disse Pepi —, ele vai partir em breve, o trenó já está à sua espera no pátio.

De repente, sem maiores explicações, K. deixou a taberna, virou no corredor, mas em vez de encaminhar-se para a saída, rumou para o interior da casa, e poucos passos depois chegou ao pátio. Que lugar bonito e tranquilo! Era um pátio quadrangular, com três dos lados voltados para a casa e um para a rua — uma rua lateral, que K. não conhecia —, cercado por um muro alto, branco, com um portão grande e pesado, que agora estava aberto. Ali, do pátio, a casa parecia mais alta do que vista de frente; pelo menos o primeiro andar tinha construção mais robusta e aparentava ser maior, pois havia uma varanda de madeira em volta dele, totalmente fechada, exceto por uma pequena abertura na altura dos olhos. Na diagonal oposta a K., ainda na parte central, mas já no canto onde essa parte se unia a uma ala lateral, havia uma entrada para a casa, aberta, sem porta. Ali em frente estava um trenó escuro, fechado, puxado por dois cavalos. Não havia ninguém além do cocheiro, cuja presença K. antes presumiu do que viu realmente, em razão da distância e do crepúsculo.

Com as mãos nos bolsos e olhando em volta cautelosamente, K. percorreu os dois lados do pátio, bem junto às paredes, até chegar ao trenó. O cocheiro, um dos camponeses que havia estado na taberna recentemente, o viu aproximar-se, encapotado, com indiferença, como alguém que estivesse seguindo um gato. Quando já estava ao lado dele e o cumprimentou, até os cavalos ficaram inquietos com o homem que emergia da escuridão, mas o cocheiro permaneceu indiferente. Isso agradou muito a K. Encostado na parede, desembrulhou o lanche, lembrou-se com gratidão de Frieda, que havia cuidado tão bem dele, e espiou o interior da casa. Uma escada quebrada em ângulos retos levava para baixo, e na parte inferior era cruzada por um corredor estreito, mas aparentemente profundo; tudo era limpo, caiado de branco, bem delineado.

A espera estava mais longa do que K. imaginara. Já havia terminado o lanche há tempos, o frio era intenso, o crepúsculo já havia se transformado em total escuridão, e Klamm ainda não tinha aparecido.

— Pode levar muito tempo ainda — disse de repente uma voz rouca, tão próxima de K. que o fez estremecer. Era o cocheiro, que, desperto, espreguiçava-se e bocejava alto.

— O que pode levar muito tempo? — perguntou K., que até estava agradecido pelo incômodo, o silêncio e a tensão já o perturbavam.

— Antes que o senhor vá embora — disse o cocheiro.

K. não entendeu, mas não fez mais perguntas, achou que era a melhor maneira de fazer o homem arrogante falar. Na escuridão, deixar de responder era quase uma provocação. E de fato, depois de algum tempo o cocheiro perguntou:

— O senhor aceita um conhaque?

— Sim — disse K. sem pensar; era uma oferta tentadora, pois estava tremendo de frio.

— Então abra o trenó — disse o cocheiro —, na bolsa lateral há algumas garrafas; pegue uma, beba e depois passe para mim. Para mim é difícil descer por causa do casaco de pele.

K. não gostava de fazer tais favores, mas como já estava se entendendo com o cocheiro, obedeceu, mesmo com o risco de ser surpreendido por Klamm no trenó. Abriu uma portinhola larga e logo pegou a garrafa que estava na bolsa do lado interno; mas agora que a portinhola estava aberta, sentiu-se tão atraído pelo interior do trenó que não pôde resistir; queria sentar-se ali por um instante, e correu para se instalar. Era incrível como estava aquecido, e assim permanecia, mesmo com a portinhola bem aberta. Não podia saber se estava sentado em um banco, tantas eram as cobertas, almofadas e peles; era possível virar-se e esticar-se em todas as direções, era tudo sempre quente e macio. Do trenó, com os braços esticados e a cabeça apoiada nas almofadas que já estavam dispostas para tal, K. olhou para a construção escura. Por que Klamm demorava tanto para descer? Entorpecido pelo ambiente aquecido após ficar tanto tempo na neve, K. desejou que Klamm finalmente viesse. A ideia de que não queria ser visto ali por Klamm lhe veio apenas como uma ligeira perturbação. O comportamento do cocheiro corroborou essa negligência, que certamente sabia que ele estava no trenó, mas o deixou ficar, e nem pediu o conhaque. Era um sinal de consideração, e K. queria fazer algo por ele. Com dificuldade, sem sair do lugar, alcançou a bolsa lateral, não a da portinhola aberta, que estava muito distante dele, mas a que estava atrás, na portinhola fechada; dava no mesmo, havia garrafas ali também. Pegou uma, desenroscou a tampa e cheirou; não pôde conter um sorriso, o cheiro era tão doce, tão terno, era como ouvir palavras boas e ternas de alguém que amamos, mas não sabemos ao certo do que se trata, e nem queremos saber, só ficamos felizes por alguém falar assim. "Será que é mesmo conhaque?", perguntou K. a si mesmo, pois estava em dúvida, e provou por curiosidade. Sim, incrível, era mesmo conhaque, queimava e esquentava. E como se transformou ao ser bebido, de suave portador de aromas doces passou a uma bebida de cocheiro! "É possível?", perguntou-se K., como que censurando a si mesmo, e bebeu mais um gole.

Então — K. estava em meio a um grande gole — tudo se iluminou, havia luz elétrica na escada, na entrada, no corredor, do lado de fora. Ouviram-se passos descendo a escada, a garrafa caiu da mão de K., o conhaque derramou-se sobre o casaco de pele; K. pulou do trenó e tinha acabado de fechar a portinhola, o que fez um barulho estrondoso, quando um cavalheiro saiu lentamente da casa. O único consolo era que não se tratava de Klamm, ou seria algo a lamentar? Era o cavalheiro que K. havia visto na janela do primeiro andar. Um jovem cavalheiro, bem apessoado, de feições brancas e rosadas, mas muito sério. K. olhou para ele com a expressão sombria, mas estava assim em relação a si mesmo. Se ao menos tivesse enviado os ajudantes; eles teriam se comportado dessa maneira. Diante dele, o cavalheiro ainda estava em silêncio, como se não tivesse fôlego suficiente no peito largo para o que iria lhe dizer.

— Isto é horrível — disse ele, afastando um pouco o chapéu da testa. Como? O cavalheiro provavelmente nada sabia sobre a presença de K. no trenó e já encontrara algo horrível? Talvez fosse o fato de K. estar ali no pátio.

— Como o senhor chegou aqui? — perguntou ele em tom mais tranquilo, respirando normalmente, em tom resignado. Que perguntas! Que respostas! O próprio K. deveria admitir ao cavalheiro que sua trajetória esperançosa até ali havia sido em vão? Em vez de responder, K. voltou-se para o trenó e pegou o gorro que tinha esquecido ali. Constrangido, notou que estava pingando conhaque do estribo.

Então voltou-se novamente para o cavalheiro; nem teve receio de mostrar que estava no trenó; isso não era o pior; se lhe perguntassem, não esconderia o fato de que o próprio cocheiro o havia encorajado a abrir a portinhola. O pior mesmo era ter sido surpreendido pelo cavalheiro; não tivera tempo de esconder-se dele, de modo que pudesse continuar à espera de Klamm sem ser incomodado; ou não ter tido presença de espírito para permanecer no trenó, fechar a portinhola e esperar por Klamm sobre as peles ou, ao menor ruído, ter ficado ali enquanto o cavalheiro estivesse por perto. Claro que não tinha como saber se o próprio Klamm viria agora; nesse caso, seria muito melhor recebê-lo fora do trenó. Sim, havia muito em que pensar, mas não agora, estava tudo acabado.

— Acompanhe-me — disse o cavalheiro, não em tom de ordem; a ordem não estava nas palavras, mas nos gesto breves e indiferentes que as acompanhavam.

— Estou à espera de uma pessoa — disse K., sem ter qualquer esperança de sucesso, mas apenas por princípio.

— Acompanhe-me — disse impassível o cavalheiro, como se nunca tivesse duvidado de que K. estava à espera de alguém.

— Mas vou me desencontrar de quem estou esperando — disse K., estremecendo. Apesar de tudo o que tinha acontecido, ele sentia que obtivera algum ganho, algo que tinha apenas aparentemente, mas de que não abriria mão por alguma ordem.

— Vai se desencontrar dele de qualquer modo, tanto faz se ficar à espera ou partir — opinou o cavalheiro de forma algo rude, mas com surpreendente tolerância pela linha de pensamento de K.

— Então prefiro me desencontrar permanecendo à espera dele — disse K. de modo desafiador; não iria se deixar levar pelas simples palavras desse cavalheiro.

O cavalheiro, com uma expressão de superioridade no rosto, fechou os olhos por alguns instantes, como se quisesse recuperar a própria razão após a falta de bom senso de K.; passou as pontas dos dedos nos lábios da boca entreaberta e disse ao cocheiro:

— Desatrele os cavalos.

O cocheiro, obediente ao cavalheiro e com um olhar maldoso para K., teve de descer, de casaco de pele, e começou, de modo hesitante, como se estivesse à espera não de uma ordem contrária do cavalheiro, mas de uma mudança de ideia de K., a trazer os cavalos com o trenó mais para perto da parede lateral, na qual, atrás do grande portão, estavam obviamente o estábulo e o galpão para as carroças. K. se viu sozinho; de um lado, o trenó se distanciava; do outro, pelo caminho em que tinha chegado, o jovem cavalheiro se afastava; ambos iam muito lentamente, como se quisessem mostrar a K. que ele poderia trazê-los de volta, caso desejasse.

Talvez realmente pudesse, mas de nada adiantaria; trazer o trenó de volta significava expulsar a si próprio. Então permaneceu quieto, como se fosse o único a reivindicar aquele lugar; mas foi uma vitória que não o deixou feliz. Olhava alternadamente para o cavalheiro e para o cocheiro. O cavalheiro já havia chegado à porta pela qual K. entrara antes, e novamente olhou para ele; K. pensou tê-lo visto balançar a cabeça diante de sua teimosia; então voltou-se, com um movimento rápido e decidido, e adentrou o corredor, onde logo desapareceu. O cocheiro ficou por mais tempo no pátio, o trenó lhe dera muito trabalho; teve de abrir a pesada porta do estábulo, colocar o trenó de ré em seu lugar, desatrelar os cavalos, conduzi-los à manjedoura; fez tudo isso com muita seriedade, totalmente voltado para si mesmo, pois não havia perspectiva de sair tão cedo; essa atividade silenciosa, sem nem mesmo olhar de lado para K., parecia uma repreensão mais severa do que a atitude do cavalheiro. E agora, depois de terminar seu trabalho no estábulo, o cocheiro caminhou pelo pátio com seu andar lento e oscilante, fechou o grande portão, voltou de forma lenta e formal, olhando para os próprios rastros na neve, trancou-se no estábulo e apagou a luz elétrica — para quem haveria de ficar acesa? —, apenas o vão na varanda de madeira permanecia iluminado, o que atraiu seu olhar por um instante; a K. parecia que toda ligação com ele havia sido interrompida, agora ele estava mais livre do que nunca, agora podia esperar em um lugar que até então lhe fora proibido, pelo tempo que quisesse, e tinha lutado por tal liberdade como nenhuma outra pessoa, e ninguém poderia perturbá-lo ou afastá-lo, nem mesmo falar com ele; mas — e não estava menos convencido disso — não havia nada mais sem sentido, nem nada mais desesperador, que essa liberdade, que essa espera, que essa invulnerabilidade.

9. Luta contra o interrogatório

Ele arrancou-se dali e voltou para a casa, desta vez não ao longo do muro, mas no meio da neve; encontrou o estalajadeiro no corredor, que o cumprimentou e apontou para a porta da taberna; aceitou a sugestão porque estava com frio e queria ver pessoas, mas ficou muito decepcionado quando viu, sentado a uma pequena mesa, que provavelmente fora colocada especialmente para ele, pois de outra forma se contentariam com barris, o jovem cavalheiro, e — o que era uma visão deprimente para ele — a estalajadeira da estalagem Da Ponte. Pepi, orgulhosa, corria de um lado para outro, com a cabeça jogada para trás, o mesmo eterno sorriso, irrefutavelmente consciente de sua dignidade, a trança balançando a cada movimento, trazia cerveja, e também tinta e pena, pois o cavalheiro havia estendido papéis diante dele, e comparava dados que encontrara em um deles com dados de outro, que estava na beirada da mesa, e agora queria escrever. A estalajadeira, do alto, observava em silêncio o cavalheiro e os papéis, com os lábios ligeiramente curvados, relaxada, como se já tivesse dito tudo o que era necessário e suas palavras tivessem sido bem recebidas.

— O senhor agrimensor, finalmente — disse o cavalheiro, olhando rapidamente para cima, quando K. entrou; então mergulhou novamente em seus papéis. A estalajadeira dirigiu a K. apenas um olhar indiferente, e nada surpreso. Pepi só notou sua presença quando K. pediu um conhaque no balcão.

K. inclinou-se, passou a mão sobre os olhos e não se ocupou de mais nada. Tomou um gole do conhaque mas cuspiu em seguida, pois era intragável.

— Todos os cavalheiros o bebem — disse secamente Pepi, que despejou o restante, lavou o copinho e o colocou de volta na estante.

— Os cavalheiros têm algo melhor — disse K.

— É possível — disse Pepi —, mas eu não tenho.

Com isso terminou com K. e voltou a servir ao cavalheiro, que no entanto não precisava de nada; ela então percorria em arco atrás dele, e fazia tentativas respeitosas de observar os papéis por cima de seus ombros; era apenas por curiosidade e ostentação sem maior substância, o que a estalajadeira desaprovava franzindo as sobrancelhas.

De repente, porém, a estalajadeira apurou os ouvidos e ficou olhando para o vazio. K. voltou-se, não ouvia nada de especial, os demais também pareciam não ouvir nada; a estalajadeira correu com grandes passos, na ponta dos pés, até a porta dos fundos, que dava para o pátio, olhou pelo buraco da fechadura, depois olhou para os demais com os olhos arregalados, esfogueada, e acenou aos demais com o dedo, que se revezaram para olhar pelo buraco; a estalajadeira ficava ali a maior parte do tempo; Pepi também tinha sua parte; o cavalheiro era o menos interessado. Pepi e o cavalheiro logo voltaram a seus lugares, apenas a estalajadeira continuava olhando, bem abaixada, quase ajoelhada, como se implorasse ao buraco para deixá-la ver mais, mas há tempos já não havia o que ver. Quando finalmente se levantou, passou as mãos no rosto, ajeitou o cabelo, respirou fundo; aparentemente os olhos tinham de se acostumar novamente com a sala e as pessoas, e com relutância; K., não para confirmar o que já sabia, mas para evitar um ataque que ele quase temia, pois agora estava vulnerável, disse:

— Então, Klamm já foi embora?

A estalajadeira passou por ele calada, mas o cavalheiro disse de sua mesinha:

— Sim, claro. Como o senhor deixou seu posto de vigília, Klamm pôde partir. É impressionante como o cavalheiro é sensível. A senhora estalajadeira notou como Klamm estava inquieto enquanto olhava em volta?

Aparentemente a estalajadeira não havia notado, mas o cavalheiro prosseguiu:

— Bem, felizmente não havia mais nada para ser visto. O cocheiro cobriu as pegadas com neve.

— A senhora estalajadeira não notou nada — disse K., não por ter alguma esperança, mas porque estava irritado com a afirmação do cavalheiro, que parecia tão conclusiva e inapelável.

— Talvez eu não estivesse olhando pelo buraco da fechadura — disse a estalajadeira, a princípio para defender o cavalheiro, mas também quis fazer justiça a Klamm, e acrescentou:

— Na verdade, não creio que Klamm seja tão sensível. Claro que temíamos por ele e tentávamos protegê-lo, partindo do pressuposto de que ele é extremamente sensível. Isso é o correto, e certamente é o que Klamm deseja. Mas não sabemos como será na vida real. Claro que Klamm nunca vai falar com alguém que não deseja, não importa o quanto esse alguém se esforce, nem o quanto seja insuportavelmente intrometido; o simples fato de que Klamm nunca vai falar com essa pessoa, nunca aceitará ficar cara a cara com ela, e na verdade nunca vai tolerar a visão dessa pessoa, é suficiente. Bom, isso não pode ser comprovado, até porque nunca necessitará de comprovação.

O cavalheiro assentiu, com entusiasmo.

— Claro que, basicamente, esta é também a minha opinião — disse ele. — Só me expressei de forma um pouco diferente para ser compreensível ao senhor agrimensor. Mas é bem verdade que Klamm, assim que saiu, perscrutou o entorno várias vezes.

— Talvez estivesse à minha procura — disse K.

— É possível — disse o cavalheiro. — Mas não caí nessa.

Todos riram. Pepi, que mal entendia o que estava acontecendo, era quem ria mais alto.

Agora que estamos tão alegremente reunidos — disse então o cavalheiro —, eu lhe pediria, senhor agrimensor, algumas informações para completar meus documentos.

— Tem muita coisa escrita aí — disse K., olhando para os documentos a distância.

— Sim, um mau hábito — disse o cavalheiro, e riu. — Talvez o senhor não saiba quem eu sou. Eu sou Momus[9], o secretário da aldeia de Klamm.

Após essas palavras, toda a sala ficou séria; embora a estalajadeira e Pepi obviamente conhecessem o cavalheiro, ficaram impressionados pela menção de seu nome e de seu título. O próprio cavalheiro, como se tivesse falado demais, apesar de suas atribuições, esquivou-se, retornou aos documentos e começou a escrever; nada além do ruído da pena podia ser ouvido na sala.

— Secretário da aldeia? O que é isso? — perguntou K. depois de uma breve pausa.

A estalajadeira respondeu no lugar de Momus, que não julgava apropriado dar mais explicações após ter se apresentado:

— O senhor Momus é secretário de Klamm, como qualquer outro secretário, mas seu departamento, e se não estou enganada, também sua esfera de atuação — Momus sacudiu vigorosamente a cabeça enquanto escrevia, e a estalajadeira corrigiu-se —, e portanto seu departamento, e não sua esfera de atuação, está restrito à aldeia. O senhor Momus lida com toda a papelada de Klamm e é o primeiro a receber todas as solicitações da aldeia direcionadas a Klamm.

K., ainda pouco impressionado com tudo isso, dirigiu um olhar vago para a estalajadeira, que acrescentou, algo envergonhada:

— É assim que funciona, todos os cavalheiros do castelo têm seus secretários de aldeia.

Momus, que ouvia tudo com muito mais atenção que K., completou o que dizia a estalajadeira.

— A maioria dos secretários de aldeia trabalha para apenas um senhor, eu trabalho para dois, Klamm e Vallabene.

— Sim — disse a estalajadeira, lembrando-se, dirigindo-se a K. — O senhor Momus trabalha para dois senhores, para Klamm e para Vallabene, e por isso é duplamente secretário de aldeia.

---

9. Na mitologia grega, Μῶμος, "Momo", deus do sarcasmo, da zombaria e da ironia; no Brasil, acabou se transformando no rei Momo do Carnaval.

— Duplamente, então — disse K. acenando para Momus, que estava inclinado e olhando fixamente para ele, da mesma maneira que acenaria para uma criança que acabamos de ouvir sendo elogiada. Se havia desprezo em tal aceno, ou passou despercebido ou foi exigido. E foi diante de K., que não era suficientemente digno nem mesmo de ser visto por acaso por Klamm, que os méritos desse homem, que pertencia ao círculo mais íntimo de Klamm, foram expostos da forma mais detalhada, com a indisfarçável intenção de obter elogios e reconhecimento por parte de K. No entanto, K. não tinha captado essa intenção; ele, que se esforçara ao máximo para obter um olhar de Klamm, não valorizava muito, por exemplo, a posição de um Momus, que deveria viver sob as vistas de Klamm; não tinha inveja nem admiração, longe disso, pois não era a proximidade de Klamm em si que era mais desejável para ele, mas o fato de que ele, K., e somente ele, ninguém mais, poderia ir até Klamm com nada além de seus desejos, e não descansaria ali, seguiria adiante, para o castelo.

Ele olhou para o relógio e disse:

— Agora tenho de ir para casa.

De repente, a atitude reverteu-se a favor de Momus.

— Sim, é claro — disse este. — Seus deveres de bedel o chamam. Mas o senhor tem de dedicar um instante a mim. Apenas algumas breves perguntas.

— Não estou com disposição para tal — disse K., que desejava ir para a porta. Momus bateu um documento contra a mesa e levantou-se:

— Em nome de Klamm, exijo que o senhor responda a minhas perguntas.

— Em nome de Klamm? — repetiu K. — Ele se preocupa com essas coisas?

— Sobre isso — disse Momus — não tenho opinião, muito menos o senhor, logo vamos ambos deixar a questão a cargo dele. Mas solicito, em nome do cargo que Klamm me atribuiu, que fique e responda.

— Senhor agrimensor — interveio a estalajadeira —, eu me abstenho de dar-lhe conselhos; os que dei até agora, os mais bem-intencionados possíveis, foram completamente ignorados pelo senhor, e só estou aqui com o senhor secretário — não tenho nada a esconder — para informar o departamento sobre seu comportamento e suas intenções, e para evitar, por todo o tempo necessário, que o senhor volte a ficar hospedado em minha casa; é este o estado de coisas entre nós, e possivelmente nada vai mudar; se expresso minha opinião agora, não o faço para ajudá-lo, mas para tornar um pouco mais fácil ao senhor secretário a árdua tarefa de lidar com um homem como o senhor. No entanto, o senhor, em razão da minha franqueza — não posso tratar de outra forma com o senhor, ainda que o faça com relutância — o senhor poderá tirar proveito de minhas palavras, se desejar. Nesse caso, devo chamar sua atenção para o fato de que a única forma de entrar em contato com Klamm é por meio dos documentos do senhor secretário. Não quero exagerar, talvez não o levem até ele, pode ser que esta via acabe bem antes disso, mas isto fica a critério do senhor secretário. De qualquer forma, é a única via para chegar até Klamm. O senhor deseja abrir mão disso por teimosia?

— Ora, senhora estalajadeira — disse K. —, esta não é a única via para chegar até Klamm, nem tem mais valor que outras. E o senhor, senhor secretário, é quem vai decidir se o que eu disser aqui chegará ou não até Klamm?

— Evidentemente — disse Momus, baixando orgulhosamente os olhos e olhando para a esquerda e a direita, onde não havia nada para se ver. — Se não fosse assim, eu não seria secretário.

— Veja bem, senhora estalajadeira — disse K. —, não preciso de uma via para Klamm, mas para o senhor secretário.

— Posso abrir esta via para o senhor — disse a estalajadeira. — Nesta manhã não me ofereci para levar sua solicitação até Klamm? Isso poderia ter acontecido com o senhor secretário. Mas o senhor rejeitou a oferta, e agora nada mais resta a não ser essa via. Claro que, após sua atuação hoje, após o ataque a Klamm, há ainda menos chances de sucesso. E esta última, pequena esperança, que se desvanece, já quase inexistente, é de fato a única.

— Mas como, senhora estalajadeira — a senhora fez de tudo para impedir que eu fosse até Klamm, e agora leva meu pedido tão a sério, e aparentemente imagina que estarei condenado se meus planos falharem? Fui aconselhado, com honestidade, a não tentar ir até Klamm, como é possível que eu seja agora incentivado, com a mesma honestidade, a encontrar uma via até Klamm, ainda que tenha consciência de que tal via não me leve até ele?

— Eu estou incentivando o senhor a ir? — disse a estalajadeira. Estou incentivando quando digo que suas esperanças são vãs? Seria realmente o cúmulo da audácia se o senhor quisesse atribuir a mim, dessa maneira, o que é de sua responsabilidade. Talvez a presença do senhor secretário o estimule a fazer isso? Não, senhor agrimensor, não o estou incentivando a fazer nada. A única coisa que tenho a admitir é que, quando o vi pela primeira vez, posso tê-lo superestimado um pouco. O fato de ter conquistado rapidamente Frieda me impressionou, não sabia do que o senhor era capaz; queria evitar outros desastres, e pensei que conseguiria detê-lo com nada além de pedidos e ameaças. Nesse meio tempo, aprendi a refletir com mais calma sobre a questão. Que o senhor faça o que bem entender. Suas ações podem deixar pegadas profundas na neve que cobre o pátio, nada mais.

— Parece-me que a contradição não está completamente esclarecida — disse K. —, mas estou satisfeito por ter chamado a atenção para isso. Agora peço ao senhor secretário que diga se a opinião da senhora estalajadeira está correta, a saber, que a ata que o senhor pretende lavrar, poderia, consequentemente, resultar em minha permissão para comparecer perante Klamm. Se esse for o caso, estou disposto a responder qualquer pergunta. Sim, estou disposto a fazer qualquer coisa.

— Não — disse Momus —, tais conexões não existem. Trata-se apenas de registrar uma descrição exata do que ocorreu na tarde de hoje para o cartório comunal de Klamm. A descrição já está pronta, o senhor só tem de preencher duas ou três lacunas para que tudo fique em ordem; não há outro objetivo, e outro nem poderia ser alcançado.

K. olhou para a estalajadeira em silêncio.

— Por que o senhor está olhando para mim? — perguntou a estalajadeira —, por acaso eu disse algo diferente? Ele é sempre assim, senhor secretário, sempre assim. Falsifica as informações que recebe, e depois diz que recebeu informações falsas. Eu lhe disse desde o começo, hoje e sempre, que não há a mínima possibilidade de ele ser recebido por Klamm; e se não há possibilidade, não vai conseguir por meio dessa ata. Poderia ser mais clara? Além disso, essa ata é a única conexão oficial que ele pode ter com Klamm; isso também é claro e indiscutível. Mas se ele não acredita em mim, e continua com a esperança — não sei por que e para que — de falar com Klamm; a única conexão oficial que pode ajudar, para alguém que pensa como ele, é essa ata. Foi só isso o que eu disse; qualquer um que diga algo diferente está distorcendo maldosamente minhas palavras.

— Então é isso, senhora estalajadeira — disse K. —, peço desculpas por tê-la entendido mal; eu pensei — erroneamente, como agora constatamos — que ainda havia uma mínima esperança para mim.

— É claro — disse a estalajadeira. Essa é a minha opinião, e o senhor distorce novamente minhas palavras, só que agora na direção oposta. Na minha opinião, há esperança, e se baseia nessa ata. Mas não é o caso de simplesmente atacar o senhor secretário com perguntas do tipo "Poderei ir até Klamm se responder às perguntas?". Se uma criança faz tal pergunta, as pessoas riem; mas quando um adulto a faz, é um insulto, o que o senhor secretário teve a bondade de ocultar com a gentileza de sua resposta. A esperança à qual me refiro é que o senhor poderá ter algum tipo de conexão com Klamm por meio da ata. Já não é alguma esperança? Se alguém lhe perguntasse sobre os méritos que o senhor teria para ser digno de tal esperança, poderia apresentar uma mínima justificativa? Claro que não se pode dizer nada mais preciso sobre essa esperança; o senhor secretário, particularmente, dentro de suas atribuições, não lhe poderá dar a menor pista sobre isso. Para ele, como foi dito, trata-se apenas de uma descrição do que ocorreu hoje à tarde, apenas para deixar tudo em ordem; nada mais poderá dizer, nem se fizer perguntas em relação às minhas palavras.

— Senhor secretário — perguntou K. —, Klamm vai ler essa ata?

— Não — disse Momus. — Por que leria? Como Klamm não pode ler todas as atas, ele não lê nenhuma. "Afastem de mim as suas atas!", ele costuma dizer.

— Senhor agrimensor — queixou-se a estalajadeira — o senhor me cansa com tais perguntas. É necessário, ou mesmo desejável, que Klamm leia essa ata e conheça palavra por palavra as trivialidades da sua vida? O senhor não solicitaria humildemente que a ata fosse ocultada de Klamm, uma solicitação que, a propósito, seria tão sem sentido como a anterior? — e quem pode esconder algo de Klamm? — mas pelo menos revelaria uma atitude mais simpática. Não é algo necessário para o que chama de sua esperança? O senhor mesmo não afirmou que ficaria satisfeito se tivesse a oportunidade de falar com Klamm, ainda que ele não o visse nem o ouvisse? Não conseguiria ao menos isso por meio dessa ata, e talvez até muito mais?

— Muito mais? — perguntou K. — De que maneira?

— Se ao menos o senhor não quisesse — exclamou a estalajadeira — que tudo lhe fosse apresentado bem mastigadinho, como se fosse para uma criança! Quem pode responder a essas perguntas? A ata seguirá para o cartório comunal de Klamm, como o senhor ouviu, nada mais pode ser dito com exatidão. Por acaso o senhor sabe qual é o real significado da ata, do senhor secretário, do cartório comunal? O senhor sabe o que significa o senhor secretário tê-lo ouvido? É possível, e até bem provável, que nem ele saiba. Senta-se aqui calmamente e cumpre seu dever, como ele disse. Lembre-se, porém, que Klamm o nomeou, que trabalha em nome dele, e que tudo o que faz, mesmo que nunca chegue a seu conhecimento, é previamente aprovado por ele. Como algo pode ter a aprovação de Klamm se não estiver imbuído de seu espírito? Longe de mim querer bajular desajeitadamente o senhor secretário, ele ficaria muito magoado; não estou falando da sua personalidade independente, mas de quando age em nome de Klamm, como é o caso agora; ele é uma ferramenta nas mãos de Klamm, e ai de quem não se submete.

K. não tinha medo das ameaças da estalajadeira, mas estava farto das esperanças que ela tentava lhe dar. Klamm estava longe. Certa vez a estalajadeira havia comparado Klamm a uma águia, o que parecera ridículo para K., mas não mais; ele pensava na morada distante, inexpugnável, onde o silêncio talvez só fosse quebrado por gritos inauditos, no seu olhar penetrante, que jamais poderia ser posto à prova, nem refutado, em seus círculos inquebrantáveis pelos Ks aqui do fundo, que ele comandava com leis ininteligíveis, visíveis apenas por alguns momentos. Tudo isso Klamm e a águia tinham em comum. Certamente era algo que não tinha nada a ver com a ata, mas agora Momus estava partindo um pretzel salgado, que ele saboreava acompanhado de uma cerveja, salpicando todos os papéis com sal e sementes de cominho.

— Boa noite — disse K. —, tenho aversão a qualquer interrogatório — e foi então para a porta.

— Ele está indo mesmo — disse Momus, quase ansioso, para a estalajadeira.

— Não se atreverá — disse esta; K. não ouviu mais nada, já estava no corredor. Estava frio, soprava um vento forte. De uma porta em frente saiu o estalajadeiro, aparentemente estava vigiando o corredor por meio de um buraquinho. Teve de segurar as lapelas do casaco em volta do corpo, mesmo no corredor o vento as puxava.

— Já vai, senhor agrimensor? — disse ele.

— Isso surpreende o senhor? — perguntou K.

— Sim — disse o estalajadeiro. — O senhor não está sendo interrogado?

— Não — disse K. —, não me deixei interrogar.

— Por que não? — perguntou o estalajadeiro.

— Não sei — disse K. — Por que me deixaria interrogar, por que me submeteria a uma brincadeira ou a um capricho oficial? Talvez tivesse feito isso por brincadeira ou capricho em outra ocasião, mas não hoje.

— É claro — disse o estalajadeiro, mas concordou por educação, não por convicção.

— Tenho de deixar os empregados entrarem na taberna agora — disse ele então —, já passou da hora deles. Só não queria atrapalhar o interrogatório.

— O senhor julgava que era tão importante assim? — perguntou K.

— Ah, sim — disse o estalajadeiro.

— Eu não deveria ter me recusado, então — disse K.

— Não — disse o estalajadeiro —, o senhor não deveria ter feito isso.

Como K. calou-se, ele acrescentou, para consolar K. ou para ir logo para dentro:

— Bom, isso não significa que vai chover enxofre e fogo do céu[10].

— Não — disse K. —, não me parece que o tempo esteja assim.

Cada um foi para seu lado, rindo.

10. Citação livre de Gênesis, 19:24.

10.

Na estrada

K. saiu pelo lance de degraus selvagemente varrido pelo vento e olhou para a escuridão. Tempo ruim, muito ruim. De alguma forma isso o lembrou de como a estalajadeira se esforçara para que aceitasse preencher a ata, mas ele havia resistido. Claro que não foi um esforço sincero, pois ao mesmo tempo ela o dissuadia de preencher o documento; ao fim e ao cabo, não sabia se houve resistência ou concessão. Uma natureza intrigante, que aparentemente agia sem propósito, como o vento, para cumprir ordens estranhas e distantes, que jamais seriam reveladas.

Mal havia dado alguns passos na estrada rural quando viu duas luzes bruxuleantes; alegrou-se com esse sinal de vida e correu em direção às luzes, que flutuavam na direção dele. Não soube por que ficou tão desapontado quando viu que eram os ajudantes. Eles realmente vieram a seu encontro, provavelmente enviados por Frieda; as lamparinas que os livravam da escuridão possivelmente eram deles; mas estava desapontado porque esperava estranhos, e não esses dois velhos conhecidos, que eram um fardo para ele. Não eram, porém, apenas os ajudantes; entre eles, emergiu da escuridão Barnabas.

— Barnabas! — exclamou K., estendendo-lhe a mão. — Você veio ao meu encontro?

A surpresa pelo reencontro fez com que K. esquecesse todos os problemas que Barnabas havia lhe causado.

— Ao seu encontro — disse Barnabas, amistoso como de costume — e com uma carta de Klamm!

— Com uma carta de Klamm! Uma carta de Klamm! — exclamou K., inclinando a cabeça para trás e tomando rapidamente a carta da mão de Barnabas.

— Iluminem! — disse ele aos ajudantes, que se aproximaram pela direita e pela esquerda e ergueram as lamparinas. K. teve de dobrar bem a grande folha para protegê-la do vento. Então ele leu:

"Ao senhor agrimensor, da estalagem Da Ponte.

O trabalho de agrimensura que o senhor tem realizado até agora tem meu reconhecimento. O trabalho dos ajudantes também é digno de elogios, o senhor sabe bem como mantê-los trabalhando. Não permita que seu entusiasmo arrefeça! Conduza o trabalho a um bom termo. Ficaria ressentido com uma interrupção. A propósito, fique tranquilo, a questão de seu pagamento será decidida em breve. Continuo de olho no senhor."

K. só tirou os olhos da carta quando os ajudantes, que liam muito mais devagar que ele, gritaram três "vivas!" e agitaram as lamparinas para celebrar as boas notícias.

— Fiquem quietos — disse a eles; e voltando-se a Barnabas:

— Há um mal-entendido.

Barnabas não entendeu.

— Há um mal-entendido — repetiu K., sentindo-se novamente cansado por aquela tarde; o caminho para a escola era longo, toda a família de Barnabas como que pairava por trás dele, os ajudantes estavam tão perto que teve de afastá-los com o cotovelo; como Frieda pôde tê-los enviado, se ele havia ordenado que ficassem com ela? Poderia encontrar o caminho para casa sozinho, e seria mais fácil assim do que com essa turma. Além disso, um dos ajudantes havia enrolado um cachecol no pescoço, cujas pontas soltas balançavam ao vento e atingiram o rosto de K. diversas vezes; o outro ajudante tirava o cachecol do rosto de K. com um dedo longo, pontudo e brincalhão, o que não tornava as coisas melhores. Ambos pareciam apreciar essa movimentação, assim como o vento e a agitação da noite.

— Saiam de perto! — gritou K. — Já que vieram a meu encontro, por que não trouxeram minha bengala? Como é que vou conduzi-los para casa?

Eles se esconderam atrás de Barnabas, mas não estavam tão assustados, pois continuaram colocando as lamparinas nos ombros do patrão, à esquerda e à direita; ele as sacudiu imediatamente.

— Barnabas — disse K., com dor no coração, pois ele claramente não o entendia; em ocasiões tranquilas, seu paletó tinha um brilho bonito, mas nos momentos de tensão não podia contar com sua ajuda, havia apenas uma resistência silenciosa, que não podia ser enfrentada, pois ele mesmo era indefeso; somente seu sorriso brilhava, o que tinha tão pouco efeito contra a ventania ali embaixo quanto as estrelas lá no alto. — Veja o que o cavalheiro me escreveu — disse K., erguendo a carta diante do rosto dele.

— O cavalheiro está mal-informado. Na verdade, não faço nenhum trabalho de agrimensura, e você mesmo pode ver qual é o valor dos ajudantes. Claro que não posso interromper um trabalho que não estou fazendo, nem despertar ressentimento por parte do cavalheiro, e como poderia merecer seu reconhecimento?! Não posso estar tranquilo.

— Vou comunicá-lo — afirmou Barnabas, que por todo esse tempo escrutinava a carta, embora não conseguisse lê-la, pois estava muito próxima de seu rosto.

— Puxa — disse K. —, você promete que vai comunicá-lo, mas posso mesmo acreditar nisso? Agora, mais do que nunca, preciso de um mensageiro confiável.

K. mordia os lábios, impaciente.

— Senhor — disse Barnabas inclinando ligeiramente o pescoço, de maneira que K. estava quase se deixando convencer de que podia crer em Barnabas novamente. — É claro que vou informá-lo; e certamente farei o que o senhor me pediu recentemente para fazer.

— Como? Você ainda não fez? Não foi ao castelo no dia seguinte?

— Não — disse Barnabas. — Meu bom pai está velho, como você já viu, e havia muito trabalho a fazer, então tive de ajudá-lo, mas logo irei novamente ao castelo.

— O que você está fazendo então, homem insondável? — exclamou K., batendo na testa. — As coisas de Klamm não têm prioridade sobre todas as outras? Você tem o alto cargo de mensageiro e o exerce de forma tão vergonhosa? Quem se importa com o trabalho de seu pai? Klamm está à espera de notícias, e você, em vez de correr com isso, prefere tirar esterco do estábulo?

— Meu pai é sapateiro — disse Barnabas, impassível. — Tinha uma encomenda de Brunswick, e sou ajudante de meu pai.

— Encomenda, sapateiro, Brunswick — gritou K. com severidade, como se quisesse banir cada uma dessas palavras. — E quem precisa de botas nesses caminhos eternamente vazios? Que me importa toda essa coisa de sapateiro? Eu lhe confiei uma mensagem, não para que você a esquecesse em um banco de sapateiro, mas para que a entregasse ao cavalheiro.

K. acalmou-se um pouco quando lhe ocorreu que Klamm provavelmente não ficava o tempo todo no castelo, mas também na estalagem; Barnabas, porém, o irritou novamente quando começou a recitar a primeira mensagem de K., para mostrar que se lembrava bem dela.

— Basta, não quero saber de nada — declarou K.

— Não fique bravo, senhor — disse Barnabas, como se inconscientemente desejasse punir K., desviando o olhar dele e olhando para baixo, provavelmente em razão da perplexidade com os gritos de K.

— Não estou bravo com você — afirmou K., que agora voltava sua inquietação contra si mesmo. — Não com você, mas é muito ruim ter um mensageiro assim para as coisas mais importantes.

— Veja — disse Barnabas, que para defender sua honra como mensageiro parecia estar falando mais do que devia —, Klamm não fica à espera de notícias, até fica bravo quando apareço. "Notícias de novo?", disse ele uma vez, e geralmente até se levanta quando me vê ao longe chegando, vai para a sala ao lado e não me recebe. Também não foi determinado que eu deva seguir imediatamente com cada mensagem; claro que eu iria, mas isso não foi determinado; se eu nunca fosse, não seria cobrado por isso. Quando entrego uma mensagem, é de livre e espontânea vontade.

— Está bem — disse K., olhando para Barnabas e desviando deliberadamente o olhar dos ajudantes, que se erguiam alternadamente por trás dos ombros de Barnabas, como que se erguendo lentamente das profundezas, e rapidamente sumiam de novo com um assobio que lembrava o sopro do vento, como se estivessem assustados com a visão de K., e assim se divertiram por um bom tempo.

— Não sei como as coisas são com Klamm; duvido que saiba de tudo com precisão; ainda que soubesse, a situação não ficaria melhor. Mas levar uma mensagem é algo que você pode fazer, e foi isso que pedi. Uma mensagem bem curta. Você pode entregá-la amanhã e trazer a resposta, ou ao menos me dizer como foi recebido? Você pode e quer fazer isso? Seria algo valioso para mim. Talvez eu ainda tenha a oportunidade de agradecê-lo apropriadamente, ou quem sabe posso atender a um pedido seu.

— É claro que vou entregar a mensagem — afirmou Barnabas.

— E você vai se esforçar, vai fazer o possível para chegar ao próprio Klamm e pegar a resposta dele, rápido, bem rápido, amanhã, à tarde, você vai fazer isso?

— Farei o meu melhor — disse Barnabas —, mas isso é o que sempre faço.

— Não vamos mais discutir sobre isso — disse K. — Esta é a mensagem: o agrimensor K. pede permissão ao senhor supervisor para falar com ele pessoalmente; aceita antecipadamente todas as condições que possam estar associadas a tal permissão. Foi forçado a fazer esse pedido porque todos os intermediários falharam até o momento; porque ainda não fez nem o mínimo trabalho de agrimensura e, de acordo com as informações do burgomestre da aldeia, jamais fará; portanto, foi com muito constrangimento que leu a última carta do senhor supervisor; somente uma conversa pessoal com o senhor supervisor poderia remediar a situação. O agrimensor tem consciência do que está pedindo e se esforçará para incomodar o mínimo possível o senhor supervisor; submete-se a qualquer limitação de tempo e também aceita que seja estipulada a quantidade de palavras necessárias para a conversa; acredita que dez palavras poderão ser suficientes. Com profunda reverência e extrema impaciência, ele aguarda a decisão. — K. proferiu essas palavras esquecendo-se de si mesmo, como se estivesse diante da porta de Klamm, falando com o porteiro.

— Ficou bem mais comprida do que imaginei — disse ele então —, mas você deve transmitir a mensagem oralmente, não quero escrever uma carta, que só faria uma jornada sem fim para juntar-se a outros papéis.

Assim, K. apenas rabiscou a mensagem em um pedaço de papel, apoiado nas costas de um dos ajudantes, enquanto o outro a iluminava; na verdade, escreveu o que Barnabas ditou, pois ele se lembrava de cada palavra e recitou tudo com a exatidão de um estudante, sem se importar com o fato de os ajudantes estarem dizendo tudo errado.

— Sua memória é extraordinária — afirmou K., entregando-lhe o papel. — Mas agora, por favor, mostre-se extraordinário em outra coisa. E desejos? Não tem nenhum? Digo com franqueza que ficaria mais tranquilo quanto ao destino de minha mensagem se você tivesse algum.

A princípio Barnabas ficou em silêncio, e então disse:

— Minhas irmãs mandam lembranças.

— Suas irmãs? — questionou K. — Sim, as moças grandes e fortes.

— Ambas mandam lembranças, especialmente Amalia — disse Barnabas. — Hoje ela me trouxe essa carta do castelo, endereçada a você.

Apegando-se a essa carta mais do que a qualquer outra, K. perguntou:

— Ela poderia também levar minha mensagem ao castelo? Ou vocês dois podem ir e cada um tentar a sorte?

— Amalia não tem permissão para ir aos departamentos — respondeu Barnabas. — Não fosse por isso, ela iria com prazer.

— Talvez eu vá à casa de vocês amanhã — disse K. —, mas primeiro traga minha resposta. Estarei à sua espera na escola. Mande lembranças minhas às suas irmãs.

Barnabas aparentemente ficou muito feliz com a promessa. Após o aperto de mão de despedida, tocou levemente o ombro de K. Tudo estava como era antes, quando K. encontrara Barnabas no salão da estalagem, com todo seu brilho, em meio aos camponeses, e sentiu-se honrado pelo toque. Mais tranquilo, permitiu que os ajudantes fizessem o que bem entendessem no caminho de volta.

11.

Na escola

Chegou em casa sentindo-se completamente congelado, estava tudo escuro, as velas das lamparinas estavam extintas; guiado pelos ajudantes, que já conheciam o local, seguiu tateando até a sala de aula.

— A primeira façanha digna de elogios de vocês — disse ele, lembrando-se da carta de Klamm; ainda meio adormecida, Frieda gritou de um canto:

— Deixem K. dormir! Não o perturbem!

K. ocupava seus pensamentos mesmo quando ela, vencida pelo sono, não pôde mais esperar por ele. A lamparina foi acesa, mas não era possível aumentar a luz, havia muito pouco querosene. A nova instalação ainda tinha muitas carências. Havia aquecimento, mas a grande sala, que também era usada para ginástica — havia aparelhos espalhados por ali, alguns estavam pendurados no teto —, infelizmente estava fria novamente, pois todo o estoque de lenha fora consumido, embora estivesse agradavelmente aquecida antes, como foi assegurado a K. Havia um grande suprimento de lenha em um galpão, mas estava trancado, e a chave ficava com o professor, que só permitia a retirada da lenha para aquecimento durante as aulas. Seria algo tolerável se houvesse camas para se refugiar. Nesse quesito, porém, havia somente um colchão de palha, coberto com cuidado apreciável por um xale de lã de Frieda, mas não havia edredom, apenas duas cobertas grosseiras e ásperas que mal aqueciam. E até mesmo o mísero colchão de palha era observado com cobiça pelos ajudantes, mas é óbvio que não tinham esperanças de se deitar nele. Frieda olhava ansiosamente para K.; ela já havia provado que era capaz de decorar um quarto de forma agradável, até mesmo o mais miserável, como fizera na estalagem Da Ponte, mas aqui, completamente sem meios, nada pudera fazer.

— A única decoração de nosso quarto é o equipamento de ginástica — disse ela, entre risos e lágrimas. Quanto às maiores deficiências, como as acomodações inadequadas para dormir e o aquecimento, garantiu que remediaria a situação no dia seguinte e pediu a K. que fosse paciente até lá. Nem sequer uma palavra, uma sugestão, uma expressão indicava que ela tinha a menor amargura no coração contra K., embora ele não pudesse evitar o pensamento de que a havia arrancado primeiramente da estalagem dos cavalheiros e agora da estalagem Da Ponte. Por isso, K. esforçou-se para tornar as coisas suportáveis, o que não era tão difícil, pois divagava sobre Barnabas, que repetiu sua mensagem palavra por palavra, mas não pensava na maneira como a tinha transmitido a Barnabas, e sim em como soaria para Klamm. Ao mesmo tempo, estava genuinamente satisfeito com o café que Frieda preparara em uma espiriteira; encostado na estufa, que já estava fria, observava seus movimentos ágeis e experientes enquanto estendia a inevitável toalha branca na mesa do preceptor[11], sobre a qual colocou uma xícara florida com café, além de pão, toucinho e até uma lata de sardinhas. Agora estava tudo pronto, mas Frieda ainda não havia comido, pois tinha ficado à espera de K. Havia duas poltronas, nas quais K. e Frieda se sentaram à mesa; os ajudantes sentaram-se no estrado a seus pés, mas não ficavam quietos, perturbavam até quando estavam comendo. Embora tivessem recebido uma porção generosa, que ainda estavam longe de terminar, levantavam-se de tempos em tempos para verificar se ainda havia muita coisa na mesa, na esperança de sobrar algo para eles. K. os ignorava, só notou sua presença deles quando Frieda riu. Então colocou afetuosamente a mão sobre a dela, e perguntou baixinho por que era tão indulgente com os ajudantes, pois tolerava suas peraltices. Assim nunca se livrariam deles; mas se fossem mais rígidos em relação a

11. *Kathedertisch* no original; ao pé da letra, "mesa do catedrático" ou "púlpito".

seu comportamento, poderiam contê-los ou, o que era mais provável e até melhor, iriam se desgostar do serviço e acabariam indo embora. Parecia que a estada na escola não seria das mais agradáveis; bem, não seria longa, e as carências nem seriam notadas quando os ajudantes fossem embora, e pudessem ficar a sós na casa silenciosa. Será que ela não tinha notado que os ajudantes ficavam mais impertinentes dia após dia, encorajados primeiramente pela presença de Frieda, e também pela esperança de que K. não os atacaria diante dela, como faria de outro modo? Aliás, talvez houvesse maneiras muito simples de se livrar deles, sem problema nenhum, é possível que até Frieda as conhecesse, estava tão habituada com as condições locais. Fariam até um favor aos ajudantes se os expulsassem de alguma forma, pois a vida que levavam ali não era grande coisa, e teriam de abrir mão, ao menos parcialmente, da ociosidade de que desfrutavam até agora, já que teriam de trabalhar, e Frieda precisava descansar depois de toda a agitação dos últimos dias. K., por sua vez, teria de encontrar uma saída para a situação difícil em que se encontrava. No entanto, se os ajudantes fossem embora, ele sentiria tamanho alívio que poderia facilmente fazer todo o trabalho de bedel, e tudo o mais que fosse necessário.

Frieda, que ouviu tudo com atenção, acariciou suavemente o braço de K. e disse que tinha a mesma opinião, mas ele possivelmente havia superestimado as peraltices dos ajudantes; eram garotos, engraçados e algo simplórios, que pela primeira vez trabalhavam para um estranho, livres da rígida disciplina do castelo, portanto estavam um pouco excitados e espantados, e nessa condição faziam tolices; era natural irritar-se com eles, mas seria mais sensato rir. Às vezes ela ria tanto que não podia se conter. Mas estava de pleno acordo com K. de que o melhor seria mandá-los embora para ficarem a sós, como um casal. Ela aproximou-se de K. e escondeu o rosto em seu ombro. E disse nessa posição, na qual era difícil entendê-la, que K. deveria ceder e que ela não conhecia nenhuma maneira de livrar-se dos ajudantes, e temia que tudo o que K. havia proposto fracassasse. Até onde ela sabia, o próprio K. os havia requisitado, portanto deveria mantê-los. O melhor seria lidar com eles com singeleza, pois eram pessoas singelas, então esse era o melhor modo de aturá-los.

K. não ficou satisfeito com a resposta; meio de brincadeira, meio a sério, disse a Frieda que ela parecia ter uma ligação com os ajudantes, ou pelo menos uma grande afeição por eles; sim, eram belos garotos, mas não há ninguém de quem não possamos nos livrar com um pouco de boa vontade, e ele provaria isso a ela em relação aos ajudantes.

Frieda afirmou que ficaria muito grata se ele conseguisse. A propósito, de agora em diante não iria mais rir deles nem dirigir-lhes palavras desnecessárias; não era realmente algo insignificante estar o tempo todo sob observação de dois homens; ela havia aprendido a vê-los com os olhos dele. Até tremeu um pouco quando os ajudantes se levantaram novamente, em parte para verificar se ainda havia o que comer, em parte para se inteirarem do conteúdo dos cochichos.

K. aproveitou-se desse fato para fazer com que Frieda ficasse ressentida com os ajudantes; trouxe-a para junto de si e terminaram a refeição juntos. Agora deveriam ir dormir, todos estavam muito cansados, um dos ajudantes tinha até cochilado sobre a comida, e o outro se divertiu muito com isso; ele queria que o patrão visse a cara de tolo do dorminhoco, mas não conseguiu; K. e Frieda permaneciam sentados no alto, indiferentes. Naquele frio insuportável, hesitavam em ir dormir; por fim, K. explicou que precisavam se aquecer, ou seria impossível dormir. Procurou por um machado, os ajudantes sabiam onde havia um e o trouxeram, então foram para o galpão de lenha. Em pouco tempo arrombaram a porta frágil; encantados, como se nunca tivessem visto algo tão belo, os ajudantes começaram a levar a lenha para a sala de aula, perseguindo e empurrando um ao outro; em pouco tempo havia uma grande pilha ali, e o cômodo foi aquecido; estavam todos reunidos em volta da estufa; os ajudantes receberam uma coberta para nela se enrolarem, o que era o suficiente para eles, pois ficou combinado que um ficaria de vigília para manter o fogo aceso; logo estava tão quente perto da estufa que a coberta não era mais necessária; a lamparina foi apagada e, felizes com o calor e o silêncio, K. e Frieda se deitaram para dormir.

Quando, no meio da noite, K. foi acordado por um barulho qualquer e, ainda sonolento, com movimentos inseguros, tateou à procura de

Frieda, notou que, em vez dela, um dos ajudantes estava deitado ao seu lado. Esse foi, possivelmente por conta da irritação por ter sido acordado repentinamente, o maior susto que já vivenciara na aldeia. Levantou-se com um grito e, ainda inconsciente, deu um murro tão forte no ajudante que ele começou a chorar. Mas logo tudo foi esclarecido. Frieda tinha acordado porque, pelo menos para ela, parecia que um animal grande, provavelmente um gato, havia pulado no seu peito e fugido em seguida. Levantou-se imediatamente e procurou o animal em toda a sala com o auxílio de uma vela. Um dos ajudantes havia aproveitado a oportunidade para desfrutar um pouquinho do colchão de palha, e agora estava pagando caro por isso. Mas Frieda não encontrou nada, provavelmente fora um engano, e voltou para junto de K.; enquanto voltava, como se tivesse esquecido da conversa da noite, acariciou os cabelos do ajudante, que choramingava encolhido. K. não disse nada; apenas ordenou aos ajudantes que parassem de atiçar o fogo, pois já estava bem quente ali e haviam consumido quase todo o estoque de lenha.

Pela manhã, todos só acordaram quando os primeiros alunos já estavam ali, rodeando curiosos o local onde haviam se instalado. Foi desagradável, pois em consequência do calor, que agora havia dado lugar ao frescor da manhã, estavam quase despidos, só de camisolão; assim que começaram a se vestir, apareceu na porta Gisa, a professora, uma moça loira, alta, bonita, só um pouco rígida. Era evidente que fora preparada para a chegada do novo funcionário, e provavelmente recebera instruções do professor sobre como se comportar, pois ainda na soleira da porta disse:

— Não posso tolerar tal coisa. Que bonito! O senhor tem permissão para dormir na sala de aula, mas eu não sou obrigada a lecionar em seu quarto. Um bedel que fica morgando na cama com a família até o meio da manhã, credo!

Bem, algo precisava ser dito, especialmente quanto à família e à cama, pensou K., enquanto ele e Frieda, pois não podiam contar com os ajudantes, que permaneciam deitados, admirados com a professora e as crianças, apanharam rapidamente as barras e o cavalo de saltos, colocaram as cobertas sobre ambos os aparelhos e assim formaram um cercadinho fechado onde ao menos poderiam se trocar longe das vistas das crianças. O momento de paz não durou muito, porém; a professora estrilou porque não havia água fresca no lavatório[12]; K. tinha acabado de pensar em ir buscar o lavatório para ele e Frieda, mas desistiu para não irritar mais a professora; a desistência, porém, não ajudou muito, pois logo depois se ouviu um grande barulho; infelizmente tinham esquecido de tirar da mesa do preceptor os restos da refeição da noite anterior; a professora, com uma régua, fez tudo voar para o chão; ela não se incomodou com o óleo de sardinha e os restos de café espalhados pelo chão, além da cafeteira em pedaços, pois o bedel logo colocaria tudo em ordem. Ainda não completamente vestidos, K. e Frieda inclinaram-se sobre as barras para observar a destruição de suas pequenas posses; os ajudantes, que claramente nem pensavam em se vestir, espiavam por baixo das cobertas, para grande diversão das crianças. Frieda sentiu especialmente a perda da cafeteira. Foi só quando K., para consolá-la, prometeu que pediria outra ao burgomestre da comunidade, é que ela se animou a ponto de pular para fora daquele recinto e, só de camisa de baixo e anágua, recuperar pelo menos a coberta e garantir que não fosse conspurcada. E ela conseguiu, embora a professora, para desencorajá-la, martelasse continuamente a mesa com a régua. Já vestidos, K. e Frieda tiveram de pressionar os ajudantes a se vestirem, com ordens e empurrões; mas, como estavam atordoados pelos acontecimentos, eles mesmos tiveram de vesti-los. Quando todos estavam prontos, K. distribuiu as tarefas seguintes: os ajudantes deveriam buscar lenha e acender o fogo, primeiro na outra sala de aula, pois havia a ameaça de um grande perigo, o professor provavelmente já estava lá. Frieda deveria limpar o chão, e K. iria buscar água e colocar tudo em ordem; o café da manhã estava fora de questão. Para ter uma ideia melhor do humor da professora, K. queria ir primeiro, os outros sairiam quando ele chamasse; tomou essa medida, por um lado, para que a situação não ficasse ainda

12. No contexto, bacia e jarro de água para lavar o rosto e as mãos.

pior em consequência da tolice dos ajudantes, e por outro porque queria poupar Frieda o máximo possível; ela tinha ambição, ele não; ela era sensível, ele não; ela pensava nas pequenas aberrações do momento, ele em Barnabas e no futuro. Frieda seguiu à risca suas ordens, mal tirava os olhos dele. Nem bem deu um passo, a professora gritou, acompanhada das risadas das crianças, que pareciam não ter fim:

— Dormiu bem, não é?

K. não prestou atenção, pois não era realmente uma pergunta; foi ao lavatório, e a professora perguntou:

— O que fez com a minha bichana?

Uma gata grande, velha e carnuda estava estendida na mesa, e a professora examinava uma pata, que claramente estava um pouco machucada. Frieda estava certa, então essa gata não havia pulado, provavelmente não conseguia mais pular, mas havia rastejado sobre ela, e assustada com a presença de pessoas na casa, até então vazia, foi correndo se esconder e com a pressa acabou se machucando. K. tentava explicar o ocorrido calmamente para a professora, mas ela se ateve somente ao resultado e disse:

— Bom, você a machucou, é dessa forma que se apresenta. Veja bem!

Ela chamou K. para perto da mesa do preceptor, mostrou-lhe a pata e, antes que ele pudesse perceber, arranhou as costas da mão dele com as garras; já não eram afiadas, mas a professora as pressionou com tanta força, sem se importar com a gata, que produziu vergões sangrentos.

— E agora vá para seu trabalho — disse ela, impaciente, abaixando-se novamente para pegar a gata. Frieda, que assistiu a tudo atrás das barras com os ajudantes, gritou ao ver o sangue. K. mostrou a mão para as crianças e disse:

— Vejam o que uma gata malvada e sorrateira fez comigo.

Não disse isso por causa das crianças, evidentemente, cujos gritos e risadas já eram tão espontâneos que já não precisavam de motivos ou estímulos; nenhuma palavra poderia penetrar em suas mentes ou influenciá-las.

A professora reagiu à afronta apenas olhando de soslaio, pois continuava ocupada com a gata. Sua raiva aparentemente fora contida pela punição sangrenta; K. então chamou Frieda e os ajudantes, e o trabalho começou.

Quando K. despejou o balde com água suja, trouxe água limpa e começou a varrer a sala de aula, um garoto de uns 12 anos saiu de um banco, tocou a mão dele e disse, em meio ao grande barulho, algo completamente incompreensível. Mas logo o barulho cessou e K. voltou-se para a porta. O que temera por toda a manhã havia acontecido. O professor estava lá, e o homenzinho agarrava os ajudantes pelo colarinho; provavelmente os havia interceptado quando buscavam lenha, e gritava com voz potente, fazendo uma pausa após cada palavra:

— Quem se atreve a arrombar o galpão de lenha? Onde está esse sujeito, para que eu possa esmagá-lo?

Frieda levantou-se do chão, que se esforçava para limpar aos pés da professora, olhou para K., como se quisesse ganhar forças, e disse, com algo de sua antiga dignidade nos olhos e na postura:

— Eu fiz isso, senhor professor. Não houve outro jeito. Para que a sala de aula estivesse aquecida pela manhã, era necessário abrir o galpão; não me atrevi a buscar a chave com o senhor à noite; meu noivo estava na estalagem dos cavalheiros, era possível que ficasse lá a noite toda, então tive de decidir sozinha. Se fiz algo errado, perdoe minha inexperiência; meu noivo já me desancou o bastante quando viu o que ocorreu. Sim, até havia proibido que eu aquecesse a sala antes, pois o senhor, ao trancar o galpão, sinalizou que não queria aquecimento antes de estar aqui em pessoa. Logo, é culpa dele que a sala não estava aquecida, mas a culpa pelo arrombamento do galpão é minha.

— Quem arrombou a porta? — perguntou o professor aos ajudantes, que em vão tentavam se livrar de seus punhos.

— O patrão — disseram ambos, apontando para K., para não deixar dúvidas.

Frieda riu, e a risada era mais convincente que suas palavras, e começou a torcer o pano com que limpara o chão no balde, como se sua explicação tivesse encerrado o incidente e a afirmação dos ajudantes fosse apenas uma brincadeira adicional; só quando se ajoelhou novamente para retomar o trabalho é que disse:

— Nossos ajudantes são crianças que, apesar da idade, ainda pertencem aos bancos escolares. Lá pelo final da tarde eu mesma abri a porta com o machado sozinha, foi muito fácil, não precisei deles para isso, só iriam atrapalhar. Quando meu noivo voltou, à noite, saiu para avaliar os danos e repará-los, se possível, e os ajudantes foram com ele, provavelmente porque tiveram medo de ficar aqui sozinhos, viram meu noivo mexendo na porta arrombada e por isso disseram que foi ele, são crianças.

É verdade que, durante a explicação de Frieda, os ajudantes balançavam continuamente a cabeça, apontavam para K. e se esforçavam para mudar a opinião dela em silêncio, só com expressões faciais; como não conseguiram, acabaram cedendo, tomaram as palavras de Frieda como uma ordem e não responderam mais a nenhuma pergunta do professor.

— Então eles mentiram? — perguntou o professor. — Ou fizeram uma acusação leviana ao bedel?

Continuaram em silêncio, mas a tremedeira e o olhar ansioso pareciam indicar culpa.

— Bom, então agora vou lhes dar umas pancadas — disse o professor, e ordenou a uma criança que fosse apanhar uma vara[13] na outra sala. Quando empunhou a vara, Frieda gritou:

— Os ajudantes disseram a verdade!

Ela jogou o pano no balde, em desespero, de modo que a água respingou para fora, e correu para trás das barras, onde se escondeu.

— Que gente mentirosa — disse a professora, que havia acabado de enfaixar a pata da gata e agora trazia o bicho no colo, embora fosse muito grande para isso.

— Então resta o bedel da escola — afirmou o professor, livrando-se dos ajudantes e dirigindo-se a K., que estivera à escuta o tempo

13. *Rohrstab* no original; trata-se de uma vara outrora empregada em escolas para castigar os alunos.

todo, apoiado na vassoura —, este bedel que, covardemente, culpa os outros pela própria lumpesinagem.

— Bem — disse K., ao perceber que a intervenção de Frieda havia amenizado a cólera desenfreada do professor —, se os ajudantes tivessem levado umas pancadas, isso não me incomodaria; se tivessem sido poupados dez vezes com justiça, isso poderia ser compensado com uma punição injusta. Eu teria apreciado, porém, que não tivesse havido um confronto entre mim e o senhor, professor, e suponho que o senhor também teria gostado. Mas, como Frieda me ofereceu em sacrifício em lugar dos ajudantes — aqui K. fez uma pausa, e era possível ouvi-la soluçando debaixo dos cobertores —, precisamos passar tudo a limpo.

— Ultrajante! — declarou a professora.

— Concordo plenamente, senhorita Gisa — disse o professor. — Senhor bedel, é claro que o senhor será dispensado imediatamente em razão desse comportamento vergonhoso; cabe a mim decidir a punição que se seguirá; por ora, saia imediatamente desta casa com todas as suas coisas. Será um alívio para nós, e vamos poder finalmente começar as aulas. Trate de se apressar!

— Não vou sair daqui — afirmou K. — O senhor é meu superior, mas quem me deu o emprego foi o burgomestre da comunidade, e só aceito ser demitido por ele. E certamente ele não me deu esse emprego para que eu congelasse aqui com meu pessoal, mas para evitar, como o senhor mesmo disse, atos desesperados e insensatos de minha parte. Logo, demitir-me agora seria contrário às intenções dele; até que ouça o contrário de seus próprios lábios, não acreditarei nisso. Aliás, será até muito vantajoso para o senhor se eu não aceitar essa demissão impensada.

— Não aceita a demissão? — perguntou o professor.

K. balançou a cabeça.

— Pense bem — disse o professor —, suas decisões nem sempre são as melhores; pense na tarde passada, por exemplo, quando se recusou a ser interrogado.

— Por que menciona esse fato agora? — perguntou K.

— Por que eu quis — disse o professor —, e repito pela última vez: Fora!

Como isso não surtiu efeito, o professor foi até a mesa e conversou baixinho com a professora, que mencionou a polícia, mas o professor desconversou; finalmente chegaram a um acordo; o professor pediu às crianças que fossem para a sala dele, lá assistiriam à aula com outras crianças. A mudança agradou a todos, e a sala logo se esvaziou ao som de gritos e risos, o professor e a professora foram os últimos a sair. A professora trazia o caderno de chamada; sobre ele estava a gata, completamente apática. O professor gostaria de ter deixado a gata para trás, mas a sugestão foi firmemente rejeitada pela professora, que justificou-se pela crueldade de K.; logo, a situação ficou ainda pior; além de toda a perturbação, o professor teria de aturar a gata. Isso provavelmente influenciou as últimas palavras que ele dirigiu a K., já na porta:

— A senhorita teve de deixar esta sala com as crianças porque o senhor, de forma renitente, não aceitou a demissão decidida por mim; ninguém espera que ela, uma jovem donzela, possa dar aulas em meio a um sórdido ambiente familiar. Portanto, o senhor ficará sozinho aqui, e poderá fazer o que bem entender, sem ser perturbado pela aversão de pessoas decentes. Mas não será por muito tempo, eu garanto!

E, com essas palavras, bateu a porta.

12.

Os ajudantes

Assim que todos saíram, K. disse aos ajudantes:

— Caiam fora!

Perplexos com a ordem inesperada, obedeceram, mas quando K. fechou a porta atrás deles, quiseram voltar; uivando do lado de fora, bateram na porta.

— Vocês estão dispensados! — gritou K. — Nunca mais trabalharão para mim.

Obviamente não aceitaram a decisão e bateram na porta com as mãos e os pés.

— Patrão, queremos voltar! — suplicaram, como se K. fosse a terra firme e eles estivessem sendo tragados pela enchente. Mas K. não teve piedade. Impaciente, esperou que a barulheira insuportável forçasse o professor a intervir, o que logo aconteceu.

— Deixe esses desgraçados ajudantes entrarem! — berrou ele.

— Eu os dispensei! — gritou K. de volta; isso teve o indesejável efeito colateral de mostrar ao professor o que acontece quando alguém é forte o suficiente não apenas para demitir, mas para pôr em prática a demissão. O professor tentou, de forma amigável, acalmar os ajudantes; disse-lhes que deveriam esperar com calma, pois K. acabaria por deixá-los entrar. E então se foi. Talvez o silêncio reinasse novamente se K. não tivesse voltado a gritar: estavam dispensados definitivamente, e não havia a mínima esperança de serem readmitidos. E novamente começaram a fazer uma barulheira. O professor voltou, mas não negociou mais com eles, e sim os expulsou, obviamente com a temida vara.

Em seguida foram para as janelas da sala de ginástica, bateram nas vidraças e gritaram; mas suas palavras não eram mais compreendidas. No entanto, não ficaram lá por muito tempo, pois não podiam pular na neve espessa, como sua inquietação exigia. Correram para a cerca do jardim e pularam na base de pedra, de onde podiam ter uma melhor visão da sala, embora a distância; correram para cá e para lá, apoiando-se na cerca; então pararam novamente, e estenderam as mãos juntas em súplica para K. Fizeram isso por um bom tempo, independentemente de seus esforços serem em vão; era como se estivessem cegos, pois não desistiram nem quando K. baixou as cortinas para livrar-se da visão deles.

Na sala agora escurecida, K. foi até a barra para ver Frieda. Sob o olhar dele, ela se levantou, ajeitou o cabelo, enxugou o rosto e, silenciosamente, começou a fazer o café. Embora ela já soubesse de tudo, K. comunicou-a formalmente que havia dispensado os ajudantes. Ela apenas acenou com a cabeça. K. sentou-se em uma carteira escolar e pôs-se a observar seus movimentos cansados. Eram sempre o frescor e a determinação que embelezavam seu corpo esquálido; agora essa beleza havia desaparecido. Alguns dias na companhia de K. tinham sido suficientes para isso. O trabalho na taberna não era fácil, mas provavelmente mais apropriado para ela. Ou será que o afastamento de Klamm era a causa de seu declínio? A proximidade com Klamm a tornava absurdamente atraente, essa atração levou K. a arrebatá-la, e agora ela definhava em seus braços.

— Frieda — disse K.

Ela largou imediatamente o moedor de café e foi para junto dele na carteira.

— Você está bravo comigo? — perguntou ela.

— Não — respondeu K. — Você não poderia agir de outro modo. Estava feliz na estalagem dos cavalheiros. Eu deveria tê-la deixado lá.

— Sim — disse Frieda, olhando tristemente para a frente. — Você deveria ter me deixado lá. Não sou digna de viver com você. Livre de mim, talvez você pudesse conseguir tudo o que quisesse. Em consideração a mim, você se submete ao professor tirânico, aceita esse emprego miserável e faz tudo o que pode para ter uma conversa com Klamm. Tudo isso por mim, e não retribuo devidamente.

— Não — declarou K., envolvendo-a com o braço para confortá-la. — Tudo isso são coisas pequenas que não me afetam, e não é só por sua causa que vou até Klamm. E quanto você já fez por mim! Antes de conhecê-la, estava completamente perdido aqui. Ninguém me acolheu, e sempre que tentei me impor, fui rapidamente dispensado. E se eu pudesse encontrar paz com alguém, seria com as pessoas de quem eu fugia, como era o caso do pessoal de Barnabas.

— Você fugiu deles, não foi? Querido! — exclamou Frieda revigorada, e após um hesitante "sim" de K., recaiu no desânimo. Também K. não tinha mais disposição para explicar como tudo tinha melhorado para ele após o relacionamento com ela. Retirou lentamente o braço que a envolvia e ficou sentado por um tempo em silêncio, até que Frieda, como se não pudesse sobreviver sem o calor que aquele braço lhe propiciava, disse:

— Não aguento mais viver aqui. Se quiser ficar comigo, temos de emigrar para algum lugar, para o sul da França, para a Espanha.

— Não posso emigrar — afirmou K. — Vim aqui para ficar. Vou ficar.

E, numa contradição que não se deu ao trabalho de explicar, acrescentou, como em um monólogo:

— O que poderia ter me atraído para esta terra desolada se não o desejo de ficar aqui?

Disse, então:

— E você também quer ficar aqui, é a sua terra. Só sente a falta de Klamm, daí esse desespero.

— É Klamm que me falta? — questionou Frieda. — Há excesso de Klamm por aqui, estamos fartos dele; para livrar-me dele, quero ir embora. Não é de Klamm que sinto falta, mas de você, e por sua causa quero partir; aqui todo mundo quer me agarrar, mas só com você fico satisfeita. Eu preferiria que meu belo rosto fosse arrancado como uma máscara, que meu corpo ficasse numa condição miserável, se pudesse viver em paz com você.

Mas K. só tinha ouvidos para uma coisa.

— Klamm ainda tem contato com você? — perguntou ele de supetão. — Ele a chama?

— Não sei nada de Klamm — respondeu Frieda. — Quero falar de outras pessoas. Dos ajudantes, por exemplo.

— Ah, os ajudantes! — disse K., surpreso. — Eles a estão perseguindo?

— Não notou? — perguntou Frieda.

— Não — disse K., tentando em vão lembrar-se de algum detalhe. — São meninos impertinentes e safados, mas não notei que tiveram a ousadia de aproximar-se de você.

— Não? — questionou Frieda. — Não notou que não saíram de nosso quarto na estalagem Da Ponte, como vigiavam zelosamente nossas relações, como há pouco um deles se deitou em meu lugar no colchão de palha, e como agora testemunharam contra você, para expulsá-lo, para arruiná-lo, para ficarem aqui a sós comigo. Nunca notou nada disso?

K. olhava para Frieda, sem responder. As acusações contra os ajudantes eram possivelmente verdadeiras, mas também poderiam ser interpretadas de forma bem mais inocente, dada a natureza ridícula, infantil, errática e incontrolável dos dois. E o fato de sempre acompanharem K., aonde quer que ele fosse, não falava contra tal acusação? K. disse alguma coisa parecida com isso.

— Hipocrisia — declarou Frieda. — Você não percebe? Por que então os expulsou, se não foi por esses motivos?

Ela foi até a janela, afastou um pouco a cortina para o lado, olhou para fora e chamou K. para junto de si. Os ajudantes continuavam lá, na cerca, e embora estivessem visivelmente cansados, ainda assim reuniam forças e estendiam de vez em quando os braços suplicantes na direção da escola. Um deles havia prendido o casaco na grade atrás dele para não ter de ficar subindo continuamente na cerca.

— Coitados! Coitados! — disse Frieda.

— Por que os dispensei? — gritou K. — Principalmente por sua causa.

— Por minha causa? — perguntou Frieda, sem tirar os olhos da parte externa.

— Você é gentil demais com eles — disse K. — Perdoa suas peraltices, ri deles, acaricia seus cabelos, sempre fica com pena; coitados, coitados, você diz, e por fim o último incidente; para livrá-los de umas pancadas, você não teve receio de pagar um preço alto: entregou-me.

— Pois é disso que estou falando — declarou Frieda —, é isso que me deixa infeliz, que me afasta de você, enquanto eu não conheço maior felicidade do que estar a seu lado, sempre, ininterruptamente, até o fim, enquanto sonho que aqui na Terra não há lugar tranquilo para nosso amor, nem na aldeia nem em qualquer outro lugar, e por isso imagino uma sepultura, funda e estreita; nela ficaremos fortemente abraçados, como se nossos braços fossem tenazes, vou esconder meu rosto em você, você vai esconder o seu em mim, e ninguém nos verá novamente. Mas agora olhe para os ajudantes! Não é para você que suplicam de mãos juntas, mas para mim.

— Não sou eu que estou olhando para eles — disse K. — É você.

— Claro, sou eu — retrucou Frieda quase irritada. — É isso que estou dizendo. Por que os ajudantes estariam atrás de mim, ainda que fossem emissários de Klamm?

— Emissários de Klamm — repetiu K., muito surpreso com essa designação, por mais natural que parecesse.

— Emissários de Klamm, sim — disse Frieda. — Pode até ser, mas são ao mesmo tempo jovens pueris, que precisam de umas pancadas para serem educados. Que meninos feios e escuros eles são! E como é detestável o contraste entre seus rostos, que poderiam ser de adultos, ou mesmo de estudantes, e seu comportamento infantil e tolo! Você pensa que não percebo? Tenho vergonha deles. É isso mesmo: não sinto repulsa, mas tenho vergonha deles. Tenho sempre de ficar de olho. Se alguém se irrita com eles, eu tenho de rir. Se querem bater neles, vou acariciar seus cabelos. Quando, à noite, eu me deito a seu lado, não consigo dormir; tenho de me inclinar sobre você, até quase acordá-lo, para ver um deles enrolado no cobertor, dormindo, e o outro ajoelhado diante da estufa aberta, mantendo-a acesa. Não é a gata que me assusta, conheço gatos, também estou acostumada com o sono inquieto e sempre perturbado na taberna, não é a gata que me assusta, eu mesma me assusto. Nem preciso daquela gata monstruosa, me arrepio ao menor barulho. Uma vez tive medo de que você acordasse e fosse o fim de tudo, então eu pulava e acendia a vela, para que acordasse logo e me protegesse.

— Não sabia de nada disso — afirmou K. — Eu os dispensei só por intuição; agora que não estão mais aqui, talvez esteja tudo bem.

— Sim, finalmente eles se foram — disse Frieda, porém com o rosto atormentado, e não alegre. — Só que não sabemos quem eles são. Emissários de Klamm, assim os chamo em minha imaginação, de brincadeira, mas talvez sejam mesmo. Aqueles olhos deles, simplórios mas brilhantes, de alguma maneira me lembram os olhos de Klamm; sim, é isso: é o olhar de Klamm, que algumas vezes me observa através dos olhos deles. Então não é correto dizer que tenho vergonha deles. Gostaria que fosse assim. Sei que, em outros lugares e com outras pessoas, o mesmo comportamento seria estúpido e ofensivo, mas com eles não é assim, vejo a tolice deles com respeito e admiração. Mas se são emissários de Klamm, quem nos livrará deles? Seria bom mesmo livrar-se deles? Você não teria de trazê-los de volta, e não teria de ficar feliz se eles voltassem?

— Você quer que eu os deixe entrar novamente? — perguntou K.

— Não, não — respondeu Frieda —, não há nada que eu queira menos. Vê-los entrar aqui, a alegria deles ao me ver novamente, a maneira como saltitam como crianças e estendem os braços como homens, talvez eu não pudesse suportar tudo isso. Mas quando penso que, se você continuar sendo duro com eles, poderá impedir que o próprio Klamm tenha acesso a você; de minha parte, empregarei todos os meios para evitar as consequências negativas desse fato. Logo, quero que os deixe entrar. Então, K., vamos logo deixá-los entrar! Não se importe comigo, não sou nada. Vou me defender enquanto puder; se eu falhar, terei falhado com a consciência de que fiz tudo por você.

— Você só reforça minha opinião sobre os ajudantes — disse K. — Por minha vontade, eles jamais voltarão. O fato de eu tê-los colocado para fora só prova que, sob determinadas condições, eles podem ser controlados e, além disso, que não têm nada a ver com Klamm. Ontem mesmo recebi uma carta de Klamm, e pude constatar que ele está muito mal-informado sobre os ajudantes, o que leva necessariamente à conclusão de que é indiferente a eles; se assim não fosse, teria obtido informações precisas. Se você vê Klamm neles, é só uma prova de que, infelizmente, ainda está sob a influência da estalajadeira, que o vê em toda parte. Você continua sendo amante de Klamm, em vez de ser minha esposa. Às vezes isso me deprime, sinto que perdi tudo, sinto-me como se tivesse acabado de chegar à aldeia, porém não esperançoso, como estava então, mas consciente de que decepções me aguardam, e eu terei de saboreá-las uma após a outra, até tragar a última borra[14]. Mas só às vezes — completou K. com um sorriso, ao ver que Frieda estava abalada com essas palavras. — E no fundo comprova uma coisa boa, ou seja, o que você significa para mim. Se me pedir para escolher entre você e os ajudantes, eles já perderam. Mas que ideia, escolher entre você e os ajudantes! E agora quero me livrar deles definitivamente, em palavras e pensamentos. Quem sabe se a fraqueza que se apoderou de nós não é devida ao fato de ainda não termos tomado o café da manhã?

— É possível — disse Frieda, sorrindo cansada e voltando ao trabalho. Também K. pegou novamente a vassoura.

14. *Bodensatz*, "borra", "sedimento", partículas sólidas que ficam depositadas no fundo de uma garrafa de vinho ou de outra bebida.

13.

Hans

Após algum tempo, ouviu-se uma leve batida.

— Barnabas! — exclamou K., que largou a vassoura e com poucos movimentos chegou à porta. Assustada mais pelo nome do que qualquer outra coisa, Frieda olhou para ele. Com as mãos trêmulas, K. teve dificuldade para abrir rapidamente a antiga fechadura.

— Já vou abrir — repetia ele, em vez de perguntar quem estava batendo. E, quando a porta estava escancarada, viu que não era Barnabas quem estava lá, mas o rapazinho que quisera falar com ele antes. K., porém, não se lembrou dele com prazer.

— O que você quer aqui? — perguntou ele. — A aula é na sala ao lado.

— Venho de lá — disse o garoto, olhando calmamente para K. com seus grandes olhos castanhos, ereto, com os braços colados ao corpo.

— O que você quer, então? Diga logo! — exclamou K. curvando-se um pouco, pois o garoto falava baixo.

— Posso ajudar? — perguntou o garoto.

— Ele quer nos ajudar — disse K. para Frieda. Então dirigiu-se ao garoto:

— Qual é o seu nome?

— Hans Brunswick — respondeu ele —, aluno do quarto ano, filho de Otto Brunswick, mestre sapateiro na rua Madeleine.

— Bem, seu nome é Brunswick — disse K., agora de forma mais amistosa. Ocorre que Hans ficou tão nervoso com os vergões sangrentos que a professora havia feito na mão de K. que tinha decidido ajudá-lo.

Por conta própria, e sob risco de sofrer uma severa punição, havia se esgueirado até ali, como um desertor, vindo da sala ao lado. Provavelmente eram essas ideias infantis que o guiavam, e a seriedade que demonstrava em tudo o que fazia estava de acordo com tais ideias. Só no início a timidez o atrapalhou, mas logo se sentiu à vontade com K. e Frieda; quando lhe serviram um café quente, ficou animado e confiante; fazia perguntas com entusiasmo e insistência, como se quisesse aprender o essencial o mais rápido possível, para assim tomar decisões independentemente de K. e Frieda. Sua natureza era algo dominadora, porém tão misturada com inocência infantil que as pessoas se submetiam a isso de bom grado, meio a sério, meio por brincadeira. De qualquer modo, chamava toda a atenção para si; o trabalho havia cessado e o café da manhã se prolongou bastante. Embora estivesse sentado em uma carteira, K. na mesa do preceptor e Frieda numa poltrona ao lado, parecia que ele era o professor, como se examinasse e avaliasse as respostas; o leve sorriso em sua boca delicada parecia indicar que ele sabia que aquilo era um jogo, e quanto mais seriamente lidava com isso, já não era um sorriso que movia seus lábios, mas a felicidade de criança. Só tardiamente admitiu que já conhecia K. desde que ele estivera na casa de Lasemann. K. alegrou-se com isso.

— Era você que estava brincando aos pés da mulher? — perguntou K.

— Sim — disse Hans —, era minha mãe.

Agora tinha de falar sobre a mãe, mas o fazia com hesitação, e só após reiterados pedidos; estava claro que era um garotinho que, às vezes, especialmente em suas perguntas, parecia falar quase como um homem enérgico, esperto e previdente, especialmente em suas perguntas, talvez antecipando o futuro; pode ser que isso fosse resultado da ilusão do ouvinte inquieto e tenso, mas que, logo em seguida, sem qualquer transição, não passava de um escolar que não entendia muitas perguntas, interpretava mal outras, e que por descuido infantil falava baixo demais, embora muitas vezes tenha sido advertido por esse erro; por fim, permanecia em silêncio diante de muitas perguntas importantes, sem qualquer constrangimento, algo que um adulto nunca poderia fazer. Era como se pensasse que só ele tinha permissão para fazer perguntas, as perguntas dos outros infringiam alguma regra, eram pura perda de tempo. Depois, ficava sentado por um longo tempo com o corpo ereto, a cabeça inclinada e o lábio inferior estendido. Frieda gostava tanto disso que frequentemente fazia perguntas com a esperança de que ele se calasse dessa forma; às vezes conseguia, mas isso irritava K. No geral, descobriram pouca coisa. A mãe estava um pouco adoentada, mas não se sabia qual era a doença; a criança que a senhora Brunswick tinha no colo era irmã de Hans e se chamava Frieda (Hans não gostou de saber que a mulher que o interrogava tinha o mesmo nome); todos moravam na aldeia, mas não com Lasemann; estavam ali só de visita, para tomar banho, porque Lasemann tinha uma grande tina, na qual as crianças pequenas adoravam tomar banho e brincar, mas Hans não era uma delas; ele falou do pai com reverência e temor, mas somente quanto a conversa não era sobre a mãe; era evidente que o pai tinha pouco valor para a mãe, e todas as perguntas que insistiam em fazer sobre a família ficavam sem resposta. Descobriram o ofício do pai: era o maior sapateiro do lugar, ninguém era como ele; essa foi a resposta que deu repetidas vezes, para perguntas totalmente diferentes; ele até passava trabalho para outros sapateiros, por exemplo o pai de Barnabas, o que nesse caso fizera por especial generosidade; pelo menos era o que indicava o orgulhoso balançar de cabeça de Hans, o que levou Frieda a ir até ele e lhe dar um beijo. Quando perguntado se já fora ao castelo, só respondeu após muita insistência, e apenas com um "não"; não respondeu à mesma pergunta em relação à mãe. Por fim, K. se cansou; para ele as perguntas também pareciam inúteis, e deu razão ao garoto; era mesmo meio vergonhoso querer descobrir segredos de família por meio de uma criança inocente, e duplamente vergonhoso não ter descoberto nada com isso. Quando K. finalmente perguntou de que forma Hans queria ajudar, não ficou surpreso ao ouvir que o garoto só queria colaborar com o trabalho, para que o professor e a professora não brigassem mais com K. Então ele explicou a Hans que a ajuda não era necessária, brigar fazia parte da natureza dos professores, e mesmo fazendo o trabalho mais correto não seria possível evitar as brigas; o trabalho em si não era difícil, estava atrasado hoje apenas em virtude de acontecimentos fortuitos, e as brigas não afetavam K. como afetariam um aluno, ele as ignorava, era quase indiferente a elas, e esperava livrar-se do professor em breve. Como se tratava apenas de ajudá-lo a enfrentar o professor, ele agradeceu muito; Hans agora poderia voltar, e com a esperança de não ser punido. Entretanto, não enfatizou, apenas insinuou, involuntariamente, que era apenas para enfrentar o professor que não precisava de ajuda; deixou em aberto a possibilidade de outros tipos de ajuda; Hans claramente entendeu e perguntou se K. precisava de outro tipo de ajuda; teria prazer em ajudá-lo e, se não estivesse em condições de fazê-lo, pediria à mãe, que com certeza conseguiria. Quando o pai tinha algum problema, pedia ajuda à mãe. Ela já havia perguntado sobre K. Ela mesma quase não saía de casa, excepcionalmente estava na casa de Lasemann naquele dia; mas ele, Hans, costumava ir lá para brincar com os filhos de Lasemann; uma vez a mãe perguntou a ele se o agrimensor tinha estado lá novamente. Mas não se deve incomodar a mãe desnecessariamente, pois ela estava muito fraca e cansada; então disse simplesmente que não vira mais o agrimensor, e nada mais se falou sobre o assunto;, quando o encontrou na escola, porém, tinha de falar com ele, para que pudesse contar à mãe. Pois é disso que a mãe mais gosta, ter seus desejos atendidos sem ter de dar ordens explícitas. Depois de pensar um pouco, K. disse que não precisava de ajuda, tinha tudo de que precisava, mas era muito amável da parte de Hans dispor-se a ajudá-lo; ele agradeceu pela boa intenção, possivelmente precisaria de ajuda mais tarde, e então o procuraria, pois tinha o endereço. Mas talvez ele, K., pudesse ajudar um pouco desta vez; sentia muito pela mãe de Hans estar doente, e aparentemente ninguém entendia seu sofrimento; num caso de tal negligência, poderia ocorrer o agravamento da doença, que, de outro modo, seria leve. Só que K. tinha alguns conhecimentos médicos e, o que era ainda mais valioso, experiência no trato com doentes. Havia conseguido resultados que os médicos foram incapazes de obter. Em casa era chamado de "erva amarga"[15], em razão de suas habilidades curativas. De qualquer forma, gostaria de ver a mãe de Hans e de falar com ela. Talvez pudesse dar bons conselhos, teria prazer em fazer isso se fosse para o bem dele. A princípio, os olhos de Hans se iluminaram com a oferta, e K., para seduzi-lo, a fazia parecer algo urgente, mas o resultado foi insatisfatório, pois Hans respondeu da mesma forma a diferentes perguntas e não ficou nem um pouco triste com o fato de que a mãe não deveria receber visitas de estranhos, pois precisava de proteção especial; embora K. mal tivesse falado com ela na ocasião, ela havia ficado vários dias de cama depois disso, o que ocorria com frequência. O pai ficou muito irritado com K. na época, e jamais permitiria que ele voltasse a ver a mãe; ele até queria ter ido ver K. para puni-lo por seu comportamento, mas a mãe o impediu. Antes de tudo, porém, a própria mãe, de modo geral, não falava com ninguém, e o fato de ter perguntado por K. não era exceção à regra; ao contrário; quando ocasionalmente seu nome era mencionado, ela poderia ter dito que desejava vê-lo, mas não o fez, e com isso expressou claramente sua vontade. Só queria saber de K., mas não falar com ele. Na verdade, não era de uma doença que sofria; ela sabia muito bem a causa de sua condição, e algumas vezes indicava isso: era provavelmente o ar dali, que ela não suportava; mas não queria deixar o lugar por causa do pai e das crianças, e além disso as coisas estavam melhores do que antes. Isso foi o que K. descobriu; a capacidade mental de Hans havia aumentado visivelmente, pois queria proteger a mãe de K., a quem ele supostamente queria ajudar; sim, e com o louvável objetivo de mantê-lo afastado da mãe, até contradisse algumas declarações anteriores, como sobre a doença. Entretanto, K. notou que Hans continuava com uma disposição favorável a ele, mas se esquecia de tudo ao pensar na mãe; qualquer um que se levantasse contra a mãe estaria automaticamente errado; agora era K., mas poderia também ser o pai, por exemplo. K. tentou a segunda opção e disse que era certamente muito

15. No original, *bittere Kraut*, possível referência às ervas amargas que são consumidas durante a *Pessach* (Páscoa judaica) para relembrar a amargura do cativeiro dos judeus no Egito, conforme o relato bíblico.

sensato da parte do pai querer proteger a mãe de qualquer perturbação; se K. tivesse suspeitado de algo parecido na época, certamente não teria ousado falar com ela, e agora pedia que ele levasse seu pedido de desculpas até aquele lar. Por outro lado, se a causa do sofrimento da mãe era tão clara, ele não podia entender por que o pai a impedia de tomar outros ares; sim, ele a impedia, pois só por causa dele e das crianças é que ela não deixava o lugar; até poderia levar as crianças com ela, não ficaria muito tempo fora, nem iria para muito longe, na montanha do castelo o ar já era bem diferente. O pai não precisava se preocupar com os custos de tal viagem, pois era o melhor sapateiro do lugar, e certamente ele ou a mãe tinham parentes no castelo, que ficariam felizes em hospedá-la. Por que não a deixava ir? Não deveria subestimar tal sofrimento. K. só tinha visto a mãe de passagem, mas sua notável fraqueza e a palidez o levaram a ir falar com ela; já então ele se admirou pelo pai ter deixado a mulher doente em um cômodo com ar viciado, onde pessoas se banhavam e roupas eram lavadas, além de não se preocupar em moderar o volume de sua fala. O pai provavelmente não sabia do que se tratava; mesmo que o sofrimento possa ter sido aliviado nos últimos tempos, tais males são imprevisíveis, acabam voltando; se não os enfrentarmos, voltam com mais força, e nada mais se pode fazer. Se K. não pudesse falar com a mãe, seria bom se porventura fosse possível falar com o pai, para chamar sua atenção para tudo isso.

Hans ouviu atentamente, entendeu a maior parte, e ficou muito impressionado pelas ameaças contidas na parte que não entendeu. Entretanto, disse que K. não poderia falar com o pai, pois este tinha antipatia por ele, e provavelmente o trataria do mesmo modo que o professor. Falou sorrindo e de forma tímida quando se referiu a K., e com determinação e tristeza quando se referiu ao pai. Acrescentou que talvez pudesse falar com a mãe, mas sem que o pai soubesse. Então Hans pensou um pouco, com o olhar fixo, como uma mulher que quer fazer algo proibido e procura uma maneira de fazê-lo sem ser punida; disse que depois de amanhã talvez fosse possível, pois o pai iria para a estalagem dos cavalheiros à noite, teria reuniões ali; então Hans viria à noite e o levaria até a mãe, contanto que ela estivesse de acordo, o que não seria muito improvável. Antes de tudo, ela não fazia nada contra a vontade do pai, em tudo se submetia a ele, mesmo quanto a coisas pouco razoáveis, o que Hans reconhecia claramente. Na verdade, Hans havia procurado K. para ajudá-lo a enfrentar o pai; era como se enganasse a si mesmo ao acreditar que queria ajudar K.; no fundo, ele queria investigar se esse estranho que aparecera de repente e que a mãe até havia mencionado teria condições de ajudar, já que ninguém da antiga vizinhança foi capaz de fazê-lo. O garoto era inconscientemente reservado, quase traiçoeiro, mas se podia perceber isso por sua aparência e por suas palavras; foi somente após as confissões que fez, voluntária e involuntariamente, que foi possível perceber. Agora, com a longa conversa com K., considerava as dificuldades que teriam de ser superadas. Com toda a boa vontade por parte de Hans, eram dificuldades quase intransponíveis; mergulhado em pensamentos, olhava continuamente para K. com olhos faiscantes e inquietos. Não podia dizer nada à mãe antes que o pai partisse; do contrário, o pai descobriria e tudo se tornaria impossível; logo, teria de esperar; agora, porém, em consideração à mãe, não poderia agir rápida e precipitadamente, mas devagar e na ocasião certa; então pediria permissão a ela para trazer K.; mas já não era tarde demais, o retorno do pai já não era uma ameaça? Não, era mesmo impossível. Mas não havia necessidade de se preocupar se havia tempo suficiente. Bastava uma breve conversa, um encontro fugaz, Hans não teria de ir buscar K., ele se esconderia em algum lugar perto da casa e, a um sinal de Hans, viria rapidamente. Hans disse não, K. não deveria esperar perto da casa — mais uma vez estava dominado pela sensibilidade da mãe —, K. não deveria ir para lá sem que a mãe soubesse, Hans não poderia fazer um acordo secreto com ele que não fosse conhecido pela mãe; ele pegaria K. na escola, mas não antes que a mãe soubesse e consentisse. K. concordou, seria mesmo perigoso, seria possível que o pai o surpreendesse na casa; e, mesmo se isso não acontecesse, a mãe, com medo, não permitiria que K. viesse, e assim tudo iria por água abaixo por conta do pai. Hans discordou, e a discussão ia e voltava.

Já há algum tempo K. tinha tirado Hans da carteira, o chamara para a mesa do preceptor, onde o mantinha entre os joelhos, e o acariciava delicadamente de tempos em tempos. Essa proximidade contribuiu para estabelecer um acordo, apesar da relutância temporária de Hans. Finalmente concordaram com o que se segue: em primeiro lugar, Hans contaria toda a verdade à mãe; no entanto, para obter mais facilmente sua concordância, acrescentaria que K. também queria falar com Brunswick, e não sobre a mãe, mas sobre seus próprios assuntos. Era verdade que, ao longo da conversa, ocorreu a K. que Brunswick, ainda que pudesse ser um homem perigoso e mau, não era um adversário dele, pois, de acordo com as informações do burgomestre da comunidade, era o líder daqueles que, talvez por razões políticas, haviam solicitado a contratação de um agrimensor. A chegada de K. à aldeia deve então ter sido bem recebida por Brunswick; logo, a recepção rude no primeiro dia ou a antipatia mencionada por Hans eram quase incompreensíveis; talvez Brunswick tenha se ofendido porque K. não pediu ajuda a ele em primeiro lugar, ou então foi outro mal-entendido, que poderia ser esclarecido com algumas poucas palavras. Se foi isso o que ocorreu, K. poderia ter obtido apoio de Brunswick para enfrentar o professor e até mesmo o burgomestre da comunidade; enfim, toda aquela enganação oficial poderia ser desmascarada — o que mais poderia ser? Por meio dela, o burgomestre e o professor o mantiveram afastado do castelo e o forçaram a aceitar o cargo de bedel da escola; se houvesse outra disputa entre K. e o burgomestre, Brunswick teria de estar do seu lado, ele poderia hospedar-se na casa de Brunswick, poderia contar com os poderes dele para desafiar o burgomestre; quem sabe até onde poderia chegar? De qualquer modo, estaria ao lado da mulher; assim brincava com seus sonhos, e os sonhos com ele, enquanto Hans, que só pensava na mãe, observava o silêncio de K. com preocupação, como fazemos diante de um médico que reflete em busca de uma cura para um caso grave. K. sugeriu que falaria com Brunswick sobre o cargo de agrimensor, e Hans estava de acordo, mas só porque assim protegeria a mãe do pai; além disso, era apenas uma medida de emergência, que ele tinha esperanças de não ser posta em prática. Só perguntou como K. explicaria uma visita tarde da noite ao pai; contentou-se, ainda que com expressão sombria, com a justificativa de que sua condição de bedel da escola era insuportável, e o tratamento correspondente que recebera do professor o fizera esquecer qualquer consideração, dado o súbito desespero que o acometera.

Agora que tudo, até onde se podia ver, havia sido considerado e a possibilidade de sucesso não estava de todo descartada, Hans, livre do fardo de seus pensamentos, ficou mais alegre, voltou a falar como criança, primeiro com K., depois com Frieda, que há muito tempo estava sentada, ocupada com pensamentos completamente diferentes, e que só então voltou a participar da conversa. Entre outras coisas, ela lhe perguntou o que ele queria ser; sem pensar muito, disse que queria ser um homem como K. Quando lhe perguntaram as razões, não soube responder; quando perguntaram se queria ser um bedel, negou categoricamente. Com outras perguntas é que conseguiram descobrir por que expressara esse desejo. A situação atual de K. não era de forma alguma invejável, era na verdade triste e lamentável, o que Hans via claramente; não precisava observar outras pessoas para perceber isso; ele mesmo queria proteger a mãe de qualquer olhar e palavra de K. No entanto, procurou K., pediu ajuda a ele e ficou feliz com a resposta afirmativa dele; acreditava que outras pessoas sentiam o mesmo, a própria mãe havia mencionado K. Essa contradição o levava a crer que embora K. estivesse em uma condição inferior e desoladora, superaria tudo em um futuro distante e quase inimaginável. E foram justamente essa distância absurda e essa evolução extraordinária que atraíram Hans: por esse preço, estava disposto a aceitar K. tal como ele era no momento. A natureza infantil e precoce desse desejo devia-se ao fato de Hans olhar para K. com superioridade, como se ele fosse um rapaz mais novo, com um futuro que se estendia para além do dele próprio, o futuro de um garotinho. Foi com uma seriedade quase sombria que Hans falou sobre tudo isso, sempre compelido pelas perguntas de Frieda. K. o animou novamente quando disse que sabia o que o garoto invejava nele; era sua bela bengala com nós[16], que estava sobre a mesa, com a qual Hans,

16. *Knotenstock*, tipo de bengala, geralmente feita com galhos ou raízes de árvores, com protuberâncias (nós).

distraído, brincara durante a conversa. Bem, K. sabia fazer bengalas como essa; se o plano desse certo, faria uma ainda melhor para Hans. Não estava claro se era só por causa da bengala, mas Hans animou-se muito com a promessa de K.; despediu-se com alegria, não sem apertar fortemente a mão de K. e dizer:

— Até depois de amanhã.

14.

A reprovação de Frieda

Já estava mais que na hora de Hans partir, pois pouco depois o professor irrompeu na porta e gritou ao ver K. e Frieda tranquilamente sentados à mesa.

— Desculpe o incômodo! Digam-me, quando é que este lugar vai ficar arrumado? Estamos amontoados, as aulas estão sendo prejudicadas, mas vocês estão bem à vontade aqui na grande sala de ginástica, e têm até mais espaço agora, pois mandaram os ajudantes embora! Então, ao menos levantem-se e mexam-se!

E dirigindo-se para K.:

— E você vá pegar meu almoço[17] lá na estalagem Da Ponte!

Tudo isso foi dito aos gritos, com raiva, mas as palavras eram apropriadamente suaves, até mesmo o rude "você"[18]. K. estava pronto para obedecer; só para sondar o professor, disse:

— Mas fui demitido.

— Demitido ou não, traga-me o almoço — disse o professor.

— Estou demitido ou não? É isso que quero saber! — questionou K.

— Que papo é esse? — disse o professor. — Você não aceitou a demissão.

— Isso basta para invalidá-la? — perguntou K.

17. No original, *Gabelfrüstück*, ao pé da letra "café da manhã com garfo"; trata-se de uma refeição leve, algo intermediário entre um café da manhã e um *brunch*.

18. *Du* no original, literalmente "tu", forma de tratamento informal, para pessoas da família ou amigos íntimos.

— Você não acredita em mim — disse o professor —, mas no burgomestre, é incompreensível. Agora corra, ou será mesmo posto para fora.

K. estava satisfeito, pois nesse meio tempo o professor havia conversado com o burgomestre, ou talvez nem tenha conversado, apenas imaginou qual seria a provável opinião dele, e esta era favorável a K. Agora ele queria ir logo buscar o almoço, mas quando ainda estava no corredor o professor o chamou de volta; seja porque queria testar a disposição de K. de cumprir essa ordem específica, de modo que pudesse dar mais ordens desse tipo, seja porque tinha um novo desejo de mandar e alegrava-se ao ver K. sair correndo e voltar com a mesma rapidez a seu comando, como se fosse um garçom. Por sua vez, K. sabia que, se cedesse demais, se tornaria escravo ou bode expiatório do professor; mas aceitaria pacientemente seus caprichos até certo ponto; pois o professor, mesmo que não pudesse demiti-lo legalmente, poderia tornar seu emprego penoso, a ponto de se tornar insuportável. Agora, porém, esse emprego era mais importante do que nunca para K. A conversa com Hans havia lhe dado esperanças, ainda que reconhecidamente duvidosas, totalmente infundadas, mas que não podiam ser esquecidas; quase o fizeram esquecer de Barnabas. Movido por elas, e não podia ser diferente, tinha de reunir todas as suas forças, não se preocupar com mais nada, nem com a comida, nem com a moradia, nem com as autoridades da aldeia, nem mesmo com Frieda; e no fundo tudo isso era só sobre Frieda, tudo o mais só importava porque tinha a ver com ela. Por isso deveria se esforçar para conservar esse emprego, que dava alguma segurança a ela, e com esse objetivo não deveria se lamentar por ter de tolerar o professor, o que teria de fazer de qualquer modo. Nada disso era muito doloroso, fazia parte do rol dos pequenos sofrimentos da vida, não era nada em comparação ao que K. aspirava, ele não viera até aqui para ter uma vida de honra e paz.

E então, assim como queria correr logo para a estalagem, também logo se dispôs a cumprir a ordem contrária, arrumar a sala primeiro, para que a professora pudesse voltar com a turma. Mas tinha de fazer isso rápido, porque depois tinha de ir buscar o almoço do professor, que já estava faminto e com muita sede. K. garantiu que faria tudo como ele desejava; o professor observou K. por um tempo, que se apressava em tirar o leito, colocar os aparelhos de ginástica em ordem, varrer tudo rápido, enquanto Frieda lavava e esfregava o estrado. O professor parecia satisfeito com tal diligência; indicou que diante da porta havia sido preparada uma pilha de lenha para o aquecimento — provavelmente não queria que K. voltasse ao galpão — e saiu para cuidar das crianças, mas ameaçando voltar logo para conferir.

Após algum tempo de labuta silenciosa, Frieda perguntou por que K. estava tão submisso ao professor. Provavelmente perguntou por compaixão, preocupada, mas K. pensou que ela praticamente não havia conseguido protegê-lo das ordens e da violência do professor, apesar de sua promessa inicial, e apenas respondeu que era o bedel da escola e tinha de cumprir suas obrigações. Houve silêncio novamente, até que a breve conversa fez K. lembrar que Frieda estava perdida em pensamentos angustiantes havia algum tempo, especialmente durante toda a conversa com Hans; então, quando trouxe a lenha para dentro, perguntou com franqueza o que a preocupava. Ela ergueu lentamente os olhos para ele e disse que não era nada especial; só estava pensando na estalajadeira e em como algumas de suas palavras eram verdadeiras. Somente quando K. a pressionou, e depois de muitas negativas, é que ela respondeu com mais detalhes, mas sem largar o trabalho, e não agiu assim por diligência, pois o trabalho não avançava, mas para não ser obrigada a olhar para K. Então contou que escutara em silêncio a conversa de K. com Hans, mas, assustada com algumas das palavras dele, K., começou a captar com mais precisão seu significado, e a partir de então não pôde evitar de ouvir nessas palavras uma confirmação da advertência que a estalajadeira lhe dera, pela qual era agradecida, mas nunca quis acreditar em sua legitimidade. K., irritado com essas generalizações, e mais irritado do que comovido com a voz chorosa e queixosa, sobretudo porque era mais uma interferência da estalajadeira na vida dele — pelo menos por meio de lembranças, pois pessoalmente não obtivera muito sucesso até então —, largou no chão a lenha que trazia nos braços, sentou-se sobre o monte de lenha e exigiu, com palavras sérias, uma explicação completa.

— Muitas vezes — começou Frieda — a estalajadeira tentou me fazer duvidar de você; não disse que você estava mentindo, mas que era infantilmente sincero, e que sua natureza era tão diferente da nossa que, mesmo quando falava com franqueza, era difícil acreditar em você; e, a menos que uma boa amiga viesse em nosso socorro, só nos habituaríamos a acreditar em você por meio de uma experiência amarga. Não foi diferente para ela, apesar de seu olhar aguçado para as pessoas. Após a última conversa com você na estalagem Da Ponte — estou apenas repetindo as palavras maldosas dela —, ela disse que você não a enganava mais, mesmo que se esforçasse para ocultar suas reais intenções. Não que ele esteja escondendo alguma coisa, continuou ela, e então disse ainda: esforce-se para ouvi-lo adequadamente em todas as ocasiões, e ouvi-lo realmente, não de forma superficial, ouvi-lo de verdade. Não fez nada mais do que isso, mas o que captei foi mais ou menos isso: você deu em cima de mim; ela usou essa expressão vulgar porque por acaso cruzei seu caminho, não o desagradei, e porque, muito erroneamente, você considerou que uma moça de taberna estava predestinada a ser a vítima de qualquer cliente que lhe estendesse a mão. Além disso, a estalajadeira foi informada pela estalagem dos cavalheiros que você queria, por algum motivo, passar a noite lá, e não havia outra maneira de conseguir isso se não fosse por mim. Tudo isso era motivo suficiente para que você fosse meu amante naquela noite; e assim obteria algo a mais, e esse algo a mais era Klamm. A estalajadeira afirma que não sabe o que você quer de Klamm, só diz que, antes de me conhecer, já se empenhava em ir até Klamm, e continuou assim depois. A diferença é que antes não tinha esperança, mas agora crê que sou um meio confiável para chegar até ele, rapidamente e em posição de superioridade. Como fiquei chocada — foi um sentimento passageiro, sem razão mais profunda — quando você disse hoje que, sem mim, estaria perdido aqui. Pode ser que a estalajadeira tenha dito essas mesmas palavras; ela também disse que você só teve consciência de seus objetivos depois de me conhecer. Isso porque você acreditava ter conquistado uma amante de Klamm e, portanto, contava com um penhor que só poderia ser resgatado por um alto preço. O único esforço seria negociar esse preço com Klamm. Como você não se preocupa comigo, só com o preço a pagar, estava disposto a fazer qualquer concessão quanto a mim, e quanto ao preço seria firme. É por isso que não se importa se eu perder meu emprego na estalagem dos cavalheiros, nem se eu tiver que deixar a estalagem Da Ponte, tampouco se eu tiver de fazer o trabalho pesado na escola. Você não tem carinho nem tempo para mim, me deixa com os ajudantes; não tem ciúme; o único valor que tenho para você é que fui amante de Klamm; em sua ignorância, não me deixa esquecer Klamm, para que eu não oponha muita resistência quando o fim, quando o momento decisivo, chegar; e ainda enfrenta a estalajadeira, a única pessoa que, na sua cabeça, poderia me afastar de você; por isso levou a discussão a um ponto que teve de deixar a estalagem Da Ponte comigo; quanto a mim, você não tem a menor dúvida de que sou sua propriedade, em qualquer circunstância. A entrevista com Klamm é para você um negócio, mera questão de dinheiro. Você calculou todas as possibilidades; desde que obtenha o preço que deseja, está disposto a tudo; se Klamm me quiser, você me dará a ele; se ele quiser que você fique comigo, vai ficar; se quiser que me expulse, expulsará; mas está pronto para uma encenação; se for vantajoso para você, fingirá que me ama; vai tentar compensar sua indiferença ao destacar sua nulidade, e ele deveria se envergonhar por ter você como sucessor; vai transmitir a ele minhas confissões amorosas, que de fato fiz, e talvez ele me aceite de volta, desde que pague o preço; se nada disso adiantar, você vai simplesmente implorar em nome do senhor e da senhora K. Mas então, concluiu a estalajadeira, se você perceber que estava errado em relação a tudo isso, em suas suposições e suas esperanças, na sua ideia de Klamm e em sua ligação comigo, então começará meu inferno, pois serei sua única propriedade, comprovadamente sem valor, e que você tratará de forma correspondente, pois não tem qualquer sentimento por mim, a não ser o de proprietário.

K. ouviu tudo espantado, com a boca bem fechada; a lenha sob ele começou a rolar, e ele estava quase escorregando para o chão, mas não percebia; então se levantou e sentou-se no estrado, pegou na mão de Frieda, que tentava afastar-se sem muita convicção, e disse:

— Não consegui distinguir bem as suas palavras e as da estalajadeira nesse relato.

— Era apenas a opinião da estalajadeira — disse Frieda. — Ouvi com atenção porque a venero; mas foi a primeira vez na vida que rejeitei tudo o que ela disse. Tudo me pareceu tão lamentável, ela estava muito longe de compreender como estavam as coisas entre nós. Parece-me que a verdade é completamente oposta a isso. Pensei na manhã nublada após a nossa primeira noite, como você se ajoelhou a meu lado com aquele olhar, como se tudo estivesse perdido. Efetivamente, por mais que me esforçasse, não o ajudei, só atrapalhei. Por minha causa, a estalajadeira tornou-se sua inimiga, e uma inimiga poderosa, que você subestima; por minha causa, pois você se preocupa muito, teve de batalhar por um emprego, ficou em desvantagem em relação ao burgomestre, teve de se submeter ao professor, ficou à mercê dos ajudantes; mas o pior de tudo é que, por minha causa, talvez tenha ofendido Klamm. O fato de insistir em encontrá-lo era apenas uma tentativa inútil de reconciliar-se com ele de alguma forma. E disse a mim mesma que certamente a estalajadeira sabia de tudo isso muito melhor do que eu, ela só queria evitar que eu me autocensurasse muito por causa das insinuações que sussurrara. Foi um esforço bem-intencionado, mas inútil. Meu amor por você teria ajudado a enfrentar tudo isso, teria impulsionado você também, se não aqui na aldeia, em outro lugar; e esse amor já deu uma prova de seu poder: salvou você da família de Barnabas.

— Essa era a sua opinião contrária na época — declarou K. — O que mudou desde então?

— Não sei — disse Frieda, olhando para a mão de K., que segurava a dela. — Talvez não tenha mudado; como você está tão perto de mim e pergunta tão calmamente, acho que nada mudou. Mas na verdade — ela afastou a mão de K., sentou-se diante dele e chorou, sem cobrir o rosto; expôs livremente o rosto banhado de lágrimas, como se não chorasse por si, e não tinha nada a esconder, mas chorava pela traição de K., pois ele teria de arcar com o custo de seu lamento —, na verdade tudo mudou depois que ouvi você falando com o garoto. Você começou tão inocente, perguntando como era a vida doméstica e coisas assim; a mim parecia que tinha acabado de chegar à taberna, prestativo, de coração aberto, buscando meus olhos com uma avidez tão infantil. Não havia diferença em relação àquela época, só queria que a estalajadeira estivesse aqui, o ouvisse e tentasse manter a mesma opinião. Mas de repente, não sei como, percebi suas intenções quando falava com o garoto. Você conquistou a confiança dele com palavras compassivas, o que não é fácil, e prosseguiu imperturbável em busca de seu objetivo, que ficava cada vez mais claro para mim. O objetivo era a mulher. Sua fala aparentemente preocupada com ela revelava de forma indisfarçável seu interesse pelos negócios. Você a trai antes mesmo de conquistá-la. Em suas palavras ouvi não apenas meu passado, mas também meu futuro; era como se a estalajadeira estivesse sentada a meu lado e esclarecesse tudo; eu tentava afastá-la com todas as minhas forças, mas via claramente que esse esforço era em vão; na verdade, porém, não fui eu a enganada — pois ainda não havia sido enganada —, mas a outra. Quando me recompus e perguntei a Hans o que ele queria ser, e ele disse que queria ser como você, pois você já o tinha sob seu domínio, qual era a diferença entre mim e o bom garoto? Você abusou dele aqui, e de mim na taberna.

— Tudo — disse K., recompondo-se após ter se acostumado com o tom de reprovação —, tudo o que você diz é verdade em certo sentido; suas palavras não são falsas, mas hostis. São pensamentos da estalajadeira, minha inimiga, mesmo que você pense que são seus; é isso que me conforta. Mas são instrutivos, com eles podemos aprender muito sobre a estalajadeira. Ela mesma não me disse isso, embora não tenha me poupado; aparentemente confiou nessa arma na esperança de que você a usasse em um momento particularmente difícil ou decisivo para mim. Se abuso de você, ela abusa de forma parecida. Mas agora pense bem, Frieda: se tudo fosse exatamente como diz a estalajadeira, isso só seria muito ruim em um caso: se você não me amasse. Então, e só então, seria realmente verdade que a conquistei de forma calculista e astuciosa para lucrar com essa propriedade. Para obter sua compaixão, talvez fizesse parte de meu plano aparecer diante de você de braço dado com Olga; a estalajadeira esqueceu-se de incluir esse item na minha conta. Mas se não é esse o caso, se um predador astuto não a arrebatou na época, mas foi você que veio a meu encontro, assim como eu fui a seu encontro, e assim ambos nos encontramos, esquecendo de nós mesmos, diga, Frieda, o que foi, então? Lido com minhas coisas do mesmo modo que com as suas, não há diferença; só há uma inimiga. Isso se aplica a tudo, inclusive a Hans. Em relação à minha conversa com ele, você exagera muito em razão de seus delicados sentimentos, pois as minhas intenções e as dele não combinam muito, ainda que não sejam totalmente distantes, mas não chega a ser uma contradição; além disso, não escondi minhas discordâncias dele; se você pensa assim, subestima muito o rapazinho; mesmo que tivesse escondido tudo dele, isso não faria mal a ninguém, assim espero.

— É tão difícil encontrar um rumo, K. — declarou Frieda, suspirando. — Eu certamente não desconfiava de você, e se a estalajadeira me passou algo assim, vou descartar alegremente e implorar de joelhos pelo seu perdão, o que aliás eu faço o tempo todo, até quando falo de coisas tão ruins. Mas é fato que você esconde muita coisa de mim; você vem e vai, não sei de onde nem para onde. Quando Hans bateu à porta, você achou que fosse Barnabas. Se ao menos me chamasse de forma tão carinhosa como pronunciou aquele nome odioso, não sei por quê. Se você não confia em mim, como posso não ficar desconfiada? Tive de concordar completamente com a estalajadeira, seu comportamento parece confirmar o que ela diz. Não digo que confirma tudo o que ela diz; afinal, você não expulsou os ajudantes por minha causa? Ah, se você soubesse como eu desejo encontrar algo de bom em tudo o que você diz e faz, mesmo que seja um tormento para mim!

— Antes de mais nada, Frieda — disse K. —, não estou escondendo absolutamente nada de você. Como a estalajadeira me odeia, e faz de tudo para afastá-la de mim, e faz isso com os meios mais desprezíveis; e você cede, Frieda, você cede! Diga, o que estou escondendo de você? Você sabe que quero ver Klamm, sabe que não pode me ajudar, que tenho de ir até ele por minha própria conta, e sabe também que ainda não consegui, não é? Devo lhe contar sobre as tentativas inúteis, que me causaram muita humilhação, e assim me humilhar duplamente? Devo me gabar de ter passado uma longa tarde congelando no trenó de Klamm à espera dele, em vão? Estava feliz por não ter mais de pensar em tais coisas, corri para você, e agora você vem com essas reprimendas? Barnabas? Claro, eu estava à espera dele. É mensageiro de Klamm, mas não fui eu que lhe dei essa função.

— Barnabas de novo! — exclamou Frieda. — Não posso acreditar que ele é um bom mensageiro.

— Talvez você tenha razão — disse K. — Mas é o único mensageiro que me foi enviado.

— Pior ainda — retrucou Frieda. — Por isso mesmo deveria ter mais cuidado com ele.

— Infelizmente, até agora ele não deu motivos para isso — disse K. sorrindo. — Vem raramente, e o que traz é irrelevante; como vem diretamente de Klamm, tem seu valor.

— Pois então, veja — disse Frieda —, seu objetivo já não é Klamm, e talvez seja o que mais me preocupa. Passar por mim para ir até Klamm já era algo ruim, mas agora parece evitá-lo, o que é muito pior, nem mesmo a estalajadeira previu tal coisa. De acordo com ela, minha felicidade, questionável, mas bem real, terminou no dia em que você finalmente percebeu que suas esperanças em relação a Klamm eram infundadas. Você nem espera mais por esse dia; até que, de repente, um garotinho aparece aqui, e você começa a discutir com ele sobre a mãe, como se lutasse pelo próprio ar que respira.

— Você captou bem minha conversa com Hans — declarou K. — Foi isso mesmo. Mas será que toda a sua vida anterior está tão oculta de você (mas não da estalajadeira, naturalmente, não há como escapar dela) que você não é mais capaz de lutar para seguir em frente, especialmente quando se começa tão de baixo? Como utilizar de tudo o que dá alguma esperança? E essa mulher vem do castelo, ela mesma me disse, quando fui parar na casa de Lasemann no primeiro dia. O que seria mais natural do que pedir conselhos ou ajuda a ela? Se a estalajadeira conhece todos os obstáculos que me afastam de Klamm, possivelmente essa mulher conhece o caminho, pois já o percorreu.

— O caminho até Klamm? — perguntou Frieda.

— Claro, até Klamm, onde mais? — disse K. E deu um pulo:

— Está mais do que na hora de ir buscar o almoço.

Mas Frieda insistiu para que ficasse, com mais insistência do que a situação permitia, como se sua permanência pudesse confirmar todas as coisas reconfortantes que ele havia dito. Ele a lembrou do professor, indicou a porta, que poderia se abrir com estrondo a qualquer momento, prometeu que voltaria logo, nem precisava preocupar-se com o aquecimento, ele mesmo cuidaria disso. Por fim, Frieda concordou silenciosamente. Já do lado de fora, enquanto caminhava na neve — era estranho, a neve já deveria ter sido retirada com a pá, o trabalho seguia muito lentamente —, K. viu um dos ajudantes agarrado na cerca, exausto. Só um deles, onde estava o outro? Será que K. tinha superado a resistência do outro? O que ficou ali provavelmente ainda estava bastante ansioso com a situação; viu-se isso quando, reanimado pela visão de K., ele começou a esticar os braços freneticamente, os olhos começaram a se revirar, nostálgicos.

"A intransigência dele é exemplar", disse K. para si mesmo, e teve de completar: "vai morrer congelado na cerca". Entretanto, K. não tinha nada a oferecer ao ajudante além de um punho ameaçador, para evitar qualquer aproximação; de fato, o ajudante afastou-se, com medo, até uma distância considerável. Frieda tinha acabado de abrir uma janela para arejar a sala antes de aquecê-la, como havia combinado com K. O ajudante deixou K. e se arrastou até a janela, irresistivelmente atraído para lá. Com o rosto desfigurado pela simpatia que tinha pelo ajudante, mas inutilmente suplicante em relação a K., ela colocou a mão um pouco para fora da janela e acenou — não ficou claro se era um cumprimento ou uma defesa —, diante do que o ajudante não teve dúvidas e se aproximou. Frieda fechou apressadamente a janela, mas permaneceu atrás dela, com a mão no trinco, a cabeça inclinada para um lado, de olhos arregalados e com um sorriso fixo. Será que ela sabia que estava atraindo o ajudante em vez de espantá-lo? Mas K. nem olhou para trás; era melhor se apressar para retornar o mais rápido possível.

15.

Com Amalia

Finalmente — já estava escuro, era fim de tarde — K. tinha limpado o caminho do jardim, havia juntado e compactado bem a neve nos dois lados do caminho, e o trabalho do dia estava terminado. Ficou parado em frente ao portão do jardim, não havia ninguém ao redor. Horas antes havia expulsado o ajudante, e o perseguira por um longo percurso; ele se escondeu em algum lugar entre o jardinzinho e as cabanas, não foi mais encontrado, e desde então não apareceu mais. Frieda ficou em casa, lavando roupa ou dando banho na gata de Gisa; ela havia dado um grande sinal de confiança ao atribuir esse trabalho a Frieda, embora fosse desagradável e inadequado, o que K. certamente não teria tolerado se não fosse altamente recomendável, dada a sua displicência no cumprimento do dever, aproveitar todas as oportunidades para agradar a Gisa. Ela viu com prazer K. trazer a pequena banheira do sótão, esquentar a água e finalmente colocar cuidadosamente a gata na banheira. Então Gisa deixou a gata inteiramente aos cuidados de Frieda, pois Schwarzer, conhecido de K. desde a primeira noite, chegou, cumprimentou-o com uma mistura de timidez, para a qual havia uma base desde aquela noite, e desmedido desprezo, como convinha tratar um bedel, e depois foi com Gisa para a outra sala de aula. E ali sempre ficavam. Na estalagem Da Ponte, K. havia sido informado de que Schwarzer, embora fosse filho de um castelão, vivia há um bom tempo na aldeia por amor a Gisa e, por meio de seus contatos, fora nomeado pela comunidade professor assistente, mas exercia esse cargo principalmente para não perder quase nenhuma aula de Gisa, fosse sentado em uma carteira em meio às crianças ou, de preferência, aos pés dela no estrado. E não incomodava, as crianças já estavam acostumadas, o que ocorria também pelo fato de Schwarzer não ter qualquer afeto ou compreensão por elas; mal falava com as crianças, só havia assumido as aulas de ginástica de Gisa; de resto, contentava-se em estar perto dela, sentir seu calor e respirar o mesmo ar que ela. Seu maior prazer era sentar-se ao lado de Gisa e corrigir cadernos de alunos. Também naquele dia estavam ocupados com isso. Schwarzer havia trazido uma grande pilha de cadernos, o professor sempre lhe dava os seus e, enquanto estava claro, K. viu os dois trabalhando numa mesinha junto à janela, cara a cara, imóveis, tudo o que se via eram duas velas que tremulavam. Era um amor sério e silencioso o que unia os dois. O tom era dado por Gisa, cuja natureza era letárgica, mas às vezes rompia todos os limites e se tornava selvagem, embora jamais tolerasse algo parecido em outras pessoas, em tempo algum; assim, o animado Schwarzer tinha de se submeter, ir devagar, falar devagar, fazer bastante silêncio; mas era generosamente recompensado, como se podia ver, pela simples e tranquila presença de Gisa. É possível que ela não o amasse; de qualquer modo, seus olhos redondos e cinzentos, que literalmente nunca piscavam, nos quais as pupilas pareciam girar, não davam respostas para tais perguntas; via-se que tolerava Schwarzer sem opor qualquer resistência, mas não entendia por que era honrada com o amor do filho de um castelão, e arrastava calmamente o corpo cheio e exuberante, independentemente se ser seguida ou não pelo olhar de Schwarzer. Ele, por outro lado, fazia o constante sacrifício de permanecer na aldeia por causa dela; dispensava indignado os mensageiros que o pai enviava com frequência para vir buscá-lo, como se a breve lembrança do castelo e de seus deveres de filho fosse uma perturbação insuportável e irremediável de sua felicidade. Na verdade ele tinha muito tempo livre, pois de modo geral Gisa só aparecia durante as aulas ou para a correção dos cadernos, e não porque era calculista, mas porque adorava, mais do que tudo, conforto e ficar sozinha; a suprema felicidade para ela talvez fosse ficar totalmente à vontade em casa, esticada no sofá, ao lado da gata, que aliás não a incomodava, pois mal podia se mover.

Assim, Schwarzer passava grande parte do dia ocioso, e gostava disso, pois sempre havia a possibilidade, e ele com frequência a aproveitava, de ir até a rua Leão, onde Gisa morava, subir até o quartinho dela no sótão e ficar escutando atrás da porta, que estava sempre trancada, e sair apressadamente após constatar, invariavelmente, o mais completo e incompreensível silêncio no quarto. De qualquer modo, as consequências desse modo de vida eram, às vezes, visíveis nele, nunca na presença de Gisa, mas em ridículas irrupções nos momentos em que sua altivez de funcionário era reavivada, o que dificilmente estaria de acordo com sua posição atual; e geralmente o resultado não era dos melhores, como o próprio K. já havia vivenciado.

Só era surpreendente que, ao menos na estalagem Da Ponte, falava-se de Schwarzer com certo respeito, mesmo quando se tratava de coisas antes ridículas do que respeitáveis, o que incluía Gisa. No entanto, Schwarzer não tinha razão quando imaginou que, na qualidade de professor assistente, estava em posição muito superior à de K.; essa superioridade não existia; um bedel é uma pessoa importante para o corpo docente, ainda mais para um professor do tipo que era Schwarzer; não se pode desdenhar impunemente de tal funcionário; se por motivo de posição não for possível evitar o desdém, este ao menos deve ser compensado com uma contrapartida adequada. K. pensava nisso na ocasião; Schwarzer estava desde a primeira noite em dívida com ele, o que ainda não tinha diminuído, pois os dias seguintes mostraram que a recepção havia sido correta. Não se pode esquecer que a recepção deu o curso para tudo o que ocorreu depois. Foi por meio de Schwarzer que, desde a primeira hora, toda a atenção das autoridades, incompreensivelmente, voltou-se para K. quando ele, um completo estranho na aldeia, sem conhecidos, sem abrigo, exausto pela jornada, indefeso, deitou-se em um colchão de palha, à mercê de qualquer autoridade. Apenas uma noite depois tudo poderia ter sido diferente, tranquilo, de forma quase dissimulada; pelo menos ninguém saberia nada sobre ele, não haveria suspeitas, ao menos não hesitariam em deixá-lo ficar por um dia, como um caixeiro-viajante; teriam visto como era útil e confiável, o que se espalharia pela vizinhança, e logo teria encontrado emprego como criado em algum lugar. É claro que não confrontaria as autoridades. Mas havia uma diferença significativa aqui: uma coisa era o departamento central, ou quem quer que seja, ser acionado via telefone, no meio da noite, por causa dele, e que tenha sido exigida uma decisão imediata, um pedido aparentemente humilde, mas feito com desagradável persistência, e além disso por Schwarzer, que não era tido em muito boa conta pelos lá de cima; seria outra coisa se K. tivesse ido bater à porta do burgomestre no dia seguinte e, caso fosse atendido, se apresentasse como um caixeiro-viajante estrangeiro, que já tinha um lugar para dormir na casa de um membro da comunidade e provavelmente arranjaria outro lugar no dia seguinte; assim seria, ao menos na improvável hipótese de encontrar trabalho ali, apenas por alguns dias, é claro, não queria ficar por mais tempo de modo algum. Sem Schwarzer, teria acontecido isso ou algo parecido. As autoridades continuariam ocupadas com a questão, mas com calma, pelos canais oficiais, sem serem perturbadas pela impaciência da parte interessada, que lhes era particularmente detestável. K. não tinha culpa por nada disso, o culpado era Schwarzer, mas ele era filho de um castelão, e além disso havia se comportado de forma correta; logo, a culpa só poderia ser atribuída a K. E qual era o motivo ridículo para tudo isso? Talvez Gisa estivesse de mau humor naquela dia, o que levou Schwarzer a perambular insone noite adentro, e por isso descontava em K. seu sofrimento. Por outro lado, também se pode dizer que o comportamento de K. deveu-se em grande medida a Schwarzer. Foi só por causa disso que K. conseguiu fazer o que jamais ousara conseguir, algo que as autoridades dificilmente admitiriam, a saber, que ele as enfrentou desde o início, sem chicanas, abertamente, olho no olho, até onde era possível. Mas não valeu a pena. Se K. foi poupado de muitas mentiras e dissimulações, tornou-se indefeso, ficou em situação desfavorável em sua luta; ele poderia ter caído no desespero se não dissesse a si mesmo que a diferença de poder entre ele e as autoridades era tão descomunal que, mesmo com todas as mentiras e artimanhas a seu alcance, não poderia ter reduzido essa diferença em seu favor. Mas isso era apenas um pensamento reconfortante para K.;

Schwarzer, porém, ainda estava em dívida com ele, pois o prejudicou na época; talvez pudesse ajudar na próxima ocasião; K. iria precisar de ajuda nas mínimas coisas, para os pré-requisitos mais básicos, já que, por exemplo, Barnabas havia falhado.

Por causa de Frieda, K. havia hesitado o dia todo em ir à casa de Barnabas; para não recebê-lo diante dela, ficou trabalhando do lado de fora, e ali permaneceu à espera de Barnabas, que não veio. Não havia nada mais a fazer a não ser procurar as irmãs; levaria só um tempinho, faria umas perguntas da soleira da porta, logo estaria de volta. Enfiou a pá na neve e partiu. Chegou ofegante à casa de Barnabas, bateu à porta brevemente e logo depois a abriu, sem se atentar para como as coisas estavam na sala, e perguntou:

— Barnabas ainda não chegou?

Logo reparou que Olga não estava, os dois velhos estavam sentados a uma mesa distante, na semiescuridão, ainda sem se dar conta de quem estava à porta, e só lentamente voltaram os rostos; Amalia estava deitada sobre a bancada do fogão, sob as cobertas; deu um pulo quando K. apareceu e levou a mão à testa, para se recompor. Se Olga estivesse ali, teria respondido imediatamente e K. iria embora; mas ele teve de dar pelo menos alguns passos para chegar até Amalia e estender-lhe a mão, que ela apertou em silêncio, e pediu a ela que impedisse os assustados pais de sair do recinto, o que Amalia fez com umas poucas palavras. K. ficou sabendo que Olga estava rachando lenha no quintal, que Amalia, exausta, havia se deitado há pouco, e que Barnabas ainda não havia chegado, mas chegaria muito em breve, pois nunca passava a noite no castelo. K. agradeceu pela informação, já podia ir embora, mas Amalia perguntou se não queria esperar por Olga; infelizmente ele não tinha mais tempo. Então Amalia perguntou se ele já tinha falado com Olga naquele dia; ele negou com surpresa, e perguntou se ela tinha algo importante para lhe comunicar. Amalia, ligeiramente irritada, contorceu os lábios, acenou com a cabeça silenciosamente para ele, o que era claramente uma despedida, e voltou a deitar-se. De seu lugar de repouso ela o escrutinou, surpresa por ele ainda estar ali. Seu olhar era frio, claro e fixo, como sempre; não estava diretamente voltado para o que observava, antes passava por ele de modo quase perturbador, quase imperceptível, aparentemente não por fraqueza, nem por constrangimento ou desonestidade, mas por contínuo desejo de isolamento, que se sobrepunha a qualquer outro sentimento, e talvez só dessa forma ela mesma tivesse consciência disso. K. se lembrava desse olhar, que já o ocupara na primeira noite, e pensou que talvez a impressão desagradável que tivera daquela família se devia a esse olhar, que por si mesmo não era desagradável, mas altivo e sincero em seu caráter reservado.

— Você está sempre tão triste, Amalia — disse K. — O que a está incomodando? Você não pode dizer? Nunca vi uma moça do interior como você. Só hoje é que me dei conta disso. Você é daqui da aldeia? Nasceu aqui?

Amalia respondeu afirmativamente, como se K. só tivesse feito a última pergunta, e então disse:

— Então você vai esperar por Olga?

— Não sei por que você sempre pergunta isso — declarou K. — Não posso ficar mais, minha noiva está em casa à minha espera.

Amalia apoiou-se no cotovelo, não sabia de nenhuma noiva. K. mencionou o nome. Amalia não a conhecia. Perguntou se Olga sabia do noivado; K. achava que sim, Olga o havia visto com Frieda, notícias como essas se espalham rápido na aldeia. Amalia garantiu, porém, que Olga não sabia, e isso a deixaria muito infeliz, pois parecia amar K. Não havia falado abertamente sobre isso, pois era muito reservada, mas o amor se revela involuntariamente. K. estava convencido de que Amalia se enganara. Ela riu, e embora fosse um riso triste, iluminou seu rosto melancólico e contraído, fez da mudez, loquacidade, do estranhamento, confiança; foi a revelação de um segredo, a revelação de algo até então muito bem guardado, que até poderia ser retomado depois, mas nunca completamente. Amalia disse que, com certeza, não estava enganada; e sabia mais, que K. tinha uma queda por Olga, e que suas visitas, com o pretexto de buscar alguma mensagem de Barnabas, eram na verdade só por causa dela. Mas agora que Amalia sabia de tudo, ele não precisava ser tão rígido, poderia vir com mais frequência. Era só isso o que ela queria dizer. K. balançou a cabeça e lembrou-se de seu noivado. Amalia parecia não dar muita importância a esse noivado; a impressão imediata que teve de K., que estava sozinho diante dela, é que foi decisiva; só perguntou quando K. havia conhecido aquela moça, já que estava havia poucos dias na aldeia. K. contou sobre a noite na estalagem dos cavalheiros; Amalia disse, de forma sucinta, que tinha sido totalmente contra que o levassem para lá. E então chamou Olga como testemunha, pois ela tinha acabado de entrar com os braços cheios de lenha, refrescada e corada pelo ar frio, animada e forte, como se tivesse sofrido uma metamorfose com o trabalho, em contraste com a pesada imobilidade que exibia na sala. Ela jogou a lenha no chão, cumprimentou K. sem qualquer inibição e logo perguntou de Frieda. K. lançou um olhar pleno de significado para Amalia, mas aparentemente ela não se sentiu rejeitada. Um pouco irritado com isso, K. falou sobre Frieda de forma um pouco mais pormenorizada do que faria de outro modo; descreveu as difíceis condições da escola, que ela conduzia como uma espécie de moradia; na pressa de contar a história, pois queria ir logo para casa, não se controlou e, como despedida, convidou as irmãs para visitá-lo. Mas assustou-se e vacilou quando Amalia imediatamente aceitou o convite, sem lhe dar tempo para dizer uma palavra; Olga tinha de juntar-se a ela e assim o fez. K., sempre compelido em seus pensamentos pela necessidade de partir rapidamente, e sentindo-se desconfortável com o olhar de Amalia, não hesitou em dizer, sem meias palavras, que o convite fora um ato totalmente impensado, inspirado apenas por seus sentimentos pessoais, mas que ele infelizmente não poderia mantê-lo, pois havia uma grande inimizade, ainda que incompreensível para ele, entre Frieda e a família de Barnabas.

— Não é inimizade — disse Amalia, levantando-se da bancada e jogando o cobertor para trás de si. — Não é nada tão grande, é o povo que fala. Agora vá, vá para sua noiva, vejo que está com pressa. Não tenha medo, não vamos aparecer lá, só falei de brincadeira, de maldade. Mas você pode vir aqui com mais frequência, não há qualquer obstáculo, você sempre pode usar as mensagens de Barnabas como desculpa.

Para facilitar para você, posso dizer que Barnabas, mesmo que lhe traga uma mensagem do castelo, não pode voltar à escola para informá-lo. O pobre rapaz não pode ficar correndo tanto, está esgotado pelo trabalho, você terá de vir aqui para apanhar as notícias.

K. nunca tinha ouvido Amalia falar tantas coisas relacionadas entre si antes, era muito diferente de sua fala habitual; havia uma certa altivez, que foi percebida não apenas por ele, mas aparentemente também por Olga, que, como irmã, já estava acostumada com ela. Olga mantinha-se um pouco afastada, com as mãos no colo, de volta à sua postura usual, com as pernas afastadas, levemente curvada, os olhos voltados para Amalia, enquanto esta só olhava para K.

— É um erro — disse K. —, um grande erro, se você pensa que não falava sério quando disse que estava à espera de Barnabas. Meu maior desejo, aliás o único, é deixar minhas questões em ordem com as autoridades. E Barnabas vai me ajudar com isso, nele deposito grande parte de minhas esperanças. Ele já me decepcionou muito; mas foi mais por minha culpa que dele, foi na confusão das primeiras horas, pensei que tudo seria revolvido com um pequeno passeio noturno; ocorre que o impossível mostrou-se mesmo impossível, e fiquei ressentido com ele. Isso influenciou minha opinião sobre vocês, sobre sua família. Mas já passou, creio que entendo melhor agora, você são até...

K. procurou a palavra certa, mas não a encontrou logo; contentou-se com algo assim:

— Até onde sei, vocês são mais gentis do que qualquer outra pessoa da aldeia. Mas, Amalia, você me deixa perplexo ao menosprezar, se não o trabalho de seu irmão, a importância dele para mim. Talvez você não esteja bem-informada sobre os assuntos de Barnabas; então tudo bem, deixemos isso de lado; mas pode ser que esteja bem-informada; de fato, é a impressão que tenho; e isso é ruim, pois significa que seu irmão está me enganando.

— Fique tranquilo — retrucou Amalia. — Não estou bem-informada, nada me convenceria a estar bem-informada, nem mesmo a consideração por você, por quem eu faria muitas coisas, pois, como disse, somos gentis. Mas os assuntos de meu irmão pertencem a ele, nada sei sobre isso, exceto algumas coisas que ouço de vez em quando, involuntariamente. Mas Olga pode lhe dar todas as informações, pois é a confidente dele.

E Amalia afastou-se, primeiramente em direção aos pais, com os quais cochichou, e então foi para a cozinha; saiu sem se despedir de K., como se soubesse que ele ficaria por muito tempo, e portanto uma despedida não era necessária.

16.

K. ficou parado, com uma expressão algo espantada, e Olga riu dele. Arrastou-o até a bancada, parecia estar realmente feliz por poder sentar-se a sós com ele, e era uma alegria pacífica, não perturbada pelo ciúme. E era justamente essa ausência de ciúme ou de qualquer severidade que o agradava; gostava de olhar para aqueles olhos azuis, que não eram sedutores, nem dominadores, mas discretamente calmos e firmes. Era como se as advertências de Frieda e da estalajadeira o tivessem tornado não mais receptivo a tudo isso, porém mais atento e astuto. Ele riu com Olga quando ela se admirou por ele dizer que Amalia era gentil, o que efetivamente não era. K. esclareceu que o elogio tinha sido dirigido a ela, Olga, mas Amalia era tão dominadora que não apenas se apropriava do que era dito em sua presença, mas as pessoas lhe cediam tudo por livre e espontânea vontade.

— É verdade — disse Olga, mais séria. — E mais verdadeiro do que você pensa. Amalia é mais jovem do que eu, também mais jovem que Barnabas, mas é quem toma as decisões na família, para o bem e para o mal; claro que tem de arcar com isso mais do que todos.

K. considerou que era um exagero, pois, por exemplo, Amalia tinha acabado de dizer que não se importava com os assuntos do irmão, e Olga, por outro lado, sabia de tudo.

— Como posso explicar? — disse Olga. — Amalia não se importa com Barnabas nem comigo, não se importa com ninguém, com exceção dos pais, cuida deles dia e noite, agora mesmo foi para a cozinha para fazer a comida e satisfazer o desejo deles; por eles conseguiu se levantar, pois desde meio-dia estava indisposta, deitada aqui na bancada.

Embora não se importe conosco, dependemos dela, como se fosse a mais velha; se nos aconselhasse sobre nossos assuntos, certamente aceitaríamos seus conselhos, mas ela não faz isso, somos estranhos para ela. Você tem muita experiência com as pessoas, vem de uma terra estrangeira; ela não lhe parece particularmente astuta?

— Ela me parece particularmente infeliz — disse K. — Mas como o seu respeito por ela se coaduna, por exemplo, com o fato de Amalia desaprovar, e até desprezar, o trabalho de mensageiro de Barnabas?

— Se ele soubesse fazer outra coisa, abandonaria imediatamente esse trabalho de mensageiro, que não o satisfaz.

— Ele não aprendeu o ofício de sapateiro? — perguntou K.

— Claro — disse Olga. — Ele também trabalha para Brunswick e, se quisesse, teria trabalho dia e noite, e uma excelente remuneração.

— Bem — disse K. —, então poderia fazer outra coisa em vez de ser mensageiro.

— Em vez de ser mensageiro? — perguntou Olga, espantada. — Mas ele não faz esse trabalho para seu sustento?

— Pode ser — respondeu K. —, mas você mencionou que esse trabalho não o satisfaz.

— Não o satisfaz, e por vários motivos — disse Olga —, mas é um trabalho para o castelo, não deixa de ser um tipo de trabalho para o castelo, pelo menos é o que imaginamos.

— Como? — questionou K. — Vocês têm alguma dúvida sobre isso?

— Bem — disse Olga —, na verdade, não. Barnabas vai aos departamentos, relaciona-se com os empregados como se eles fossem seus iguais, vê de longe alguns funcionários; regularmente lhe são confiadas cartas importantes, e até mesmo mensagens orais, o que já é muita coisa, e podemos nos orgulhar pelas conquistas de alguém tão jovem.

K. concordou com um aceno de cabeça. Já não pensava mais na volta para casa.

— Ele também tem a própria libré[19]? — perguntou K.

19. Uniforme com galões e botões usado outrora por empregados de famílias nobres.

— Você quer dizer paletó? — disse Olga. — Não, Amalia o fez para ele, antes mesmo de ele ser mensageiro. Mas você está chegando a uma questão sensível. Ele já deveria ter recebido há muito tempo não uma libré, não há tal coisa no castelo, mas um uniforme de funcionário, garantiram que receberia, mas nesse aspecto o pessoal do castelo é muito lento; o pior é que nunca se sabe o que significa essa lentidão; pode significar que o processo está passando pelos canais oficiais, mas também que ainda nem começou; podem estar continuamente testando Barnabas, por exemplo; e por fim pode significar que o processo já terminou, mas por alguma razão a garantia foi revogada e Barnabas jamais receberá o uniforme. Não sabemos de nada com mais exatidão, ou só depois de muito tempo. Aqui há um ditado, talvez você conheça: decisões oficiais são timoratas como jovens donzelas.

— Boa observação — afirmou K., levando-a mais a sério do que Olga. — Uma boa observação, as decisões podem ter mais pontos em comum com jovens donzelas.

— Talvez — disse Olga. — Claro que não sei o que você quis dizer. Talvez pense que foi um elogio. Mas quanto ao uniforme, essa é uma das preocupações de Barnabas, e como temos preocupações em comum, também minha. Perguntamos em vão por que ele ainda não recebeu um uniforme. Mas a coisa não é tão simples. Os funcionários, aparentemente, não têm nenhum uniforme oficial; até onde sabemos e pelo que Barnabas nos conta, andam por aí com roupas habituais, ainda que bonitas. E você já viu Klamm. Mas Barnabas não é funcionário, nem mesmo um funcionário de ínfima categoria, tampouco se arvora como tal. Mas os altos funcionários, que praticamente não vemos aqui na aldeia, também não têm um uniforme, conforme o relato de Barnabas, o que é, de alguma forma, um consolo, mas enganoso; por acaso Barnabas é um alto funcionário? Não; mesmo que se tenha uma forte inclinação por ele, não se pode dizer que é um alto funcionário, e o fato de ser da aldeia e viver aqui comprova isso; os altos serviçais são ainda mais reservados que os funcionários, talvez com razão, pode ser que tenham posição ainda mais elevada que muitos funcionários; em favor disso, pode-se dizer:

trabalham menos. De acordo com Barnabas, que fica se esgueirando ao redor deles, é bonito de se ver homens tão notavelmente altos e fortes andarem pelos corredores. Em suma, não há dúvida de que Barnabas é um alto serviçal. E assim poderia ser um serviçal inferior, mas estes têm um uniforme, pelo menos quando descem até a aldeia; não é bem uma libré, há muitas diferenças, mas pode-se reconhecer imediatamente um serviçal do castelo por suas roupas, você já viu tais pessoas na estalagem dos cavalheiros. O que mais chama a atenção nessas roupas é que geralmente são justas; um camponês ou um artesão não usaria roupas assim. Bem, Barnabas também não tem uma roupa como essa; isso não é só um pouco vergonhoso ou degradante, até seria tolerável, mas fez com que Barnabas e eu duvidássemos de tudo, especialmente nos momentos sombrios, e por vezes os temos, e não muito raramente. "É mesmo um serviço para o castelo o que faz Barnabas?", nós nos perguntamos; ele vai aos departamentos, mas eles fazem mesmo parte do castelo? E mesmo que façam, e nos departamentos que Barnabas tem permissão para entrar? Ele vai aos departamentos, mas apenas em parte deles, há barreiras[20], e por trás delas mais departamentos. Eles não o proíbem de ir adiante, mas não pode prosseguir se já encontrou seu superior, que o atende e logo o dispensa. Ali as pessoas estão sempre sob vigilância, pelo menos é o que se acredita. E mesmo que ele fosse adiante, de que adiantaria se não tivesse um trabalho oficial, se fosse um intruso? Você não deve imaginar que essas barreiras são limites específicos, Barnabas sempre chama minha atenção para isso. Há barreiras também nos departamentos a que ele vai; ele também passa por barreiras que não parecem diferentes das outras, que ele ainda não transpôs, e portanto não se pode presumir que por trás destas últimas não se encontrem departamentos muito diferentes daqueles onde Barnabas já esteve. Só nos momentos sombrios acreditamos nisso. E a dúvida continua, não se pode evitá-la. Barnabas fala com funcionários, recebe mensagens. Mas com que tipo de funcionários, que tipo de mensagens? Agora ele diz que foi designado por Klamm, e que recebe

20. *Barrièren* no original, palavra francesa, mas com o plural na forma alemã, em vez de *barrières*.

ordens dele em pessoa. Isso já seria muito, nem mesmo altos serviçais vão tão longe, e é isso que assusta. Imagine só, ser designado diretamente por Klamm, falar com ele cara a cara. Mas é isso mesmo? Sim, é isso mesmo, mas por que Barnabas duvida que o funcionário que é designado ali como Klamm seja realmente Klamm?

— Olga — disse K. —, você está brincando? Como pode haver dúvidas sobre a aparência de Klamm? Ele é bem conhecido, eu mesmo já o vi.

— Claro que não — respondeu Olga. — Não é brincadeira, são minhas mais sérias preocupações. Não estou lhe contando isso para aliviar meu coração e tornar o seu pesaroso, mas porque você perguntou de Barnabas; Amalia encarregou-me de contar, e porque acredito também que seria útil para você saber de tudo com mais precisão. Também faço isso por Barnabas, para que você não deposite grandes esperanças nele, fique decepcionado e depois sofra com sua decepção. Ele é muito sensível; por exemplo, não dormiu esta noite porque ontem à noite você estava insatisfeito com ele; você deve ter dito que é muito ruim ter apenas um mensageiro como Barnabas. Essas palavras levaram o sono dele. Você não deve ter notado como ele estava ansioso, pois os mensageiros do castelo precisam se conter. Mas não foi fácil para ele, mesmo em relação a você. Na sua cabeça, você não está exigindo demais dele, você tem ideias próprias sobre o trabalho de mensageiros, e faz suas exigências de acordo com essa métrica. Mas no castelo há outras ideias sobre o serviço de mensageiros, e que são irreconciliáveis com as suas, mesmo que Barnabas se sacrifique totalmente pelo serviço, o que às vezes, infelizmente, ele está disposto a fazer. Mas temos de aceitar, não se pode dizer nada contra, não fosse somente a questão de o trabalho que ele faz ser realmente o de um mensageiro. Claro que não vai expressar qualquer dúvida sobre isso para você; seria o equivalente a comprometer sua própria existência se ele violasse grosseiramente as leis a que ele deve se submeter, conforme acredita, e mesmo comigo não fala abertamente, tenho de bajulá-lo, afastar suas dúvidas com beijos, pois dúvidas são dúvidas, mesmo quando ele não quer admitir que se trata realmente de dúvidas. Ele tem algo de Amalia no sangue. Certamente não me conta tudo, embora eu seja sua única confidente. Mas às vezes falamos sobre Klamm, você sabe que nunca o vi — Frieda não gosta muito de mim, jamais me permitiria vê-lo —, mas é claro que sua aparência é conhecida na aldeia, alguns o viram, todos ouviram falar dele e, com base em observação direta, rumores e segundas intenções, formou-se uma imagem de Klamm, que provavelmente está correta em seus traços fundamentais. Mas só nos traços fundamentais. Em todo caso, é mutável, talvez nem se aproxime tanto da aparência real de Klamm. Ele parece bem diferente quando vem à aldeia, diferente quando sai dela, diferente antes e depois de beber cerveja, diferente em vigília, diferente dormindo, diferente sozinho, diferente quando conversa e, o que é bem compreensível, quase completamente diferente lá no alto, no castelo. E mesmo dentro da aldeia há relatos de diferenças realmente significativas, relacionadas a altura, postura, corpulência, barba; apenas quanto às roupas os relatos felizmente são uniformes; usa sempre a mesma roupa, um casaco preto com abas compridas. Claro, todas essas diferenças não se devem à magia, mas podem ser facilmente compreendidas como decorrentes do estado de espírito no momento, do grau de excitação, de incontáveis graduações entre esperança e desespero, em que os espectadores se encontram, embora geralmente só possam ver Klamm por breves momentos. Só estou lhe contando isso tudo porque Barnabas já me explicou muitas vezes, e de modo geral as pessoas se tranquilizam com isso, a menos que estejam diretamente envolvidas com a questão. Mas não é o nosso caso, pois para Barnabas é uma questão de vida ou morte se ele realmente fala com Klamm ou não.

— E não menos para mim — disse K., e ficaram ainda mais juntos na bancada do fogão.

K. ficou abalado com todas essas informações perturbadoras de Olga, o que foi em boa medida compensado pelo fato de ter encontrado pessoas que, ao menos externamente, eram bem parecidas com ele, com quem podia se conectar e se comunicar de muitas maneiras, e não apenas de algumas, como era com Frieda. Embora estivesse progressivamente perdendo a esperança de que a mensagem de Barnabas tivesse sucesso, quanto pior ele se saía, mais se aproximava dele ali embaixo.

K. jamais imaginaria que alguém da aldeia poderia fazer uma tentativa tão infeliz como a de Barnabas e sua irmã. É claro que não havia sido suficientemente bem explicada, e poderia, por fim, ter o resultado oposto; não poderia deixar-se enganar pela natureza inocente de Olga, nem acreditar na sinceridade de Barnabas.

Barnabas conhece muito bem — prosseguiu Olga — os relatos sobre a aparência de Klamm, coletou e comparou muitos deles; certa vez ele mesmo vira, ou pensara ter visto, Klamm através da janela de uma carruagem, e estava suficientemente preparado para reconhecê-lo, e — como você explica isso? — quando foi a um departamento do castelo, mostraram-lhe um funcionário em meio a muitos e disseram ser Klamm, mas ele não o reconheceu, e por longo tempo não pôde se acostumar com a ideia de que aquele seria Klamm. Você pode perguntar a Barnabas como esse homem se diferenciava da ideia usual que tínhamos de Klamm, e ele não será capaz de responder; vai descrever o funcionário do castelo, mas a descrição não se encaixa exatamente com a descrição dele que conhecemos. E eu digo: "Por que duvida, Barnabas, por que se incomoda com isso?". E então, visivelmente angustiado, ele começa a enumerar as peculiaridades do funcionário, que parece antes inventar que relatar, e que além do mais são tão insignificantes — por exemplo, referem-se a uma particular inclinação de cabeça ou a um colete desabotoado — que é impossível levar a sério. Para mim, parece mais importante a maneira como Klamm lida com Barnabas. Ele o descreve com frequência para mim, até fez um desenho. Geralmente Barnabas é conduzido até uma grande sala do departamento, mas não para o departamento de Klamm, na verdade não é o departamento de uma única pessoa. A sala é dividida longitudinalmente em duas partes por um único balcão de trabalho, que se estende de uma parede lateral à outra: uma menor, onde duas pessoas mal podem evitar esbarrões, que é a sala dos funcionários, e outra maior, que é a sala das partes interessadas, da plateia, dos serviçais e dos mensageiros. Sobre o balcão há grandes livros abertos, um ao lado do outro, a maioria deles sendo lida por funcionários em pé. Mas não ficam sempre com os mesmos livros; em vez de trocarem os livros, trocam de lugar, e

Barnabas fica espantado aos vê-los espremer-se uns contra os outros para trocar de lugar, dada a estreiteza da sala. Na frente, perto do balcão, há mesinhas baixas, ocupadas por escreventes, que, ao comando dos funcionários, escrevem o que eles ditam. Barnabas sempre se admira com a forma como isso acontece. Não há nenhuma ordem expressa dos funcionários, nem ditam em voz alta, quase não se percebe que estão ditando; parece mais que o funcionário está lendo como antes, mas agora também sussurra, e o escrevente ouve. Muitas vezes o funcionário dita tão baixo que o escrevente não consegue ouvi-lo sentado, e então precisa pular da cadeira, ouvir o ditado, sentar-se rapidamente e escrever, e assim prossegue. Como isso é estranho! É quase incompreensível. Claro que Barnabas tem tempo suficiente para observar tudo isso, pois fica no auditório horas a fio — e por vezes o dia inteiro, antes que o olhar de Klamm caia sobre ele. E mesmo quando Klamm o vê, Barnabas fica em posição de sentido, mas nada se pode concluir; Klamm pode retornar ao livro e esquecê-lo, e isso ocorre com frequência. Mas que serviço de mensageiro é esse, tão sem importância? Fico melancólica quando Barnabas me diz logo cedo que está indo para o castelo. Provavelmente será uma jornada inútil, um dia perdido, provavelmente será mais uma esperança vã. Para que tudo isso? Há trabalho de sapateiro acumulado aqui que ninguém faz, e Brunswick pressiona para que seja feito.

— Muito bem — declarou K. —, Barnabas tem de esperar muito para receber uma tarefa. É compreensível, parece que há excesso de empregados aqui, nem todos podem receber uma tarefa todos os dias, mas vocês não devem se queixar, provavelmente é assim com todos. Por fim Barnabas também recebe suas tarefas, já trouxe duas cartas para mim.

— É possível — disse Olga — que não tenhamos motivo para nos queixar, principalmente eu, que só sei de tudo por ouvir dizer; como sou uma moça, não entendo tão bem como Barnabas, que esconde de mim muitas coisas. Agora ouça o que ocorre com as cartas, por exemplo com as cartas endereçadas a você. Ele não recebe essas cartas diretamente de Klamm, mas dos escreventes. Em qualquer dia, a qualquer hora, o trabalho, embora pareça fácil, é muito cansativo, pois Barnabas precisa estar sempre atento; o escrevente se lembra dele e lhe faz um sinal. Klamm aparentemente não ordenou nada disso, fica lendo tranquilamente seu livro; por vezes, e até com mais frequência, está limpando o pincenê quando Barnabas aparece; talvez até olhe para ele, se é que vê alguma coisa sem o pincenê; Barnabas duvida, pois Klamm fica com os olhos quase fechados, parece que está dormindo e só em sonhos limpa o pincenê. Enquanto isso, em meio a muitos documentos e envelopes que tem sobre a mesa, o escrevente tira uma carta, que não é uma que acabou de escrever, mas, a julgar pela aparência do envelope, é bem antiga, está ali há muito tempo. Por que deixaram Barnabas esperar pela carta por tanto tempo? E provavelmente você também? E, por fim, a carta já deve estar desatualizada. E assim Barnabas fica com a reputação de ser um mau mensageiro. O escrevente nem se incomoda, entrega a carta a Barnabas e diz: "De Klamm para K.", e Barnabas é dispensado. E assim ele chega em casa, sem fôlego, com a carta que recebeu debaixo da camisa, em contato direto com seu corpo, e nos sentamos na bancada, onde estamos agora, ele me conta o ocorrido, examinamos tudo em detalhes e avaliamos o que ele conseguiu; concluímos que foi muito pouco, e esse muito pouco é questionável; Barnabas põe a carta de lado e não tem ânimo para entregá-la, tampouco quer dormir; então retoma o trabalho de sapateiro e passa a noite sentado no escabelo[21]. E assim é, K., esses são os meus segredos; creio que você não está surpreso pelo fato de Amalia prescindir deles.

— E a carta? — perguntou K.

— A carta? — disse Olga. — Bem, depois de algum tempo, após ter pressionado suficientemente Barnabas, e nesse meio tempo dias e semanas se passaram, ele pegou a carta e foi entregá-la. Ele é muito dependente de mim em relação a essas trivialidades. Na verdade, após a impressão inicial causada por suas histórias, consegui compreender o que ele provavelmente não estava em condições de fazer, possivelmente porque sabia de mais alguma coisa. E assim sempre digo a ele: "O que você realmente quer, Barnabas? Com que carreira, com qual objetivo você sonha? Quer

21. Espécie de arca cuja tampa serve de assento, com encosto.

ir tão longe a ponto de ter de me abandonar completamente? É esse seu objetivo? Sou obrigada a pensar assim, pois do contrário não compreenderia por que você está tão insatisfeito com o que alcançou até agora. Olhe ao redor: algum de nossos vizinhos foi tão longe? Claro que a situação deles é diferente da nossa, não têm motivos para abandonar seu ofício; mesmo que não haja termos de comparação, você precisa entender que tudo está correndo bem. Há obstáculos, decepções, mas isso só significa o que já sabíamos, que não obtemos nada de graça, temos de lutar pelas menores coisas; isso é motivo para se orgulhar, não para se abater. E então, você também não batalha por nós? Isso não significa nada para você? Não renova sua força? O fato de eu ser feliz e quase arrogante por ter um irmão assim não lhe dá segurança? Na verdade, você me decepciona, e não pelo que conquistou no castelo, mas pelo que conquistei com você. Você tem permissão para ir ao castelo, é presença constante nos departamentos, passa dias inteiros na mesma sala com Klamm, é oficialmente reconhecido como mensageiro, um uniforme de funcionário lhe foi prometido, é encarregado de entregar correspondências importantes; você é tudo isso, tem permissão para fazer tudo isso, e vem aqui embaixo e, em vez de nos abraçar chorando de felicidade, parece perder a coragem na minha presença; duvida de tudo, apenas o ofício de sapateiro o atrai, e deixa a carta de lado, a garantia de nosso futuro." É isso que digo a ele, e depois de repetir por dias a fio, finalmente ele pega a carta, dá um suspiro e sai. Mas não é a força de minhas palavras que o impulsiona de volta ao castelo; se não tivesse de cumprir uma tarefa, não ousaria ir até lá.

— Você tem razão em tudo o que diz — afirmou K. — Resumiu tudo de forma admirável. Você pensa de forma notavelmente clara!

— Não — disse Olga. — Você está enganado, e talvez eu o esteja enganando. O que ele conseguiu? Tem permissão para entrar em um departamento, mas nem parece um departamento, é antes a antessala de um departamento, talvez nem isso, talvez seja uma sala onde são mantidos todos os que não têm permissão para entrar nos verdadeiros departamentos. Fala com Klamm, mas é ele mesmo? Não é alguém um pouco parecido com ele? Talvez um secretário, que no máximo é um pouco parecido, e se esforça para ficar ainda mais parecido, faz-se parecer importante com os modos sonolentos e oníricos dele. Essa parte de sua natureza é a mais fácil de imitar, muitos tentam fazê-lo, mas sabiamente se abstêm de imitar o restante. Um homem tão frequentemente desejado, e tão raramente alcançado, como Klamm, facilmente adquire várias formas na imaginação das pessoas. Ele tem, por exemplo, um secretário da aldeia chamado Momus. Então? Você o conhece? Ele é muito reservado, mas já o vi algumas vezes. Um cavalheiro jovem e forte, não é? Provavelmente não se parece em nada com Klamm. No entanto, você pode encontrar pessoas na aldeia que são capazes de jurar que ele não é outro senão Klamm. Assim as pessoas trabalham, em sua própria confusão. Tem de ser diferente no castelo? Alguém disse a Barnabas que todos os funcionários são Klamm; é possível que haja alguma semelhança entre eles, mas sempre duvidosa para Barnabas. Tudo corrobora essa dúvida. Klamm deveria se espremer entre outros funcionários, em uma sala comum, com um lápis atrás da orelha? É altamente improvável. Barnabas costumava dizer, de modo algo infantil, mas às vezes com muita confiança: "O funcionário é bem parecido com Klamm; se estivesse sentado no próprio departamento, junto à própria escrivaninha, se seu nome estivesse na porta, eu não teria dúvida." É infantil, mas também sensato. Seria ainda mais sensato, porém, se Barnabas, quando estivesse lá no alto, perguntasse a várias pessoas como eram realmente as coisas; de acordo com ele, havia várias pessoas no entorno da sala. Ainda que as informações delas não fossem mais confiáveis do que a da pessoa que lhe indicou Klamm, quando questionada, haveria, na diversidade de respostas, ao menos algum ponto de referência, de comparação. Não foi ideia minha, e sim de Barnabas, mas ele não ousou colocá-la em prática; não se atreveu a falar com ninguém, pois temia perder o emprego por violar alguma regra desconhecida, sentia-se muito inseguro; e essa verdadeiramente lamentável insegurança revelou para mim sua posição com mais nitidez do que qualquer descrição. Como tudo parecia duvidoso e ameaçador para ele, não abria a boca nem para fazer uma pergunta inocente. Quando penso nisso, sinto-me culpada por tê-lo deixado em salas desconhecidas, onde as coisas se passam de tal maneira que até ele, que é antes ousado que covarde, provavelmente treme de medo.

— Creio que você chegou ao ponto crucial — declarou K. — É isso mesmo. Depois de tudo o que você disse, acho que entendo bem agora. Barnabas é muito jovem para esse trabalho. Nada do que ele diz pode ser levado a sério. Como treme de medo lá no alto, não percebe o que acontece; se o forçarmos a contar alguma coisa, vamos obter um conto de fadas confuso. Aqui vocês têm uma reverência inata pelas autoridades, que vai perdurar, de diferentes formas e em toda parte ao longo de suas vidas, e vocês mesmos contribuem para isso da maneira que podem. Basicamente, não tenho nada contra isso. Se uma autoridade é boa, por que não a reverenciarmos? Mas não se deve mandar de repente um jovem sem instrução, que jamais saiu dos limites da aldeia, para o castelo, e exigir dele relatos verdadeiros, examinar cada palavra dele como se fosse uma revelação, como se a felicidade de cada um dependesse de sua interpretação. Nada pode ser mais equivocado. Claro que, assim como você, eu me deixei confundir por ele, nele até depositei esperanças, e com ele me decepcionei, e ambas as coisas ocorreram por suas palavras, ou seja, quase nada.

Olga se calou.

— Não será fácil para mim — disse K. — abalar a confiança que você tem no seu irmão, vejo que você o ama e sei o que espera dele. Mas tenho de fazer isso, justamente em razão de seu amor e de suas expectativas. Veja, há sempre algo que a impede — não sei o que é — de reconhecer completamente o que Barnabas não conquistou, mas que lhe foi dado. Tem permissão para entrar em um departamento, ou uma antessala, caso queira dizer assim; então é uma antessala, mas há portas e outras barreiras que precisam ser superadas, se tivermos habilidade para tal. Para mim, por exemplo, essa antessala é completamente inacessível, ao menos por enquanto. Não sei com quem Barnabas fala, talvez cada escrevente seja o serviçal de mais baixo escalão; ainda assim, pode conduzi-lo ao que está mais acima dele; se não puder, poderá ao menos dizer quem é; se ainda não puder, poderá indicar alguém que possa. O suposto Klamm pode não ter a menor semelhança com o verdadeiro, a semelhança pode estar apenas nos olhos de Barnabas, cegos pela excitação; talvez esse seja o funcionário de mais ínfima categoria, mas tem alguma tarefa em seu balcão, lê um grande livro, cochicha alguma coisa para o escrevente, pensa em algo, e depois de um longo tempo seu olhar recai sobre Barnabas; mesmo que nada disso seja verdade, que suas ações não signifiquem nada, alguém o colocou ali, e o fez com alguma intenção. Com tudo isso quero dizer que há algo lá, que é oferecido a Barnabas, ao menos alguma coisa, e se Barnabas não obtém nada além de dúvidas, medo e desesperança, a culpa é só dele. E estou falando do pior cenário possível, que na verdade é bem improvável. Afinal, temos as cartas em mãos; confio pouco nelas, mas bem mais do que nas palavras de Barnabas. Ainda que sejam cartas antigas e sem valor, sacadas de uma pilha de cartas igualmente sem valor, ao acaso, como ocorre com os canários nas feiras, que, com o bico, tiram a sorte da pessoa amada de uma pilha, e mesmo que seja esse o caso, essas cartas fazem ao menos alguma referência a meu trabalho; obviamente são endereçadas a mim, ainda que talvez não para meu benefício; de acordo com o burgomestre e sua esposa, escritas pelo próprio Klamm; ainda que sejam cartas pessoais e pouco compreensíveis, têm grande significado.

— O burgomestre disse isso? — perguntou Olga.

— Sim, ele disse — respondeu K.

— Vou contar para Barnabas — disse Olga de supetão. — Isso vai incentivá-lo muito.

— Ele não precisa ser incentivado — afirmou K. — Incentivá-lo significa dizer que ele tem razão, que deve continuar do jeito que está, e dessa forma nunca vai conseguir nada. Você pode incentivar alguém que está com os olhos vendados a ver através da venda, mas ele nunca verá nada; só poderá ver se você tirar a venda. Barnabas não precisa de incentivo, precisa de ajuda. Pense nisso: lá no alto há autoridades de grandeza inimaginável — pensava que tinha uma ideia aproximada delas antes de vir aqui, que infantilidade era isso tudo! —, lá estão as autoridades, e Barnabas tem contato com elas, só ele, mais ninguém, miseravelmente só; é muita honra para ele, que talvez tenha de passar a vida toda trancado em um canto escuro de um departamento.

— Não pense, K. — disse Olga —, que subestimamos a grandeza da tarefa que foi atribuída a Barnabas. Não nos falta reverência pelas autoridades, como você mesmo disse.

— Mas é uma reverência equivocada — declarou K. — Reverência no lugar errado desagrada ao seu objeto. Pode-se falar em reverência quando Barnabas abusa do privilégio de entrar naquela sala para passar dias ocioso, ou quando volta aqui para baixo menosprezando e suspeitando daqueles que o fizeram tremer pouco antes, ou se, por desespero e cansaço, não entrega imediatamente as cartas e mensagens que lhe foram confiadas? Aqui não há mais reverência. Mas a reprovação não para por aqui, estende-se a você, Olga; não posso poupá-la. Embora pense que tem reverência pelas autoridades, você mandou Barnabas, sem qualquer apoio, para o castelo, com toda sua juventude e fraqueza, ou pelo menos não o deteve.

— A reprovação que você dirige a mim — disse Olga — eu mesma já a fiz, e há algum tempo. Mas não posso ser acusada de ter mandado Barnabas para o castelo, eu não o mandei para lá, ele foi porque quis, eu deveria tê-lo contido por todos os meios, pela força, pela astúcia, pelo convencimento. Eu deveria tê-lo retido; mas se hoje fosse um dia decisivo, se sentisse a aflição de Barnabas e a de nossa família, como senti na época, e se Barnabas estivesse plenamente consciente da responsabilidade e do perigo, e se partisse suavemente, sorrindo, hoje também eu não iria retê-lo, apesar de todas as experiências desse meio-tempo; se você estivesse no meu lugar, penso que não faria diferente. Você não sabe de nossa situação, e por isso comete uma injustiça contra nós, e sobretudo contra Barnabas. Na época, tínhamos mais esperança que hoje, ainda que não fosse uma grande esperança; mas nossa aflição era grande, e assim continua. Você não contou nada sobre nós para Frieda?

— Só uns detalhes — disse K. —, nada significativo; mas até o seu nome a irrita.

— A estalajadeira também não contou nada?

— Não, nada.

— Ninguém mais?

— Ninguém.

— Claro, como alguém poderia contar alguma coisa? Todos sabem algo sobre nós, seja a verdade, na medida que têm acesso a ela, ou pelo menos algum boato, do qual ficaram sabendo ou que inventaram, pensam em nós mais do que deveriam, mas ninguém vai contar a história pura e simples, com receio de que tais palavras saiam de suas bocas. E com razão. É difícil trazer tudo isso à tona, até para você, K.; mas não é possível que, depois de ouvir isso, você vá embora e não queira saber mais nada sobre nós, por mais que aparentemente não lhe diga respeito. E então o perderíamos; confesso que agora você significa mais para mim que o serviço de Barnabas no castelo. E, no entanto — essa contradição tem me atormentado a noite toda — você tem de saber, pois do contrário não poderia compreender nossa situação e continuaria sendo injusto com Barnabas, o que é particularmente doloroso para mim; nos faltaria a união necessária, você não poderia nos ajudar nem teria a nossa ajuda, que é de grande valia. Mas a questão é: Você quer mesmo saber?

— Por que pergunta? — indagou K.

— Por superstição — respondeu Olga. — Você está muito envolvido em nossos assuntos, e não tem culpa, não é mais culpado que Barnabas.

— Então conte logo — disse K. — Nada temo. Seu temor feminino faz as coisas parecerem piores do que são.

17.

O segredo de Amalia

— Julgue por si mesmo — disse Olga. — Aliás, parece bem simples, as pessoas não entendem imediatamente como isso pode ter um grande significado. Há um alto funcionário no castelo chamado Sortini.

— Já ouvi falar dele — afirmou K. — Estava envolvido em minha contratação.

— Não creio — declarou Olga. — Sortini quase não aparece em público. Não o está confundindo com Sordini, escrito com "d"?

— Tem razão — respondeu K. — Era Sordini.

— Sim — disse Olga. — Sordini é muito conhecido, um dos funcionários mais diligentes, fala-se muito dele; Sortini, ao contrário, é muito reservado, um estranho para a maioria das pessoas. Faz mais de três anos que o vi pela primeira e última vez. Era 3 de julho[22], dia da festa da brigada de incêndio, o pessoal do castelo participou, com a doação de uma nova bomba de incêndios[23]. Sortini, a quem caberia ocupar-se parcialmente com a brigada de incêndio (talvez apenas estivesse substituindo alguém; os funcionários estão sempre substituindo uns aos outros, é difícil saber quem é o responsável por isso), participou da entrega da bomba; naturalmente havia outras pessoas do castelo, funcionários e serviçais, e Sortini, de acordo com sua natureza, ficou bem em segundo plano. É um senhor pequeno, frágil e pensativo, e todos os que notaram sua presença repararam como franzia a testa, que era cheia de rugas, embora certamente não

22. Aniversário de Kafka.

23. *Feuerspritze*, espécie de bomba acionada manualmente, usada outrora para combater incêndios.

tivesse mais de 40 anos, e essas rugas se estendiam em leque da testa até a base do nariz; nunca vi nada igual. Bem, era essa festa. Nós, Amalia e eu, a aguardávamos havia semanas, alguns de nossos vestidos de domingo tinham sido renovados; a roupa de Amalia era particularmente bonita, uma blusa branca bufante na parte da frente, com fileiras de rendas sobrepostas, a mãe lhe havia emprestado todas as suas rendas para isso; fiquei com inveja e chorei metade da noite antes da festa. Só quando a estalajadeira da estalagem Da Ponte veio nos ver pela manhã...

— A estalajadeira da estalagem Da Ponte? — perguntou K.

— Sim — respondeu Olga —, era muito nossa amiga; bem, ela veio, disse que Amalia fora favorecida e, para me consolar, emprestou o próprio colar de granadas da Boêmia. Quando estávamos prontas para sair, Amalia postou-se na minha frente, todos nós a admiramos e o pai disse: "Hoje, guardem o que digo, Amalia vai arrumar um noivo!". E eu, não sei por quê, deixei meu orgulho, tirei o colar e o coloquei em Amalia, não estava mais com inveja. Curvei-me diante de sua vitória, e achei que todos deveriam curvar-se diante dela, talvez estivéssemos surpresos com a aparência dela, tão diferente da habitual, pois não era realmente bonita, mas o olhar sombrio, que manteve desde então, elevou-se bem acima de nós, e todos se curvaram diante dela, de forma quase verdadeira e involuntária. Todos perceberam, inclusive Lasemann e sua mulher, que vieram nos buscar.

— Lasemann? — perguntou K.

— Sim, Lasemann — disse Olga. — Éramos muito respeitados; por exemplo, a festa não poderia ter um bom começo sem nós, o pai era o terceiro treinador da brigada de incêndio.

— O pai ainda era tão robusto? — questionou K.

— O pai? — perguntou Olga, como se não tivesse entendido muito bem. — Há três anos ele ainda era relativamente jovem; quando houve um incêndio na estalagem dos cavalheiros, por exemplo, ele carregou nas costas um funcionário pesado, Galater[24]. Eu mesma estava lá, não havia

24. Possível referência aos gálatas, povo de origem celta que habitava parte do atual território da Turquia, destinatários de uma das cartas de Paulo incluídas no Novo Testamento.

risco de incêndio, foi apenas a madeira seca perto do fogão que começou a fumegar, mas Galater se assustou, foi à janela pedir socorro, a brigada de incêndio apareceu e meu pai teve de carregá-lo, embora o fogo já tivesse sido apagado. Bem, Galater movia-se com dificuldade, é necessário ser cuidadoso nesses casos. Estou lhe contanto isso por causa do pai; não se passaram nem três anos, e veja como ele está, sentado ali.

Só então K. percebeu que Amalia estava novamente na sala, mas bem distante, à mesa com os pais; alimentava a mãe, que não conseguia movimentar os braços reumáticos, enquanto dizia ao pai para ter um pouco de paciência, logo viria alimentá-lo também. A admoestação não teve sucesso, porém, pois o pai, ansioso para tomar a sopa, superou a fraqueza corporal e tentou sugar a sopa diretamente da colher, ou bebê-la diretamente do prato, e resmungou, irritado, por não conseguir fazer nem uma coisa nem outra; a colher já ficava vazia antes de chegar à boca; sua boca jamais mergulhou na sopa, só o bigode caído, e a sopa pingava e espirrava por todos os lados, só não ia para a boca.

— E três anos fizeram isso com ele? — perguntou K., embora ainda sentisse somente aversão, e não compaixão, pelos velhos e por todo aquele canto da mesa da família.

— Três anos — disse Olga lentamente — ou, mais precisamente, umas poucas horas em uma festa. A festa foi num gramado à beira de um riacho, já havia uma multidão quando chegamos, muitos vieram das aldeias vizinhas, todos estavam confusos com a barulheira. Primeiro, naturalmente o pai nos levou até a bomba de incêndio, ele ria de alegria, estava feliz com a bomba nova, começou a tocá-la e a explicá-la para nós, não aceitou qualquer contestação ou resistência dos demais; se houvesse algo debaixo da bomba, teríamos de nos agachar, quase rastejar para baixo dela; Barnabas, um dos que resistiu, levou umas pancadas por isso. Só Amalia não se importava com a bomba, ficara ereta com seu belo vestido, ninguém ousava dizer nada a ela. Fui até ela algumas vezes e peguei-a pelo braço, mas ela continuava em silêncio. Não sei explicar como ficamos paradas por tanto tempo diante da bomba; foi só quando o pai nos afastou dela é que notamos Sortini, que obviamente havia estado atrás da bomba o tempo todo, apoiado em uma alavanca dela. Claro, havia uma barulheira incrível naquele momento, mas não do tipo que se ouve em festas. O castelo também havia enviado para a brigada de incêndio alguns trompetes, instrumentos notáveis, com os quais se podia produzir, com o mínimo de fôlego, os sons mais selvagens; até uma criança poderia fazê-lo; quando ouvimos aquilo, pensamos que os turcos[25] haviam chegado, e não era possível se acostumar, pulávamos a cada nova soprada. Como eram trompetes novos, todos queriam experimentá-los; e, como era uma festa popular, isso foi permitido. Havia alguns trompetistas à nossa volta, talvez atraídos por Amalia; era difícil manter a calma; o pai ordenara que tomássemos conta da bomba, o que era o máximo que podíamos fazer, e foi por isso que por tanto tempo não notamos Sortini, que então não conhecíamos. "Aquele é Sortini", cochichou por fim Lasemann para o pai, eu estava por perto. O pai fez uma profunda reverência e, agitado, indicou que fizéssemos o mesmo. Antes mesmo de conhecê-lo, o pai reverenciava Sortini como um especialista em questões de brigadas de incêndio, com frequência falava sobre ele em casa, e por isso foi surpreendente e significativo vê-lo pessoalmente. Mas Sortini não se importou conosco, e não era um capricho dele, a maioria dos funcionários aparenta ser indiferente em público — mas estava cansado, apenas o dever o prendia aqui embaixo; não são os piores funcionários que consideram os deveres de representação particularmente desgastantes; outros funcionários e serviçais misturavam-se com o povo, pois estavam lá mesmo, mas ele permanecia junto à bomba; qualquer um que tentasse se aproximar dele, com algum pedido ou para bajulá-lo, era repelido pelo seu silêncio. Ocorre que ele notou nossa presença ainda mais tarde do que nós a dele. Foi só quando nos curvamos para reverenciá-lo, enquanto o pai tentava pedir desculpas por nós, que olhou em nossa direção, passava os olhos cansados sucessivamente de um para o outro; suspirava ao ver que havia outra pessoa depois da anterior, até que se deteve em Amalia, para quem tinha de olhar do alto,

25. Referência irônica à ocupação de boa parte do sudeste da Europa pelo Império Turco-Otomano.

porque ela era muito mais alta do que ele. Para isso, subiu na barra da bomba para vê-la mais de perto; a princípio não entendemos, quisemos nos aproximar, liderados pelo pai, mas ele levantou a mão para nos deter e fez sinal para irmos embora. Isso foi tudo. Brincamos muito com Amalia por causa disso, dissemos que havia realmente encontrado um noivo e, em nossa ignorância, passamos a tarde toda felizes; mas Amalia estava mais calada do que nunca. "Estava completamente apaixonada por Sortini", disse Brunswick, sempre um pouco rude, que não compreende a natureza de pessoas como Amalia; mas, dessa vez, a observação nos pareceu quase correta; naquele dia, quando chegamos em casa, já depois da meia-noite, estávamos todos meio bobos, como que embriagados pelo doce vinho do castelo, exceto Amalia.

— E Sortini? — perguntou K.

— Sim, Sortini — disse Olga —, eu o vi de passagem várias vezes durante a festa, sentado na barra da bomba, de braços cruzados, e assim ficou, até a carruagem do castelo vir buscá-lo. Nem foi ver os exercícios da brigada de incêndio, nos quais o pai se destacava em relação aos homens de sua idade, com a esperança de que Sortini o visse.

— E vocês nunca mais ouviram falar dele? — perguntou K. — Aparentemente você tem grande reverência por ele.

— Sim, reverência — declarou Olga —, e também continuamos a ouvir falar dele. Na manhã seguinte, despertamos de nosso sono com um grito de Amalia; os demais voltaram logo para a cama, mas eu estava bem desperta e fui até ela. Amalia estava junto à janela, com uma carta na mão, que um homem acabara de lhe entregar pela janela e estava à espera da resposta. Amalia já havia lido a carta — que era curta — e a segurava com a mão frouxa; como eu a amava, especialmente quando estava tão esgotada! Ajoelhei-me ao lado dela e li a carta. Mal terminei e, depois de olhar rapidamente para mim, Amalia a pegou de volta, mas não conseguia mais lê-la, e a rasgou, jogou os pedaços na cara do homem que estava do lado de fora e fechou a janela. Foi uma manhã decisiva. Digo que foi decisiva, mas cada momento da tarde anterior foi igualmente decisivo.

— E o que havia na carta? — perguntou K.

— É, ainda não contei — disse Olga. — Era uma carta de Sortini, endereçada à moça com o colar de granadas. Não posso lhe contar o conteúdo. Era uma convocação para que Amalia fosse à estalagem dos cavalheiros, e ela deveria ir imediatamente, pois Sortini partiria em meia hora. A carta estava escrita na linguagem mais vil, com termos que eu nunca tinha ouvido antes, só pude deduzir a metade, pelo contexto. Quem não conhecesse Amalia e só tivesse lido essa carta pensaria que ela era uma moça desonrada, embora jamais tivesse sido tocada; e só para uma moça assim alguém ousaria escrever daquela maneira. Não era uma carta de amor, não havia palavras de afeto nela, Sortini estava obviamente irritado, a visão de Amalia o havia afetado, o desviava de seus afazeres. Mais tarde, concluímos que Sortini queria ir para o castelo à noite, só ficou na aldeia por causa de Amalia; pela manhã, com muita raiva por não conseguir esquecê-la, escreveu a carta, que só poderia causar indignação, até às pessoas com mais sangue frio, e com seu tom de ameaça teria inspirado medo em qualquer pessoa, exceto em Amalia; com ela ficou só a indignação, medo é algo que ela não conhece, nem por si mesma, nem pelos outros. Enquanto me arrastava de volta para a cama, repetindo para mim mesma a frase final, inacabada: "Venha logo, ou...", Amalia postou-se no parapeito da janela e ficou olhando para fora, como se esperasse o próximo mensageiro, disposta a tratar cada um exatamente como se fosse o primeiro.

— Então os funcionários são assim — comentou K., hesitante. — Há tais exemplares entre eles. O que fez seu pai? Espero que tenha feito uma enérgica reclamação às autoridades competentes, se não escolheu o caminho mais curto e seguro para a estalagem dos cavalheiros. O pior de tudo nessa história não é o insulto à Amalia, que poderia ser facilmente reparado, não sei por que você atribui um peso tão grande a isso; por que Sortini, com tal carta, teria manchado definitivamente a reputação de Amalia? De acordo com sua história, até se poderia acreditar nisso, mas não é possível, seria fácil dar uma satisfação para Amalia, e em poucos dias o incidente seria esquecido; Sortini não manchou a reputação de Amalia, mas a dele mesmo. Assim também me afasto de Sortini, diante da possibilidade de tal abuso de poder. Poder que falhou nesse caso, pois suas palavras foram claras, categóricas e diretas, mas encontrou em Amalia uma oponente superior; em milhares de outros casos, em circunstâncias ligeiramente diferentes, apenas um pouco menos favoráveis, poderia ter obtido pleno sucesso sem ser notado, nem mesmo pelas vítimas.

— Silêncio — disse Olga —, Amalia está olhando para cá.

Amalia acabara de alimentar os pais e agora despia a mãe; tinha acabado de desamarrar a saia; colocou os braços dela em volta do pescoço, ergueu-a ligeiramente, tirou a saia e sentou-a novamente, com cuidado. O pai, constantemente insatisfeito porque a mãe sempre era atendida primeiro — o que evidentemente só acontecia porque a mãe era ainda mais incapaz do que ele —, tentou se despir sozinho, talvez para punir a filha por sua suposta lentidão; embora tenha começado pelo mais fácil e menos importante, os enormes chinelos, nos quais os pés só estavam frouxamente presos, não conseguia tirá-los de jeito nenhum; logo deu um suspiro rouco e desistiu, voltando a se sentar rígido sobre sua cadeira.

— Você não entende a questão mais decisiva — declarou Olga. — Pode ser que esteja certo em tudo, mas a questão decisiva é que Amalia não foi para a estalagem dos cavalheiros; a maneira como tratara o mensageiro era até tolerável, podia ser encoberta; mas, por não ter ido, uma maldição recaiu sobre nossa família, e assim o tratamento dado ao mensageiro foi considerado imperdoável, e foi levado ao conhecimento público.

— Como?! — exclamou K., abafando imediatamente a voz quando Olga ergueu as mãos em súplica. — Você, irmã dela, está dizendo que Amalia deveria ter obedecido Sortini e ter corrido para a estalagem dos cavalheiros?

— Não — respondeu Olga —, Deus me livre e guarde de tais suspeitas! Como você pode imaginar isso? Não conheço ninguém que esteja em um caminho tão correto quanto Amalia, em tudo o que faz. Se ela tivesse ido à estalagem dos cavalheiros, é claro que eu lhe daria razão; mas foi heroica ao não ir. Quanto a mim, confesso com franqueza: se tivesse recebido tal carta, teria ido. Não teria suportado o medo do que estava por vir, só Amalia poderia. Havia muitas saídas; uma delas, por exemplo, é que ela poderia ter se embonecado, levaria um tempo com isso, e quando chegasse à estalagem dos cavalheiros Sortini já teria ido embora, talvez já tivesse ido quando enviou o mensageiro, algo que é até muito provável, pois os cavalheiros têm um humor bem instável. Mas Amalia não fez isso, nem nada parecido, ficou muito ofendida e respondeu de forma bem direta. Se de algum modo quisesse fazer parecer que obedeceria, se tivesse cruzado a soleira da estalagem dos cavalheiros a tempo, a desgraça teria sido evitada; aqui temos advogados espertos, que do nada sabem obter tudo o que querem, mas nesse caso nem mesmo um nada estava disponível; ao contrário, havia a desonra da carta de Sortini e o insulto ao mensageiro.

— Mas que desgraça foi essa? — questionou K. — Que advogados são esses? Amalia certamente não poderia ser acusada ou punida pelo comportamento criminoso de Sortini, não é?

— Poderia — disse Olga. — Eles poderiam fazer isso; claro que não sem o devido processo, e não a puniriam diretamente, mas de outras maneiras, ela e toda a nossa família, e você está começando a entender como essa punição é severa. Pode parecer injusto e monstruoso para você, mas essa é uma opinião isolada aqui na aldeia; poderia ser muito justa e nos confortar, se obviamente não estivesse baseada em erros. Posso provar facilmente para você; perdoe-me se eu falar de Frieda; se desconsiderarmos o resultado final, o que ocorreu entre Frieda e Klamm foi bem parecido com o que houve entre Amalia e Sortini; talvez você fique chocado no início, mas verá que tenho razão. Não é uma questão de hábito, ninguém se torna insensível pelo hábito, pois se trata de uma simples questão de julgamento, basta abandonar os próprios erros.

— Não, Olga — afirmou K. — Não sei por que você incluiu Frieda na questão, o caso foi completamente diferente, não misture coisas tão fundamentalmente distintas; prossiga.

— Por favor — disse Olga —, não se ofenda se eu insistir na comparação; é um resquício de um erro, inclusive em relação a Frieda, se você pensa que tem de defendê-la contra uma comparação. Não é o caso de defendê-la, mas de elogiá-la. Quando comparo os casos, não estou dizendo que são iguais; relacionam-se entre si como o branco e o preto, e o branco é Frieda. Na pior das hipóteses pode-se rir de Frieda, como eu mesma fiz, de forma pouco educada, na taberna — e me arrependi mais tarde —, e quem ri, seja por maldade ou inveja, vai continuar rindo. Mas quem não está ligado a Amalia por laços de sangue só pode desprezá-la. É por isso que os casos são completamente diferentes, como diz você, mas também semelhantes.

— Não são semelhantes — declarou K., balançando a cabeça, contrariado. — Deixe Frieda de lado, ela não recebeu uma carta tão pudica como a de Sortini, e realmente amava Klamm; quem duvida pode perguntar a ela, Frieda o ama até hoje.

— Mas há grandes diferenças? — perguntou Olga. — Você acha que Klamm não escreveu para Frieda da mesma maneira? Quando os cavalheiros se sentam à escrivaninha, são dessa forma, não têm rumo no mundo, escrevem inadvertidamente as piores coisas; não todos, mas muitos. Em sua mente, ele já havia escrito a carta para Amalia, sem se importar absolutamente com o que colocou no papel. O que sabemos da mente dos cavalheiros? Você mesmo não ouviu ou ouviu falar do tom que Klamm adotava com Frieda? Sabe-se que Klamm é muito rude; supostamente ele fica horas sem falar, e de repente diz tamanha grosseria que nos faz estremecer. Não se sabe quanto a Sortini, pois ele é praticamente desconhecido. Tudo o que sabemos sobre ele é que seu nome é parecido com o de Sordini; se não fosse a semelhança de nomes, possivelmente não o conheceríamos. Embora seja o especialista em brigada de incêndio, as pessoas o confundem com Sordini, que é o verdadeiro especialista, e aproveita-se da semelhança de nomes especialmente para repassar os deveres de representação para Sortini, e assim prosseguir em seu trabalho sem ser incomodado. Quando um homem tão sem experiência de mundo como Sortini é subitamente atingido pelo amor por uma moça da aldeia, é claro que é bem diferente do amor de um ajudante de carpinteiro qualquer. Também é preciso considerar que há uma grande distância entre um funcionário e a filha de um sapateiro, que precisa ser superada de alguma forma. Sortini tentou dessa maneira, outro faria diferente. Sim, dizem que todos nós pertencemos ao castelo, que não há distância nem nada a ser superado, talvez seja assim nas coisas habituais, mas infelizmente vemos que há ocasiões em que isso absolutamente não é verdade, especialmente nessa questão. De qualquer modo, tudo isso vai tornar o comportamento de Sortini mais compreensível, menos monstruoso, e de fato é, quando comparado ao de Klamm; bem mais compreensível, e mesmo para alguém que não esteja diretamente envolvido, bem mais tolerável. Uma carta carinhosa de Klamm causa bem mais embaraço que a carta mais rude de Sortini. Entenda bem, não me atrevo a julgar Klamm, só fiz a comparação porque você resiste a ela. Klamm é como um comandante em relação às mulheres, exige que uma venha, depois outra, não tolera nenhuma por muito tempo e, assim como ordena que venham, ordena igualmente que partam. Ora, Klamm nem se dá ao trabalho de escrever uma carta. Só para comparar, não é algo monstruoso quando Sortini, um homem tão retraído, cujos relacionamentos com mulheres são, no mínimo, desconhecidos, senta-se e escreve, com sua bela caligrafia de funcionário, uma carta ultrajante? Se não há diferença em favor de Klamm, mas o contrário, o amor de Frieda teria algum efeito? É, acredite, muito difícil ou muito fácil julgar o relacionamento entre funcionários e mulheres. Nunca falta amor aqui. Não há amor infeliz de um funcionário. Nesse sentido, não é elogio dizer — falo de modo geral, não apenas de Frieda — que uma moça só se entregou a um funcionário porque o amava. Ela o amava e se entregou a ele, assim foi, não há nada digno de elogio nisso. Mas Amalia não amava Sortini, você retruca. Bem, ela não o amava, mas pode tê-lo amado, quem pode saber? Nem ela mesma. Como pode acreditar que não o amava, se o rejeitou de forma tão enérgica, como provavelmente nunca um funcionário havia sido rejeitado antes? Barnabas diz que às vezes ela ainda treme ao lembrar da forma como fechou a janela há três anos. Isso é verdade, nem é preciso perguntar a ela; rejeitou Sortini, nada sabe além disso; se o amava ou não, também não sabe. Mas sabemos que as mulheres não podem evitar amar os funcionários quando estes se voltam para elas; aliás, os amam mesmo antes, ainda que o neguem; Sortini não apenas se voltou para Amalia, ele até pulou na barra da bomba quando a viu, embora tenha as pernas rígidas pelo trabalho na escrivaninha, e mesmo assim pulou na barra. Amalia é uma exceção, você dirá; sim, ela é, provou isso quando se recusou a ir até Sortini, mas a exceção ficou por aqui; mas que, além disso, não tenha amado Sortini, já seria algo quase excepcional demais, além da compreensão. Certamente fomos atingidos por uma cegueira naquela tarde, mas o fato de notarmos algo da paixão de Amalia em meio a essa névoa mostra que ainda tínhamos algum bom senso. Se juntarmos tudo, qual é a diferença entre Frieda e Amalia? Uma única: Frieda fez o que Amalia se recusou a fazer.

— Pode ser — disse K. — Mas para mim a principal diferença é que Frieda é minha noiva, e só me importo com Amalia na medida em que ela é irmã de Barnabas, o mensageiro do castelo, e talvez o seu destino esteja entrelaçado com o trabalho de Barnabas. Se um funcionário cometeu uma injustiça tão ultrajante contra ela, como me pareceu a princípio, conforme sua narrativa, eu teria ficado muito preocupado, mas seria muito mais pelo escândalo do que pelo sofrimento pessoal de Amalia. Com sua narrativa, porém, o quadro mudou, de maneira não totalmente compreensível para mim, mas como é você que está contando, e de maneira suficientemente confiável, eu gostaria de deixar tudo isso para lá; não sou da brigada de incêndio, que me importa Sortini? Mas Frieda importa, e é estranho que você, em quem confio plenamente, e gostaria de continuar confiando, continue atacando Frieda por meio de Amalia, e tente me fazer desconfiar dela. Não creio que faça isso de propósito, ou com má intenção; nesse caso, eu já teria ido embora há muito tempo. Você não faz de propósito, mas movida pelas circunstâncias; seu amor por Amalia a faz elevá-la acima de todas as mulheres, mas como não encontra nela razões suficientes para esse objetivo, você trata de diminuir as outras mulheres. O feito de Amalia é notável, mas quanto mais você conta sobre ele, mais difícil fica concluir se foi algo grande ou pequeno, sábio ou tolo, heroico ou covarde; os motivos ela mantém encerrados no peito, ninguém vai arrancá-los dela. Frieda, ao contrário, não fez nada de notável, apenas seguiu seu coração, o que é muito claro para qualquer um que queira examinar a questão com boa vontade, que queira verificar, não há espaço para fofocas. Mas não quero menosprezar Amalia nem defender Frieda, apenas deixar claro como me relaciono com Frieda, e como cada ataque contra ela é, ao mesmo tempo, um ataque contra minha própria existência. Vim aqui por livre e espontânea vontade, e aqui permaneci contra a minha vontade, mas tudo o que aconteceu desde então e, acima de tudo, as perspectivas para o futuro — por mais sombrias que sejam, eu as tenho — tudo isso devo a Frieda, não há como contestar. Fui contratado como agrimensor, mas apenas nas aparências; as pessoas brincam comigo, me expulsam de todas as casas, até hoje brincam, mas é bem mais complicado agora, adquiri certa importância, o que já é alguma coisa, por mínima que seja; aparentemente tenho um abrigo, um emprego, um trabalho de verdade, e tenho uma noiva que, quando eu estiver ocupado, poderá assumir meu trabalho; vou me casar com ela e me tornar membro da comunidade, e tenho um relacionamento pessoal, além do oficial, com Klamm. Não é pouco, certo? Quando venho até aqui, a quem vocês cumprimentam? A quem você conta a história de sua família? De quem você espera uma possível ajuda, ainda que pequena e improvável? Possivelmente não do agrimensor, que, por exemplo, foi violentamente forçado a deixar a casa de Lasemann e Brunswick há uma semana, mas do homem que já tem algum poder, que ele deve a Frieda; ela é tão modesta que, se você tentar lhe perguntar qualquer coisa sobre isso, certamente dirá que não sabe de nada. Depois disso tudo, parece que Frieda, com sua inocência, fez mais do que Amalia, com toda a sua arrogância; veja, tenho a impressão de que você procura ajuda para Amalia. E de quem? De ninguém menos do que Frieda?

— Falei mesmo tão mal de Frieda? — questionou Olga. — Não foi minha intenção, e acho que não fiz isso, mas é possível; nossa situação é tal que estamos apartados de todo o mundo, e quando começamos a nos queixar, nos afastamos ainda mais, e não sabemos para onde. Você também tem razão, mas há uma grande diferença entre nós e Frieda, e é bom enfatizá-la, de uma vez por todas. Há três anos, éramos moças burguesas, e Frieda, a órfã, era criada na estalagem Da Ponte; passávamos por ela sem nem ao menos dirigir-lhe um olhar; certamente éramos muito orgulhosas, mas fomos criadas assim. Você deve ter percebido, porém, a situação atual naquela noite na estalagem dos cavalheiros: Frieda com o chicote na mão e em meio ao monte de criados. Mas é ainda pior. Frieda pode nos desprezar, está de acordo com sua posição, as circunstâncias do momento o impõem. Mas quem é que não nos despreza? Quem decide nos desprezar está de acordo com a ampla maioria da sociedade. Você conhece a sucessora de Frieda? Ela se chama Pepi. Eu a conheci apenas anteontem à noite; até então, era uma camareira. Pepi certamente supera Frieda em seu desprezo por mim. Ela me viu pela janela quando vim pegar cerveja, correu para a porta e a trancou; precisei ficar um longo tempo implorando, e ainda prometer entregar-lhe a fita que trazia no cabelo, para que ela abrisse a porta. E quando lhe dei a fita, ela a jogou em um canto. Bem, ela pode me desprezar, dependo em parte da boa vontade dela, que é uma moça de taberna na estalagem dos cavalheiros; claro que apenas em caráter temporário, pois certamente não tem as qualidades necessárias para ser contratada de forma permanente. Você pode ouvir como o estalajadeiro fala com Pepi e comparar com a forma como falava com Frieda. Mas isso não impede que Pepi também despreze Amalia, cujo olhar bastaria para afastar mais rapidamente a pequena Pepi da sala, com todas as suas tranças e laços, como ela jamais conseguiria apenas com suas perninhas gordas. E ainda ontem tive de ouvir dela uma fofoca ultrajante sobre Amalia, até que por fim os clientes ficaram do meu lado, e da maneira que você mesmo já teve a oportunidade de ver.

— Como você está temerosa — disse K. — Apenas coloquei Frieda em seu devido lugar, não queria menosprezá-las, como você imagina. Sua família também tem algo especial para mim, não escondo; não compreendo como esse algo especial poderia resultar em desprezo.

— Ah, K.! — exclamou Olga. — Receio que até você ainda vai entender dessa forma; será que não há um jeito para que entenda que a primeira causa desse desprezo foi o comportamento de Amalia em relação a Sortini?

— Seria mesmo muito estranho — disse K. — Pode-se admirar ou condenar Amalia, mas desprezá-la? E, se, por um sentimento incompreensível, a desprezam, por que estendem o desprezo a vocês? Que culpa tem a família? Por, exemplo, o fato de Pepi desprezá-la é um caso sério! Se um dia eu voltar à estalagem dos cavalheiros, vou fazê-la pagar por isso!

— Se você — afirmou Olga — quisesse mudar a opinião de todos os nossos detratores, seria uma tarefa árdua, pois tudo vem do castelo. Ainda me lembro bem da tarde que se seguiu àquela manhã. Brunswick, que era nosso ajudante na época, veio, como fazia todos os dias; o pai lhe deu um trabalho e o mandou de volta para casa, e então todos, exceto Amalia e eu, sentaram-se para o café da manhã; estávamos animados, o pai falava ainda sobre a festa, tinha vários planos para a brigada de incêndio, havia enviado um destacamento para a festa, tratou de muitos assuntos com o pessoal da brigada; os cavalheiros do castelo que estavam presentes viram os exercícios de nossa brigada e falaram sobre ela de forma muito favorável, chegaram a compará-la à brigada de incêndio do castelo, com resultado favorável para a nossa; falou-se da necessidade de reorganizar a brigada do castelo, e para tal seriam necessários instrutores da aldeia, e certamente havia alguns que estavam sendo levados em consideração, mas o pai tinha esperança de que a escolha recaísse sobre ele. Ele então falou sobre isso, gostava de sentar-se à mesa e esparramar-se, com os braços envolvendo metade da mesa, e quando olhou para o céu, pela janela aberta, seu rosto era tão jovial, feliz e esperançoso; nunca mais o vi assim. Foi quando Amalia disse, com um ar de superioridade que até então desconhecíamos, que não deveríamos confiar no discurso de cavalheiros, pois eles gostavam de dizer coisas agradáveis em ocasiões como aquela, mas com pouco ou nenhum significado; mal falavam e suas palavras caíam no esquecimento; com certeza as pessoas cairiam na mesma cilada na próxima ocasião. A mãe repreendeu-a por essas palavras, o pai riu de sua precocidade e grande experiência, e então hesitou; parecia procurar por alguma coisa, algo de que acabara de perceber a falta, mas não faltava nada, e disse: “Brunswick falou algo sobre um mensageiro e uma carta rasgada, perguntou se sabíamos de alguma coisa, para quem era a carta e do que se tratava.” Nós ficamos caladas, mas Barnabas, então jovem como um carneirinho, disse algo particularmente tolo e insolente; falou-se de outros assuntos, a coisa caiu no esquecimento.

18.

A punição de Amalia

— Mas logo depois choveram sobre nós perguntas sobre a história da carta, e vinham de todos os lados: amigos e inimigos, conhecidos e estranhos; as pessoas não ficavam mais por muito tempo; os melhores amigos eram os mais ansiosos para se despedir; Lasemann, até então vagaroso e solene, apareceu como que para tirar as medidas da sala, olhou em volta e sumiu; parecia uma brincadeira de criança quando o pai desvencilhou-se de outras pessoas para ir atrás dele; correu até a soleira da porta, mas então desistiu; Brunswick veio e anunciou ao pai: queria trabalhar por conta própria, disse sem rodeios; era um cara esperto, sabia como aproveitar uma oportunidade; os clientes vinham buscar as botas que haviam deixado com o pai para reparos e as levavam embora. De início o pai tentou fazê-los mudar de ideia — nós o apoiamos com todas as nossas forças —, mas depois desistiu e, meio silenciosamente, até os ajudou a encontrá-las; cada linha do livro de pedidos era riscada, os estoques de couro que haviam sido deixados conosco foram recolhidos, as dívidas foram pagas, tudo sem a menor contestação, as pessoas ficavam satisfeitas ao conseguir romper, de forma rápida e completa, os vínculos conosco, mesmo que tivessem prejuízo, era algo que não consideravam. Por fim, e como era de se esperar, apareceu Seemann, o comandante da brigada de incêndio; ainda vejo a cena diante de mim: Seemann, alto e forte, mas um pouco encurvado e tísico[26], sempre sério, não ria de

26. No original *lungenkrank*, literalmente "doente dos pulmões", o que na época geralmente significava tuberculose, a doença que matou Kafka.

jeito nenhum; ele parou diante de meu pai, a quem admirava, a quem reservadamente prometera o cargo de subcomandante da brigada de incêndio, e agora comunicava que a associação o estava dispensando, e solicitava a devolução do diploma. As pessoas que então estavam conosco deixaram seus afazeres e foram rodear os dois homens. Seemann nada podia dizer, apenas batia no ombro do pai, como se quisesse arrancar de sua boca as palavras que ele próprio não podia encontrar. Só ria, talvez tentando acalmar a si mesmo e aos demais; como ele nunca ria, nunca se tinha ouvido um riso dele, ninguém acreditou que era uma risada. Mas naquele dia o pai já estava muito cansado e desesperado para poder ajudar alguém, parecia cansado demais até para refletir sobre o que estava acontecendo. Estávamos todos igualmente desesperados, mas éramos jovens e não podíamos acreditar em tamanha derrocada, continuávamos a imaginar que entre os inúmeros visitantes finalmente sairia alguém que deteria aquilo, e tudo voltaria a ser como era antes. Em nossa ignorância, Seemann parecia ser a pessoa mais adequada para isso. Esperávamos ansiosos que daquela risada contínua surgisse uma palavra esclarecedora. Rir de que naquela hora, senão da estúpida injustiça que se abatera sobre nós? "Senhor comandante, senhor comandante, fale com essas pessoas!", pensamos nós, e avançamos na direção dele, mas isso só o fez girar de uma maneira estranha. Finalmente começou a falar, mas não para tornar realidade nossos anseios secretos, e sim para responder aos gritos de encorajamento ou de irritação das pessoas. Mas ainda tínhamos esperança. Começou com um grande elogio ao pai. Disse que era a joia da associação, um modelo insuperável para a próxima geração, um membro indispensável, cuja saída quase destruiria a associação. Tudo isso seria muito bonito, se tivesse parado por aí! Mas prosseguiu. Se a associação, porém, teve de decidir pela saída do pai, era apenas em caráter provisório; foi forçada a fazê-lo, dada a gravidade dos fatos. Talvez a festa do dia anterior não tivesse tanta repercussão se não fosse a brilhante atuação do pai, atuação que atraiu a atenção das autoridades de forma notável, e iluminou plenamente a associação, que estava ainda mais ciosa de sua pureza do que antes. E então houve um insulto ao mensageiro, e a associação não encontrou outra saída; ele, Seemann, fora incumbido da difícil tarefa de comunicar a decisão. Que o pai não tornasse as coisas ainda mais difíceis para ele. Seemann estava muito feliz por ter cumprido essa tarefa; confiante, já não estava muito respeitoso; apontou para o diploma, que estava pendurado na parede, e fez um sinal com o dedo. O pai acenou com a cabeça e foi buscá-lo, mas não conseguia tirá-lo do gancho com as mãos trêmulas; subi em uma poltrona e o ajudei. E desde aquele momento estava tudo acabado; ele sequer tirou o diploma da moldura, entregou-o a Seemann do jeito que estava. Então sentou-se num canto, não mais se mexeu nem falou com ninguém, tivemos de lidar sozinhos com as pessoas, da maneira que pudemos.

— E onde você vê influência do castelo nisso? — perguntou K. — Por enquanto parece não haver. O que você contou até agora é apenas a ansiedade irrefletida das pessoas, prazer pelo infortúnio do próximo, amizade não confiável, coisas comuns em toda parte, e até uma certa mesquinhez, inclusive por parte de seu pai — pelo menos é o que me parece —; e o tal diploma, o que era, afinal? Confirmação de suas habilidades, que ele ainda tem, o que o torna indispensável, e o melhor é que poderia ter tornado as coisas ainda mais difíceis para o comandante se o tivesse atirado aos pés dele assim que o homem pronunciasse a segunda palavra. Parece-me particularmente significativo que você não tenha mencionado Amalia, que afinal foi a responsável por tudo; provavelmente ela ficou quieta, no fundo, só observando a devastação.

— Não — disse Olga —, ninguém é culpado, não se poderia agir de outra forma, tudo era influência do castelo.

— Influência do castelo — repetiu Amalia, que viera do quintal sem ser percebida, os pais já estavam na cama há um bom tempo. — Estão sendo contadas histórias do castelo? Vocês ainda estão sentados juntos? Você não queria despedir-se logo, K.? Já são quase dez horas. Essas histórias o perturbam de alguma forma? Há pessoas aqui que se alimentam de histórias como essas, sentam-se juntas, como vocês estão agora, e alfinetam-se mutuamente; mas me parece que você não é esse tipo de pessoa.

— Sim, eu sou — declarou K. —, sou exatamente esse tipo de pessoa; por outro lado, as pessoas que não se preocupam com tais histórias, que deixam que os outros se preocupem, não me impressionam muito.

— Bem — disse Amalia —, mas os interesses das pessoas são bem diferentes; certa vez soube de um jovem que passava dia e noite entretido com pensamentos sobre o castelo, deixava todas as outras coisas de lado; temia-se por sua sanidade, sua mente estava voltada só para o castelo. Por fim, descobriu-se que não estava pensando no castelo, mas na filha de uma faxineira de um departamento, que ele tomou para si, e tudo ficou bem novamente.

— Acho que eu iria gostar desse homem — disse K.

— Do homem eu duvido — afirmou Amalia —, talvez da mulher dele. Mas não se incomodem, agora vou dormir, porém vou ter de apagar a luz por causa dos pais; eles dormem rápido, mas após uma hora o sono já está chegando ao fim, e a menor luzinha os incomoda. Boa noite.

E realmente tudo ficou escuro. Amalia ajeitou-se de alguma maneira no chão, perto da cama dos pais.

— Quem é esse jovem de quem ela estava falando? — perguntou K.

— Não sei — respondeu Olga. — Talvez Brunswick, embora não esteja muito de acordo com ele, ou outra pessoa. Não é fácil entendê-la com exatidão, pois não se sabe se está sendo irônica ou se fala sério. Geralmente fala sério, mas soa irônica.

— Pouco importam as interpretações! — disse K. — Como você se tornou tão dependente dela? Já era assim antes do grande infortúnio? Ou só depois? Você nunca quis mudar isso? Há alguma razão razoável para essa dependência? Ela é a mais nova e, como tal, deveria obedecer. Culpada ou inocente, trouxe o infortúnio à família. Em vez de renovar a cada dia o pedido de perdão a vocês, é a que tem a cabeça mais erguida, não se importa com nada exceto os pais, de forma pouco misericordiosa, e não quer estar a par de nada, como ela diz; quando enfim fala com vocês, "geralmente é de forma séria, mas soa irônica". Ou ela manda por causa da beleza, que você às vezes menciona? Bem, vocês três são muito parecidos, mas o que a diferencia de vocês dois não a favorece; quando a vi pela primeira vez, seu olhar apático e desgracioso me intimidou. Pode ser a mais nova, mas não se percebe isso pela aparência, parece uma daquelas mulheres sem idade definida, que praticamente não envelhecem, mas que nunca foram jovens. Você a vê todos os dias e não percebe a rigidez do rosto dela. Quando penso na queda que Sortini teve por ela, não posso levá-la a sério, talvez só quisesse puni-la com a carta, e não chamá-la.

— Não quero falar de Sortini — declarou Olga. — Com os cavalheiros do castelo tudo é possível, seja com a moça mais bonita ou mais feia. Entretanto, você está totalmente errado sobre Amalia. Veja, não tenho nenhuma razão especial para trazer você para o lado de Amalia; se tento fazer isso, é só por sua causa. Amalia é, de alguma forma, a causa de nosso infortúnio, é evidente, mas mesmo o pai, que foi atingido de forma mais dura, e que até em casa nunca controlou suas palavras, nem mesmo ele, nos piores momentos, disse qualquer palavra de reprovação contra Amalia. E não porque aprovasse as ações dela; como poderia aceitá-las, se reverenciava Sortini? Não podia entender, nem remotamente; teria sacrificado, de bom grado, a si e a tudo o que tinha por ele, mas não da forma como está acontecendo agora, sob a provável ira de Sortini. Provável ira, pois não soubemos mais nada dele; se antes ele era reservado, agora era como se não existisse. Você deveria ter visto Amalia naqueles momentos. Todos nós sabíamos que não haveria punição explícita. As pessoas simplesmente se afastaram de nós. As pessoas daqui e também as do castelo. O afastamento das pessoas daqui era perceptível, mas nada se podia notar quanto ao castelo. Antes não havíamos percebido qualquer cuidado por parte do castelo, como poderíamos notar agora? E o pior era o silêncio. Não era de modo algum o afastamento das pessoas, pois não fizeram isso por alguma convicção, talvez não tivessem nada sério contra nós, o desprezo que sentem hoje ainda não estava presente, agiram assim por medo, e agora estavam na expectativa de como as coisas ficariam. Tampouco tínhamos de temer as dificuldades, todos tinham pago as dívidas conosco, o balanço final era favorável; quando nos faltavam víveres, parentes nos socorriam secretamente, o que era fácil, pois era tempo de colheita, mas não tínhamos terra para cultivar, ninguém nos permitia trabalhar, e pela primeira vez na vida estávamos praticamente condenados ao ócio. Estávamos sentados juntos, com as janelas fechadas, no calor de julho e agosto. Nada acontecia. Nenhuma intimação, nenhuma notícia, nenhum relatório, nenhuma visita, nada.

— Bem — disse K. —, se nada aconteceu e não se podia esperar uma punição explícita, do que vocês tinham medo? Que tipo de gente vocês são?

— Como posso explicar a você? — disse Olga. — Não temíamos o porvir, mas sofríamos com o presente, estávamos em meio a um castigo. As pessoas da aldeia só estavam à espera de nosso retorno, que o pai abrisse a oficina novamente; Amalia, que sabia costurar vestidos muito bonitos, e apenas para as mais elegantes, voltaria a receber encomendas; todos estavam arrependidos pelo que haviam feito; se uma família de boa reputação é subitamente excluída da aldeia, todos serão, de alguma maneira, prejudicados; quando se afastaram de nós, pensaram que só estavam cumprindo uma obrigação; não faríamos diferente se estivéssemos no lugar deles. Não sabiam exatamente do que se tratava, apenas que o mensageiro havia retornado à estalagem dos cavalheiros com uns pedaços de papel na mão. Frieda o viu sair e depois voltar, trocou algumas palavras com ele, e logo espalhou o que tinha ouvido; não por inimizade a nós, mas simplesmente por obrigação, como faria qualquer pessoa no mesmo caso. Como eu já disse, uma solução feliz para o caso teria sido o melhor para todos. Se subitamente tivéssemos voltado com a boa notícia de que tudo estava em ordem, que, por exemplo, tudo fora um mal-entendido, ou mesmo que fosse uma ofensa, que já havia sido reparada com uma ação — teria sido suficiente para as pessoas que tivéssemos resolvido a questão por meio de nossos vínculos com o castelo —, certamente teríamos sido recebidos de braços abertos, haveria beijos, abraços e festas; já vi coisas semelhantes em outros casos. Mas essa notícia nem seria necessária; se apenas estivéssemos livres, se tivessem proposto que retomássemos nossos antigos contatos, sem desperdiçar mais uma só palavra com a carta, seria suficiente; todos alegremente evitariam o assunto; além do medo, foi sobretudo o constrangimento quanto à questão que levou as pessoas a se afastarem de nós, simplesmente para não ouvir mais nada sobre isso, nem falar, nem pensar, nem serem afetadas de forma alguma. Quando Frieda revelou tudo, não o fez por prazer, mas para proteger a si mesma e a todos, e para chamar a atenção da comunidade de que algo havia acontecido, e era melhor manter distância disso. Não era a nossa família que estava em questão, mas apenas o incidente, nossa família foi envolvida apenas por causa do incidente. Se simplesmente tivéssemos reaparecido, deixando o passado para trás, se demonstrássemos, pelo nosso comportamento, que havíamos superado a questão, não importa como, e se a opinião pública estivesse convencida de que a questão, fosse qual fosse, estava resolvida e não voltaria a ser discutida, tudo estaria bem; reencontraríamos pessoas dispostas a ajudar, ainda que não tivéssemos esquecido o caso completamente; as pessoas entenderiam e nos teriam ajudado a esquecer completamente. Em vez disso, porém, ficamos sentados em casa. Não sei o que estávamos esperando, talvez uma decisão de Amalia, pois ela havia assumido a liderança da família naquela manhã, e a manteve com firmeza. Sem uma organização especial, sem ordens, sem pedidos, quase só pelo silêncio. Os demais, é claro, tinham muito o que discutir; era um cochichar contínuo, da manhã até a noite; às vezes o pai, tomado por um medo repentino, me chamava, e eu passava metade da noite a seu lado, na cama. Às vezes nos sentávamos juntos, eu e Barnabas, que já entendia um pouco do que estava acontecendo e exigia ardentemente explicações, sempre as mesmas; sabia bem que os anos despreocupados que aguardavam os outros de sua idade não estariam disponíveis para ele; então sentávamos, K., de modo parecido ao que estamos agora, esquecidos de que a noite cairia e depois viria a manhã. A mãe era a mais frágil, pois não era atingida apenas pelo sentimento comum a todos, mas compartilhava cada sofrimento individual, e vimos com espanto as mudanças que ocorriam nela; suspeitávamos que ocorreriam com toda a família. O lugar favorito dela era na beirada do sofá — não o temos mais há tempos — que ficava na grande sala de Brunswick; ali ela se sentava, e não sabíamos exatamente o que fazia; os lábios em movimento pareciam indicar que conversava consigo mesma. Era muito natural que continuássemos a discutir a história da carta, cruzando todos os detalhes certos com todas as possibilidades incertas, superando-nos em busca de uma boa solução; era natural e inevitável, mas não era bom, pois estávamos indo mais fundo naquilo que deveríamos evitar. De que serviriam essas soluções, por mais notáveis que fossem? Nenhuma poderia ser posta em prática sem Amalia, eram apenas preparativos sem sentido, pois os resultados nunca chegaram a ela; se tivessem chegado, não produziriam nada além de silêncio. Bem, felizmente hoje eu a entendo melhor do que naquela época. Ela teve de suportar muito mais do que nós; é incompreensível como ela suportou isso tudo e ainda viva conosco. Talvez a mãe tenha suportado todo o nosso sofrimento, pois recaiu sobre ela, mas não por muito tempo; não se pode dizer que ainda o suporta de alguma forma hoje, mas já na época sua mente estava confusa. Amalia não apenas suportou o sofrimento, mas teve bom senso para ver através dele. Só vimos as consequências, ela viu a causa; esperávamos encontrar algum meio, ela sabia que estava tudo decidido; nós tínhamos que cochichar, ela ficava em silêncio. Encarou a verdade, viveu e suportou essa vida, ontem e hoje. Com todo o nosso sofrimento, as coisas estavam muito melhores para nós do que para ela. Claro que tivemos de deixar nossa casa; Brunswick mudou-se para lá, e para nós foi designada esta cabana; com algumas viagens trouxemos nossos pertences para cá num carrinho de mão; eu e Barnabas o puxávamos, o pai e Amalia ajudavam por trás; a mãe, que estava aqui desde o início, nos recebia sentada em um caixote, chorando baixinho. Lembro-me de que, durante as cansativas viagens — que também eram muito humilhantes, pois com frequência encontrávamos carroças de colheita, cujos ocupantes se calavam e desviavam o olhar diante de nós —, nós, Barnabas e eu, não podíamos deixar de falar sobre nossas preocupações e planos; às vezes parávamos, e só um "Ei!" do pai nos fazia relembrar de nossa obrigação. Mas nenhuma dessas conversas alterou nossa vida após a mudança, exceto pelo fato de que aos poucos começamos a sentir os efeitos da pobreza. As doações dos parentes cessaram, nossos recursos estavam quase no fim, e foi nessa época que o desprezo por nós, da forma como você o conhece, começou a se desenvolver. As pessoas perceberam que não podíamos nos livrar da história da carta, o que consideraram muito prejudicial; não subestimaram o fardo de nosso destino, embora não o conhecessem com exatidão; se tivéssemos conseguido, teríamos recebido todas as honras; como não conseguimos, fizeram só o que vinham fazendo até então; nos excluíram de todas as esferas; sabiam que provavelmente não se sairiam melhor do que nós se passassem pela mesma provação, e por isso mesmo era ainda mais necessário que se afastassem completamente. Não falavam mais de nós como pessoas, o nome de nossa família não era mais citado; quanto tinham de nos mencionar, chamavam-nos barnabianos, pois Barnabas era o menos culpado entre nós; até nossa cabana havia caído em desgraça; até você, se for sincero, vai admitir que, quando entrou aqui pela primeira vez, julgou seu desprezo justificado; mais tarde, quando às vezes as pessoas vinham, torciam o nariz para coisas absolutamente insignificantes, como a pequena lamparina a óleo que pende sobre a mesa. Em que outro lugar ela poderia estar, se não pendurada sobre a mesa? Mas até isso lhes parecia intolerável. Se pendurássemos a lamparina em outro lugar, isso não alteraria a aversão deles. Tudo o que éramos e tínhamos encontrava o mesmo desprezo.

19.

Apelações

— O que fizemos nesse meio-tempo? A pior coisa que poderíamos ter feito, algo pelo qual mereceríamos ser mais desprezados do que pelo ocorrido na realidade — traímos Amalia, rompemos com seu comando silencioso; não podíamos mais viver daquela maneira, sem esperança não podíamos viver, e começamos, cada um a seu modo, a implorar ao castelo ou assediá-lo para que nos perdoasse. Sabíamos que não estávamos em condições de fazer uma reparação, sabíamos também que a única esperança de vínculo com o castelo, Sortini, o funcionário que apreciava nosso pai, havia se tornado inacessível para nós em razão dos acontecimentos; mas mesmo assim colocamos mãos à obra. O pai começou a fazer peregrinações inúteis ao burgomestre, aos secretários, aos advogados, aos escribas, e na maioria das vezes nem foi recebido; e quando, por astúcia ou por acaso, conseguia ser recebido — como nos alegrávamos com tal notícia, esfregávamos as mãos —, era rapidamente dispensado, e nunca mais o recebiam. Era tão fácil dar uma resposta, tudo é fácil para o castelo. O que ele queria? O que tinha acontecido com ele? Queria perdão pelo quê? Alguém no castelo moveu um dedo por ele? Em caso positivo, quem? Sim, ficara pobre, perdera os clientes e assim por diante, mas são fenômenos da vida cotidiana, assuntos comerciais e de trabalho; o castelo deveria se ocupar com tudo isso? Na verdade, ocupa-se com tudo, mas não poderia intervir, de forma grosseira, nos desdobramentos do problema, simplesmente com o objetivo de atender aos interesses de um único homem. Deveria enviar funcionários para ir atrás dos clientes do pai e trazê-los de volta à força? O pai fez uma objeção — discutimos tudo isso em casa, antes e depois de agir, apertados em um canto, escondidos de Amalia, que percebeu, mas deixou que prosseguíssemos — o pai fez uma objeção, ele não iria se queixar da pobreza, de tudo o que havia perdido, pois poderia facilmente recuperar tudo, tudo isso seria secundário, se ele fosse perdoado. "Mas pelo que queria ser perdoado?", responderam eles. Até o momento não havia qualquer registro, pelo menos não constava nas atas, ao menos nas atas acessíveis aos advogados; consequentemente, até onde era possível verificar, não havia nada contra ele, nem havia qualquer processo em andamento. Ele poderia citar algum decreto oficial emitido contra ele? O pai não podia. Houve intervenção de algum órgão oficial? O pai desconhecia. Como ele não sabia de nada e nada havia acontecido, o que ele queria, afinal? Pelo que deveria ser perdoado? Quando muito, estava incomodando as autoridades sem motivo, e isso é que era imperdoável. O pai não desistiu, ainda era muito forte na época, e tinha tempo de sobra em razão da ociosidade que lhe foi imposta. "Vou recuperar a honra de Amalia, e não vai demorar", dizia ele a Barnabas e a mim algumas vezes por dia, mas muito baixo, para que Amalia não ouvisse; embora isso fosse dito por causa dela, na verdade ele nem pensava em recuperar a honra, apenas conseguir o perdão. Mas para obter um perdão, ele precisava antes estabelecer sua culpa, o que lhe foi negado pelos departamentos. E pôs-se a pensar — sinal de que sua mente já fraquejava na época — que estavam ocultando dívidas, pois ele não pagara o suficiente, mas apenas os custos fixos, que já eram bem altos, pelo menos para pessoas de nossa condição. E pensava que tinha de pagar mais, e certamente estava errado, pois nossos departamentos, para simplificar as coisas e evitar uma conversa inútil, até aceitam propinas, mas não se consegue nada dessa forma. Mas era a esperança do pai, e não queríamos contrariá-lo. Vendemos o que ainda tínhamos — praticamente só o essencial — para ajudá-lo em suas investigações, e tínhamos a satisfação de ver que ele, quando saía pela manhã, tinha pelo menos algumas moedas tilintando no bolso. Claro que passávamos o dia com fome; a única coisa que conseguimos com o dinheiro que arrecadamos foi manter o pai animado com alguma perspectiva de esperança. Mas isso dificilmente seria uma vantagem. Logo ficou atormentado com essas andanças, que já teriam chegado a um justificado fim sem o dinheiro, mas se prolongaram. Nada de extraordinário poderia ser obtido com os pagamentos adicionais, mas às vezes parecia que um escrevente estava tentando fazer algo, prometeu investigar, indicou que já havia algumas pistas, que seriam seguidas não por dever de ofício, mas por afeição a meu pai; o pai, em vez de duvidar, ficava mais e mais crédulo. Veio com uma promessa claramente infundada, como se estivesse trazendo a bênção de volta ao nosso lar; era doloroso ver como ele, sempre pelas costas de Amalia, com um sorriso falso e olhos arregalados, apontando para ela, queria nos fazer entender que a salvação de Amalia estava muito próxima, resultado dos esforços dele, e não iria surpreender ninguém mais do que a ela mesma, mas ainda era segredo, que deveríamos guardar. E assim as coisas seguiriam por um longo tempo se não tivéssemos ficado sem condições de dar dinheiro ao pai. Nesse meio-tempo, Barnabas foi contratado por Brunswick como assistente, depois de muita insistência, mas só se pegasse os pedidos na escuridão da noite e os levasse de volta também na escuridão — deve-se admitir que Brunswick assumiu certo risco para seus negócios por nossa causa, mas pagava muito pouco a Barnabas, cujo trabalho era impecável —, o salário mal dava para nos salvar da fome completa. Com muito cuidado e após vários preparativos, comunicamos ao pai a cessação de nosso apoio financeiro, o que ele aceitou com tranquilidade. Já não era capaz de reconhecer a inutilidade de suas intervenções, mas estava de fato cansado com as contínuas decepções. E então disse — não falava mais com a mesma clareza de antes, mas disse de forma muito clara — que precisava de muito pouco dinheiro, descobriria tudo naquele dia ou no dia seguinte; se havia falhado até então, era só por causa do dinheiro, e assim prosseguiu, mas o tom de sua fala mostrava que não acreditava em nada disso. Subitamente, porém, já tinha novos planos. Como não havia conseguido comprovar a dívida, e consequentemente não poderia alcançar nada pelos canais oficiais, teve de recorrer a apelações e à abordagem pessoal dos funcionários. Entre eles certamente havia alguns com bom coração, solidários, que não podiam fazer concessões no exercício do cargo, mas talvez as fizessem de modo extraoficial, se fossem surpreendidos no momento oportuno.

Aqui, K., que até então ouvia Olga totalmente absorto, interrompeu a narrativa com uma pergunta:

— E você não considera isso certo?

O restante da história certamente lhe daria a resposta, mas ele queria saber logo.

— Não — disse Olga —, não se trata de compaixão ou de algo semelhante. Por mais jovens e inexperientes que fôssemos, sabíamos disso, e naturalmente o pai também, mas havia se esquecido, disso e de quase todo o resto. Pelo plano que havia traçado, ficaria na estrada rural, perto do castelo, por onde passavam as carruagens dos funcionários e, quando passasse alguma, apresentaria seu pedido de perdão. Honestamente, era um plano absolutamente sem sentido, ainda que acontecesse o impossível e o pedido realmente chegasse aos ouvidos de um funcionário. Um único funcionário poderia perdoá-lo? Poderia no máximo ser uma questão para o conjunto das autoridades, mas mesmo este provavelmente não pode perdoar, apenas julgar. E mesmo que um funcionário quisesse vir aqui embaixo para lidar com a questão, poderia ter uma ideia do quadro com o que lhe murmuraria o pai, um homem pobre, cansado e envelhecido? Os funcionários são muito bem formados, mas apenas parcialmente; em sua especialidade, um funcionário pode perceber toda uma linha de pensamento por detrás de uma única palavra; mas quando se trata de coisas de outro departamento, você pode explicar durante horas, talvez ele acene educadamente com a cabeça, mas não vai entender uma palavra. Tudo isso é evidente; basta procurar por pequenas questões oficiais que lhe dizem respeito, coisas insignificantes, que um funcionário poderia resolver só encolhendo os ombros, basta entender bem isso e terá o que fazer pelo resto da vida, é algo que nunca acaba. Mas se o pai tivesse se aconselhado com um funcionário competente, este não poderia fazer nada sem documentos preliminares, especialmente na estrada rural, tampouco poderia perdoar, só agiria como um funcionário, e para esse fim recorreria novamente aos canais oficiais, mas o pai já havia falhado completamente quando recorreu a esses canais. As coisas tinham ido tão longe que o pai imaginava que poderia obter algo com esse novo plano! Se houvesse a mais remota possibilidade, a estrada rural estaria repleta de suplicantes; mas se tratava de algo impossível, algo que a educação mais elementar já revela; a estrada estava completamente vazia. Talvez isso encorajasse o pai em sua esperança, ele a alimentava de onde pudesse. O que era muito necessário aqui; uma mente sã não precisaria fazer grandes considerações, reconheceria claramente a flagrante impossibilidade. Quando os funcionários vêm à aldeia ou voltam para o castelo, não o fazem por prazer, na aldeia ou no castelo há trabalho a fazer, e por isso mantêm um ritmo acelerado. Não lhes ocorre olhar pela janela da carruagem para verificar se há apelantes do lado de fora, pois as carruagens estão abarrotadas com documentos que os funcionários têm de examinar.

— Mas eu vi — disse K. — o interior do trenó de um funcionário, e não havia documentos nele.

A história de Olga desdobrou-se para ele em um mundo tão grande e inacreditável que não resistiu a inserir nele suas pequenas experiências, para que pudesse se convencer com mais precisão da existência dela e de sua própria.

— É possível — disse Olga — e nesse caso é ainda pior, pois os funcionários têm de lidar com assuntos tão importantes, com documentos muito custosos ou muito volumosos para que possam trazê-los com eles, e por isso viajam a galope. De qualquer modo, não têm tempo para o pai. Além disso, há várias entradas no castelo. Quando uma delas está na moda, a maioria se dirige para lá; quando surge outra, todos correm para ela. Ainda não se descobriu como ocorrem essas mudanças nas regras. Às oito horas da manhã todos vão para outra entrada, dez minutos depois para uma terceira, meia hora mais tarde talvez voltem à primeira, e assim é o dia todo, mas a qualquer momento há possibilidade de mudança. Na verdade, todos os caminhos de acesso ao castelo convergem perto da aldeia, mas ali as carruagens já andam a toda velocidade, enquanto nas proximidades do castelo mantêm um ritmo mais moderado. Assim como a organização do tráfego nesses caminhos é irregular e incompreensível, ocorre o mesmo com o número de carruagens. Com frequência há dias em que não se vê uma só carruagem, e então voltam a trafegar em grande número. Imagine nosso pai diante de tudo isso. Com o melhor terno, que logo seria o único, ele saía de casa todas as manhãs, acompanhado por nossas bênçãos. Levava consigo um pequeno distintivo da brigada de incêndio, que conservava indevidamente, e só o colocava quando está fora da aldeia; na aldeia temia mostrá-lo, embora fosse tão pequeno que mal se podia vê-lo a dois passos de distância; mas, na opinião do pai, poderia chamar a atenção dos funcionários que passavam por ele. Não muito longe da entrada do castelo há uma horta pertencente a um certo Bertuch, que fornece verduras ao castelo; foi ali, na estreita base de pedra da cerca da horta, que o pai escolheu um lugar para si. Bertuch tolerou sua presença, pois fora amigo do pai no passado, e também um de seus clientes mais fiéis; tinha um pé levemente deformado, e acreditava que somente o pai seria capaz de fazer uma bota para ele. Ali o pai se sentava dia após dia; era um outono sombrio e chuvoso, mas ele era completamente indiferente ao clima; de manhã, na hora exata, já estava com a mão na maçaneta e se despedia com um aceno; voltava à noite, curvado e encharcado, e jogava-se num canto. Primeiro contava sobre as pequenas experiências; por exemplo, quando Bertuch, por piedade e pela antiga amizade jogou uma coberta sobre a cerca; pensava ter reconhecido um funcionário em alguma carruagem que por ali passava; de vez em quando um cocheiro o reconhecia, e de brincadeira o chicoteava. Mais tarde parou de contar essas coisas, obviamente não tinha mais esperança de conseguir algo; apenas achava que era seu dever, seu trabalho monótono, passar o dia lá. Então começaram suas dores reumáticas, o inverno se aproximava, vieram as primeiras neves; o inverno sempre começa cedo entre nós; ali ele se sentava, nas pedras molhadas pela chuva, e depois cobertas pela neve. À noite ele gemia de dor, e pela manhã não tinha certeza se deveria ir até lá, mas superava-se e ia. A mãe agarrava-se nele, não queria deixá-lo ir; ele, assustado com o fato de que seus membros não mais o obedeciam, permitia que ela o acompanhasse, e assim também a mãe foi apanhada pelas dores. Estávamos frequentemente com eles, levávamos comida, ou só íamos visitá-los, tentar convencê-los a voltar para casa; quantas vezes os encontramos bem juntinhos sobre o assento estreito, encolhidos, sob um cobertor fino que mal os envolvia, rodeados por nada mais que o cinza da neve e da neblina na vastidão remota, sem que se visse uma pessoa ou carruagem o dia inteiro. Que visão, K.! Que visão! Até que, em uma manhã, o pai não conseguiu mais tirar as pernas rígidas da cama. Estava desolado, e num delírio febril pensou ter visto uma carruagem parar diante de Bertuch; um funcionário desceu, procurou pelo pai na cerca e retornou para a carruagem balançando a cabeça, irritado. O pai gritava tanto que parecia querer chamar a atenção do funcionário lá no alto, para explicar que não tinha culpa pela ausência. E acabou sendo uma longa ausência, não voltou mais lá, teve de ficar a semana toda na cama. Amalia passou a cuidar dele, a servi-lo, tratou dele, e é o que faz até hoje, com pausas. Ela conhece ervas medicinais que aliviam a dor, e quase não necessita de sono, não se assusta, nada teme, nunca fica impaciente, faz todo o trabalho para os pais; sem poder ajudar, ficávamos andando de um lado para o outro; ela, porém, permanecia sempre calma e calada. Quando o pior já havia passado e o pai, cuidadosamente apoiado pela esquerda e pela direita, conseguiu levantar-se da cama, Amalia recolheu-se imediatamente, deixando-o conosco.

20.

Os planos de Olga

— Agora tínhamos de encontrar uma ocupação para o pai, algo que ele ainda fosse capaz de fazer, para que pelo menos pudesse seguir acreditando que com isso afastaria a culpa da família. Encontrar algo assim não foi difícil, pois no fundo tudo tinha tanta serventia quanto sentar-se diante da horta de Bertuch, mas encontrei algo que me deu certa esperança. Sempre que, entre funcionários, escreventes ou outros quaisquer, o assunto fosse a nossa culpa, apenas o insulto ao mensageiro de Sortini era constantemente mencionado, ninguém ousava ir além disso. Bem, eu dizia a mim mesma, se a opinião pública tem conhecimento apenas da ofensa ao mensageiro, ainda que superficialmente, tudo poderia se ajeitar se pudéssemos nos reconciliar com ele. Nenhuma notificação foi recebida, como foi explicado, nenhum departamento está lidando com a questão, e portanto o mensageiro está livre para perdoar, em caráter pessoal, e é só disso que se trata. Nada disso teria significado decisivo, não era nada mais que aparência e poderia resultar em nada, mas o pai se alegraria, e os informantes que o assediavam talvez pudessem ser encurralados por um instante, o que o agradaria. Primeiro, é claro, tínhamos de encontrar o mensageiro. Quando contei meu plano ao pai, de início ele ficou muito bravo, pois havia se tornado extremamente obstinado, em parte porque acreditava — e essa crença se desenvolveu durante a doença — que sempre acabávamos por impedir o seu sucesso: primeiro pela retirada do apoio financeiro, e agora por mantê-lo na cama, e em parte porque não era mais capaz de aceitar completamente ideias de terceiros. Nem havia terminado de contar meu plano, ele já o rejeitara; achava que tinha de continuar de plantão na horta de Bertuch; como obviamente não tinha mais condições de subir até lá todos os dias, tínhamos de levá-lo num carrinho de mão. Mas não desisti, e pouco a pouco ele foi aceitando a ideia; só incomodava o fato de ser totalmente dependente de mim nessa questão, pois somente eu havia visto o mensageiro na ocasião, ele não o conhecia. Claro que os serviçais parecem todos iguais, e eu não tinha plena certeza de que reconheceria esse. Começamos a ir até a estalagem dos cavalheiros para procurá-lo entre a criadagem. Havia sido serviçal de Sortini, e ele não foi mais à aldeia; os cavalheiros, porém, trocam com frequência os serviçais, assim seria possível encontrá-lo no grupo de outro cavalheiro, e mesmo que não fosse possível encontrá-lo, poderíamos ter notícias dele por meio de outros serviçais. Para alcançar esse objetivo, era necessário ir à estalagem dos cavalheiros todas as noites; ninguém apreciava nossa presença em parte alguma, imagine em um lugar como aquele; não podíamos entrar como hóspedes pagantes. Em todo caso, poderiam precisar de nós; talvez você saiba o estorvo que a criadagem representava para Frieda; a maioria dos serviçais são, basicamente, pessoas tranquilas, mas em razão do trabalho fácil acabam se tornando mimados e lerdos. "Que você viva tão bem como um serviçal" é uma forma de abençoar os funcionários; de fato, no que se refere a bem-estar, os serviçais são os verdadeiros cavalheiros do castelo, sabem apreciar esse fato, e por isso são quietos e dignos ali, onde agem sob suas leis, o que foi confirmado para mim várias vezes; aqui também há resquícios dessas atitudes entre os serviçais, mas só resquícios, pois aqui na aldeia as leis do castelo não se aplicam completamente a eles, que se transformam; tornam-se um povo governado por seus instintos insaciáveis, não mais por leis. Sua falta de vergonha não conhece limites; felizmente para a aldeia, só podem sair da estalagem dos cavalheiros se receberem uma ordem para tal; mas lá é preciso conviver com eles; era muito difícil para Frieda, e por isso alegrou-se quando viu que podia aproveitar-se de mim para acalmar os serviçais; há mais de dois anos, pelo menos duas vezes por semana, passo a noite com eles no estábulo. No começo, quando o pai ainda podia ir à estalagem dos cavalheiros comigo, ele dormia num lugar qualquer da taberna, à espera das notícias que eu traria logo cedo. Era pouco. Ainda não tínhamos encontrado o mensageiro, deveria continuar a serviço de Sortini, que o tinha em grande estima, e deve tê-lo acompanhado quando Sortini foi transferido para departamentos mais distantes. Os serviçais não o veem há um bom tempo, assim como nós, e se alguém o viu nesse meio-tempo, provavelmente é um engano. Assim meu plano deveria ter falhado, ainda que não completamente; não encontramos o mensageiro; e o pai, pelas caminhadas até a estalagem dos cavalheiros e pelas noites que lá passou, e talvez por compaixão a mim, na medida em que é capaz de ter esse sentimento, está há quase dois anos no estado em que você o viu; e talvez esteja melhor que a mãe, cujo fim aguardamos todos os dias, e que só é adiado pelos esforços supremos de Amalia. Mas o que consegui naquela estalagem foi uma certa conexão com o castelo; não me despreze se digo que não me arrependo do que fiz. "Que grande conexão com o castelo é essa?", você deve estar pensando. E você está certo; não é uma grande conexão. Conheço muitos serviçais, os serviçais de quase todos os cavalheiros que vieram para a aldeia nos últimos anos, e se eu tiver de ir ao castelo, não serei uma estranha. Claro, não são apenas serviçais na aldeia, no castelo são bem diferentes, é provável que não reconheçam ninguém lá, especialmente uma pessoa com quem estiveram na aldeia, mesmo que jurem pela centésima vez que ficarão muito felizes em rever essa pessoa no castelo. Aliás, já constatei o quanto essas promessas são insignificantes., o mais importante, porém, não é isso. Não é somente por meio dos serviçais que tenho uma conexão com o castelo; mas também, assim espero, porque alguém lá no alto observa a mim e minhas ações — a administração de tão vasta criadagem é obviamente essencial, importante e inquietante parte do trabalho das autoridades —, e alguém que me observa assim pode talvez julgar-me de forma mais branda do que os demais, talvez reconheça que estou lutando por nossa família, ainda que de forma lamentável, que estou dando continuidade aos esforços do pai. Se me virem dessa forma, talvez também possam me perdoar por eu pegar dinheiro com os serviçais para o sustento de nossa família. E conquistei ainda mais, embora seja algo que você não aprova. Com os criados descobri muita coisa, por exemplo a entrar no serviço do castelo por vias alternativas, sem passar pelo difícil processo de admissão oficial, que pode levar um ano; nesse caso, a pessoa não se torna oficialmente funcionário, trabalha às escondidas e de modo semioficial, sem direitos nem deveres; a pior coisa é não ter deveres, mas tem alguma coisa, está perto de tudo: pode reconhecer as oportunidades e aproveitá-las; não é empregado, mas pode encontrar algum trabalho, pois às vezes um empregado não está disponível no momento; um chamado e a pessoa sai correndo e torna-se empregado, o que não era momentos antes. Mas quando surgem tais oportunidades? Às vezes a oportunidade aparece assim que se entra lá, antes mesmo de a pessoa olhar ao redor, mas nem todos os recém-chegados têm presença de espírito para aproveitá-la imediatamente; outra oportunidade pode demorar até mais para aparecer que o processo de admissão oficial, e esse empregado semioficial não se tornará um empregado oficialmente reconhecido. Há muito o que pensar sobre isso; mas todos se calam diante do fato de que o processo de admissão é muito rigoroso, e o membro de uma família de reputação duvidosa é excluído já no início; por exemplo, alguém se submete a esse processo, fica tremendo por um ano por causa do resultado; por todos os lados as pessoas lhe perguntam, espantadas, desde o primeiro dia, como ousou participar de algo tão sem perspectivas, mas essa pessoa tem esperança; do contrário, como poderia viver? E depois de muitos anos, talvez já velho, constata a exclusão, que tudo está perdido, e que sua vida foi em vão. Claro que há exceções, por isso é tão fácil cair em tentação. Ocorre que pessoas de má reputação acabam sendo admitidas, há funcionários que, literalmente, adoram o cheiro de tais feras, involuntariamente; nos exames de admissão farejam o ar, torcem os lábios, reviram os olhos, essas pessoas lhes parecem extraordinariamente apetitosas, e têm de se ater com muita firmeza aos códigos legais para resistir a elas. Às vezes isso não ajuda na admissão, apenas prolonga indefinidamente o processo, que afinal não é concluído, só é cancelado após a morte da pessoa. Dessa forma, tanto a admissão legal quanto a alternativa apresentam dificuldades ocultas e explícitas; antes de partir para algo assim, é muito aconselhável considerar tudo cuidadosamente. Bem, Barnabas e eu não deixamos de fazê-lo. Sempre que voltava da estalagem dos cavalheiros, sentávamos juntos e eu lhe contava as novidades; conversávamos o dia todo sobre isso, e Barnabas demorava-se no trabalho mais que o necessário. Pode ser que eu tenha sido a culpada. Eu sabia que não podia confiar muito nas histórias dos criados. Sabia que nunca estavam dispostos a contar sobre o castelo; sempre desviavam para outros assuntos; era preciso implorar por uma palavra; mas quando começavam, falavam bobagens, se vangloriavam, competiam entre si em matéria de exageros e invencionices, de modo que, em meio àquela balbúrdia interminável, na qual um disputava com o outro ali no estábulo escuro, seria possível obter, no máximo, uns fumos de verdade. No entanto, contei tudo a Barnabas, tal como pude memorizar, mas ele ainda não era capaz de distinguir entre o verdadeiro e o falso, em consequência da situação de nossa família, e estava sequioso por essas coisas, que sorveu avidamente, e ainda queria mais. Com efeito, meu plano dependia dele. Não conseguiria nada com os criados. O mensageiro de Sortini não foi encontrado, e nunca seria; ele e Sortini pareciam cada vez mais distantes, por vezes seus nomes e suas aparências caíam no esquecimento; com frequência tive de fazer longas descrições, e com isso nada alcancei além do fato de que as pessoas lembravam-se de ambos com dificuldade e nada podiam dizer sobre eles. No que se refere à minha vida junto aos criados, é claro que eu não tinha nenhuma influência sobre como seria julgada; só podia ter esperança que fosse aceita da forma que ocorreu, e que a culpa que recaía sobre nossa família fosse aliviada, embora não houvesse quaisquer sinais. Apeguei-me a isso, porém, pois não vi qualquer possibilidade de conseguir algo para nós no castelo. Mas para Barnabas havia essa possibilidade. Pelas histórias dos servos eu poderia deduzir, se estivesse disposta a isso, e estava plenamente disposta, que uma pessoa que é admitida para serviço no castelo pode obter muita coisa para sua família. Bem, até que ponto essas histórias eram verossímeis? Era impossível determinar, mas estava claro que eram bem pouco verossímeis. Por exemplo, quando um criado, que eu nunca voltaria a ver, ou que dificilmente reconheceria se o visse novamente, garantiu que ajudaria meu irmão a conseguir um emprego no castelo, ou pelo menos lhe daria algum apoio quando fosse até lá, como dar-lhe um refresco; de acordo com as histórias dos criados, parece que os candidatos, durante o longo período de espera, perdem os sentidos, ficam desorientados ou se perdem, se não tiverem amigos para cuidar deles — quando ouvi essas e outras histórias, provavelmente eram avisos bem justificados, mas as promessas que as acompanhavam eram completamente vazias. Não para Barnabas; eu o adverti para que não acreditasse nelas, mas o fato de eu ter contado a ele essas histórias foi suficiente para obter a adesão dele a meus planos. O que eu dizia por mim mesma não significava muito, o que tinha realmente efeito eram as histórias dos criados. E assim eu só podia contar comigo mesma; ninguém, exceto Amalia, podia se comunicar com nossos pais; quanto mais eu seguia os antigos planos de meu pai, à minha maneira, mais Amalia se afastava de mim; na sua frente ou diante de outras pessoas ela fala comigo, mas nunca mais quando estamos a sós; eu era um brinquedo para os criados da estalagem dos cavalheiros, que eles poderiam quebrar quando estivessem com raiva; em dois anos nunca ouvi uma palavra confiável deles, só intrigas, mentiras ou absurdos; só contava com Barnabas, que era muito jovem. Quando vi o brilho nos olhos dele ao ouvir meus relatos — ele o mantém desde então — fiquei assustada, mas não desisti, havia muita coisa em jogo. É claro, não tinha os planos grandiosos, embora vazios, de meu pai, não tinha a determinação masculina, limitei-me à reconciliação com o mensageiro, até desejava que a modéstia de meu objetivo fosse levada em consideração. O que não havia conseguido por mim mesma, almejava obter agora de outra maneira, mais segura, com Barnabas. Havíamos insultado um mensageiro, e com isso o afugentamos de um departamento preambular; o que seria mais óbvio do que oferecer outro mensageiro na pessoa de Barnabas, por meio dele permitir que fosse feito o trabalho do mensageiro ofendido, e assim possibilitar que o ofendido se mantivesse tranquilo, a distância, por tanto tempo quanto quisesse, pelo tempo necessário para a ofensa ser esquecida? Eu sabia muito bem que, com toda a sua modéstia, esse plano incluía também presunção, pois poderia sugerir que queríamos ditar às autoridades como deveriam organizar seu pessoal, ou que duvidávamos de que as autoridades pudessem fazer tal organização da melhor forma possível, o que de fato já haviam feito há muito tempo, muito antes de imaginarmos que algo poderia ser feito. Por outro lado, eu julgava ser impossível que as autoridades me entendessem tão mal ou, em caso positivo, que o fariam de propósito, ou seja, que tudo o que eu fizesse seria rejeitado logo de cara, sem maiores considerações. Logo, não desisti, e a ambição de Barnabas fez sua parte. Nesse período de preparação, Barnabas tornou-se tão arrogante que julgou o trabalho de sapateiro muito sujo para ele, um futuro funcionário de departamento; até ousava retrucar Amalia quando ela lhe dizia uma rara palavra, e o fazia prontamente. Permiti-lhe feliz essa breve alegria; no primeiro dia que foi ao castelo, a alegria e a arrogância logo desapareceram, como era fácil de se prever. Então teve início o que parecia ser seu trabalho, do qual já lhe falei. Foi surpreendente ver como Barnabas, sem dificuldades, entrou pela primeira vez no castelo, ou melhor, no departamento que, por assim dizer, seria seu local de trabalho. Esse sucesso quase me deixou doida na época; quando Barnabas me sussurrou as novidades ao voltar para casa, corri até Amalia e a levei para um canto, a agarrei, a beijei, com os lábios e os dentes; ela chorou, de dor e pelo susto. Estava tão empolgada que não conseguia dizer nada; há muito tempo não nos falávamos, então adiei a conversa para os dias seguintes. Mas nos dias seguintes já não havia mais nada a dizer. O que fora tão rapidamente conquistado permaneceu assim. Por dois anos Barnabas levou uma vida monótona e opressiva. Os criados haviam falhado completamente. Dei uma cartinha a Barnabas, recomendando que dessem atenção a ele, e ao mesmo tempo para lembrá-los de suas promessas; Barnabas, sempre que via um criado, sacava a carta e a mostrava para ele; às vezes encontrava criados que talvez não me conhecessem; mas quando mostrava a carta dessa forma, calado — pois não ousava falar ali —, talvez irritasse até os conhecidos; ainda assim, era vergonhoso o fato de ninguém ajudá-lo. Foi uma libertação, porém, e que poderíamos ter obtido para nós há muito tempo, quando um criado, para quem provavelmente a carta já fora mostrada algumas vezes, a amassou e a jogou num cesto de lixo. Ocorreu-me que ele poderia ter dito: "Deve ser assim que o senhor lida com suas próprias cartas." Ainda que esse período tenha sido infrutífero, para Barnabas teve efeito positivo, se é que se pode falar assim, pois ele amadureceu precocemente, tornou-se homem antes do tempo; em muitos aspectos é mais sério e mais sensato que um homem feito. Com frequência fico triste quando olho para ele e o comparo com o jovem que foi há apenas dois anos. Ainda assim, não encontro nele a confiança e o apoio que talvez um homem pudesse me propiciar. Sem minha intervenção, dificilmente teria chegado ao castelo, mas desde que está lá tornou-se independente de mim. Sou sua única confidente, mas com certeza ele só me conta uma pequena parte do que traz no coração. Fala muito sobre o castelo, mas, com base em suas histórias, nos pequenos acontecimentos que compartilha, fica muito difícil entender como pode ter mudado tanto. É particularmente difícil entender como perdeu completamente a coragem que tinha quando jovem, uma coragem tão grande que até nos angustiava, agora que é um homem lá do alto. Claro, a permanência ali, a espera dia após dia, continuamente, sem perspectiva de mudança, desgasta uma pessoa, a faz duvidar de tudo, e por fim a torna incapaz de outra coisa a não ser prosseguir com essa permanência desesperada. Mas por que, desde o início, não mostrou qualquer resistência? Principalmente porque percebeu que eu estava certa, com sua ambição não conseguiria nada, mas talvez pudesse melhorar a situação de nossa família. Lá tudo ocorre de modo bem simples, exceto pelo humor dos criados; a ambição busca satisfação no trabalho, mas como é o trabalho em si que importa, ela desaparece completamente, não há lugar ali para desejos infantis. Mas pode ser que Barnabas acreditasse nisso, pois dizia ver com clareza como era grande o poder e o conhecimento até mesmo dos funcionários mais questionáveis em cuja sala tinha permissão para entrar. Como ditavam, rapidamente, com os olhos semicerrados, com pequenos movimentos das mãos; como, sem dizer qualquer palavra, apenas com o dedo indicador, dispensavam os serviçais mal-humorados — que, nesses momentos, respirando com dificuldade, sorriam felizes — ou como, quando encontravam uma passagem importante em seus livros, batiam na página com força, e os demais, na medida em que o aperto lhes permitia, esticavam o pescoço para dar uma olhada. Esses fatos e outros semelhantes deram a Barnabas uma boa ideia desses homens; ele teve a impressão de que, se conseguisse ir tão longe a ponto de ser notado, se tivesse permissão para trocar algumas palavras com eles, não como estranho, mas como colega de departamento, embora de um grau inferior, poderia conseguir coisas inimagináveis para nossa família. Mas não foi tão longe, nem ousa fazer algo que poderia aproximá-lo desse objetivo, embora conheça muito bem, apesar da juventude, as infelizes circunstâncias que o levaram a assumir as pesadas responsabilidades de um pai de família. E agora, minha última confissão: faz uma semana que você chegou. Ouvi alguém mencionar esse fato na estalagem dos cavalheiros, mas não me importei; um agrimensor havia chegado e eu nem sabia o que era isso. Mas na noite seguinte veio Barnabas — eu costumava sair para encontrá-lo em determinada hora —, ele chegou em casa mais cedo do que de costume, viu Amalia na sala, e por isso me arrastou para a rua, pressionou o rosto contra meu ombro e chorou por alguns minutos. Era novamente o garoto de antes. Algo havia acontecido, e ele não estava preparado. Era como se, de repente, um mundo novo tivesse se aberto diante dele; ele não podia suportar a felicidade e as preocupações decorrentes dessa novidade. E não era nada mais que uma carta, ele fora incumbido de entregá-la a você. Claro que era a primeira carta, o primeiro trabalho que lhe fora dado.

Olga interrompeu a narrativa. Estava tudo quieto, exceto pela respiração pesada e por vezes ruidosa dos pais. Sem pensar muito, K. disse, para completar a narrativa de Olga:

— Vocês estavam fingindo diante de mim. Barnabas entregou a carta como se fosse um mensageiro veterano e muito ocupado; você, assim como Amalia, que dessa vez estava de acordo com vocês, agiram como se o serviço de mensageiro e as cartas fossem algo de menor importância.

— Você precisa nos diferenciar — disse Olga. — Com duas cartas, Barnabas voltou a ser um menino feliz, apesar de todas as dúvidas que tem sobre seu trabalho. São dúvidas apenas para ele próprio e para mim; em relação a você, para preservar sua honra, mantém a aparência de um mensageiro real, de acordo com a ideia que tem dos mensageiros. Por exemplo, embora tenha esperança crescente de receber um uniforme de funcionário, tive de reformar suas calças no prazo de duas horas para que ficassem ao menos parecidas com as calças apertadas do uniforme de funcionário, de modo que pudesse se apresentar diante de você, que quanto a esses assuntos é até bem fácil de ser enganado. Esse é Barnabas. Amalia, porém, realmente despreza o trabalho de mensageiro, e agora, como aparentemente ele obteve algum sucesso, como ela pode constatar facilmente ao ver Barnabas e eu sentados juntos cochichando, ela o despreza ainda mais do que antes. Portanto, ela diz a verdade, não se deixe enganar ao duvidar dela. Mas se eu, K., por vezes não valorizei o trabalho de mensageiro, não foi com a intenção de enganá-lo, mas por medo. Até agora, essas duas cartas que passaram pelas mãos de Barnabas são o primeiro sinal de graça, ainda que bastante duvidoso, que nossa família recebeu nos últimos três anos. Essa reviravolta, se é que é uma reviravolta, e não um engano — os enganos são mais comuns que as reviravoltas —, está relacionada à sua chegada aqui, nosso destino está de alguma forma atrelado ao seu; talvez essas duas cartas sejam só o início, e as atribuições de Barnabas se estenderão muito além do serviço de mensageiro — esperemos que sim, enquanto pudermos —, mas por enquanto tudo está voltado para você. Lá no alto devemos nos contentar com o que nos é dado, mas aqui embaixo talvez possamos fazer algo por nossa conta, isto é: assegurar sua boa vontade em relação a nós, ou pelo menos evitar sua aversão, ou, o que é mais importante, protegê-lo com nossas forças e nossa experiência para que você não perca a conexão com o castelo, que talvez seja importante para nossa vida. Qual é a maneira de apresentar isso da melhor forma possível? Que você não suspeite de nós quando nos aproximarmos, já que é um estranho aqui e, por isso, em todos os lugares está certamente cheio de suspeitas, plenamente justificadas. Além disso, somos desprezados, e você é influenciado pela opinião do povo, especialmente de sua noiva; como podemos abordá-lo sem, por exemplo, colocá-lo contra sua noiva e com isso ofendê-lo, ainda que de forma não intencional? Eu li cuidadosamente suas mensagens antes de você recebê-las — Barnabas não as leu, como mensageiro não tinha permissão para isso — e, à primeira vista, não pareciam ser muito importantes, eram antigas e perderam importância por terem sido encaminhadas ao burgomestre. Como devemos nos comportar com você em relação a essas questões? Se destacássemos a importância das cartas, despertaríamos suspeitas, pois estaríamos superestimando algo tão obviamente sem importância, estaríamos nos exaltando como portadores dessas notícias para você, em busca de nossos objetivos, e não dos seus; poderíamos diminuir a importância que tinham no seu modo de ver e, muito involuntariamente, enganá-lo. Se não atribuíssemos muito valor às cartas, nos tornaríamos igualmente suspeitos; por que nos preocuparíamos com a entrega de cartas sem importância, por que nossas ações contrariariam nossas palavras, por que enganaríamos não apenas a você, o destinatário, mas também o remetente, que certamente não nos confiou as cartas para que, com nossas explicações, as desvalorizássemos para o destinatário? É impossível chegar a um meio-termo entre esses extremos, ou seja, avaliar as cartas corretamente, pois seu valor muda continuamente, dão margem a infinitas considerações, apenas o acaso define onde nos situamos, de modo que a opinião é também aleatória. E então se interpõe o medo de você, e tudo fica confuso; não julgue minhas palavras com muita severidade. Certa vez, por exemplo, Barnabas chegou com a notícia de que você estava insatisfeito com o trabalho dele; com o primeiro choque, e infelizmente não sem a sensibilidade de mensageiro, ele ofereceu sua demissão; mas, para reparar um erro, eu certamente sou capaz de enganar, mentir, trair, de fazer todo o mal, se ajudar em alguma coisa., Se faço isso, porém, é pelo seu bem e pelo nosso; ao menos eu penso assim.

Ouviram-se batidas. Olga correu até a porta e a abriu. Um fio de luz, vindo de uma lamparina ofuscante, invadiu a escuridão. O visitante tardio sussurrou perguntas e recebeu respostas sussurradas, mas não se satisfez com elas e quis entrar na sala. Olga não podia mais contê-lo e por isso chamou Amalia; obviamente esperava que ela faria qualquer coisa para afastar o visitante e proteger o sono dos pais. Com efeito, ela veio correndo, empurrou Olga para o lado, saiu para a rua e fechou a porta atrás de si. Foi só um momento, logo estava de volta, e rapidamente fez o que fora impossível para Olga.

K. soube, por Olga, que a visita era para ele; era um dos ajudantes, que o procurava a mando de Frieda. Olga quis proteger K. do ajudante; se mais tarde K. quisesse confessar a Frieda sua visita, poderia fazê-lo, mas não deveria ser descoberto pelo ajudante. K. concordou. Mas recusou a oferta de Olga para pernoitar lá e esperar por Barnabas; por ele talvez até tivesse aceitado, pois já era tarde da noite; parecia-lhe que, querendo ou não, estava muito ligado a essa família; passar a noite ali poderia ser embaraçoso por outros motivos, mas em razão desse vínculo era a coisa mais natural em toda a aldeia; no entanto, recusou, a visita do ajudante o assustara; não podia entender como Frieda, que conhecia suas vontades, e como os ajudantes, que tinham aprendido a temê-lo, haviam se unido novamente, e de tal modo que Frieda não se acanhou de enviar um ajudante atrás dele, e apenas um porque o outro provavelmente tinha ficado com ela. Perguntou a Olga se ela tinha um chicote; ela não tinha, mas tinha uma boa vara de salgueiro; ele a pegou e depois perguntou se na casa havia uma segunda saída; sim, havia uma saída pelo quintal, mas era necessário pular a cerca do jardim do vizinho e cruzar esse jardim antes de chegar à rua. Era o que K. queria fazer. Enquanto Olga o conduzia pelo quintal até a cerca, ele tentou rapidamente tranquilizá-la quanto a suas preocupações, explicou que não estava bravo com ela pelas pequenas invencionices que havia em sua história, mas que a entendia muito bem, agradeceu pela confiança que tinha nele, que comprovara com essa história, e solicitou que mandasse Barnabas para a escola assim que voltasse, ainda que fosse à noite. É lógico que as mensagens de Barnabas não eram sua única esperança, senão as coisas estariam muito ruins para ele, mas não queria abrir mão delas de modo algum, queria apegar-se a elas e não se esquecer de Olga, pois ela própria, por sua bravura, sua prudência, sua astúcia, pelo sacrifício que fazia pela família, era quase tão importante quanto as mensagens. Se tivesse de escolher entre Olga e Amalia, isso não lhe custaria muita reflexão. Enquanto se balançava na cerca do jardim do vizinho, apertou-lhe a mão calorosamente.

Já na rua ele viu, o quanto a noite nublada permitia, o ajudante indo para cima e para baixo diante da casa de Barnabas; às vezes detinha-se e tentava entrar na sala pela janela guarnecida de cortinas. K. o chamou. Sem mostrar-se assustado, parou de bisbilhotar e veio até K.

— Está à procura de quem? — perguntou K., testando a flexibilidade da vara de salgueiro na coxa.

— Você — disse o ajudante, aproximando-se.

— E quem é você? — disse K. De repente, parecia não ser mais o ajudante. Aparentava ser mais velho, mais cansado, mais enrugado, o rosto era mais cheio, o andar também era bem diferente do andar ágil dos ajudantes, cujas articulações pareciam eletrificadas; era lento e mancava um pouco, distintamente enfermiço.

— Não me reconhece? — perguntou o homem. — Sou Jeremias, seu antigo ajudante.

— É mesmo? — questionou K., trazendo a vara de salgueiro um pouco à frente, pois a havia escondido atrás das costas. — Mas você está tão diferente!

— É porque estou sozinho — disse Jeremias. — Quando fico sozinho, minha juventude feliz se vai.

— E onde está Artur? — perguntou K.

— Artur? — perguntou Jeremias. — O queridinho? Ele abandonou o serviço. Você foi um pouco duro e rude conosco. A alma delicada não aguentou. Voltou para o castelo e está se queixando de você.

— E você? — questionou K.

— Eu poderia ficar — respondeu Jeremias. — Artur também está reclamando de mim.

— Do que está reclamando? — perguntou K.

— Você não entende uma piada — disse Jeremias. — O que fizemos contra você? Brincamos um pouco, rimos um pouco, provocamos um pouco sua noiva. Tudo isso sob ordens, a propósito. Quando Galater nos enviou.

— Galater? — perguntou K.

— Sim, Galater — respondeu Jeremias. — Então estava substituindo Klamm. Quando nos enviou a você, ele disse, me lembro muito bem, é a isso que nos referimos: "Vocês vão como ajudantes do agrimensor." Nós dissemos: "Não entendemos nada desse trabalho." Ele respondeu: "Isso não é o mais importante; se for necessário, ele os ensinará. O mais importante é que vocês o animem um pouco. Fui comunicado de que ele leva tudo muito a sério. Veio para a aldeia, e isto é um grande acontecimento para ele, mas na verdade não é nada. E é isso que devem ensinar a ele."

— Bem — disse K. —, Galater estava certo. E vocês, cumpriram a tarefa?

— Não sei — respondeu Jeremias. — Não seria possível em um período tão curto. Só sei que você foi muito rude, e por isso reclamamos. Não entendo como você, que é só um empregado, e nem mesmo um empregado do castelo, não percebe que esse serviço é bem duro, e é muito injusto dificultar intencionalmente o trabalho de alguém, de modo quase infantil, como você fez. A crueldade com que nos deixou congelando na cerca, o modo como quase matou Artur a socos — uma pessoa sensível, que fica ressentido por dias com uma palavra ofensiva — em um colchão de palha, ou como me perseguiu por uma tarde toda em meio à neve; levei uma hora para me recuperar da canseira. E nem sou mais tão jovem!

— Caro Jeremias — disse K. —, você tem razão quanto a tudo isso, mas deveria informar Galater. Ele os mandou por livre e espontânea vontade, não pedi que os enviasse. Como não pedi que viessem, pude mandá-los de volta, e seria melhor ter feito isso em paz em vez de pela força, mas claramente vocês não queriam outra coisa. Aliás, por que não falou com tanta franqueza quando veio como fala agora?

— Porque estava de serviço — respondeu Jeremias. — É muito óbvio.

— E agora não está mais de serviço? — perguntou K.

— Agora não mais — disse Jeremias. — Artur pediu demissão no castelo, ou pelo menos o processo está em andamento, e estaremos definitivamente livres.

— Mas você continua à minha procura, como se estivesse de serviço — declarou K.

— Não — disse Jeremias —, só estou à sua procura para acalmar Frieda. Quando você a deixou por causa dessas moças barnabianas, ela ficou muito triste, não tanto pela perda, mas pela traição; aliás, já havia previsto isso há muito tempo, e por isso sofreu muito. Voltei para a janela da escola para verificar se você porventura já tinha ficado mais sensato. Mas você não estava lá, só Frieda, chorando em uma carteira escolar. Fui até ela e fizemos um acordo. Já está tudo acertado. Vou ser atendente de quarto na estalagem dos cavalheiros, pelo menos enquanto minha situação no castelo não estiver resolvida, e Frieda vai voltar para a taberna. É o melhor para ela. Tornar-se sua esposa não fazia sentido. Além disso, você não soube apreciar o sacrifício que ela quis fazer por você. A prezada ainda tem dúvidas se não cometeu uma injustiça contra você, pensa que talvez não estivesse com as barnabianas. Embora não houvesse dúvidas sobre onde você estava, e fui descobrir de uma vez por todas; depois de toda essa agitação, ela merece dormir tranquila, e eu também. Então eu vim, e não só o encontrei, mas também vi que as moças o seguem como se fossem marionetes; especialmente a morena[27], uma verdadeira gata selvagem, estava sendo usada por você; bem, cada um tem um gosto. De qualquer modo, não era necessário fazer esse desvio pelo jardim do vizinho, eu conheço o caminho.

27. Kafka havia descrito tanto Olga como Amalia como loiras.

21.

E aconteceu, afinal; era previsível, mas inevitável. Frieda o deixou. Não tinha de ser definitivo, não era tão ruim assim. Ela podia ser reconquistada, era facilmente influenciável por estranhos, até mesmo pelos ajudantes, que consideravam a situação dela semelhante à deles; como tinham se demitido, estimularam Frieda a fazer o mesmo; K., porém, só precisava postar-se diante dela, lembrá-la de tudo o que havia em seu favor, e ela, com remorsos, voltaria para ele, caso estivesse em condições de justificar a visita que fizera às moças, pois, se obteve algum sucesso, era devido a elas. Mas, apesar dessas considerações, com as quais tentava se tranquilizar em relação a Frieda, ele não estava tranquilo. Há pouco havia elogiado Frieda diante de Olga, chamou-a de seu único apoio; bem, esse apoio não era dos mais firmes; sequer era necessário o ataque de um poderoso para roubar Frieda de K., bastava aquele ajudante não muito deleitoso, cuja carne às vezes dava a impressão de não estar de todo viva.

Jeremias já estava se afastando; K. o chamou de volta.

— Jeremias — disse ele —, quero ser bem franco, responda com honestidade a essa pergunta. Já não há entre nós uma relação de patrão e empregado, e não só você está feliz com isso, eu também; logo, não há motivo para enganar um ao outro. Aqui, diante de seus olhos, quebro a vara que lhe estava destinada; não foi por medo de você que escolhi o caminho do jardim, mas para surpreendê-lo e lhe dar umas varadas. Não me leve a mal, está tudo acabado; se você não tivesse sido imposto a mim como serviçal por um funcionário, se você fosse apenas um conhecido, com certeza teríamos nos dado muito bem, embora sua aparência às vezes me incomode um pouco. Quanto a isso, podemos recuperar agora o que negligenciamos até então.

— Você acha? — perguntou o ajudante, que, bocejando, apertava os olhos cansados. — Eu poderia lhe explicar a coisa toda em detalhes, mas não tenho tempo agora, preciso ir até Frieda, a menininha está esperando por mim, ela ainda não retornou ao trabalho; por minha sugestão, o estalajadeiro lhe deu um tempo para que se recuperasse; ela queria mergulhar imediatamente no trabalho, provavelmente para esquecer, e agora podemos ao menos passar esse tempo juntos. Quanto à sua proposta, certamente não tenho motivos para mentir, tampouco para confiar em você. Minha situação é bem diferente da sua. Enquanto eu estava a seu serviço, naturalmente você era uma pessoa muito importante, não pelas suas qualidades, mas por causa de meu trabalho de serviçal — eu tinha de fazer tudo o que você quisesse, mas agora não me importo com você. Quebrar a vara não me comove, só me faz lembrar de como meu patrão era rude, não é assim que vai ganhar minha confiança.

— Você fala assim comigo — disse K. — como se estivesse absolutamente certo de que nunca mais terá de temer nada de minha parte. Mas não é bem assim. É provável que ainda não esteja totalmente livre de mim, aqui as coisas não acontecem tão rápido.

— Às vezes, bem rápido — rebateu Jeremias.

— Às vezes — disse K. —, mas nada indica que tenha sido assim agora; pelo menos, nem eu nem você temos qualquer conformação por escrito. O processo ainda está no início; ainda não interferi por meio de meus contatos, mas o farei. Se for desfavorável para você, é porque não se esforçou antecipadamente para ganhar a simpatia do patrão, e pode ter sido desnecessário quebrar a vara de salgueiro; você foi buscar Frieda, e está se achando o tal; mas com todo o respeito que tenho por sua pessoa, ainda que você não tenha nenhum por mim, sei que apenas algumas palavras minhas bastam para destruir as mentiras com que você a agarrou e, assim, reconquistá-la. Pois só mentiras podem afastar Frieda de mim.

— Essas ameaças não me assustam — afirmou Jeremias. — Você não me quer como ajudante, tem medo de mim e dos ajudantes em geral, e só por medo bateu no bom Artur.

— Talvez — retrucou K. — Foi por isso que doeu menos? Pode ser que, dessa maneira, eu mostre meu medo a você com mais frequência. Vejo que o trabalho de ajudante não o agrada, mas eu tenho a maior satisfação em forçá-lo a fazer isso, independentemente de qualquer medo que possa ter. Desta vez, vou fazer o possível para receber apenas você, sem Artur; assim vou poder lhe dar mais atenção.

— Você acha — disse Jeremias — que tenho algum medo disso tudo?

— Acho — afirmou K. — que com certeza tem um pouco de medo; se for esperto, muito medo. Por que ainda não foi até Frieda? Diga, você a ama?

— Se a amo? — questionou Jeremias. — Ela é uma boa moça, esperta, foi amante de Klamm, logo, é definitivamente respeitável. Se ela insiste em pedir para libertá-la de você, por que não deveria fazer-lhe esse favor, até porque com isso não faço mal algum a você, que foi se consolar com as malditas barnabianas.

— Agora vejo seu medo — disse K. —, um medo absolutamente lamentável; você quer me agarrar com mentiras. Frieda só me fez um pedido: que eu a livrasse dos ajudantes asselvajados, com uma luxúria canina; infelizmente não tive tempo para atender plenamente a seu pedido, e aqui estão as consequências de minha omissão.

— Senhor agrimensor! Senhor agrimensor! — gritou alguém da rua. Era Barnabas. Chegou ofegante, mas não se esqueceu de fazer uma reverência a K. — Consegui!

— Conseguiu o quê? — perguntou K. — Entregou meu pedido a Klamm?

— Não foi possível — disse Barnabas. Eu me esforcei muito, mas era impossível. Forcei o caminho, passei o dia todo tão perto do balcão, sem ser solicitado, que um escrevente me empurrou para o lado — pois eu o estava atrapalhando —, então eu levantei a mão para chamar a atenção, o que é proibido, e Klamm viu; fui o que ficou mais tempo no departamento, só restaram eu e os serviçais ali, e tive a alegria de ver Klamm retornar, mas não foi por minha causa; ele só queria dar uma olhada rápida em um livro e logo saiu novamente; por fim, um serviçal quase me pôs porta afora com a vassoura, pois eu continuava sem me mover. Estou confessando tudo isso para que você não volte a ficar insatisfeito com meu trabalho.

— De que adianta todo esse esforço, Barnabas — perguntou K. —, se não é bem-sucedido?

— Mas eu fui bem-sucedido — disse Barnabas. — Quando saí do meu departamento — eu o chamo de meu departamento — vi um cavalheiro vindo lentamente de um corredor bem profundo; já era tarde, o local estava praticamente vazio. Decidi esperar por ele; era uma boa oportunidade para ficar lá um pouco mais, eu até preferiria ter ficado por lá para não ter que lhe dar más notícias. E valeu a pena esperar pelo cavalheiro, era Erlanger. Não o conhece? É um dos primeiros secretários de Klamm. Um cavalheiro fraco e pequeno, manca um pouco. Ele me reconheceu imediatamente, é famoso por sua memória e por seu conhecimento da natureza humana; basta franzir as sobrancelhas para reconhecer alguém, até pessoas que ele nunca viu, mas de quem ouviu falar ou sobre as quais ele leu; por exemplo, praticamente não me vira até então. Embora reconheça rapidamente as pessoas, pergunta primeiro, como se não tivesse certeza. "Você não é Barnabas?", disse ele para mim. E então perguntou: "Você conhece o agrimensor, não é?"; e disse: "Ótimo; estou indo para a estalagem dos cavalheiros agora. O agrimensor deve me visitar lá. Estou hospedado no quarto número quinze. Só tenho algumas reuniões na estalagem, estarei de volta às cinco da manhã. Diga que estou ansioso para falar com ele".

De repente, Jeremias pôs-se a correr. Barnabas, que por conta de sua excitação mal o havia notado, perguntou:

— Mas o que quer Jeremias?

— Encontrar Erlanger antes de mim — disse K., que correu atrás de Jeremias, alcançou-o, pegou-o pelo braço e disse:

— Você foi subitamente tomado pela saudade de Frieda? Pois a minha não é menor; então podemos ir nesse mesmo ritmo.

Um pequeno grupo estava diante da sombria estalagem dos cavalheiros, e dois ou três traziam lamparinas, de modo que era possível reconhecer alguns de seus rostos. Apenas um era conhecido de K., Gerstäcker, o carroceiro, que o cumprimentou com uma pergunta:

— Ainda está na aldeia?

— Sim — afirmou K. — Vim para ficar.

— Pouco me importa — disse Gerstäcker, que tossiu vigorosamente e voltou-se para os demais.

Acontece que todos estavam à espera de Erlanger. Antes de recebê-los, porém, ele tinha de resolver algo com Momus. O assunto ali era que não podiam esperar na casa, tinham de aguardar do lado de fora, na neve. Não estava muito frio; em todo caso, era falta de consideração deixá-los esperando à noite, diante da casa, talvez por uma hora. Claro que a culpa não era de Erlanger, que era até muito atencioso; talvez nem soubesse, e certamente ficaria irritado se tal coisa chegasse a seu conhecimento. A culpa era da estalajadeira, que, em sua busca doentia pelo refinamento, não queria que as partes viessem à estalagem de uma só vez. "Se tem de ser assim e se eles têm de vir", ela costumava dizer, "então, por Deus, que seja sempre um depois do outro." E assim foi; primeiro aguardaram em um corredor, depois na escada, então no vestíbulo e por fim na taberna; ao término, seriam todos postos na rua. Mas isso não era suficiente para ela. Era insuportável estar constantemente "sitiada" em sua própria casa, como dizia. Não podia entender por que havia aquela movimentação de partes ali. "Para sujar a escada da frente", respondeu-lhe um funcionário certa vez, possivelmente zangado; para ela foi uma resposta muito esclarecedora, e gostava de citá-la como um ditado. Estava se empenhando para que fosse erguido um prédio em frente à estalagem, onde as partes pudessem esperar, e nesse quesito seu desejo coincidia com o deles. Seria melhor que todas as discussões e audições entre as partes ocorressem fora da estalagem, mas os funcionários resistiram; como resistiram seriamente, a estalajadeira não conseguiu se impor, embora tenha exercido uma pequena tirania quanto a questões secundárias em razão de seu zelo incansável e delicadamente feminino. No entanto, era bem provável que ela tivesse que tolerar por um tempo as discussões e audiências na estalagem, pois os cavalheiros do castelo se recusavam a deixá-la para cuidar de seus deveres oficiais na aldeia. Estavam sempre com pressa, só muito a contragosto iam para a aldeia, e ali não prolongavam sua estada além do estritamente necessário; logo, não se poderia exigir que, em consideração à paz na estalagem, se mudassem temporariamente para algum prédio do outro lado da rua, com todos os seus papéis, e assim perdessem tempo. Os funcionários preferiam tratar de assuntos oficiais na taberna ou em seus quartos, sempre que possível durante as refeições, ou na cama antes de dormir, ou pela manhã, se ainda estivessem muito cansados para se levantar, e por isso queriam ficar esticados na cama um pouco mais. Por outro lado, a discussão sobre um novo edifício parecia estar se encaminhando para um resultado favorável, embora fosse penosa para a estalajadeira — as pessoas riam disso —, pois a construção do edifício de espera exigia inúmeras discussões, e os corredores da estalagem raramente estavam vazios.

Tudo isso foi discutido a meia-voz entre os que esperavam; para K., era surpreendente que, embora houvesse bastante insatisfação, ninguém se opunha ao fato de Erlanger ter convocado as partes no meio da noite. Investigou a razão e ouviu que na verdade todos ali deveriam estar muito gratos a Erlanger. Pois foram exclusivamente sua boa vontade e o elevado conceito que tinha de seu ofício que o levaram a ir até a aldeia. Ele poderia, se quisesse — o que estaria até mais de acordo com os regulamentos — enviar um secretário qualquer, de nível inferior, para que lavrasse as atas. Mas geralmente se recusava a fazer isso, queria ver e ouvir tudo pessoalmente, e para tal tinha de sacrificar suas noites, pois em seu plano de trabalho não estavam previstas visitas a aldeias.

K. retrucou dizendo que também Klamm vinha à aldeia durante o dia, e até ficava por alguns dias; será que Erlanger, apenas um secretário, era ainda mais indispensável lá no alto? Alguns riram bem-humorados, outros ficaram em silêncio, e estes eram a maioria, pareciam pouco dispostos a responder. Um deles disse, hesitante, que Klamm era naturalmente indispensável, tanto no castelo quanto na aldeia.

Então a porta de frente se abriu: surgiram Momus e dois serviçais com lamparinas.

— Os primeiros a serem admitidos pelo senhor secretário Erlanger — disse ele — serão Gerstäcker e K.; ambos estão aqui?

Eles se apresentaram, mas Jeremias se antecipou, esgueirou-se para dentro com um "Sou o atendente de quarto", e foi recebido por Momus com um sorriso e um tapinha no ombro. "Tenho de ficar de olho em Jeremias", disse K. para si mesmo, embora tivesse consciência de que Jeremias era muito menos perigoso que Artur, que agia contra ele no castelo. Talvez fosse mais sensato deixar-se atormentar por eles, como ajudantes, do que deixá-los vagar de forma tão descontrolada e espalhar suas intrigas, e para isso pareciam ser especialmente dotados.

Quando K. passou por Momus, este agiu como se só então tivesse reconhecido o agrimensor.

— Ah, o senhor agrimensor — disse ele —, aquele que resistiu tanto e agora quer ser interrogado. Teria sido mais fácil comigo. De fato, é bem difícil escolher os interrogatórios certos.

K. quis deter-se ao ouvir essas palavras, mas Momus exclamou:

— Vá, vá! Na época eu precisava de suas respostas, agora não mais.

No entanto K., incomodado com a atitude de Momus, disse:

— Vocês só pensam em si mesmos. Não dou respostas só porque você é um funcionário; nem antes nem agora.

Momus retrucou:

— Em quem deveríamos pensar? Quem mais está aqui? Vá!

Um serviçal os recebeu no vestíbulo e os conduziu por uma passagem no pátio, que K. já conhecia; então cruzaram uma porta e entraram em um corredor baixo e um pouco íngreme. Aparentemente, apenas os altos funcionários estavam hospedados nos andares superiores, enquanto os secretários ficavam ao longo do corredor, inclusive Erlanger, embora fosse um dos mais graduados. O serviçal apagou a lamparina, pois havia ali uma brilhante iluminação elétrica. Tudo era pequeno, mas graciosamente construído. O espaço era aproveitado da melhor forma possível. O corredor mal permitia que se andasse ereto. Nas laterais, as portas ficavam quase ao lado uma da outra. As paredes não chegavam até o teto, provavelmente para permitir a ventilação, pois os quartinhos que ficavam nesse corredor extenso, que se assemelhava a um porão, provavelmente não tinham janelas. A desvantagem dessas paredes que não se fechavam completamente era o barulho no corredor, e consequentemente também nos quartos. Muitos quartos pareciam estar ocupados, e as pessoas, em sua maioria, ainda estavam acordadas, pois ouviam-se vozes, marteladas e tilintar de copos. No entanto, não havia a impressão de um contentamento especial. As vozes eram abafadas, não se ouviam bem as palavras, parecia que não eram conversas, talvez alguém estivesse ditando ou lendo alguma coisa em voz alta; dos quartos onde havia ruídos de copos e pratos não se ouvia uma palavra; as marteladas lembraram a K. — pois ouvira isso em algum lugar — que muitos funcionários, para aliviar a constante pressão mental a que eram submetidos, dedicavam parte de seu tempo à marcenaria, à mecânica de precisão etc. O próprio corredor estava vazio; apenas um cavalheiro pálido, magro e alto estava sentado diante de uma porta. Ele vestia um casaco de pele, e por baixo dele dava para ver o pijama; talvez o quarto estivesse muito abafado, por isso foi para fora; lia um jornal, mas não atentamente; bocejando, interrompia frequentemente a leitura, inclinava-se para a frente e olhava ao longo do corredor; talvez estivesse à espera de uma parte que ele poderia ter convocado, mas que ainda não chegara. Quando passaram por ele, o serviçal disse a Gerstäcker, referindo-se ao cavalheiro:

— É o cara de Pinzgau[28].

Gerstäcker fez que sim com a cabeça.

— Fazia tempo que não vinha aqui embaixo — disse ele.

— Nem tanto tempo — confirmou o serviçal.

Finalmente chegaram a uma porta, que não era diferente das outras, mas atrás dela, conforme o serviçal informou, estava Erlanger. O serviçal pediu que K. o erguesse sobre os ombros para olhar o quarto pelo espaço livre no alto.

28. Distrito de Salzburg, na Áustria.

— Está deitado — disse o serviçal, descendo. — Está na cama, de roupa, mas acho que está dormindo. Às vezes cede ao cansaço aqui na aldeia, pela mudança no estilo de vida. Temos de esperar. Quando acordar, vai tocar a sineta. Já aconteceu de ter dormido durante toda a estada na aldeia e ter de voltar ao castelo assim que acordou. Afinal, é um trabalho voluntário.

— É melhor que fique dormindo — declarou Gerstäcker —, pois, se tiver um tempo para o trabalho depois de acordar, vai estar muito de má vontade por ter dormido, querendo resolver tudo rápido, e nem vamos poder conversar.

— O senhor veio pedir isenção de tarifas de transporte para a construção? — perguntou o serviçal.

Gerstäcker assentiu com a cabeça, chamou o serviçal para o lado e cochichou no ouvido dele, mas o serviçal mal o ouviu; olhou além de Gerstäcker, pois era mais de uma cabeça mais alto do que ele, e ajeitou o cabelo lentamente, sério.

22.

Foi então que K., que olhava a esmo ao redor, avistou Frieda ao longe, em uma curva do corredor; ela fingiu não reconhecê-lo, só olhou fixamente para ele; trazia na mão uma vasilha e pratos vazios. Ele disse ao serviçal, que não prestou atenção — quanto mais falava com ele, mais distraído ele ficava — que voltaria logo, e correu em direção a Frieda. Ao alcançá-la, agarrou-a pelos ombros, como se estivesse recuperando uma propriedade, fez algumas perguntas banais e perscrutou seus olhos. Mas a postura rígida de Frieda mal se alterou; distraidamente, ela tentou ajeitar os pratos na vasilha e disse:

— O que você quer de mim? Vá atrás delas agora, você sabe bem seus nomes. Você está voltando de lá, posso ver isso em seus olhos.

K. desviou-se rapidamente do assunto; não queria tratar disso tão repentinamente, tampouco começar pelo pior, pelo que lhe era mais desfavorável.

— Pensei que estaria na taberna — afirmou ele.

Frieda olhou para ele espantada, e em seguida passou suavemente a mão que estava livre sobre a testa e a bochecha dele. Era como se tivesse se esquecido das feições dele e quisesse trazê-las de volta à sua consciência; nos olhos havia uma expressão velada de lembrar-se de algo com dificuldade.

— Fui recontratada pela taberna — disse ela lentamente, como se não fosse importante o que estava dizendo, mas sob essas palavras mantinha ainda uma conversa com K., e isso era o mais importante.

— Este trabalho não é adequado para mim, qualquer um pode fazê-lo; qualquer um que saiba arrumar uma cama e fazer uma cara amigável, que não se acanhe com o assédio dos hóspedes, e até mesmo o estimule, uma pessoa assim pode ser camareira. Mas na taberna é bem diferente. Fui logo recontratada para trabalhar lá, embora não tenha saído de forma muito honrosa; porém agora tenho proteção. O estalajadeiro ficou feliz por eu contar com proteção, por isso foi fácil para ele me recontratar. Na verdade, fui pressionada a aceitar o emprego; se você refletir sobre o que a taberna me lembra, vai entender. Acabei aceitando. Aqui só estou ajudando. Pepi pediu para não a submetermos ao constrangimento de precisar deixar a taberna imediatamente, pois ela é muito esforçada, cuidou de tudo na medida de sua capacidade; por isso lhe concedemos um prazo de vinte e quatro horas.

— Tudo está muito bem arranjado — declarou K. — Só que você saiu da taberna por minha causa; e agora, perto de nosso casamento, você volta para lá?

— Não haverá casamento — afirmou Frieda.

— Porque fui infiel? — perguntou K.

Frieda fez que sim com a cabeça.

— Agora veja, Frieda — disse K. —, conversamos muitas vezes sobre essa suposta infidelidade, e por fim você sempre teve de admitir que era uma suspeita injusta. Desde então, nada mudou de minha parte, não houve culpa alguma, como não há agora, nem poderia ser de outro modo. Então algo deve ter mudado de sua parte, seja por causa de insinuações de um estranho ou por outro motivo. De qualquer modo, você está sendo injusta comigo. Quanto à minha conduta com essas duas moças? Uma delas, a morena — quase me envergonho por ter de me defender com essas miudezas, mas você exige — a morena não me é menos desagradável do que é para você; se eu puder fazer algo para me manter afastado dela, faço, e ela facilita, pois não é possível para uma pessoa ser mais reservada do que ela.

— É — gritou Frieda, as palavras vinham-lhe involuntariamente; K. alegrou-se por vê-la desviar-se, não estava agindo como queria —, a moça que você considera reservada, você chama assim a mais desavergonhada de todas, e fala sério, por mais inacreditável que pareça; sinceramente, você não está fingindo, sei disso. A estalajadeira da estalagem Da Ponte diz sobre você: "Não o suporto, tampouco posso deixá-lo entregue à própria sorte; se você vê uma criança pequena, que mal pode andar, aventurando-se ao longe, é impossível não intervir; é necessário agir".

— Então aceite a lição dela — disse K., sorrindo —, mas deixemos essa moça de lado, seja ela reservada ou desavergonhada, não quero saber nada sobre ela.

— Por que você diz que ela é reservada? — perguntou Frieda, irredutível.

K. considerou essa intervenção um bom sinal para ele.

— Por acaso tentou alguma coisa, ou só quer menosprezar os outros?

— Nem uma coisa nem outra — respondeu K. — Digo isso por gratidão, pois assim fica mais fácil ignorá-la; e mesmo que ela me abordasse com mais insistência, não conseguiria me fazer voltar lá, seria na verdade uma grande perda de tempo para mim; se vou lá é pelo nosso futuro, como você sabe. E é por isso que também tenho de falar com a outra moça, que admiro por sua capacidade, prudência e generosidade, mas ninguém pode afirmar que ela é sedutora.

— Os criados têm uma opinião diferente — afirmou Frieda.

— E é com base nesse e em outros aspectos — retrucou K. —, com base na sanha dos criados que você conclui que fui infiel?

Frieda se calou, permitiu que K. pegasse a vasilha de sua mão e a colocasse no chão, que passasse o braço por baixo do braço dela e que começasse a conduzi-la lentamente pelo espaço exíguo.

— Você não sabe o que é fidelidade — disse ela, resistindo um pouco à aproximação de K. — O mais importante não é como você se comporta com as moças; o simples fato de ir à casa daquela família e voltar de lá com o cheiro da sala deles nas roupas é uma vergonha insuportável para mim. Você foge da escola, sem dizer nada, e passa metade da noite com elas. E quando perguntam por você, deixa que as moças neguem, e neguem apaixonadamente, que estava lá, especialmente a que é incomparavelmente reservada. Você se esgueira de lá por um caminho secreto, talvez para poupar a reputação das moças, de cada uma delas! Não, não vamos mais falar sobre isso!

— Sobre isso não — afirmou K. —, mas de outra coisa, Frieda. Não há mais nada a dizer sobre isso. Você sabe por que tive de ir lá. Não vai ser fácil, mas vou superar. Você não deveria tornar as coisas mais difíceis para mim do que já são. Hoje pensei em passar lá por um instante para ver se Barnabas finalmente havia chegado, pois há muito tempo deveria ter entregue uma mensagem para mim. Ele não tinha chegado, mas viria logo, garantiram, e era mesmo bem possível que viesse logo. Não queria que viesse até a escola, pois você não suporta a presença dele. As horas passaram e, infelizmente, ele não veio. Mas apareceu outro, que eu detesto. Não queria que ele me espionasse, por isso segui pelo jardim do vizinho, mas também não queria me esconder dele; então o abordei abertamente na rua, e com uma vara de salgueiro bem flexível, admito. Isso é tudo, não há mais nada a dizer; talvez haja sobre outras coisas. E quanto aos ajudantes, cuja menção é tão repugnante para mim quanto lhe é essa família? Compare sua atitude em relação a eles com a minha em relação a essa família. Entendo sua má vontade com eles e a compartilho com você. Só pelo bem de nossa causa é que vou até lá, o que quase me parece ser uma injustiça, pois eu estaria me aproveitando das pessoas dessa família. Mas e você e os ajudantes?! Você não negou que eles a perseguiam, e admitiu sua atração por eles. Não fiquei bravo por isso, percebi que estavam em jogo forças que você não podia enfrentar, mas fiquei feliz por você estar ao menos lutando, ajudei-a a se defender; só porque saí por algumas horas, confiando em sua lealdade, com a esperança de que a casa estivesse bem trancada e os ajudantes definitivamente expulsos — receio que eu os tenha sempre subestimado —, só porque saí por algumas horas, e Jeremias, que visto de perto é um sujeito algo envelhecido e não tão saudável, teve a ousadia de me observar pela janela, só por isso é que vou perdê-la, Frieda, e ter de ouvir, como se fosse um cumprimento: "Não haverá casamento"? Não seria eu que deveria me queixar? Mas não estou fazendo isso, nunca farei.

Novamente pareceu a K. que seria bom distrair um pouco Frieda, e pediu que lhe trouxesse algo para comer, pois não comia nada desde o meio-dia. Ela, obviamente aliviada com o pedido, fez que sim com a cabeça e foi buscar alguma coisa, não seguindo pelo corredor, onde K. imaginava que era a cozinha, mas pela lateral, alguns degraus abaixo. Frieda logo trouxe um prato com frios e uma garrafa de vinho, provavelmente os restos de uma refeição: os pedaços foram arranjados no prato para ocultar esse fato; havia até peles de salsicha esquecidas ali, e três quartos do conteúdo da garrafa já haviam sido consumidos. Mas K. não disse nada, e pôs-se a comer com bom apetite.

— Você foi até a cozinha? — perguntou ele.

— Não, ao meu quarto — respondeu ela —, tenho um quarto aqui embaixo.

— Você poderia ter me levado até lá — declarou K. — Vou descer para me sentar um pouco e comer.

— Vou lhe trazer uma poltrona — disse Frieda, já a caminho.

— Obrigado — disse K., retendo-a. — Não vou descer, nem preciso de uma poltrona.

Frieda resistiu desafiadoramente a ele, abaixou acentuadamente a cabeça e mordeu os lábios.

— Bem, ele está lá embaixo — afimou ela. — O que você esperava? Está na minha cama, pegou um resfriado lá fora, está tremendo, mal comeu. E tudo por sua culpa; se não tivesse expulsado os ajudantes e perseguido essas pessoas, estaríamos tranquilamente sentados na escola agora. Mas você destruiu nossa felicidade. Acha que Jeremias teria a ousadia de me raptar enquanto estava de serviço? Então não tem a mínima ideia de como são as coisas aqui. Ele queria estar perto de mim, estava atormentado, me espreitava, mas era só um jogo, era como um cachorro esfomeado que só brinca, mas não se atreve a pular na mesa. Era a mesma coisa para mim. Isso me atraía, ele é meu companheiro de brincadeiras desde a infância, brincávamos nas encostas do monte do castelo; bons tempos! Você nunca me perguntou sobre meu passado. Mas nada disso importava enquanto Jeremias estivesse de serviço, pois eu já conhecia meus deveres como sua futura esposa. Mas você expulsou os ajudantes e se vangloriou, como se tivesse feito isso por mim; bem, isso é verdade até certo ponto. Em relação a Artur você foi bem-sucedido, ainda que apenas temporariamente, pois ele é delicado, não tem a destemida paixão de Jeremias; você quase o destruiu a socos numa noite — esse também foi um golpe contra nossa felicidade —, ele fugiu para o castelo para se queixar, mas vai voltar logo; ainda está fora. Porém, Jeremias ficou. Quando está de serviço, teme até uma piscada do patrão; mas fora do trabalho não tem medo de nada. Veio e me levou; fui abandonada por você, mas sob o comando de um velho amigo, não pude me deter. Não destranquei a porta da escola, ele quebrou a janela e me puxou para fora. Fugimos para cá; o estalajadeiro o respeita, e não há nada que os hóspedes possam apreciar mais do que ter um atendente de quarto como ele; fomos contratados; ele não mora comigo, mas compartilhamos o quarto.

— Apesar de tudo — disse K. — não me arrependo de ter expulsado os ajudantes. Se o relacionamento era assim como você descreve, se sua lealdade devia-se apenas aos vínculos com os ajudantes, então é melhor mesmo pôr um fim em tudo isso. Um casamento não pode ser muito feliz em meio a dois animais predadores, que só se curvam sob chicotadas. Por isso também sou grato àquela família, que, involuntariamente, contribuiu para nossa separação.

Eles se calaram e puseram-se a caminhar para cima e para baixo, sem que fosse possível definir quem havia começado. Frieda, próxima de K., parecia irritada por ele não ter dado o braço a ela novamente.

— Então tudo estaria em ordem — prosseguiu K. — se tivéssemos nos despedido e você fosse para seu senhor, Jeremias, provavelmente ainda resfriado por ter ficado no jardim da escola; considerando esse fato, você já o deixou muito tempo sozinho, e vai me deixar sozinho na escola; bem, não tenho o que fazer lá sem você; talvez em outro lugar, onde possa ser acolhido. Se no entanto ainda hesito é porque tenho bons motivos para duvidar do que você disse. De Jeremias tive uma impressão oposta. Enquanto esteve em serviço, ficava atrás de você, e não acho que o serviço o impediria de atacá-la seriamente em longo prazo. Mas agora, como ele considera que o serviço está encerrado, a coisa é diferente. Perdoe-me se explico da seguinte maneira: como você não é mais a noiva do patrão dele, já não é tão tentadora como antes. Pode ser sua amiga de infância, mas na minha opinião — bem, só o conheci realmente hoje, em uma conversa breve — ele não dá muito valor a essas coisas sentimentais. Não sei por que lhe parece ter um caráter apaixonado. Sua maneira de raciocinar me parece particularmente fria. No que se refere à minha pessoa, Galater deu a ele uma tarefa não muito agradável, e ele se esforçou para cumpri-la, com certa paixão por esse trabalho — o que, devo admitir, não é algo raro por aqui —, e isso incluía destruir nosso relacionamento, e ele tentou de várias maneiras; uma delas foi tentar seduzi-la com seu desejo lascivo; contou também com o apoio da estalajadeira, ao inventar histórias sobre minha infidelidade, e foi bem-sucedido; alguma lembrança de Klamm que rodeava sua mente pode ter ajudado; enfim perdeu o emprego, mas quando não precisava mais dele, e agora colhe os frutos: tirou você da escola pela janela e seu trabalho estava encerrado, não tem mais paixão por essa tarefa, ficou cansado, preferiria estar no lugar de Artur, que não está mais se queixando, recebe elogios a cada tarefa. Mas alguém precisa estar por trás para acompanhar o desenvolvimento das coisas. Cuidar de você deve ser uma tarefa penosa para ele. Não há qualquer vestígio de amor por você, ele me confessou abertamente; como amante de Klamm, é claro que você era respeitável para ele; aninhar-se em seu quarto e sentir-se ao menos uma vez como um pequeno Klamm é certamente algo muito bom para Jeremias, mas isso é tudo; você não significa nada para ele, foi apenas como complemento da tarefa principal que ele a trouxe para cá; está aqui por um tempo para que você não fique inquieta, enquanto não recebe notícias do castelo e até se curar do resfriado.

— Quantas calúnias você diz! — disse Frieda, batendo os pequenos punhos um contra o outro.

— Calúnias? — questionou K. — Não, não são calúnias. Talvez eu esteja sendo injusto com ele, é bem possível. O que eu disse sobre ele ainda não está totalmente esclarecido; pode ser interpretado de outra forma. Mas calúnias? O único objetivo de uma calúnia seria combater o seu amor por ele. Se fosse necessário, se fosse um meio adequado, eu não hesitaria em recorrer à calúnia. Ninguém poderia me condenar por isso; afinal, ele tem grande vantagem sobre mim por conta de seu empregador, e eu, como conto apenas comigo mesmo, até poderia caluniá-lo um pouco. Seria uma forma de defesa relativamente inocente, ainda que não muito efetiva. Pode baixar os punhos.

K. pegou na mão de Frieda; ela quis tirá-la, mas sorrindo e sem fazer muita força.

— Mas não preciso caluniá-lo — disse K. —, pois você não o ama; pensa que sim, e vai me agradecer por eu livrá-la desse engano. Veja, se alguém quisesse tirá-la de mim, não pela força, mas de forma cuidadosamente calculada, teria de fazer isso por meio de ambos os ajudantes. Garotos que aparentavam ser bons, infantilizados, engraçados, irresponsáveis, vindos do castelo, aqui entra também um pouco das memórias da infância, tudo é bem cativante, especialmente se sou de certo modo o oposto a tudo isso, sempre tocando negócios que você não entende bem, que a irritam, que me levam ao encontro de pessoas por quem você tem aversão, e um pouco dessa aversão acaba sendo transferida para mim, com toda a minha inocência. No todo, trata-se de uma exploração maliciosa, ainda que muito astuta, das falhas em nosso relacionamento. Todo relacionamento tem suas falhas, inclusive o nosso, viemos de mundos muito diferentes; desde que nos conhecemos, nossas vidas tomaram um novo rumo, ainda estamos inseguros, é tudo muito novo. Não falo por mim, não é tão importante; o fato é que, desde que você olhou para mim pela primeira vez, sinto como se recebesse continuamente uma dádiva; não é muito difícil acostumar-se com as dádivas. Mas você, desconsiderando todo o resto, foi arrancada de Klamm; não sei avaliar o significado disso, mas tenho uma ideia aproximada; as pessoas cambaleiam, não conseguem se orientar; mesmo que eu estivesse sempre pronto para acolhê-la, eu não estava sempre por lá; e, quando estava, os seus devaneios a detinham, ou então seres de carne e osso, como a estalajadeira — em suma, havia momentos em que você desviava o olhar de mim, desejava ir a algum lugar meio incerto — pobre criança! — e em tais momentos seu olhar voltava-se para as pessoas adequadas, e com elas você estava perdida, sucumbia à ilusão, pois eram apenas momentos, fantasmas, velhas lembranças de sua vida passada, momentos singulares e cada vez mais longínquos, mas ainda presentes em sua vida atual. Um erro, Frieda, nada mais que um obstáculo desprezível à nossa união final, se visto corretamente. Volte a si, recomponha-se; você pensou que os ajudantes foram enviados por Klamm — não é verdade, o foram por Galater — e se foram capazes de encantá-la graças a esse engano, pois você julgava encontrar traços de Klamm em meio à sujeira e à lascívia deles, assim como alguém acredita ver uma pedra preciosa em meio a um monte de lixo — e na realidade não encontra nada, ainda que estivesse mesmo lá —, eles são apenas sujeitos da mesma laia que um criado de estábulo e, como não têm boa saúde, uma lufada de ar fresco os adoece e os joga na cama, que por sinal eles sabem escolher com esperteza servil.

Frieda encostou a cabeça no ombro de K.; deram-se os braços e seguiram para cima e para baixo pelo corredor, em silêncio.

— Se ao menos tivéssemos ido embora naquela noite! — disse Frieda lentamente, com calma, de forma quase acolhedora, como se soubesse que teria apenas um período muito breve de alívio no ombro de K, e que queria aproveitar até o fim. — Poderíamos estar seguros em algum lugar, sempre juntos, sua mão estaria perto o suficiente para eu segurá-la; como eu queria essa proximidade; mas desde que o conheci, não a tive; estar perto de você, acredite, é meu único sonho, não tenho outro.

Ouviu-se um grito no corredor lateral; era Jeremias, que estava parado no degrau inferior; estava só de camisolão, mas enrolado em um xale de Frieda. Estava ali com os cabelos desgrenhados, a barba rala parecia molhada de chuva, os olhos abertos com dificuldade, cansados, suplicantes e reprovadores, as bochechas escuras avermelhadas, que pareciam feitas de uma carne frouxa, as pernas nuas que tremiam de frio, de modo que as longas franjas do xale tremiam também; era como um doente que havia escapado do hospital; não se podia pensar em outra coisa a não ser levá-lo de volta para a cama. Assim também julgou

Frieda; ela afastou-se de K. e foi rapidamente até ele. A proximidade dela, a maneira cuidadosa com que o envolveu com o xale, a pressa com que queria arrastá-lo de volta para o quarto, tudo isso pareceu fortalecê-lo ligeiramente; e só então ele reconheceu K.

— Ah, senhor agrimensor — disse ele, acariciando a bochecha de Frieda, que não queria mais conversa. — Perdoe o incômodo. Não estou me sentindo muito bem, desculpe alguma coisa. Acho que estou com febre, preciso de um chá e um suadouro. Ainda pensava naquela maldita cerca do jardim da escola, e agora estou perambulando à noite, resfriado. Sem perceber, sacrificamos nossa saúde por coisas que realmente não valem a pena. Mas não se incomode comigo, senhor agrimensor, venha para o nosso quarto, visitar um doente, e aproveite para dizer a Frieda o que ainda tem a dizer. Quando duas pessoas, já tão acostumadas uma à outra, se separam, é natural que tenham muito a dizer nesse último momento, e é impossível que um terceiro, que porventura esteja na cama à espera de um chá que lhe foi prometido, entenda. Venha mesmo, vou ficar bem quieto.

— Basta, basta! — exclamou Frieda, puxando-o pelo braço. — Ele está com febre e não sabe o que diz. E você, K., não me acompanhe, eu lhe peço. O quarto é meu e de Jeremias, ou melhor, só meu, e eu o proíbo de ir até lá. Ai, K.! Você está me perseguindo! Por que me persegue? Nunca, eu nunca voltarei para você, tremo só de pensar nessa possibilidade. Vá logo para aquelas moças; ficam sentadas só de camisola a seu lado, na bancada do fogão, como me disseram; se alguém vai buscá-lo, rosnam para ele. Lá você deve se sentir em casa, é um lugar tão atrativo. Tentei mantê-lo afastado daquele lugar, com pouco sucesso, mas tentei; agora tudo acabou, você está livre. Lá terá uma vida boa. Talvez tenha de enfrentar uma pequena disputa com os criados pela primeira; quanto à segunda, não há ninguém no céu e na terra que o invejaria. A união já está previamente abençoada. Não diga nada em contrário; você pode querer negar tudo, mas acabará por não negar nada. Pense bem, Jeremias, ele negou tudo!

Eles se entendiam com acenos de cabeça e sorrisos.

— Mas — prosseguiu Frieda — supondo que tivesse negado tudo, o que conseguiria com isso, e que me importa? Como as coisas vão ficar por lá é assunto delas e dele, não meu. O meu é cuidar de você até que fique bom novamente, como era antes de K. torturá-lo por minha causa.

— Então o senhor não nos acompanha, senhor agrimensor? — perguntou Jeremias; Frieda, sem se voltar para K., afastou-o dali. Via-se lá embaixo uma portinha, ainda mais baixa que as portas do corredor; Jeremias e Frieda tiveram de se abaixar para passar por ela; ali o ambiente parecia claro e aquecido; ouviram-se cochichos, possivelmente palavras amáveis para convencer Jeremias a ir para a cama, e então a porta foi fechada.

23.

Só então K. notou como o corredor ficou silencioso. E não apenas no trecho em que estivera com Frieda, onde aparentemente ficavam as áreas de serviço, mas também no longo trecho onde antes havia quartos tão animados. Os cavalheiros finalmente estavam dormindo. K. também estava muito cansado, e talvez por isso não tenha se defendido de Jeremias como deveria. Teria sido mais esperto se agisse como Jeremias, que claramente estava exagerando com o resfriado — sua condição lamentável não era efeito do resfriado, mas era inata, não podia ser tratada com nenhum chá medicinal. Agir exatamente como Jeremias, demonstrar um grande cansaço, deixar-se cair no corredor, dar um cochilo certamente lhe faria bem, talvez até recebesse alguns cuidados. No entanto, não teria se dado tão bem quanto Jeremias, que sem dúvida, e provavelmente com justiça, venceu essa disputa por piedade, e evidentemente todas as demais batalhas. K. estava tão cansado que considerou tentar entrar em um desses quartos, pois muitos certamente estavam vazios, e dormir em uma bela cama. Achava que podia ser uma compensação por muitas coisas. Uma bebida para esquentar já estava à mão. Na bandeja de louça que Frieda deixara no chão, havia uma pequena garrafa de rum. K. não se intimidou pelo esforço de voltar até lá e bebeu todo o conteúdo da garrafa.

Agora ao menos sentia-se suficientemente forte para ir ao encontro de Erlanger. Procurou pela porta do quarto dele, mas como o serviçal e Gerstäcker não estavam mais à vista e todas as portas eram iguais, não a encontrou. Porém, pensava se lembrar do local do corredor onde possivelmente ficava a porta, e decidiu abrir uma que, na opinião dele, poderia ser a que procurava. Não seria algo muito perigoso; se fosse o quarto de

Erlanger, ele provavelmente o receberia; se fosse o de outra pessoa, iria se desculpar e sair; se o hóspede estivesse dormindo, o que era o mais provável, K. nem seria notado; só seria ruim se o quarto estivesse vazio, pois nesse caso K. não resistiria à tentação e iria se deitar na cama para dormir muito. Olhou novamente ao longo do corredor, para a direita e para a esquerda, observando se não vinha alguém que poderia lhe dar informações e assim tornar desnecessária essa aventura, mas o longo corredor estava silencioso e vazio. Então K. ficou escutando atrás da porta, não havia nenhum hóspede. Bateu tão baixinho que não acordaria alguém que estivesse dormindo; como não houve resposta, abriu cuidadosamente a porta. E foi recebido por um ligeiro grito. O quarto era pequeno, e mais da metade era ocupado por uma larga cama; sobre a mesa de cabeceira havia uma lâmpada elétrica, e ao lado uma mala de mão para viagem. Na cama, completamente oculto pelas cobertas, alguém se mexeu, inquieto, e sussurrou por uma abertura entre a coberta e o lençol:

— Quem é?

Agora K. não podia mais sair sem mais nem menos; aborrecido, olhou para a exuberante cama, que infelizmente não estava vazia; então lembrou da pergunta que lhe fora dirigida e disse seu nome. Parece que teve um bom efeito, pois o homem tirou parte do rosto de trás das cobertas, embora ainda receoso, pronto para cobrir-se novamente se algo estivesse errado lá fora. Mas então, sem pensar duas vezes, jogou as cobertas e sentou-se ereto. Certamente não era Erlanger. Era um homem pequeno, bem-apessoado, mas de feições algo contraditórias, pois as bochechas arredondadas e os olhos alegres davam-lhe um aspecto infantil, porém a testa alta, o nariz pontudo, a boca fina, cujos lábios mal se mantinham fechados, e o queixo quase ausente não eram nada infantis, revelavam reflexões profundas. Provavelmente era a satisfação com isso, a satisfação consigo mesmo, que lhe permitira conservar pronunciados traços de saudável infantilidade.

— O senhor conhece Friedrich? — perguntou ele.

K. disse que não.

— Mas ele conhece o senhor — disse o cavalheiro, sorrindo.

K. assentiu; não podia evitar que pessoas o conhecessem, o que era um dos principais obstáculos em seu caminho.

— Sou secretário dele — afirmou o cavalheiro. — Meu nome é Bürgel.

— Perdoe-me, senhor — disse K., já com a mão na maçaneta —, infelizmente confundi sua porta com a de outra pessoa. Na verdade, fui convocado pelo secretário Erlanger.

— Que pena! — declarou Bürgel. — Não por ter sido chamado por outra pessoa, mas por ter confundido as portas. Pois não consigo voltar a dormir depois que sou acordado. Bem, não se incomode muito com isso, é uma questão pessoal. Por que será que as portas não são trancadas aqui? Claro que há uma razão para isso. É porque, de acordo com um antigo ditado, as portas dos secretários devem estar sempre abertas. Mas não deveríamos levar isso tão ao pé da letra.

Bürgel olhava para K. de maneira questionadora e alegre; apesar de sua queixa, parecia bem descansado; provavelmente nunca estivera tão cansado quanto K. estava naquele momento.

— Aonde o senhor quer ir agora? — perguntou Bürgel. — São quatro horas da manhã. Se fosse ver alguém agora, acordaria tal pessoa, e nem todos estão tão acostumados com perturbações como eu, nem todos serão tão pacientes, os secretários são um povo nervoso. Fique mais um pouquinho. Por aqui as pessoas começam a se levantar às cinco horas, é quando terá a melhor chance de atender à convocação. Então solte a maçaneta e sente-se em algum lugar; aqui é apertado, o melhor é sentar-se na beirada da cama. Está surpreso por não haver uma poltrona ou mesa? Bem, eu poderia ter escolhido um quarto com mobiliário completo, mas com uma cama de hotel estreita, ou esta cama grande e o lavatório, nada mais. Escolhi a cama grande, pois em um dormitório a cama é realmente o essencial! Puxa, para quem pode se esticar e dormir bem, essa cama deve ser mesmo uma delícia. Também é boa para mim, embora esteja sempre cansado por não poder dormir; aqui passo boa parte do dia: cuido da correspondência, conduzo as audiências das partes. Está indo bem. As partes não têm onde sentar, mas se ajeitam, é até mais confortável para elas ficar em pé, enquanto o secretário de atas fica à vontade, em vez de ficarem confortavelmente sentadas ouvindo broncas. Bem, tenho esse lugar na beira da cama, não é algo oficial, é destinado apenas para conversas noturnas. Mas o senhor está tão quieto, senhor agrimensor!

— Estou muito cansado — declarou K., que aceitou imediatamente a oferta e sentou-se na cama, de forma rude, sem respeito, e encostou-se numa coluna.

— É natural — disse Bürgel, rindo —, aqui todo mundo está cansado. Por exemplo, não foi pouco o trabalho que tive ontem e ainda hoje. Dormir agora está totalmente fora de questão; mas se ocorrer esse fato altamente improvável, por favor fique quieto e não abra a porta. Não tenha medo, na certa não vou dormir, no máximo só por alguns minutos. Mas acontece que, possivelmente por estar tão acostumado com a movimentação das partes, adormeço ainda mais facilmente quanto tenho companhia.

— Pode dormir, por favor, senhor secretário — disse K., feliz por ter ouvido essa comunicação. — Se o senhor permitir, também vou dormir um pouco.

— Não, não — riu Bürgel —, infelizmente não consigo dormir com uma mera sugestão, só ao longo de uma conversa é que pode surgir uma oportunidade para tal; é até bem provável que uma conversa me faça dormir. Sim, esse trabalho afeta meus nervos. Eu, por exemplo, sou um secretário de ligação. O senhor não sabe o que é isso? Bem, sou o elo mais forte — ao dizer isso, ele esfregou as mãos rapidamente com uma alegria involuntária — entre Friedrich e a aldeia, faço a ligação entre os secretários do castelo e da aldeia, e fico mais na aldeia, mas não todo o tempo; tenho de estar preparado para ir ao castelo a qualquer momento. Veja o senhor a mala de viagem; é uma vida agitada, não é para qualquer um. Por outro lado, não poderia viver sem esse tipo de trabalho, qualquer outra coisa me deixaria entediado. Como é com o trabalho de agrimensor?

— Não estou fazendo esse trabalho, não estou empregado como agrimensor — afirmou K.; não estava pensando muito no assunto, na verdade desejava ardentemente que Bürgel adormecesse, mas até isso por certa obrigação que tinha consigo mesmo; acreditava que o momento em que Bürgel iria adormecer ainda estava a uma distância imensurável.

— Incrível — disse Bürgel, balançando vigorosamente a cabeça e pegando um bloco de notas que estava sob as cobertas, para tomar nota de alguma coisa. — O senhor é agrimensor e não trabalha com agrimensura.

K. aquiesceu mecanicamente, esticou o braço esquerdo na coluna da cama e apoiou a cabeça ali; já havia tentado se acomodar várias vezes, mas essa posição era a mais confortável de todas; só precisava prestar mais atenção no que Bürgel estava dizendo.

— Estou disposto — continuou Bürgel — a prosseguir nessa questão. As coisas por aqui certamente não estão em tal situação que permitam que deixemos habilidades profissionais sem proveito. E para o senhor também deve ser doloroso. O senhor não sofre com isso?

— Sim, sofro — disse K. lentamente, sorrindo consigo mesmo, pois não estava sofrendo de modo algum. A proposta de Bürgel tampouco o impressionou. Era de alguma forma amadora. Pois nada sabia das circunstâncias da contratação de K., das dificuldades que havia enfrentado na comunidade e no castelo, das complicações que surgiram ou que teriam surgido durante sua estada — nada sabia sobre isso, nem mesmo mostrava ter ao menos uma ideia da questão, como se poderia esperar de um secretário, e queria pôr ordem em tudo lá no alto, e só com o auxílio de um bloco de notas.

— Parece que o senhor teve algumas decepções — afirmou Bürgel, demonstrando algum conhecimento da natureza humana; K., desde que entrara no quarto, tentava se convencer, de tempos em tempos, a não subestimar Bürgel, mas na sua condição era difícil avaliar qualquer coisa, exceto seu cansaço.

— Não — disse Bürgel, como se respondesse a um pensamento de K., para, em consideração a ele, poupá-lo do esforço de dizê-lo com as próprias palavras. — O senhor não deve se deixar abater pelas decepções. Muitas coisas aqui parecem ter sido feitas para desencorajá-lo;

para um recém-chegado, podem parecer obstáculos instransponíveis. Não desejo investigar como as coisas realmente são, talvez a aparência corresponda de fato à realidade; na minha posição, não tenho o distanciamento correto para avaliar, mas note bem; às vezes surgem oportunidades que podem não ter qualquer relação com a situação geral; mas, nesses casos, com uma palavra, um olhar, um sinal de confiança, é possível conseguir mais do que se conseguiria com uma vida de esforços exaustivos. Sim, é assim. Com efeito, essas oportunidades estão de acordo com a situação geral na medida em que jamais são aproveitadas. Mas por que não são aproveitadas, sempre me pergunto.

K. não sabia o porquê disso, mas tinha consciência de que as palavras de Bürgel estavam estreitamente relacionadas à sua situação; porém no momento rejeitava fortemente tudo o que lhe dizia respeito; inclinou um pouco a cabeça para o lado, como se quisesse abrir caminho para as perguntas de Bürgel e não fosse mais tocado por elas.

— Esta é — continuou Bürgel, esticando os braços e bocejando, em completa contradição com a seriedade de suas palavras — uma queixa constante dos secretários: são obrigados a conduzir a maioria das audições de pessoas da aldeia à noite. Por que se queixam disso? Por que se sentem tão pressionados? Porque querem passar a noite dormindo? Não, certamente não é por isso que reclamam. Claro que há secretários mais e menos esforçados, como em qualquer atividade; mas nenhum deles reclama por excesso de trabalho, pelo menos não abertamente. Simplesmente não é a nossa natureza. Nesse aspecto, não vemos diferença entre o tempo normal e o tempo de trabalho. Tais distinções nos são estranhas. Então o que os secretários têm contra as audições noturnas? É alguma consideração pelas partes? Não, também não é isso. Os secretários não se importam com as partes, tampouco consigo mesmos; não se importam nem com os primeiros nem com os segundos, igualmente. Na verdade, essa falta de consideração nada mais é do que o cumprimento e a execução de seu dever, é a maior consideração que as partes poderiam desejar. No fundo — talvez apenas um observador pouco atento não perceba — são justamente essas audições noturnas as que mais agradam às partes; não há qualquer objeção a elas, em princípio. Por que então a má vontade dos secretários?

K. também não sabia; sabia tão pouco que não conseguia distinguir se Bürgel estava perguntando a sério ou só por perguntar. "Se você me deixar deitar na sua cama", pensou ele, "amanhã ao meio-dia, ou melhor ainda, à noite, vou responder a todas as perguntas". Mas aparentemente Bürgel não estava prestando atenção nele, estava muito ocupado com a pergunta que fizera a si mesmo: "Até onde sei e pela minha própria experiência, as preocupações dos secretários com as audições noturnas são mais ou menos as seguintes: a noite é menos adequada para negociações com as partes porque é mais difícil, ou mesmo impossível, garantir o caráter oficial dessas negociações. Isso não se deve a fatores externos, as formalidades podem ser rigorosamente observadas tanto de dia quanto à noite. Por outro lado, um julgamento oficial fica prejudicado à noite. Há uma tendência involuntária de se julgar as coisas predominantemente de um ponto de vista particular no período da noite, as alegações das partes têm mais peso do que deveriam, os sofrimentos e preocupações delas interferem no julgamento; a barreira necessária entre as partes e os funcionários, ainda que seja aparentemente infalível, se enfraquece. Em vez de haver somente uma alternância entre perguntas e respostas, parece ocorrer um intercâmbio estranho e completamente inadequado entre pessoas. Pelo menos é o que dizem os secretários, que, por sua profissão, são dotados de uma sensibilidade extraordinária para essas coisas. Eles, porém — isso tem sido discutido com frequência em nossos círculos —, mal notam essas influências negativas durante as audições noturnas; ao contrário, esforçam-se para enfrentá-las desde o princípio; no fim das contas, acreditam que obtiveram resultados particularmente bons. Mas quem lê as atas depois fica surpreso com os evidentes pontos fracos. E esses erros, bem como as vantagens meio injustificadas para as partes, não podem ser corrigidos depois, ao menos pelos nossos regulamentos, pelas vias rápidas habituais. Certamente ainda serão corrigidos por uma autoridade de controle, mas apenas quanto ao aspecto legal, não poderão afetar negativamente uma parte. Sob essas circunstâncias, as queixas dos secretários não são até muito justas?

K. estivera algum tempo meio adormecido, mas agora estava acordado. "Para que tudo isso? Por que tudo isso? Por quê?", perguntou consigo mesmo, olhando para Bürgel, sob as pálpebras meio fechadas, não como um funcionário com quem discutia questões difíceis, mas como alguém que o impedia de dormir, e ele não podia entender o sentido disso. Bürgel, porém, completamente voltado para sua linha de raciocínio, sorriu, como se tivesse conseguido desviá-lo ligeiramente de sua rota. Mas estava disposto a colocá-lo logo no caminho certo.

— Bem — disse ele —, sem mais elementos, não podemos aceitar essas queixas como plenamente justificadas. As audições noturnas não estão prescritas em lugar algum, e não se quebra nenhum regulamento quando se tenta evitá-las; mas as circunstâncias, o excesso de trabalho, a forma de trabalho dos funcionários no castelo, sua absoluta indispensabilidade, a regra pela qual a audiência das partes só ocorrerá após a conclusão de todas as outras investigações, mas imediatamente após, tudo isso e muito mais tornou as audições noturnas impreterivelmente necessárias. Mas se agora são uma necessidade — como eu digo —, também são, pelo menos indiretamente, resultado dos regulamentos; encontrar falhas na essência dessas audições noturnas — estou exagerando um pouco, e como é um exagero, posso dizer — seria encontrar falhas nos próprios regulamentos. Por outro lado, pode-se admitir que os secretários procurem se proteger da melhor forma possível e dentro dos regulamentos contra as audições noturnas e suas possíveis e aparentes desvantagens. É isso, em grande medida, o que fazem. Só permitem que sejam discutidas questões que implicam, sob todos os aspectos, pouco risco; eles as examinam cuidadosamente antes das negociações e, se o resultado desse exame assim o exigir, cancelam todas as inquirições no último momento; reforçam sua autoridade ao convocar uma parte dez vezes antes de julgar o caso; ficam felizes quando são substituídos por colegas que não têm competência para o caso em questão, e que por isso mesmo podem lidar com ele mais facilmente;

agendam as negociações para o início ou o fim da noite, evitam o período intermediário — há muitas medidas como essas; não são pessoas fáceis de lidar; os secretários são tão resilientes quanto sensíveis.

K. dormia, mas não dormia propriamente, ele ouvia as palavras de Bürgel talvez melhor do que durante a vigília, quando estava quase mortalmente exausto; palavra após palavra atingiam seu ouvido, mas a consciência pesada havia desaparecido, sentia-se livre, nem mesmo Bürgel o detinha; às vezes tateava na direção dele, não estava nas profundezas do sono, apenas imerso nele. Ninguém lhe roubaria isso. Era como se tivesse obtido uma grande vitória, e já havia companhia para comemorar; ele ou outra pessoa estava erguendo uma taça de champanhe para celebrar essa vitória. E para que todos soubessem do que se tratava, a batalha e a vitória eram continuamente repetidas; talvez não estivessem sendo repetidas, ocorriam agora e já haviam sido celebradas, e não deixariam de sê-lo, pois felizmente o resultado estava garantido. Na batalha, K. assediava um secretário nu, muito parecido com a estátua de um deus grego. Era engraçado, e K. ria suavemente durante o sono ao ver o altivo secretário recuar, assustado, com os avanços dele, de modo que tinha de cobrir sua nudez com o braço esticado e o punho cerrado, mas era muito lento ao fazer isso. A batalha não durou muito; passo a passo, e eram grandes passos, K. avançava. Era mesmo uma batalha? Não havia um obstáculo sério, só um gritinho do secretário de vez em quando. Esse deus grego dava gritinhos como os de uma moça em quem fazemos cócegas. E por fim ele se foi, K. estava sozinho em um grande espaço. Pronto para a luta, voltou-se e não viu o oponente; não havia ninguém ali, as pessoas que estavam na festa tinham sumido, só havia uma taça de champanhe quebrada no chão. K. terminou de esmagá-la. Mas os cacos o espetaram, ele estremeceu e acordou; sentia-se mal como uma criança pequena quando é acordada. Ao ver rapidamente o peito nu de Bürgel, refletiu sobre o sonho: "Eis aqui o seu deus grego! Arranque-o das cobertas!".

— Entretanto — disse Bürgel, erguendo o rosto pensativo para o teto, como se buscasse exemplos na memória, mas não pudesse encontrá-los —, mesmo com todas as medidas de segurança, ainda há uma possibilidade para as partes explorarem essa fragilidade noturna dos secretários, admitindo-se que seja uma fraqueza. Claro, é uma possibilidade muito rara, ou melhor, praticamente inexistente. Consiste em que as partes cheguem no meio da noite, sem aviso prévio. Talvez o senhor se surpreenda por isso ocorrer tão raramente, ainda que pareça o mais óbvio a fazer. Bem, o senhor não está familiarizado com o modo como as coisas ocorrem por aqui. Mas até o senhor deve ter notado a absoluta ausência de lacunas de nossa organização oficial. Dessa ausência de lacunas resulta que, se alguém tiver de ser ouvido em razão de algum interesse, ou por outro motivo qualquer, é convocado no ato, imediatamente, geralmente antes mesmo de a própria pessoa ter conhecimento da questão. Então ainda não é interrogado; geralmente não é interrogado, pois usualmente a decisão ainda não está tão amadurecida, mas ocorre a convocação, e não pode vir sem aviso prévio; no máximo pode vir na hora errada, e então será alertado para a data e o local corretos, e via de regra é dispensado, sem mais dificuldades; a convocação em mãos das partes e as anotações nos documentos nem sempre são suficientes para os secretários, mas são poderosas armas de defesa. No entanto, isso só se aplica ao secretário que está lidando com a questão no momento; seria possível para os demais abordar qualquer outro durante a noite, há liberdade para tal; mas dificilmente alguém faria isso, não faz sentido. Primeiramente porque magoaria o secretário responsável; nós, secretários, não temos ciúme um do outro em relação ao trabalho; cada um já tem uma elevada carga de trabalho, isso é verdade, não há qualquer mesquinhez aqui; mas de modo algum podemos tolerar qualquer interferência das partes. Muitos perderam a causa porque julgaram que não conseguiriam avançar pelas vias adequadas, e por isso tentaram se esgueirar pelas vias inadequadas. Tais tentativas estão fadadas ao fracasso, pois um secretário que não tenha competência para o caso, pego no meio da noite, ainda que tenha a maior boa vontade para ajudar, dificilmente conseguirá mais que um advogado qualquer, por conta de sua incompetência para o caso, ou até menos; ainda que pudesse fazer alguma coisa, pois conhece melhor os caminhos secretos da lei do que qualquer jurisconsulto, simplesmente não teria tempo para assuntos que não são de sua responsabilidade, não pode dedicar um instante sequer a isso. Nessa perspectiva, quem passaria as noites atrás de secretários que não têm competência para essas questões? As partes, por sua vez, também estão muito ocupadas, pois além de dedicar-se a suas profissões, têm de atender às convocações e sinalizações das autoridades competentes; Claro que a expressão "muito ocupadas" tem um sentido para as partes, que de forma alguma é o mesmo que tem para os secretários.

K. assentiu, sorrindo, achava que agora tinha entendido muito bem; não que se incomodasse com isso, pois estava convencido de que adormeceria completamente a qualquer momento, e desta vez sem sonhos ou perturbações; entre os secretários competentes, de um lado, e os incompetentes, do outro, considerando que havia um grande volume de partes muito ocupadas, ele poderia mergulhar em um sono profundo, e assim livrar-se de tudo isso. Estava tão acostumado com a voz calma de Bürgel, que revelava autossatisfação, e com a qual tentava, em vão, despertar o sono em si próprio, que essa voz, em vez de perturbar seu sono, o estimulava. "Roda, moinho, roda", pensou ele, "só para mim você roda."

— Onde está, então — questionou Bürgel, que com dois dedos brincava com o lábio inferior; estava de olhos arregalados e com o pescoço esticado, como se estivesse se aproximando de um mirante encantador após uma caminhada extenuante —, onde está essa citada possibilidade rara, que praticamente não existe? O segredo está nos regulamentos sobre competência. Pois não é possível, nem mesmo em uma grande e sólida organização, que haja um secretário específico para cada coisa. Uma pessoa pode até ser a principal responsável, mas muitos outros têm alguma responsabilidade, embora menor. Quem poderia sozinho, ainda que fosse um excelente profissional, reunir tudo o que é relativo a uma causa, até os menores incidentes, em sua mesa de trabalho? Até mesmo o que eu disse sobre a responsabilidade principal já é muita coisa. Na menor responsabilidade não está contido o todo? A paixão com que alguém lida com um caso não é decisiva? E não é sempre a mesma, e sempre com força total? Pode haver muitas diferenças entre os secretários, e elas são incontáveis, mas não no que se refere à paixão; nenhum recuará se for chamado para tratar de um caso, ainda que seja um pelo qual ele tenha apenas uma mínima competência. Para todos os efeitos, no entanto, precisa proporcionar uma possibilidade de negociação ordenada, e assim um secretário específico é designado para as partes, e é a ele que elas devem se dirigir oficialmente. Mas não precisa ser aquele que tem a maior competência para o caso; a organização decide conforme as circunstâncias específicas do momento. Esse é o estado de coisas. Mas agora considere, senhor agrimensor, a possibilidade de que uma parte, por alguma circunstância, apesar dos obstáculos já descritos, que geralmente são plenamente suficientes, consiga surpreender um secretário no meio da noite, um que tenha alguma competência sobre o caso em questão. O senhor já não pensou em tal possibilidade? Gostaria muito de acreditar no senhor. Nem é o caso de pensar nisso, pois é algo que quase nunca acontece. Mas que grãozinho inusitado, especialmente modelado, tão minúsculo e hábil, seria capaz de atravessar uma peneira tão impenetrável? O senhor acha que isso não pode acontecer? O senhor tem razão, não pode acontecer. Mas numa noite — quem pode garantir[29] tudo? — acontece. Não conheço ninguém com quem já tenha acontecido, não entre meus conhecidos, mas isso não é lá uma grande prova. Em comparação com o número de pessoas que transitam por aqui, meu círculo de conhecidos é limitado; além disso, não é certo que um secretário possa admitir que isso já aconteceu com ele, pois é uma questão muito pessoal, e até certo ponto afeta seriamente sua reputação como funcionário. Minha experiência comprova, porém, que é algo muito raro, que só se conhece por rumores, e não há nada que os confirme; logo, temer esse tipo de coisa é um exagero. E mesmo quando acontece realmente — temos de crer nisso — podemos literalmente tornar o fato inofensivo, o que é fácil, ao provar que não há lugar para tais coisas neste mundo. Esconder-se debaixo das cobertas, sem ousar pôr a cara para fora, por medo de algo assim, é uma atitude mórbida. Ainda que o absolutamente improvável tome forma, está tudo

29. *bürgen*, "garantir"; trocadilho com o nome do personagem, Bürgel.

perdido? Ao contrário. Estar tudo perdido seria mais improvável que o mais improvável dos eventos. Claro que, se uma parte está no quarto, é algo muito ruim. Ficamos com o coração apertado. "Por quanto tempo vamos suportar?", nós nos perguntamos. Mas sabemos que não haverá resistência. Basta representar a situação corretamente. A parte nunca vista, sempre esperada, aguardada ansiosamente, considerada, de forma bem razoável, inatingível, está sentada ali. Sua mera e silenciosa presença nos convida a penetrar em sua vida miserável, a rodeá-la como se fosse sua propriedade, por ter compaixão por suas demandas inúteis. Numa noite silenciosa, tal convite é cativante. Você o aceita e, na prática, deixa de ser um funcionário. Nessa situação, logo será impossível recusar um pedido. Na verdade, ficamos desesperados. Mais precisamente, ficamos felizes. Desesperados, pois estamos sentados aqui, indefesos, à espera dos pedidos das partes, e sabendo que, uma vez ouvidos, você tem de atender esses pedidos, mesmo que, até onde é possível ver, isso literalmente destrua a organização oficial — talvez seja a pior coisa que pode acontecer em nossa atividade. Acima de tudo — e desconsiderando todo o resto — porque envolve, além de qualquer outro conceito, atingir uma posição mais elevada, o que alguém necessariamente vai reivindicar para si em tal momento. Nossa posição não permite que aceitemos pedidos como o que está em questão aqui, mas nossos poderes parecem aumentar, até certo ponto, pela proximidade com as partes nessas audiências noturnas, e então assumimos compromissos que estão fora de nossa especialidade. Mas vamos atendê-los. As partes nos obrigam, como ladrões na floresta, a fazer sacrifícios que, de outro modo, jamais faríamos; é assim quando as partes ainda estão aqui, elas nos fortalecem, nos forçam, nos incentivam, e tudo isso ocorre de forma meio inconsciente; mas como ficará depois, quando tudo acabar, e as partes, saciadas e despreocupadas, nos deixarem a sós, indefesos em relação ao mau uso que fizemos de nossas atribuições? — é impensável! Entretanto, estamos felizes. A felicidade pode ser suicida! Poderíamos fazer um esforço para ocultar a verdadeira situação para as partes. Elas mesmas dificilmente iriam notar por sua própria conta. Pensam que talvez tenham entrado no quarto de alguém sem um motivo específico, por mero acaso, estavam desapontadas, sem rumo, não se importavam com mais nada por causa do cansaço e da decepção, sentam-se ali, sem saber o que fazer, ficam entregues a pensamentos, se é que fazem isso, sobre seus erros e seu cansaço. Podemos deixá-las assim? Não podemos. Com a loquacidade de um homem feliz, temos de explicar tudo a elas. É preciso mostrar a elas, com riqueza de detalhes, o que realmente aconteceu e por que aconteceu, sem poupá-las de nada; como essa é uma oportunidade extraordinariamente rara e única, precisamos mostrar às partes como é que conseguiram tal oportunidade, apesar de todo seu desamparo, sem contar com mais nada além da própria parte; e agora, senhor agrimensor, podem controlar tudo, não precisam fazer mais nada além de apresentar seu pedido de alguma forma, que será certamente atendido, já estão estendendo as mãos para receber o que desejam; tudo isso temos de mostrar; é um momento difícil para um funcionário. Mas quando fazemos isso, senhor agrimensor, o que era mais necessário, temos de nos dar por satisfeitos e aguardar.

K. não ouvia mais nada, dormia, alheio a tudo o que estava acontecendo. A cabeça, que antes estava apoiada no braço esquerdo, por sua vez esticado sobre a coluna da cabeceira da cama, havia escorregado e agora pendia livremente, inclinando-se lentamente para baixo; o apoio do braço já não era suficiente, e K. involuntariamente conseguiu outro apoio ao pressionar a mão direita contra a colcha, agarrando acidentalmente o pé de Bürgel, que estava debaixo do cobertor. Bürgel olhou para K. intrigado, mas deixou que agarrasse seu pé, por mais incômodo que fosse.

Em seguida ouviram-se fortes batidas na parede lateral. K. encolheu-se e olhou para a parede.

— O agrimensor está aí? — alguém perguntou.

— Sim — disse Bürgel, que soltou o pé da mão de K. e subitamente esticou-se de forma enérgica e deliberada, como se fosse um menino.

— Então ele deve vir agora — declarou a pessoa, sem qualquer consideração por Bürgel nem pela possibilidade de ele ainda vir a precisar de K.

— É Erlanger — sussurrou Bürgel; não parecia surpreso por ele estar no quarto ao lado. — Vá logo falar com ele; deve estar irritado, procure acalmá-lo. Ele dorme bem, mas estávamos falando muito alto; é difícil controlar a própria voz quando falamos sobre certas coisas. Mas vá logo, parece que o senhor ainda não acordou. Vá, o que ainda está fazendo aqui? Não, o senhor não precisa se desculpar por estar com sono, por que precisaria? A força física tem determinado limite. Quem pode evitar que esse limite também seja significativo em outros aspectos? Ninguém pode. Assim o próprio mundo corrige seu curso e se mantém em equilíbrio. Esse é um arranjo excelente, incrivelmente excelente, ainda que desolador em outros aspectos. Vá agora, não sei por que olha para mim. Se hesitar por mais tempo, Erlanger vai me procurar, e quero evitar isso. Vá logo, então; quem sabe o que lhe espera, aqui há muitas oportunidades. Claro que há oportunidades grandes demais para serem aproveitadas; há coisas que fracassam por si mesmas, e nada mais. Sim, é surpreendente. A propósito, espero que eu consiga dormir um pouco agora. De fato, já são cinco horas, logo o barulho vai começar. Se ao menos o senhor quisesse ir logo!

Atordoado por ter sido despertado repentinamente de um sono profundo, ainda precisando desesperadamente dormir, com o corpo todo dolorido em razão da posição desconfortável, K. demorou um longo tempo para conseguir se levantar. Pôs a mão na testa e olhou para o colo. Nem mesmo as insistentes despedidas de Bürgel eram capazes de colocá-lo em movimento, apenas um sentimento de total inutilidade em permanecer naquele quarto o persuadiu lentamente a fazer isso. O quarto lhe parecia indescritivelmente deserto. Não sabia se tinha ficado assim ou se sempre fora desse jeito. Nem conseguiria mais dormir ali. Essa convicção foi decisiva; com um leve sorriso ele se levantou, apoiando-se onde podia: na cama, na parede, na porta; e saiu sem se despedir de Bürgel, como se já tivesse se despedido há muito tempo.

24.

K. possivelmente teria passado com a mesma indiferença pela porta de Erlanger se este não estivesse diante da porta aberta, acenando para ele. Um único e breve aceno com o dedo indicador. Erlanger estava pronto para sair, vestia um casaco de pele preto com uma gola alta, abotoada até o pescoço. Um criado lhe entregava as luvas e uma boina de pele.

— O senhor já deveria ter vindo há muito tempo — afirmou Erlanger.

K. quis se desculpar. Com um fechar de olhos cansado, Erlanger mostrou que não era necessário.

— É o seguinte — disse ele. — Uma tal de Frieda trabalhava na taberna; conheço pelo nome, não a conheço pessoalmente, e pouco me importa. Essa Frieda às vezes servia cerveja para Klamm. Parece que é outra moça agora. Claro que a troca possivelmente não faz a menor diferença para os clientes, e certamente não para Klamm. Mas quanto mais importante é um trabalho, e o trabalho de Klamm é certamente o mais importante de todos, há menos capacidade para se defender do que vem de fora; consequentemente, mesmo uma mudança banal pode ser seriamente perturbadora. A menor alteração na escrivaninha, como a remoção de uma mancha que sempre estivera nela, tudo isso pode perturbar, inclusive uma nova atendente na taberna. Claro que nada disso perturba Klamm, mesmo que perturbasse todos os demais e qualquer outro trabalho; não há dúvida quanto a isso. No entanto, temos a obrigação de zelar pelo conforto dele, e por isso eliminamos perturbações, ainda que talvez nem o sejam — possivelmente ele não tem nenhuma —, se nos parecem potenciais perturbações. Não é por causa dele, nem por seu trabalho, que eliminamos essas perturbações, mas por nossa causa, por nossa consciência e nossa paz. É por isso que Frieda deve retornar à taberna imediatamente; é possível que seu retorno seja por si uma perturbação; nesse caso, a dispensaremos novamente; mas por ora ela deve voltar. Disseram-me que o senhor mora com ela; providencie então seu retorno imediato. Não há de se levar em consideração sentimentos pessoais, obviamente, não entrarei na menor discussão sobre o assunto. Já faço mais do que o necessário quando menciono que, caso o senhor leve a bom termo essa tarefa, isso poderá eventualmente ser algo útil para seu progresso. Eis tudo o que tenho a dizer ao senhor.

E despediu-se de K. com um aceno de cabeça, colocou a boina de pele que lhe havia sido entregue e partiu, acompanhado pelo criado; seguiu rapidamente pelo corredor, ainda que mancasse um pouco.

Às vezes ali eram dadas ordens muito fáceis de cumprir, mas K. não estava feliz com isso. Não apenas porque a ordem se referia a Frieda; embora fosse uma ordem, soava ridícula, principalmente porque fazia K. perceber a inutilidade de seus esforços. As ordens passavam por cima dele, tanto as desfavoráveis quanto as favoráveis, e mesmo as favoráveis eram, em seu cerne, desfavoráveis; de qualquer forma, todas passavam por cima dele, e sua posição era muito subalterna para interferir ou mesmo silenciá-los, fazendo com que sua própria voz fosse ouvida. Se Erlanger acena para você, o que fazer? Se não acena, o que poderia dizer a ele? K. estava ciente de que seu cansaço momentâneo o havia prejudicado mais do que qualquer outra coisa nas atuais circunstâncias, mas por que ele, que julgara poder contar com sua resiliência, e sem tal convicção não teria ido até ali, por que não poderia enfrentar noites difíceis e maldormidas? Por que estava tão incontrolavelmente cansado? Todos ali estavam cansados, mas não a ponto de prejudicar o trabalho; pelo contrário, o cansaço parecia favorecê-los. Seria possível concluir que se tratava de um cansaço muito diferente do de K. O deles era possivelmente consequência de um trabalho agradável; algo que aparentava ser cansaço, mas na verdade era uma paz inabalável. Estar um pouco cansado ao meio-dia era algo natural na rotina feliz e cotidiana deles. "Para os cavalheiros aqui", pensou K., "é sempre meio-dia".

Isso estava de acordo com o fato de que, às cinco horas, de ambos os lados do corredor já havia animação. O burburinho nos quartos tinha algo de muito alegre. Ora soava como a alegria de crianças ao se prepararem para um passeio, ora como galinhas saindo do galinheiro, alegres por estarem em plena consonância com o alvorecer do dia — um cavalheiro estava até imitando o cantar de um galo. O próprio corredor ainda estava vazio, mas as portas já se movimentavam, continuamente uma era aberta e logo em seguida fechada, e o abrir e fechar de portas produzia um zunido no corredor — no vão acima das paredes, que não chegavam ao teto, K. via cabeças aparecendo e desaparecendo. Ao longe via-se um carrinho com documentos, puxado lentamente por um serviçal. Um segundo serviçal ia ao lado, com uma lista na mão, obviamente cotejando os números das portas com os dos documentos. O carrinho parava diante da maioria das portas, que geralmente se abriam, e os respectivos documentos, às vezes apenas uma folha de papel — nesses casos, havia um pequeno diálogo entre quem estava no quarto e no corredor, provavelmente repreendendo o serviçal —, eram entregues. Se a porta permanecesse fechada, os documentos eram cuidadosamente colocados na soleira. Mas pareceu a K. que a movimentação das portas não diminuíra, e sim se intensificara, embora os documentos já tivessem sido entregues. Talvez os demais olhassem com inveja para os documentos que incompreensivelmente permaneciam intocados nas soleiras das portas; não compreendiam como alguém podia deixar os documentos ali, se bastava abrir a porta para pegá-los, mas não o faziam; era até possível que esses documentos não recebidos fossem mais tarde distribuídos para outros cavalheiros, que verificavam constantemente se os documentos ainda estavam nas soleiras, pois tinham esperança de recebê-los. Aliás, esses documentos ignorados eram geralmente pacotes muito grandes; K. supôs que eram deixados lá por ostentação ou maldade, ou até por um orgulho justificado, para encorajar os colegas. A suposição foi reforçada pelo fato de que às vezes — especialmente quando ele não estava olhando — o pacote, que havia ficado ali por muito tempo, era repentina e apressadamente puxado para dentro do quarto, e a porta voltava a ficar imóvel; as portas dos vizinhos também se acalmavam, decepcionadas ou mesmo satisfeitas por esse objeto irritante finalmente ter sido removido, mas logo depois voltavam a se movimentar.

K. observava tudo não apenas por curiosidade, mas também com interesse. Quase se sentia bem em meio àquela agitação, olhava lá e cá, acompanhava os serviçais, a uma distância segura, e eles frequentemente o olhavam com severidade, de cabeça baixa e lábios franzidos, enquanto K. observava-os distribuir os documentos. Quanto mais avançava esse trabalho, menos suavemente transcorria; ora a lista não estava correta, os documentos não eram mais distinguíveis, ora os cavalheiros levantavam outras objeções; de qualquer modo, alguns documentos tinham de ser devolvidos; o carrinho voltava e a devolução era negociada pelas portas entreabertas. Essas negociações já eram difíceis por si mesmas, mas com frequência acontecia que, se um documento precisava ser devolvido, as portas que antes se movimentavam animadamente permaneciam inexoravelmente fechadas, como se não tivessem mais nada a ver com a questão. Aquele que julgava ter direito aos documentos ficava impaciente ao extremo, fazia muito barulho em seu quarto, batia palmas, sapateava, gritava continuamente, pela porta entreaberta, um número específico de documento, o que se ouvia pelo corredor afora. Com frequência o carrinho jazia abandonado. O serviçal estava ocupado em acalmar o impaciente, enquanto outro, diante da porta fechada, pelejava pela devolução dos documentos. Era difícil para ambos. As tentativas de acalmar o impaciente o tornavam ainda mais impaciente, nem ouvia mais as palavras vazias do serviçal; não queria consolo, queria documentos; certa vez, um desses cavalheiros despejou, pela porta entreaberta, um jarro inteiro de lavatório sobre um serviçal. Outro serviçal, obviamente de nível superior, passou por uma situação ainda mais difícil. Se o referido cavalheiro concordasse em negociar, seguia-se uma discussão objetiva, na qual o serviçal se referia à sua lista, e o cavalheiro às suas anotações, na verdade aos documentos que deveria devolver, mas que mantinha firmemente em suas mãos, de forma que apenas um cantinho ficava visível aos olhos ávidos do serviçal.

Tinha de correr para o carrinho em busca de novas evidências; mas o carrinho, por causa da inclinação do corredor, sempre rolava um pouco para baixo; ou então tinha de ir até o cavalheiro que exigia documentos para, em vez de ouvir os protestos do atual possuidor deles, ouvir novos protestos em contrário. Essas negociações duravam muito tempo, até que se chegasse a um acordo: o cavalheiro entregava parte dos documentos e recebia outros como compensação, pois se tratava apenas de um engano; mas também acontecia de alguém ter de devolver todos os documentos, sem mais delongas, seja porque fora pressionado pelas provas apresentadas pelo serviçal, seja porque estava cansado de negociações ininterruptas; não os entregava ao serviçal, porém; em um ato repentino, jogava-os longe, no corredor, de modo que os barbantes se soltavam e os papéis saíam voando, e o serviçal tinha muito trabalho para colocar tudo em ordem novamente. Mas tudo era relativamente mais simples quando o serviçal não recebia resposta alguma por seu pedido. Então ficava diante da porta trancada e implorava, citava sua lista, os regulamentos, tudo em vão; não se ouvia som algum no quarto, e obviamente o serviçal não tinha permissão para entrar. Então até mesmo esse serviçal exemplar perdia o autocontrole; ia para o carrinho, sentava-se sobre os documentos, enxugava o suor da testa e não fazia nada por um tempo, a não ser balançar os pés, desamparado. Ao redor, havia grande interesse pelo assunto; em toda parte ouviam-se cochichos; praticamente nenhuma porta estava silenciosa; curiosamente lá no alto, no vão da parede, rostos quase inteiramente cobertos por toalhinhas não ficavam parados nem por um momento, acompanhando tudo o que estava acontecendo. Em meio a essa agitação, K. notou que a porta de Bürgel permaneceu fechada o tempo todo; os serviçais já haviam passado por aquela parte do corredor, mas ele não recebeu nenhum documento. Talvez ainda estivesse dormindo, e com todo aquele barulho fosse um sono profundo; mas por que não recebeu nenhum documento? Pouquíssimos quartos, provavelmente desocupados, haviam sido ignorados dessa maneira. No quarto de Erlanger, porém, já havia um novo ocupante, particularmente inquieto; Erlanger deve ter sido literalmente expulso pelo novo hóspede à noite, o que não combinava com sua natureza fria e formal, mas o fato de que esperava K. na porta indicava isso.

Após todas essas divagações, K. voltou novamente sua atenção ao serviçal; tudo o que tinha ouvido sobre os serviçais em geral — sua ociosidade, sua vida confortável, sua arrogância — certamente não se aplicava a ele; talvez fosse uma exceção entre os serviçais, ou, mais provavelmente, havia ali diferentes grupos de serviçais, e com diferenciações que ele não tinha notado até então. A determinação desse serviçal o agradava particularmente. Para K., parecia que enfrentava os próprios quartos, pequenos e teimosos, pois os ocupantes dificilmente eram vistos — o serviçal não desistia. Parecia cansado, e quem não estaria? — mas logo se recompôs, deslizou de cima do carrinho e, com os dentes cerrados, partiu ereto em direção à porta a ser conquistada. Poderia acontecer de ser derrotado duas ou três vezes, até com certa facilidade, só pelo silêncio diabólico que reinava ali dentro, mas não estava de forma alguma derrotado. Ao ver que não conseguiria nada ao atacar abertamente, tentou de outra maneira, pela astúcia, conforme pareceu a K. Deixou-se ver afastando-se da porta, deixou que o silêncio, de certa forma, se exaurisse, e voltou-se para outras portas; depois de um tempo, retornou, chamou o outro serviçal com uma voz alta e apelativa e começou a empilhar documentos na soleira da porta fechada, como se tivesse mudado de ideia, pois não havia nada que pudesse ser justificadamente tirado do cavalheiro, mas sim entregue a ele. E assim prosseguia, mas sempre de olho na porta; quando o cavalheiro abria cuidadosamente a porta para pegar os documentos, como costumeiramente fazia, o serviçal, com alguns saltos, chegava lá e colocava o pé entre a porta e o batente, forçando o cavalheiro a negociar com ele cara a cara, o que geralmente levava a um resultado satisfatório. Se não conseguisse, ou se julgasse que não era a maneira correta de lidar com uma porta, tentava outra coisa. Por exemplo, ia até o cavalheiro que exigia documentos. Então dispensava o outro, um serviçal que só trabalhava mecanicamente, um autêntico imprestável, e tratava ele próprio de conversar com o cavalheiro, sussurrando, como se compartilhasse segredos, com a cabeça já completamente dentro do quarto; provavelmente fazia promessas e assegurava que o outro cavalheiro seria punido na próxima distribuição; pelo menos apontava para a porta do outro e ria, contanto que o cansaço lhe permitisse. Mas houve casos, um ou dois, em que o serviçal claramente desistiu; K. julgou que era apenas uma aparente desistência, ou no mínimo havia justificados motivos para desistir, pois ele prosseguia calmamente, sem se mostrar incomodado com o barulho do cavalheiro que se sentia prejudicado; apenas o fato de fechar os olhos por um período um pouco mais prolongado indicava que o barulho o incomodava. Mas o cavalheiro foi se acalmando aos poucos, assim como o choro contínuo das crianças vai se transformando em soluços isolados; assim foi com suas lamúrias; mesmo após ter se calado por completo, porém, ainda havia de vez em quando um choro ocasional, ou uma porta abria-se brevemente e fechava-se logo em seguida. De qualquer forma, nesse caso o serviçal também parecia ter agido corretamente. Apenas um cavalheiro ainda não havia se acalmado; ficou em silêncio por longo tempo, mas só para se recuperar; e começou novamente, não com menos força do que antes. Não estava claro por que gritava e reclamava daquela maneira, talvez não fosse por causa da distribuição de documentos. Nesse meio-tempo, o serviçal havia terminado seu trabalho; apenas um único documento, na verdade um papelzinho, uma folha de um bloco de notas, havia ficado esquecido no carrinho, por culpa do outro serviçal; agora não se sabia a quem se destinava.

"Pode ser que seja meu documento", pensou K. O burgomestre dizia que seu caso era o de menor importância ali. Embora essa suposição parecesse aleatória e ridícula, K. tentou aproximar-se do serviçal, que olhava pensativamente para o papelzinho; não foi fácil, pois o serviçal não reagiu bem ao interesse que K. mostrava por ele; mesmo em meio a um trabalho árduo, teve tempo para olhar para K., mexendo a cabeça, nervoso e impaciente. Mas agora, após ter terminado a distribuição, parecia ter se esquecido dele, estava indiferente, o que era até compreensível, dada sua grande exaustão. Não se preocupou mais com o papelzinho, nem deve tê-lo lido, só fingiu ler; provavelmente os cavalheiros daquele corredor ficariam felizes se o papelzinho lhes fosse entregue, mas não o entregou, já estava farto desse trabalho. Com o indicador nos lábios, fez sinal ao colega para que ficasse em silêncio, rasgou o papelzinho em pequenos pedaços — K. já não estava perto dele — e os colocou no bolso. Era a primeira irregularidade que K. havia presenciado naquele local de trabalho; era possível, no entanto, que não tivesse entendido bem. Ainda que fosse uma irregularidade, era perdoável; nas condições locais, um serviçal podia cometer erros; chegaria o momento em que a raiva e a inquietação acumuladas explodiriam, e sua manifestação seria rasgar um papelzinho, algo até bem inocente. A voz do cavalheiro que não podia ser acalmado ainda ressoava pelo corredor, e os colegas, que em outros aspectos não eram muito amigáveis, pareciam estar plenamente de acordo com a barulheira; era como se ele tivesse sido incumbido de fazer barulho por todos, que com gritos e sinais de cabeça o incentivavam a prosseguir. O serviçal, porém, não se importava mais com isso, pois havia terminado seu trabalho; apontou a alça do carrinho para que o colega a agarrasse, e partiram da mesma forma que chegaram, tão lépidos e fagueiros que o carrinho até pulava diante deles. Só uma vez encolheram-se e olharam para trás, quando o cavalheiro que estava gritando — K. estava passando diante da porta dele agora, e gostaria de saber o que aquele cavalheiro desejava — obviamente tinha concluído que não conseguiria nada dessa forma, mas havia descoberto um botão de uma campainha elétrica e agora, provavelmente aliviado e encantado, apertava continuamente o botão em vez de gritar. Em seguida, um grande murmúrio vindo dos outros quartos parecia indicar aprovação; o cavalheiro aparentemente fazia o que os demais gostariam de ter feito há muito tempo, mas não fizeram por motivos ignorados. Será que o cavalheiro desejava ser atendido pela criadagem; por Frieda? Ele tocou a campainha por um longo tempo. Frieda estaca ocupada envolvendo Jeremias com toalhas molhadas; mesmo que já estivesse curado, ela não poderia vir, pois estava nos braços dele. Mas a campainha teve um efeito imediato. Ao longe via-se o estalajadeiro correndo, vestido de preto e abotoado, como sempre; parecia que tinha esquecido a própria dignidade ao correr; os braços estavam meio estendidos, como se tivesse sido chamado devido a um grande desastre e quisesse agarrar sua causa junto ao peito; a cada irregularidade no toque da campainha dava pulinhos e se apressava ainda mais. Bem atrás dele vinha a mulher, também correndo com os braços estendidos, mas seus passos eram curtos e hesitantes; K. pensou que ela viera tarde demais, pois o estalajadeiro já tinha feito tudo o que era necessário. Para abrir espaço para ele, K. encostou-se na parede. E o estalajadeiro parou ao lado de K., como se a ele se dirigisse, e logo a estalajadeira também estava a seu lado; ambos o repreenderam; com toda aquela correria, K., surpreso, não entendeu, até porque a campainha do cavalheiro misturou-se às repreensões, e outras campainhas começaram a tocar, não por necessidade, mas apenas por diversão e alegria transbordante. Como K. estava ansioso para saber o que tinha feito de errado, concordou que o estalajadeiro o pegasse pelo braço e o tirasse daquela balbúrdia, que só aumentava, mas, atrás dele — K. não se virou porque, de um lado, o estalajadeiro conversava com ele e, do outro, a estalajadeira — as portas abriram-se completamente, o corredor ficou animado, já havia um intenso movimento por ali, como em uma ruazinha estreita e movimentada, e diante dele as portas aguardavam ansiosas sua passagem para que pudessem dispensar os cavalheiros, e em meio a isso tudo as campainhas tocavam, continuamente, como se celebrassem uma vitória. Por fim — estavam de volta ao pátio silencioso e branco, onde alguns trenós aguardavam — K. aos poucos foi percebendo do que se tratava. Nem o estalajadeiro nem a estalajadeira entendiam como K. poderia ter ousado fazer tal coisa. "O que havia feito?", perguntava repetidamente K., mas não conseguiu fazê-lo por um longo tempo; afinal, seu erro era óbvio demais para ambos, não acreditaram nem remotamente em sua boa fé. Mas aos poucos K. foi compreendendo. Não tinha o direito de ficar no corredor, podia no máximo ir para a taberna, e isso era apenas um favor, a permissão poderia ser revogada a qualquer momento. Se fosse intimado por um cavalheiro, teria naturalmente de apresentar-se no local devido, e deveria estar ciente — tinha ao menos bom senso suficiente para tal? — que estava em um lugar ao qual não pertencia, apenas porque um cavalheiro o havia convocado para uma audiência, e com muita relutância, somente porque as questões oficiais assim exigiam e justificavam. Portanto, deveria comparecer rapidamente à audiência e depois desaparecer tão rapidamente quanto possível. Será que não havia percebido que cometera uma séria infração no corredor? E se não percebeu, como é que ficou vagando por lá como um animal no pasto? Não havia sido convocado para uma audiência noturna, e por acaso não sabia por que essas audiências ocorriam à noite? As audiências noturnas — aqui K. recebeu uma nova explicação sobre seu significado — tinham como objetivo ouvir as partes que, à luz do dia, pareciam insuportáveis para os cavalheiros; mas à noite, conduzidas rapidamente, sob iluminação artificial, os cavalheiros poderiam se esquecer de toda aquela fealdade após a audição, durante o sono. Com seu comportamento, porém, K. zombou de todas as regras de segurança. Até os fantasmas desaparecem ao amanhecer, mas K. ainda estava ali, com as mãos nos bolsos, como se esperasse que, se ele não se afastasse, todo o corredor, com seus quartos e cavalheiros, é que iria se afastar. E isso aconteceria — podia ter certeza —, certamente aconteceria se fosse possível, pois a sensibilidade dos cavalheiros era ilimitada. Nenhum deles expulsaria K., nem mesmo diria o óbvio, ou seja, que ele deveria partir; nenhum deles faria isso, embora provavelmente a presença de K. os fizesse tremer de nervosismo e estragasse a manhã, a melhor parte do dia para eles. Preferem sofrer a tomar providências contra K., embora tenham a esperança de que ele finalmente perceba o que está diante de seus olhos, ou seja, terá de sofrer até o limite do intolerável para que seu sofrimento se equipare ao dos cavalheiros, pois foi muito errado ter ficado no corredor pela manhã, à vista de todos, realmente muito inapropriado. Mas era uma esperança vã. Eles não sabem, ou não querem saber, por sua gentileza e condescendência, que há também corações insensíveis e endurecidos, que não podem ser amolecidos por qualquer reverência. Até a mariposa noturna, um pobre inseto, procura um cantinho tranquilo quando amanhece o dia, achata-se, preferiria até desaparecer, mas fica infeliz por não poder fazer isso. K., ao contrário, coloca-se num lugar onde é mais visível, e se com isso pudesse impedir o raiar do dia, ele o faria. Bem, não pode fazer isso, mas infelizmente pode atrasá-lo, torná-lo mais difícil. Não presenciou a distribuição dos documentos? Ninguém tinha permissão para isso, exceto os mais intimamente ligados a esse trabalho. Era algo que nem mesmo o estalajadeiro e a estalajadeira, que estavam em sua própria casa, podiam fazer. Só conheciam vagamente o assunto por rumores espalhados pelos serviçais, como os daquele dia. Será que tinha notado as dificuldades envolvidas na distribuição dos documentos? Eram inimagináveis, pois cada um dos cavalheiros se dedica somente à sua causa, nunca havendo vantagens pessoais; portanto, o trabalho precisa ser feito com máximo empenho para garantir que a distribuição dos documentos, uma tarefa importante e fundamental, ocorra rapidamente e sem erros. Será que K. não teve a mais remota percepção de que a principal causa de todas as dificuldades era que a distribuição tinha de ocorrer com as portas quase fechadas, sem possibilidade de comunicação direta entre os cavalheiros, que, naturalmente, podiam se entender em um instante, enquanto a mediação dos serviçais podia se estender por quase uma hora, e nunca acontecia sem reclamações? Era um tormento duradouro para cavalheiros e serviçais, possivelmente com consequências negativas para trabalhos posteriores. E por que os cavalheiros não podiam interagir? Será que K. ainda não havia entendido? Nunca nada parecido havia se passado com a estalajadeira — o estalajadeiro confirmou o mesmo quanto à sua pessoa —, ainda que com frequência tivessem de lidar com pessoas indisciplinadas. Coisas que não se ousa dizer precisam ser ditas abertamente para essas pessoas, ou não entenderão nem o mais básico. Portanto, isso tem de ser dito agora: por causa dele, única e exclusivamente por causa dele, os cavalheiros não puderam sair de seus quartos, pois de manhã, pouco depois de acordar, sentiram-se vulneráveis e envergonhados ao serem observados por um estranho; literalmente é como se estivessem despidos, ainda que completamente vestidos. É difícil dizer por que são tão envergonhados; talvez porque esses eternos trabalhadores estavam dormindo; ainda mais vergonhoso do que se mostrar, porém, é ver estranhos; felizmente conseguem superar a visão das insuportáveis partes graças às audições noturnas, e não querem ser subitamente confrontados com a dura realidade logo pela manhã. Simplesmente não estão preparados. E há quem não respeite! E só pode ser alguém como K. Alguém que passa por cima de tudo, desde a lei até a mais comezinha consideração por outros seres humanos, com apática sonolência e indiferença, que não se importa em tornar a distribuição de documentos quase impossível e prejudicar a reputação da casa, e que foi responsável por um feito inédito: os cavalheiros, exasperados, começaram a se defender, e com um esforço sobre-humano puseram-se a tocar as campainhas, queriam ajuda para livrar-se de K., e não teriam conseguido de outro modo. Eles, os cavalheiros, estavam pedindo ajuda! O estalajadeiro e a estalajadeira, bem como os demais empregados, não teriam vindo correndo se ousassem aparecer diante dos cavalheiros sem ter sido chamados, ainda que fosse apenas para ajudá-los e sair logo em seguida? Tremendo de indignação com K., desolados por sua impotência, haviam ficado à espera no início do corredor; o toque da campainha foi uma libertação inesperada para eles. Bem, o pior havia passado. Se ao menos pudessem ver a felicidade estampada no rosto dos cavalheiros com o afastamento de K.! Mas para K. a questão não estava encerrada: ele teria de ser responsabilizado pelo que fizera.

Nesse meio-tempo, chegaram à taberna; não estava claro por que o estalajadeiro tinha levado K. até lá, apesar de toda a raiva que sentia; talvez tivesse percebido que o cansaço de K. o impossibilitava de deixar a casa no momento. Sem pedir licença para se sentar, K. literalmente desabou sobre um dos barris. Ali, na escuridão, sentia-se bem. No grande espaço brilhava apenas uma fraca lâmpada elétrica sobre as torneiras de cerveja. Do lado de fora, a escuridão era mais profunda, aparentemente estava nevando. Tinha de dar graças por estar em um local aquecido, e tomar cuidado para não ser expulso dali. O estalajadeiro e a estalajadeira ainda estavam diante dele, como se ainda representasse certo perigo; afinal, era tão pouco confiável que não se poderia descartar a possibilidade de ele acordar e invadir o corredor novamente. Também estavam cansados por causa do terror noturno e do despertar antes da hora, especialmente a estalajadeira, que estava com um vestido marrom que farfalhava como se fosse de seda, com uma saia larga, abotoado e amarrado com certo descuido — onde o apanhara, na pressa? —, com a cabeça encostada no ombro do marido; enxugou os olhos com um lencinho e dirigiu um olhar infantilmente irritado a K. Para tranquilizá-los, K. lhes disse que tudo o que tinham contado era absoluta novidade para ele. Com toda sua ignorância, ele não teria ficado no corredor, onde de fato não tinha o que fazer; não quis incomodar ninguém, era tudo por causa de seu extremo cansaço. Agradeceu a eles por terem posto um fim àquela cena embaraçosa e, se tivesse de ser responsabilizado pelo ocorrido, aceitaria de bom grado, pois só assim poderia evitar que seu comportamento fosse mal interpretado. A culpa era somente do cansaço, nada mais do que isso. O cansaço era decorrente do fato de ainda não estar acostumado com a tensão durante as audições. Não estava ali há muito tempo. Com um pouco mais de experiência, nada parecido voltaria a acontecer. Talvez tivesse levado a audição muito a sério, o que em si não era uma desvantagem. Tivera de passar por duas audiências em curto espaço de tempo, uma com Bürgel e outra com Erlanger; a primeira o deixara particularmente exausto, embora a segunda não tenha sido muito longa, Erlanger só lhe pedira um favor; mas as duas audiências juntas foram demais para ele, mais do que podia suportar; talvez também tivesse sido pesado demais para outra pessoa, como para o senhor estalajadeiro, por exemplo. Saíra cambaleando da segunda, como se estivesse embriagado; vira e ouvira pela primeira vez dois cavalheiros, e ainda tivera de responder suas perguntas. Até onde ele sabia, tudo tinha corrido bem, mas então houve o incidente, pelo qual dificilmente poderia ser considerado culpado depois do ocorrido. Infelizmente, apenas Erlanger e Bürgel reconheceram seu estado, e certamente o teriam defendido e evitado maiores problemas; mas Erlanger teve de sair logo após a audiência, obviamente para ir ao castelo, e Bürgel, provavelmente cansado — como K. poderia ter passado incólume por isso? — dormiu após a audiência, e permaneceu dormindo ao longo de toda a distribuição dos documentos. Se K. tivesse tido uma oportunidade de fazê-lo, teria aproveitado com alegria, e assim evitaria de bom grado tudo o que viu de proibido, o que seria fácil, até porque, na realidade, não estava em condições de ver coisa alguma; logo, mesmo os cavalheiros mais sensíveis poderiam mostrar-se diante dele sem qualquer constrangimento.

A menção das duas audiências, inclusive a de Erlanger, e o respeito com que K. falou desses cavalheiros, causaram uma impressão favorável. O estalajadeiro parecia disposto a atender ao pedido de K. de colocar uma tábua sobre os barris para que pudesse dormir ali pelo menos até o amanhecer; a estalajadeira, porém, era contra; balançava continuamente a cabeça, enquanto tentava inutilmente ajustar o vestido, cuja desordem só então tinha percebido, e uma discussão aparentemente antiga sobre a limpeza da casa estava prestes a irromper. Para K. com todo seu cansaço, a discussão do casal teve extraordinária importância. Ser expulso dali seria um infortúnio maior do que qualquer outro que havia sofrido até então. Isso não poderia acontecer, ainda que o estalajadeiro e a estalajadeira se unissem contra ele. Ficou à espreita de ambos, encolhido sobre o barril, até que a estalajadeira, por sua sensibilidade incomum, que K. notara havia algum tempo, repentinamente se afastou — provavelmente já tinha conversado sobre outro assunto com o estalajadeiro — e exclamou:

— Veja como ele olha para mim! Expulse-o de uma vez por todas!

K., porém, aproveitou a oportunidade, pois estava absolutamente convencido, quase ao ponto da indiferença, de que ficaria, e disse:

— Não estou olhando para você, só para seu vestido.

— Para o vestido? Por quê? — perguntou a estalajadeira, agitada.

K. encolheu os ombros.

— Vamos! — disse a estalajadeira para o marido. — Está bêbado, o grosseirão. Vamos deixá-lo dormir aqui para curar a bebedeira!

Então ordenou a Pepi, que a seu chamado emergiu da escuridão, desgrenhada, cansada, com uma vassoura na mão, que segurava de má vontade, que jogasse um travesseiro para K.

25.

Quando K. acordou, pensou a princípio que mal havia dormido; o quarto permanecia inalteradamente vazio e aquecido, todas as paredes estavam às escuras, e a única lâmpada, sobre as torneiras de cerveja, estava apagada, do lado de fora da janela ainda era noite. Quando se espreguiçou, o travesseiro caiu, a tábua e os barris rangeram; Pepi veio rapidamente e ele soube que já era noite, tinha dormido por mais de doze horas. A estalajadeira perguntara por ele algumas vezes ao longo do dia; nesse meio tempo, também Gerstäcker estivera lá pela manhã e queria saber como K. estava, mas não ousara incomodá-lo; esperou por uma cerveja no escuro enquanto K. falava com a estalajadeira; por fim, parece que Frieda também esteve por lá, mas é pouco provável que tenha sido por causa de K.; tinha muita coisa para preparar, pois à noite voltaria ao antigo emprego.

— Ela não gosta mais de você? — perguntou Pepi, trazendo café e bolo.

Não perguntou por maldade como fizera antes, mas com tristeza, como se nesse meio-tempo tivesse conhecido a maldade do mundo, contra a qual sua própria maldade falhara e se tornara sem sentido; falava com ele como companheira de sofrimentos; quando K. provou o café, ela teve a impressão de que não o achou suficientemente doce; então trouxe para ele o açucareiro cheio. Mas sua tristeza evidentemente não a impediu de embonecar-se ainda mais do que na última vez; havia uma profusão de laços e fitas entrelaçados em seu cabelo, que ela arranjou cuidadosamente ao longo da testa e das têmporas; no pescoço trazia uma corrente, que pendia sobre o decote profundo da blusa. K., satisfeito após uma noite bem-dormida e depois de ter tomado uma boa xícara de café, sorrateiramente aproximou-se de um laço e tentou desatá-lo; então Pepi disse, cansada:

— Vê se me deixa em paz! — e sentou-se ao lado dele em um barril.

K. não precisou perguntar por que ela sofria, ela mesma começou a contar, olhando fixamente para o bule de café dele, como se precisasse de uma distração enquanto contava sua história, como se não pudesse se entregar completamente a isso, mesmo que se tratasse de seu sofrimento, pois era algo além de suas forças. Ele logo descobriu que era culpado pelo sofrimento de Pepi, mas ela mesma não o culpava. Ao longo da narrativa, acenava vigorosamente com a cabeça para evitar que K. a rebatesse. Primeiro, ele tirou Frieda da taberna, e com isso possibilitou a ascensão de Pepi. Nada era mais inimaginável do que convencer Frieda a deixar seu emprego; ela era, ali, como uma aranha em sua teia, cujos fios estendiam-se por toda parte, de um modo que só ela podia fazer; era impossível tirá-la dali se ela não quisesse; somente o amor por alguém de posição inferior, não compatível com a dela, poderia removê-la de lá. E Pepi? Alguma vez sonhara com esse emprego? Era camareira, um emprego insignificante e pouco promissor; sonhava com um grande futuro, como toda moça, e não se pode proibir os sonhos; mas não pensava seriamente em progredir, estava conformada com o que tinha conquistado. E de repente Frieda havia sumido da taberna; tão de repente que o estalajadeiro não tinha uma substituta à mão; procurou e seu olhar recaiu sobre Pepi, que obviamente havia dado um passo à frente. Na época, ela amou K. como nunca havia amado alguém antes; há um mês estava aqui embaixo, sentada em seu quarto minúsculo e escuro, preparada para passar anos lá, ou a vida inteira, sem ser notada, e de repente aparece K., um herói, um libertador de donzelas, que abriu caminho para ela lá no alto. Ele não sabia nada sobre Pepi, não fizera isso por causa dela, o que não afetou em nada sua gratidão. Na noite anterior à sua contratação — o emprego ainda não era certo, mas bem provável — ela passara horas conversando com ele, sussurrando agradecimentos em seu ouvido. A façanha de K. ficou ainda maior aos olhos dela porque o fardo que ele aceitara carregar era Frieda; era de um altruísmo inconcebível ter possibilitado a ascensão de Pepi ao tomar Frieda como amante, uma moça desairosa, outoniça, magra, de cabelos curtos e ralos, e além disso traiçoeira, que sempre escondia alguma coisa, o que provavelmente tinha relação com sua aparência; seu rosto e seu corpo são de causar pena, sem dúvida, e ela tem segredos que ninguém pode comprovar, como seu suposto relacionamento com Klamm. Na ocasião, alguns pensamentos vieram à mente de Pepi: será que K. ama mesmo Frieda, ou está enganando a si mesmo? Ou talvez esteja enganando somente a Frieda, e o único resultado será a ascensão de Pepi; então K. perceberia seu erro, ou não desejaria mais escondê-lo, e não veria mais Frieda, mas Pepi; isso poderia não ser apenas produto de sua imaginação; afinal, poderia muito bem enfrentá-la de donzela para donzela, ninguém negaria, pois foi sobretudo o emprego de Frieda, e o brilho que ela sabia dar a esse emprego, que encantaram K. naquele momento. Pepi sonhou que, quando conquistasse aquele emprego, K. viria implorando até ela, que teria duas opções: ceder a K. e perder o emprego ou rejeitá-lo e continuar em sua ascensão. Ela havia decidido que renunciaria a tudo, se rebaixaria ao nível dele, para lhe ensinar o verdadeiro amor, que nunca poderia experimentar com Frieda, que não depende de nenhum cargo elevado deste mundo. Mas as coisas foram diferentes. De quem foi a culpa? Acima de tudo, de K., e depois, é claro, da astúcia de Frieda; o que quer esse homem estranho? O que busca, o que é importante para ele, que o faz esquecer o que está mais próximo, o que é mais belo? Pepi é a vítima, e tudo isso é estúpido, tudo está perdido; quem pudesse incendiar a estalagem dos cavalheiros, queimá-la completamente, de maneira que não restasse o menor vestígio, queimá-la como se queima uma folha de papel no fogão, hoje seria o escolhido de Pepi. Bem, Pepi chegou à taberna há quatro dias, logo antes do almoço. O trabalho aqui não é fácil, é algo de matar, mas não é pouca coisa o que se pode conquistar com ele. Antes, Pepi nunca limitou-se a aproveitar o dia, mas jamais imaginou, nem nos mais ousados sonhos, que conseguiria esse emprego; era uma observadora atenta, sabia como era o trabalho, não estava despreparada quando o aceitou. Sem preparo não é possível aceitar esse trabalho, pois você o perderá nas primeiras horas. E assim será caso se comporte como uma camareira! Como camareiras, ao longo do tempo nos sentimos perdidas e esquecidas; é como trabalhar em uma mina, pelo menos é assim no corredor dos secretários, por um dia inteiro não se vê viva alma, exceto por algumas partes zanzando por ali, sem ousar olhar para cima, e duas ou três camareiras, igualmente amarguradas. De manhã, não é permitido sair dos quartos, pois os secretários querem ficar só entre eles; os criados trazem comida para eles direto da cozinha, e as camareiras geralmente não têm o que fazer; durante as refeições não podem nem aparecer no corredor. Só têm permissão para arrumar os quartos enquanto os cavalheiros estiverem trabalhando, obviamente não os quartos que estiverem ocupados, apenas os vazios, e o trabalho deve ser bem silencioso, para não incomodar as atividades dos cavalheiros. Mas como é possível arrumar os quartos em silêncio se os cavalheiros permanecem nos quartos por vários dias, e os criados, essa gentalha, ficam zanzando por eles? Quando o quarto finalmente é liberado para as camareiras, está em tal condição que nem mesmo um dilúvio poderia limpá-lo. Podem ser nobres cavalheiros, mas é preciso conter o asco para arrumar os quartos deles. As camareiras não têm muito trabalho a fazer, mas é um trabalho essencial. E nunca ouvem um elogio, só repreensões, especialmente esta, a mais frequente e vexatória: alguns documentos se perderam após a arrumação. Na verdade nada se perde, cada papelzinho é entregue ao estalajadeiro; se realmente alguns documentos se perdem, não é por culpa das meninas. E então chegam as comissões; as meninas têm de sair de seus quartos, as comissões vasculham as camas, elas colocam seus poucos pertences em uma mochila enquanto o quarto é examinado por horas. Claro que não encontram nada, como os documentos poderiam ir parar lá? O que as meninas fariam com eles? O resultado são apenas xingamentos e ameaças dos desapontados membros da comissão, repassados a nós pelo estalajadeiro. E nunca temos paz — nem de dia nem à noite. Há barulheira por metade da noite e também de manhã bem cedo. Se ao menos não tivéssemos de morar ali, mas temos, faz parte do ofício de camareira trazer para eles de tempos em tempos umas ninharias da cozinha, especialmente à noite. E assim continuamente batem à nossa porta, ditam os pedidos, corremos para a cozinha, acordamos os rapazes da cozinha, e eles colocam as vasilhas com os pedidos diante da porta das camareiras, onde os criados os apanham — como é triste tudo isso. Mas não é o pior. O pior é quando não há pedidos, na noite alta, quando todos já deveriam estar dormindo, e a maioria realmente está, ouve-se alguém rondando a porta da camareira. Então as meninas descem das camas, que ficam umas sobre as outras, pois há muito pouco espaço; todo o quarto das camareiras não é nada mais que um grande armário com três compartimentos — ficam escutando atrás da porta, ajoelhadas, e se abraçam, com medo. Ficam a ouvir alguém rondando a porta. Até ficariam felizes se ele entrasse, mas isso nunca acontece, ninguém entra. É preciso sempre dizer a si mesma que não há perigo, talvez seja apenas alguém que passe diante da porta pensando em fazer um pedido, mas não consegue se decidir. Deve ser só isso, ou algo completamente diferente. Na verdade nem conhecemos os cavalheiros, mal os vemos. De qualquer forma, as meninas lá dentro ficam aterrorizadas; quando finalmente o silêncio volta a reinar, encostam-se na parede, pois não têm forças para subir em suas camas. Esta é a vida que Pepi terá pela frente se voltar para o quarto das meninas. E por quê? Por causa de K. e Frieda. De volta à vida da qual ela escapou há pouco, até com a ajuda de K., mas também por seu próprio esforço. E nesse serviço as meninas se descuidam, mesmo as mais cuidadosas. Para quem vão se embonecar? Ninguém as vê, no máximo o pessoal da cozinha: algumas podem se dar por satisfeitas com isso e vão se arrumar. Mas estão sempre no quartinho, ou nos quartos dos cavalheiros, e nesses lugares seria um contrassenso e um desperdício entrar com uma roupa limpa. Sob luz artificial, num ambiente abafado — mantido sob constante aquecimento —, na verdade você está sempre cansada. A melhor maneira de aproveitar a única tarde livre da semana é procurar um caixote num lugar tranquilo na cozinha e dormir lá sem medo. Para que se embonecar, então? É difícil até colocar uma roupa. Mas de repente Pepi foi parar na taberna; considerando que queira se manter lá, deve fazer exatamente o contrário, pois estará sempre sob o olhar das pessoas, entre elas cavalheiros muito exigentes e observadores; por isso sua aparência deve ser a mais refinada e agradável possível. Bem, isso foi uma grande mudança. E Pepi pode dizer que não desperdiçou a oportunidade. Não se preocupou com o que aconteceria depois. Sabia, tinha certeza de que tinha as habilidades necessárias para o emprego, e ninguém poderia tirar isso dela, nem mesmo hoje, o dia de sua derrota. Mas foi difícil comprovar seu valor nos primeiros tempos, pois ela era uma pobre camareira, que não tinha roupas nem joias, e os cavalheiros não teriam paciência para que ela desenvolvesse seu potencial; queriam apenas uma atendente na taberna, e rápido, como lhes convinha, ou iriam embora. Poderíamos imaginar que não se tratava de grandes exigências, pois até Frieda pôde satisfazê-las. Mas isso não é verdade. Pepi sempre pensou nisso, esteve frequentemente com Frieda, e por algum tempo dormiu a seu lado. Não é fácil descobrir o que ela está tramando, e se não formos muito cuidadosos — não há cavalheiros que não o são? — podemos ser facilmente enganados por ela. Ninguém sabe melhor do que ela própria como sua aparência é lamentável; por exemplo, quando a vemos pela primeira vez soltando os cabelos, batemos as mãos com pena; em condições normais, uma moça como essa jamais poderia ser uma camareira; ela sabe disso, o que a fez chorar por muitas noites, agarrada com Pepi, e enrolando o cabelo de Pepi na cabeça dela. Quando está de serviço, porém, todas as dúvidas se dissipam; age como se fosse a mais bela, e conhece a maneira certa de incutir isso na cabeça dos outros. Conhece as pessoas, essa é sua verdadeira arte. É rápida para mentir e trair, de modo que as pessoas não têm tempo de observá-la mais de perto. Claro que não por muito tempo, pois as pessoas têm olhos, e no fim das contas verão a verdade. Mas no momento em que constata esse perigo, ela já tem à disposição outro recurso, o seu relacionamento com Klamm! O relacionamento com Klamm! Se não acredita, você pode verificar: vá até Klamm e pergunte a ele. Como é esperta, muito esperta! Se não ousa ir até Klamm para fazer tal pergunta, talvez não seja recebido para fazer perguntas muito mais importantes, se Klamm estiver completamente inacessível — para você e pessoas da sua laia, pois Frieda pode aparecer por lá sempre que quiser; se for esse o caso, você ainda pode comprovar o que digo, basta esperar! Klamm não vai tolerar esses rumores por muito tempo. Ele certamente se importa com o que falam sobre ele na taberna e nos quartos dos hóspedes, é algo da maior importância para ele; se os rumores forem falsos, ele os corrigirá imediatamente. Mas não faz isso; bem, não há nada para ser corrigido, essa é a pura verdade. O que se vê é Frieda levar cerveja para o quarto de Klamm e de lá sair com o pagamento; o que não se vê, ela conta, e você deve acreditar nela. Só que ela não conta nada, não revelaria tais segredos; os segredos espalham-se por si mesmos; uma vez espalhados, ela não se acanha em falar sobre eles, mas com modéstia, sem afirmar nada de novo, só se refere ao que já é de conhecimento geral. Mas não sobre tudo. Por exemplo, o fato de Klamm beber menos cerveja desde que ela veio para a taberna; não muito menos, mas claramente menos; ela não fala sobre isso, possivelmente por diferentes razões; pode ser que no momento a cerveja não o agradasse muito, ou se esqueceu de beber por causa de Frieda. De qualquer modo, o mais surpreendente é que ela seja amante de Klamm. Se ele está satisfeito, por que os demais não deveriam estar? E assim, sem nos darmos conta, Frieda se torna uma grande beldade, exatamente o tipo de moça que a taberna precisa; sim, quase bonita demais, poderosa demais; a taberna já não é suficiente para ela. Na verdade, as pessoas ficam espantadas com o fato de ela ainda estar na taberna; ser atendente ali é algo grande, e assim seu relacionamento com Klamm parece plausível; mas se uma atendente de taberna é realmente amante de Klamm, por que ele a deixa ali por tanto tempo? Por que não a leva para um cargo mais alto? Você pode dizer milhares de vezes que não há contradição nisso, pois Klamm tem seus motivos para agir assim; talvez em um futuro próximo Frieda seja promovida, mas não vai adiantar muito; as pessoas se apegam a certas ideias, e por muito tempo não se deixam convencer do contrário. Ninguém duvidava que Frieda era amante de Klamm; mesmo aqueles mais bem informados estavam cansados demais para duvidar. "Com os diabos! Que seja amante de Klamm!", pensavam eles. "Se for realmente, logo vamos notar sua ascensão." Porém não notaram nada, Frieda continuou na taberna como antes, e estava secretamente feliz com isso. Mas já não mantinha as aparências perante as pessoas, era algo que não podia deixar de notar; ela costuma reparar nas coisas antes mesmo que acontecessem. Uma moça realmente bonita e amável, uma vez estabelecida na taberna, não precisa recorrer a outros artifícios; enquanto for bonita, a menos que ocorra um acaso particularmente infeliz, continuará a ser uma atendente. Uma moça como Frieda, porém, deve estar sempre preocupada com o emprego; compreensivelmente ela não demonstra, mas vive a reclamar do trabalho e a amaldiçoá-lo. Mas, secretamente, estava sempre de olho na atmosfera do local. E assim notou a indiferença das pessoas, que nem se dispunham mais a olhar para ela; nem mesmo os criados se importavam com ela, aproximando-se de Olga e das outras moças, o que é compreensível. Também percebeu, pelo comportamento do estalajadeiro, que não era mais indispensável; não podia mais inventar histórias sobre Klamm, há limites para tudo. Então decidiu fazer algo novo. Quem teria condições de perceber isso tão instantaneamente? Pepi suspeitava, mas infelizmente não percebeu. Frieda decidiu fazer um escândalo; ela, a amante de Klamm, se entregaria a qualquer um, se possível ao homem mais insignificante. Seria uma sensação, as pessoas falariam sobre isso por muito tempo, e por fim se lembrariam do significado de ser amante de Klamm, pois ela abriria mão de tal honra por um novo amor. O difícil era encontrar um homem adequado para esse jogo ardiloso. Não poderia ser um conhecido dela, nem um dos criados, que provavelmente a olharia com olhos arregalados e avançaria, mas isso não seria levado a sério; seria impossível, mesmo com toda as habilidades de comunicação, espalhar que Frieda havia sido assediada, não fora capaz de se defender e, num momento de loucura, teria se entregado a tal homem. E mesmo que fosse a pessoa mais insignificante, para que a história fosse verossímil teria de ser alguém que, apesar de sua natureza bruta, pouco refinada, apenas a desejava; o que mais queria no mundo — por Deus! — era casar com ela. Ainda que fosse um homem mau, possivelmente de condição inferior à de um criado, muito inferior à de um criado, teria de ser alguém que não despertaria o riso de todas as moças, alguém que uma delas pudesse considerar atraente. Mas onde encontrar um homem assim? Outra pessoa provavelmente passaria a vida toda procurando alguém assim, em vão. Mas a sorte de Frieda guiou o agrimensor até a taberna, talvez na própria noite em que lhe ocorrera esse plano. O agrimensor! Claro, K. estava pensando em quem? O que ele tem na cabeça? Pensa que vai conseguir algo especial? Um bom emprego, reconhecimento? Algo assim? Bem, então deveria, antes de tudo, fazer as coisas de modo diferente, desde o início. Ele não é nada, sua situação é de dar pena. É agrimensor, então talvez tenha aprendido alguma coisa; mas quando não se sabe o que fazer com isso, é o mesmo que nada. Faz exigências sem a menor justificativa, não diretamente, mas nota-se que são algum tipo de exigências, que são irritantes. Será que sabe que até uma camareira fica constrangida em uma conversa um pouco mais longa com ele? E com todas essas especiais exigências, cai na mais rudimentar armadilha logo na primeira noite. Será que não se envergonha? O que foi que ele viu em Frieda? Bem que poderia confessar agora. Será que gostava mesmo dela, aquela criatura magra e amarelenta? Que nada, nem olhou para ela, tudo o que ela disse é que era amante de Klamm, não esperava ouvir tal novidade, e assim estava perdido! Mas então Frieda tinha de se mudar, não havia mais lugar para ela na estalagem dos cavalheiros. Pepi a viu na manhã anterior à mudança, o pessoal estava reunido, curioso para vê-la. Seu poder ainda era grande, e por isso ficamos com pena; todos, até mesmo seus inimigos, lamentaram o ocorrido; seu raciocínio parecia correto no início; entregar-se a tal homem era algo incompreensível, um golpe do destino; as mocinhas da cozinha, que naturalmente admiravam as atendentes da taberna, estavam inconformadas. Até Pepi foi afetada, não podia evitar, embora sua atenção estivesse voltada para outras coisas. Percebeu que Frieda não estava assim tão infeliz. Fora atingida por um terrível infortúnio, e fingia estar muito infeliz. Mas não foi suficiente, não podia enganar Pepi com esse jogo. O que a fez prosseguir? Algo como a felicidade por um novo amor? Não, de modo algum. O que era, então? O que lhe dava forças para ser friamente amistosa como de costume, até mesmo com Pepi, que então já era considerada sua sucessora? Pepi não tinha tempo para pensar nisso na época, tinha muito o que fazer na preparação para o novo emprego. Provavelmente começaria logo, e ainda não tinha um penteado bonito, um vestido elegante, *lingerie* delicada nem sapatos adequados. Tinha de arranjar tudo isso em poucas horas; se não estivesse bem-arrumada, seria melhor desistir do trabalho, pois certamente o perderia ainda na primeira meia hora. Bem, ela conseguiu parcialmente. Tinha um talento especial para penteados; certa vez a estalajadeira pediu a ela que cuidasse de seus cabelos, pois tinha a mão muito leve e com certeza poderia fazer com os fartos cabelos dela o que quisesse. E achou quem a ajudasse com o vestido. As duas colegas permaneceram leais a Pepi, e era certamente uma honra para elas que uma moça de seu grupo se tornasse uma atendente da taberna, além do que Pepi poderia mais tarde conseguir algumas vantagens para elas, uma vez que seu poder fosse estabelecido. Uma das moças guardava havia muito tempo um corte de tecido bem caro; era seu tesouro, admirado pelas colegas. Provavelmente sonhava em usá-lo em grande estilo algum dia — foi muito gentil em oferecê-lo a Pepi, que precisava dele no momento. Ambas tiveram prazer em ajudá-la com a costura; não se empenharam menos do que se costurassem para si mesmas. Foi um trabalho feliz e agradável. Sentadas em suas camas, uma sobre a outra, costuravam, cantavam e passavam umas para as outras, para cima e para baixo, as peças prontas e os acessórios. Quando Pepi pensa nisso, fica com o coração apertado, pois foi tudo em vão, e agora vai voltar de mãos vazias para junto de suas amigas! Que infelicidade e que imprudência, sobretudo por parte de K.! Mas então estávamos todas felizes com o vestido, parecia ser uma garantia de sucesso; quando achamos um jeito de colocar mais uma fita, as últimas dúvidas se dissiparam. E não é lindo o vestido? Está um pouco gasto e manchado, Pepi não tinha outro, usava esse dia e noite, mas ainda se pode ver como é lindo, nem as malditas barnabianas têm um em melhores condições. Pode ser um único vestido, mas o fato de poder ser apertado ou alargado à vontade, na parte de cima e na de baixo, é uma vantagem especial, e foi ideia dela. Claro que costurar não é difícil para ela, mas Pepi não se vangloria disso; e tudo fica bem em moças jovens e saudáveis. Foi mais difícil conseguir a *lingerie* e as botas, e esse foi o início do fracasso. As amigas fizeram o máximo, mas não podiam fazer muito. Só conseguiram *lingerie* grosseira; em vez de botas com salto alto, Pepi teve de se contentar com chinelos, e era melhor escondê-los que mostrá-los. E as amigas consolaram Pepi. Frieda também não se vestia muito bem; às vezes andava tão desmazelada que os hóspedes preferiam ser servidos pelos garotos da adega do que por ela. É fato, Frieda podia fazer isso, era favorecida e respeitada; uma dama pode até parecer mais atraente se estiver suja e desarrumada, mas e uma novata como Pepi? Frieda não podia mesmo se vestir bem, não tinha bom gosto; se alguém tem a pele amarelada, deve aceitar isso, é claro, mas não precisa exibi-la, como Frieda, com uma blusa creme bem decotada, a ponto de fazer nossos olhos lacrimejarem ao ver um amarelo tão berrante. Mesmo que não tivesse sido assim, ela era muito avarenta para se vestir bem; guardava tudo o que ganhava, e ninguém sabia para quê. Não precisava de dinheiro no serviço, vivia à custa de mentiras e truques; Pepi não queria seguir esse exemplo, logo era plenamente justificável que se embonecasse para desde o início mostrar seu valor. Se tivesse mais recursos, apesar de toda a esperteza de Frieda e de toda a tolice de K., teria sido a vencedora. E começou bem. Já sabia de antemão os poucos conhecimentos e habilidades necessários para o cargo. Mal chegou à taberna e já estava à vontade. Ninguém sentia falta de Frieda no trabalho. Foi só no segundo dia que alguns hóspedes perguntaram pelo paradeiro dela. Não houve erros, o estalajadeiro estava satisfeito. No primeiro dia ficou o tempo todo na taberna, temeroso, mas depois só vinha de vez em quando, e por fim, como o caixa estava em ordem — as entradas estavam, em média, ligeiramente maiores do que no tempo de Frieda —, deixou tudo por conta de Pepi. Ela introduziu inovações. Frieda, não por diligência, mas por avareza, por desejo de poder, por medo de ceder alguns de seus direitos, ao menos quando alguém estava observando, supervisionava os empregados; Pepi, ao contrário, atribuía esse trabalho aos garotos da adega, que eram mais adequados para essa função. Isso significava que tinha mais tempo para os quartos dos cavalheiros, os hóspedes eram servidos rapidamente. E ainda conseguia trocar algumas palavras com eles, não como Frieda, que supostamente se guardava inteiramente para Klamm, e considerava cada palavra de aproximação por parte de outra pessoa uma ofensa a ele. Claro que era muito esperta, pois, quando alguém se aproximava dela, era uma honra inaudita. Mas Pepi odiava essas artimanhas, e nem se pode usá-las quando se começa num trabalho. Pepi era amistosa com todos, que retribuíam da mesma forma. Todos estavam visivelmente satisfeitos com a mudança; quando os cavalheiros, extenuados, finalmente podiam se sentar por um tempo para tomar uma cerveja, era possível literalmente transformá-los com uma palavra, um olhar, um encolher de ombros. Adoravam passar as mãos nos cachos de Pepi, e com tanto ímpeto que ela tinha de refazer o penteado umas dez vezes por dia; ninguém resiste à sedução desses cachos e laços, nem mesmo o insensato K. Assim se passaram os dias, emocionantes, com muito trabalho, mas bem-sucedidos. Quem dera se não tivessem passado tão rápido, se houvesse mais alguns dias assim! Quatro dias é muito pouco, mesmo que você se esforce até o limite; talvez cinco dias fossem suficientes, mas quatro não bastaram. Em quatro dias Pepi já havia angariado benfeitores e amigos; se pudesse confiar em todos os olhares, seria como se estivesse nadando em um mar de amizade quando aparecia com as canecas de cerveja; um escrevente chamado Bartmeier é louco por ela, deu-lhe esta correntinha e este relicário, e colocou seu retrato nele, algo bem atrevido — essas e outras coisas aconteceram, mas foram só quatro dias; nesses quatro dias, se Pepi tivesse se empenhado, Frieda quase poderia ter sido esquecida, ainda que não completamente; e teria sido esquecida, talvez até antes, se não tivesse se mantido na boca do povo pelo seu escândalo; tornara-se uma novidade, as pessoas queriam revê-la, ainda que só por curiosidade; o que já era excessivamente monótono, que gerava nada mais que indiferença, ganhou um frescor por intermédio de K.; não haviam perdido o interesse por Pepi, não enquanto ela ainda estivesse ali e os impressionasse com sua presença; mas a maioria deles eram cavalheiros mais velhos, apegados a antigos hábitos, demoraria um pouco para se acostumarem com uma nova atendente; ainda que a troca tenha sido muito vantajosa, é algo que leva alguns dias, ainda que seja contra a vontade dos cavalheiros, mas quatro dias não são suficientes; Pepi ainda era considerada temporária, apesar de tudo; então houve o que talvez foi a maior infelicidade: nesse intervalo de quatro dias, Klamm veio; embora tenha passado os dois primeiros dias na aldeia, não veio para o quarto de hóspedes. Se tivesse vindo, seria o teste mais decisivo para Pepi, um teste que ela, aliás, não temia, estava até animada para tal. Ela não teria — seria melhor não tratar de tais assuntos com palavras — se tornado amante de Klamm nem teria tentado se promover alegando ser amante dele, mas teria sido capaz de colocar a caneca de cerveja na mesa de forma tão simpática como Frieda, o teria cumprimentado de forma gentil sem as impertinências dela; se Klamm buscasse algo nos olhos de uma moça, certamente o encontraria nos olhos de Pepi, e ficaria plenamente satisfeito. Mas por que não veio? Mero acaso? Foi o que Pepi pensou na época. Por dois dias ela o esperou, e também à noite, poderia chegar a qualquer momento. "Agora ele vem", pensava ela continuamente, andando de lá para cá, sem outra razão que não fosse a ansiedade pela espera e o desejo de ser a primeira a ver sua entrada. As contínuas decepções a deixaram cansada; talvez por isso não tenha feito tudo o que podia. Assim que teve tempo, esgueirou-se pelo corredor, cuja entrada é expressamente proibida para os funcionários, espremeu-se em um nicho e esperou. "Se ao menos Klamm viesse agora", pensou ela, "se ao menos eu pudesse tirar o cavalheiro de seu quarto e levá-lo para o quarto de hóspedes em meus braços. Eu não iria sucumbir a esse fardo, ainda que fosse muito pesado". Mas ele não veio. Você nem imagina como o corredor lá de cima é silencioso, só quem esteve lá sabe. É tão silencioso que você não consegue ficar ali por muito tempo, o silêncio o expulsa. Por dez vezes Pepi foi expulsa, e por dez vezes subiu até lá novamente. Não fazia sentido. Se Klamm quisesse vir, viria; se não quisesse, não seria Pepi que iria atraí-lo, ainda que as palpitações de seu coração quase a sufocassem no nicho. Não fazia sentido, mas se ele não viesse, nada faria sentido. E ele não veio. Hoje Pepi sabe por que Klamm não veio. Frieda teria se divertido muito se tivesse visto Pepi no nicho, com ambas as mãos sobre o coração. Klamm não veio porque Frieda não o deixou vir. E não foi por causa de seus pedidos, que não o afetavam. Essa aranha tem conexões que ninguém conhece. Quando Pepi diz alguma coisa a um hóspede, diz abertamente, até o hóspede da mesa ao lado pode ouvir. Frieda não tem nada a dizer, põe a cerveja na mesa e se retira; só se houve o farfalhar da sua anágua de seda, a única coisa com que ele gasta dinheiro. Quando diz algo, não o faz abertamente, mas sussurrando para o hóspede, inclinando-se, de modo que as pessoas na mesa vizinha precisam apurar os ouvidos. O que ela diz é possivelmente irrelevante, mas nem sempre; ela tem conexões, apoia algumas por meio de outras; se a maioria falhar — quem cuidaria dela em longo prazo? —, ainda encontrará alguma firme. E começou a explorar essas conexões. K. lhe deu a oportunidade de fazer isso; em vez de ficar com ela e vigiá-la, mal fica em casa, fica zanzando por aí, mantém conversações aqui e acolá, presta atenção em tudo, menos em Frieda; por fim, para lhe dar uma liberdade ainda maior, muda-se da estalagem Da Ponte para a escola vazia. Já foi um belo início da lua de mel. Bem, Pepi será a última a censurá-lo por não ter aturado Frieda; não é possível aturá-la. Mas por que não a deixou de uma vez, por que voltou para ela repetidas vezes? Por que, com suas perambulações, queria dar a impressão de que lutava por ela? Parecia que o contato com Frieda o levou a descobrir que era uma nulidade, e queria ser digno dela, queria ascender de alguma maneira, e por isso havia renunciado temporariamente à companhia dela, o que compensaria mais tarde, sem ser incomodado, após se livrar das dificuldades. Enquanto isso, ela não perde tempo; se estabelece na escola para onde K. foi levado, possivelmente por influência dela, e fica de olho em K. e na estalagem dos cavalheiros. Conta com dois extraordinários mensageiros: os ajudantes de K., que ele — é difícil de entender o porquê, mesmo conhecendo K.; é realmente difícil — deixou inteiramente à disposição dela. Ela os envia para os velhos amigos, relembra-os do que está ocorrendo, diz que está sendo mantida em cativeiro por um homem como K., incita-os contra Pepi, anuncia seu regresso iminente, pede ajuda, implora que não contem nada a Klamm, faz isso para parecer que o está poupando, e por isso sua entrada na taberna não deve ser permitida em nenhuma circunstância. Justifica para alguns a ausência de Klamm como medida para sua proteção, e para o estalajadeiro faz com que pareça um êxito, pois foi por interferência dela que ele não veio mais. Como poderia vir, se aqui embaixo estava somente Pepi? Não era por culpa do estalajadeiro, essa Pepi era a melhor substituta no momento, mas não era suficientemente boa, nem mesmo por alguns dias. K. nada sabia sobre todas essas atividades de Frieda; quando não está perambulando por aí, fica aos pés dela, sem suspeitar de nada, enquanto ela conta as horas que a separam da taberna. E os ajudantes não se limitam ao trabalho de mensageiros, servem também para deixá-lo enciumado e tenso. Ela os conhece desde a infância, não há segredos entre eles, mas em homenagem a K. começaram um jogo de sedução; existe o risco de K. pensar que se trata de um grande amor. E K. faz de tudo para agradar Frieda, até as coisas mais contraditórias; permite que os ajudantes o deixem enciumado, e tolera que os três fiquem juntos enquanto faz sozinho suas andanças. É quase como se fosse o terceiro ajudante dela. Com base em suas observações, finalmente ela decide dar o golpe final: decide voltar. E já era tempo; é admirável como Frieda, a espertalhona, reconheceu o momento e o aproveitou; essa capacidade de observação e decisão são habilidades inimitáveis; se Pepi as tivesse, como seria diferente sua vida! Se Frieda tivesse ficado mais um ou dois dias na escola, Pepi não poderia mais ser dispensada, seria a atendente de taberna definitiva, benquista e amada por todos, teria ganhado dinheiro suficiente para completar de forma esplêndida seu guarda-roupa; mais um ou dois dias e nenhuma intriga poderia manter Klamm longe da taberna, ele viria, beberia, sentiria-se à vontade e, se percebesse a ausência de Frieda, ficaria muito satisfeito com a mudança; mais um ou dois dias e Frieda, com seu escândalo, com suas conexões, com os ajudantes, com tudo, seria completamente esquecida, nunca mais apareceria. Então se apegaria ainda mais fortemente a K. e poderia, suponho que seja capaz disso, aprender a amá-lo? Não, isso também não. Nem mesmo K. precisa de mais de um dia para se cansar dela, para perceber a forma vergonhosa como ela o engana com tudo, com sua suposta beleza, sua suposta fidelidade e, acima de tudo, com o suposto amor de Klamm por ela; só um dia, não mais, para expulsá-la de casa junto com os imundos ajudantes; é de imaginar que nem mesmo K. precise de mais do que um dia para isso. E ali, entre esses dois perigos, quando literalmente parece que a cova dela já está preparada, K., com sua ingenuidade, abre para ela o último e estreito caminho, ela aproveita a chance. E de repente — ninguém poderia esperar por isso, é contrário à natureza — de repente é ela que afugenta K., aquele que a amava, que a seguia, e com apoio de amigos e dos ajudantes mostra-se como uma salvadora para o estalajadeiro, pois agora é muito mais atraente por causa do escândalo, evidentemente desejada pelos grandes e pequenos; só por um momento inclina-se para o pequeno, e logo o rejeita, como lhe é próprio, e torna-se inatingível a ele e aos demais, como antes; só que antes as pessoas duvidavam dela, e com razão, mas agora foram convencidas. Então ela volta e o estalajadeiro olha de soslaio para Pepi — deve sacrificá-la, ela que já comprovou seu valor? —, mas logo se convence, há muita coisa em favor de Frieda; acima de tudo, terá Klamm de volta no quarto de hóspedes. Bem, paremos por aqui nesta noite. Pepi não vai esperar pela chegada de Frieda, que retomará em triunfo seu emprego. Ela deixou a caixa registradora aos cuidados da estalajadeira, já pode ir. A cama do compartimento inferior do quarto das meninas já está preparada para ela; Pepi vai para lá, será cumprimentada pelas amigas chorosas, vai arrancar o vestido do corpo, as fitas do cabelo e guardar tudo em um canto bem escondido, para não se lembrar desnecessariamente do que deve ser esquecido. Em seguida, vai pegar o grande balde e a vassoura, cerrará os dentes e vai para o trabalho. Mas por ora tinha de contar tudo a K., sem ajuda ele não conseguiria entender, para que ele veja claramente como agiu mal com Pepi e como a deixou infeliz. Claro que ele também tinha sofrido abusos.

Pepi havia terminado. Respirou aliviada, enxugou lágrimas que escorriam dos olhos até as bochechas e olhou para K., balançando a cabeça, como se quisesse dizer que basicamente não se tratava de seus infortúnios, seria capaz de suportá-los, não precisava de ajuda nem de consolo de ninguém, muito menos de K. Apesar da juventude, conhecia a vida, e seus infortúnios só confirmavam esse conhecimento; na verdade, tratava-se de K., queria que ele tivesse uma ideia do que estava acontecendo; mesmo após todas as suas esperanças terem desmoronado, achava que devia fazer isso.

— Mas que imaginação incrível você tem, Pepi! — disse K. — Não é verdade que você soube de tudo isso agora; não são nada além de sonhos do quarto escuro e apertado que você compartilha com as outras moças, mas aqui na taberna, um lugar mais aberto, parecem muito estranhos. Com pensamentos assim você com certeza não se manteria aqui. Até seu vestido e seu penteado, de que você se vangloria tanto, são monstruosidades oriundas da escuridão e das camas desse quarto; lá podem ser muito bonitos, mas aqui as pessoas riem deles às escondidas, ou até abertamente. Que mais você tem a dizer? Então também eu sofri abusos e fui enganado? Não, querida Pepi, fui tão pouco abusado e enganado quanto você. É verdade que, no presente momento, Frieda me abandonou, ou, como diz você, fugiu com um ajudante; você apenas vislumbra a verdade; é bastante improvável que ela ainda se torne minha esposa, mas é totalmente falso que eu me cansaria dela no dia seguinte, que eu a dispensaria, e que ela tenha me traído, como uma mulher geralmente trai um homem. Vocês, camareiras, estão acostumadas a espionar pelo buraco da fechadura, por isso, quando de fato veem uma coisa pequenina, concluem erradamente que é algo grandioso. A consequência é que sei muito menos sobre esse caso que você. Por exemplo, não consigo explicar com tanta exatidão quanto você por que Frieda me abandonou. Parece-me que você aludiu à explicação mais provável, mas não a explorou: que eu fui negligente com ela. Infelizmente é verdade, fui negligente com ela, mas tive minhas razões, que não cabe mencionar aqui; ficaria feliz se ela voltasse para mim, mas logo voltaria a ser negligente. É isso. Quando estava comigo, eu estava fazendo essas andanças que você ridiculariza; agora que ela se foi, estou quase desocupado, cansado, e anseio por ficar completamente desocupado. Você pode me dar um conselho, Pepi?

— Claro — declarou Pepi, que, subitamente animada, agarrou os ombros de K. —, ambos fomos enganados, podemos ficar juntos. Venha para baixo ficar com as meninas!

— Enquanto estiver se lamentando por ter sido enganada — respondeu K. — não poderei falar com você. Você quer continuar sendo a enganada, pois isso a envaidece e a estimula. Mas o fato é que você não é adequada para esse emprego. Deve ser uma inadequação muito evidente, pois até eu, que na sua opinião sou o mais ignorante por aqui, consigo perceber. Você é uma boa moça, Pepi, mas não é fácil reconhecer isso; eu, por exemplo, achava que você era cruel e arrogante, mas não é verdade, é esse trabalho que a desnorteia, porque você não é adequada para ele. Não quero dizer que você não está à altura desse trabalho, até porque não é nada de especial; se observarmos cuidadosamente, talvez seja mais honroso que seu emprego anterior; de modo geral, porém, a diferença não é grande, são tão parecidos que se pode confundi-los; eu quase poderia dizer que é preferível ser camareira a atendente, pois você está sempre entre os secretários; aqui, ao contrário, mesmo que possa servir os secretários em seus quartos, precisa lidar com pessoas de condição inferior, como eu, por exemplo; não tenho direito de permanecer em nenhum outro lugar a não ser aqui na taberna; a possibilidade de ter contato comigo é em alguma medida honrosa? Bem, talvez assim pareça, você deve ter seus motivos. Por isso mesmo é inadequada para essa função. É um emprego como qualquer outro, mas para você é o Reino dos Céus, e por causa disso você faz tudo com um zelo excessivo, emboneca-se como, na sua concepção, deve se embonecar um anjo — na verdade, eles são diferentes —, fica tremendo por causa do trabalho, sente-se constantemente perseguida, procura conquistar com grandes demonstrações de amizade aqueles que, em sua opinião, podem apoiá-la, mas acaba por perturbar e afastar aqueles que querem apenas ter paz na estalagem, não querem acrescentar às suas preocupações as preocupações das atendentes. É possível que nenhum dos nobres hóspedes tenha realmente notado a partida de Frieda, mas hoje sabem o que ocorreu e sentem falta dela, pois ela cuidava muito bem do local, e de uma forma bem diferente. Independentemente de como deveria ser, e de que maneira valorizava seu emprego, no serviço era experiente, fria e controlada, como você mesma disse, mas não aproveitou esses ensinamentos. Já reparou no olhar dela? Já não era o olhar de uma atendente, mas quase o de uma estalajadeira. Via tudo, cada detalhe, e o olhar que dirigia a cada pessoa era forte o bastante para subjugá-la. Que importa se era um pouco magra, algo outoniça, se pudéssemos imaginar que o cabelo fosse mais farto, são pequenos detalhes em comparação com o que ela de fato tinha; se alguém se incomoda com algum deles, só demonstra que ignora o significado de coisas mais importantes. Klamm certamente não pode ser acusado de nada; apenas as conclusões de uma moça jovem e inexperiente poderiam fazê-la duvidar do amor dele por Frieda. Klamm parece — e com razão — inatingível para você, e por isso você crê que também Frieda não poderia se aproximar dele. Engano seu. Eu confiaria na palavra dela, ainda que não tivesse uma prova indubitável. Pode parecer inacreditável para você; ainda que tenha dificuldade para conciliar esse fato com suas ideias de mundo, funcionarismo, gentileza e efeitos da beleza feminina, é de fato verdade, assim como estamos aqui sentados, e eu tenho a sua mão entre as minhas, e eles também, é a coisa mais natural do mundo, também Klamm e Frieda sentaram-se lado a lado, ele foi lá para baixo voluntariamente, até se apressou, ninguém ficou à espera dele no corredor negligenciando o trabalho que deveria fazer; os defeitos na roupa de Frieda, que a perturbaram tanto, não o incomodaram em nada. Você não quer acreditar nela! Não imagina como se expõe, como mostra sua inexperiência! Mesmo alguém que nada soubesse sobre o relacionamento com Klamm, pela sua própria natureza, que envolvia alguém que estava acima de você, de mim e de qualquer outra pessoa da aldeia, e as conversas deles iam além de piadas habitualmente ouvidas entre hóspedes e atendentes, o que parece ser o objetivo de sua vida. Mas estou sendo injusto. Você mesma reconhece os méritos de Frieda, notou sua capacidade de observação, seu poder de decisão, sua influência sobre as pessoas, mas interpreta tudo de maneira errada, pensa que ela se aproveita disso para o próprio benefício, de forma egoísta, ou como arma contra você. Não, Pepi, ainda que ela tivesse tais flechas, não poderia dispará-las de uma distância tão curta. E egoísta? Poder-se-ia dizer antes que, ao sacrificar o que tinha, e o que viria a ter, deu a ambos de nós a oportunidade de aspirar a um cargo melhor, mas nós a decepcionamos e a forçamos a voltar para cá. Não sei se é bem assim, minha própria culpa ainda não está clara; só que, quando me comparo com você, ocorre-me algo do tipo: nos esforçamos exageradamente, fizemos muito barulho, agimos muito infantilmente, fomos inexperientes para conseguir algo que Frieda, por exemplo, com sua calma e objetividade, obteria facilmente, sem ser notada; mas tentamos com choro, arranhões e puxões, assim como uma criança puxa a toalha da mesa; não consegue nada, apenas joga todas as coisas boas para fora da mesa e as torna permanentemente inatingíveis — não sei se é assim, mas certamente é mais plausível do que a história que você contou.

— Bem — disse Pepi —, você está apaixonado por Frieda porque ela o deixou; não é difícil apaixonar-se por ela quando está distante. Mas se for como você diz, se estiver certo em tudo, até mesmo em me ridicularizar, o que fará agora? Frieda o abandonou, nem a minha explicação, tampouco a sua pode lhe dar esperanças de que ela volte; ainda que ela voltasse, para onde iria no momento? Está frio, você não tem trabalho nem acomodação; venha para nós, você vai gostar das minhas amigas, nós o deixaremos à vontade, poderá nos ajudar com o trabalho, que de fato é muito pesado só para as meninas, não precisaremos mais contar somente umas com as outras, e não sentiremos mais medo à noite. Junte-se a nós! Minhas amigas também conhecem a Frieda, vamos contar histórias dela até você se cansar. Venha mesmo! Temos até retratos dela, vamos mostrá-los a você. Na época, ela era ainda mais humilde do que é hoje. Você mal vai reconhecê-la, a não ser pelos olhos, que já eram espreitadores. Então, você vem?

— É permitido? Ontem houve um grande escândalo porque fui pego no corredor.

— Houve porque você foi pego. Se estivesse conosco, não seria pego. Ninguém saberá da sua presença, só nós três. Ah, vai ser divertido! A vida lá já me parece bem mais tolerável agora do que até bem pouco tempo atrás. Talvez eu não tenha perdido tanta coisa por ter de sair daqui. Sabe, nós três não estamos de fato entediadas, mas há que se adoçar um pouco a vida, desde a nossa juventude a vida tem sido amarga, e nós três aguentamos juntas, vivemos tão bem quanto possível; você vai gostar especialmente de Henriette, e também de Emilie, já falei de você para elas, elas ouvem incrédulas tais histórias, como se nada pudesse acontecer fora do quarto, que é abafado e apertado, temos de nos espremer umas contra as outras; embora dependamos umas das outras, não nos cansamos umas das outras; pelo contrário; quando penso em minhas amigas, quase fico satisfeita em voltar para lá; por que deveria ir além delas? Era isso que nos mantinha juntas, o fato de termos nosso futuro igualmente bloqueado, mas eu havia rompido o bloqueio, tinha me separado delas. Claro que não me esqueci das meninas, minha próxima preocupação era como eu poderia fazer algo por elas; meu emprego ainda não estava garantido — eu não sabia até que ponto estava garantido — e já havia falado com o estalajadeiro sobre Henriette e Emilie. Não foi tão intransigente quanto a Henriette, mas quanto a Emilie, que é bem mais velha que nós, mais ou menos da idade de Frieda, não deu qualquer esperança. Pense só, elas não querem ir embora, sabem que esta é uma vida miserável, mas estão acostumadas, essas boas almas! Penso que as lágrimas que derramaram na despedida foram principalmente por eu ter de deixar o quarto que dividíamos e ir para o frio — fora do quarto tudo nos parece muito frio — para enfrentar homens grandes e estranhos em espaços igualmente grandes e estranhos, e com nenhum outro propósito a não ser ganhar o próprio sustento, o que eu vinha fazendo até então de forma compartilhada com elas. Provavelmente não vão se surpreender quando eu voltar agora, vão chorar um pouco e lamentar meu destino, só por pena de mim. Mas enfim vão perceber como foi bom eu ter estado fora. Vão ficar felizes por termos um homem para nos proteger e ajudar, vão ficar encantadas por isso ter de ficar em segredo, o que nos tornará ainda mais unidas. Venha, por favor, venha até nós! Você não terá nenhuma obrigação, não ficará eternamente preso em nosso quarto, como nós. Na primavera você encontrará outro abrigo se não lhe agradar ficar conosco, poderá ir embora; mas deve guardar o segredo, não deve nos delatar, pois então nossos dias na estalagem dos cavalheiros estariam contados; claro que você deve ser cuidadoso enquanto estiver com a gente, não deve se mostrar em locais que não sejam seguros e, principalmente, seguir nossos conselhos; esse será seu único vínculo, e terá de preservá-lo assim como nós; no mais, você é completamente livre; o trabalho que lhe daremos não é difícil, não tenha medo. Você vem?

— Quanto tempo falta até a primavera? — perguntou K.

— Até a primavera? — repetiu Pepi. — O inverno é longo entre nós, longo e monótono. Mas aqui embaixo não nos queixamos, estamos protegidas. Bem, a primavera e o verão vão chegar um dia, e vão durar o tempo devido; mas na memória a primavera e o verão parecem tão curtos, é como se não durassem mais de dois dias, e mesmo nesses dias, no dia mais bonito às vezes neva.

Então a porta se abriu. Pepi estremeceu, estava muito distante da taberna em seus pensamentos, mas não era Frieda, era a estalajadeira. Ficou surpresa ao ver que K. ainda estava ali. Ele desculpou-se por ter ficado à espera dela, e ao mesmo tempo agradeceu por ter permitido que ele pernoitasse ali. A estalajadeira não entendeu por que K. havia esperado por ela. Ele respondeu que tivera a impressão de que ela ainda queria falar com ele, e pediu desculpas caso isso fosse um erro, mas agora precisava ir; estava ausente da escola, onde era serviçal já por tempo demais; a convocação que recebera no dia anterior era a causa de tudo, que ele ainda tinha pouca experiência com esses assuntos, e certamente não causaria mais um inconveniente à estalajadeira como o que ocorrera há pouco. Inclinou-se para ela e ia sair. A estalajadeira olhou para ele como se estivesse sonhando. Esse olhar o reteve por mais tempo do que ele gostaria. Então ela deu um leve sorriso, e foi a expressão de espanto de K. que verdadeiramente a despertou; era como se esperasse uma resposta para seu sorriso; como não houve, ela despertou.

— Ontem você teve a ousadia de dizer algo sobre o meu vestido, penso eu.

K. não se lembrava.

— Você não se lembra? Então a ousadia traz com ela também a covardia[30]!

K. desculpou-se alegando cansaço, é bem possível que tivesse falado demais; de qualquer modo, não se lembrava. O que poderia ter dito sobre o vestido dela? Que ele nunca havia visto um vestido tão belo? No mínimo, não tinha visto uma estalajadeira com um vestido assim em seu trabalho.

— Pare com esses comentários! — exclamou de supetão a estalajadeira. — Não quero ouvir nem mais uma palavra sua sobre o vestido. Minhas roupas não lhe dizem respeito. Eu o proíbo categoricamente de continuar!

K. curvou-se novamente e foi até a porta.

— O que significa isso? — gritou a estalajadeira, chamando-o de volta. — Você nunca viu uma estalajadeira trabalhar com um vestido assim? Que comentário sem sentido! O que quer dizer com isso?

K. voltou-se para a estalajadeira e pediu a ela que não ficasse aborrecida. Claro que os comentários não tinham sentido. Ele não entendia nada de vestidos. Na situação em que estava, qualquer vestido limpo e

30. No original, *Keckheit* ("ousadia") e *Feigheit* ("ousadia"), palavras que rimam.

sem remendos lhe parecia muito elegante. Ficara surpreso ao ver a estalajadeira aparecer ali no corredor com um belo vestido de noite, à noite, em meio a homens semivestidos, nada mais do que isso.

— Enfim — disse a estalajadeira — você se lembrou de seus comentários de ontem. E o completou com mais besteiras. É verdade que você não entende nada de vestidos. Mas então eu lhe peço encarecidamente que se abstenha de fazer comentários sobre vestidos elegantes, vestidos de noite que não estão combinando com a situação e coisas do gênero. De qualquer modo — nesse momento, ela sentiu um calafrio —, não se incomode com meus vestidos! Ouviu?

K. ficou em silêncio e quis se voltar pra a saída de novo; então ela perguntou:

— De onde vem o seu conhecimento sobre vestidos?

K. encolheu os ombros, não tinha nenhum conhecimento.

— Você não sabe nada — continuou a estalajadeira —, nem finja que sabe. — Venha comigo até o escritório, vou lhe mostrar uma coisa que o fará deixar de ser atrevido de uma vez por todas.

Ele seguiu à frente até a porta; Pepi pulou na direção de K., sob o pretexto de receber o que ele lhe devia; logo se entenderam, K. conhecia o pátio, cuja porta dava para uma rua lateral; havia uma portinhola ao lado da porta principal; Pepi poderia ficar atrás dessa portinhola por mais ou menos uma hora, e a abriria quando ouvisse três batidas.

O escritório ficava em frente à taberna, bastava atravessar o corredor; no ambiente já iluminado, ela olhava impaciente para K. Mas havia outra perturbação. Gerstäcker estava à espera no corredor, queria falar com K. Não foi fácil livrar-se dele. A estalajadeira ajudou ao indicar que ele estava ali indevidamente.

— Onde, então? Onde devo esperar?

Ainda se podia ouvir Gerstäcker gritando quando a porta foi fechada, e as palavras se misturavam de forma desagradável com suspiros e tosses.

Era uma sala pequena e excessivamente aquecida. Junto à parede mais estreita havia uma mesa alta e um cofre de ferro, e um armário e uma otomana junto à mais longa. O armário ocupava a maior parte do espaço; além de tomar toda a parede longa, sua profundidade deixava a sala apertada; para abri-lo completamente, eram necessárias três portas de correr. A estalajadeira apontou para a otomana, caso K. quisesse se sentar; ela sentou-se em uma cadeira giratória junto à mesa alta.

— Você sabe alguma coisa de alfaiataria? — perguntou a estalajadeira.

— Não, nada — respondeu K.

— Afinal, o que você faz?

— Sou agrimensor.

— O que é isso?

K. explicou, mas a explicação a fez bocejar.

— Você não está dizendo a verdade. Por que não fala logo a verdade?

— Você também não diz.

— Eu? Lá vem você de novo com sua insolência! Ainda que não estivesse dizendo a verdade, o que você tem com isso? No que estou faltando com a verdade?

— Você não é uma estalajadeira, como alega ser.

— Ora, veja! Você está fazendo muitas descobertas! O que sou, então? Sua insolência já passou dos limites!

— Não sei o que você faz. Só sei que usa roupas que não combinam com uma estalajadeira; até onde sei, ninguém aqui na aldeia se veste assim.

— Bem, agora chegamos ao ponto. Você não consegue ficar calado, talvez não por atrevimento, mas porque é como uma criança que sabe falar uma bobagem qualquer e nada a faz ficar calada. Diga, então! O que há de especial nesse vestido?

— Você não vai ficar brava se eu disser?

— Não, vou dar risada, vai ser alguma conversa fiada infantil. O que tem o vestido?

— Quer mesmo saber? Bem, o material é de boa qualidade, bem caro, embora fora de moda, pesado, excessivamente trabalhado, desgastado; não combina com sua idade, sua figura ou sua função. Notei logo que a vi pela primeira vez, há cerca de uma semana, aqui no corredor.

— Eis o que temos! É fora de moda, pesado e o que mais? Onde aprendeu essas coisas? Sei que sabe, não é necessário um preparo especial para notar. Você sabe e pronto. Não precisa perguntar a ninguém, sabe o que a moda pede. Você será indispensável para mim, pois tenho um fraco por vestidos bonitos. O que você diria se soubesse que esse armário está abarrotado de vestidos?

Ela puxou as portas de correr, e era possível ver um vestido ao lado do outro, apertados em toda a extensão do armário; eram na maioria escuros: vestidos cinza, marrons, pretos, todos cuidadosamente pendurados e esticados.

— São os meus vestidos, todos fora de moda, pesados, como você diz. Estão aqui porque não tenho espaço para eles em meu quarto, ali há dois guarda-roupas cheios, quase tão grandes como esse. Está surpreso?

— Não, esperava por algo parecido; como já disse, você não é apenas uma estalajadeira, almeja algo mais.

— Só almejo me vestir bem; você é um tolo, uma criança ou um homem muito mau e perigoso. Vá, vá embora!

K. já estava no corredor e Gerstäcker o puxava pela manga quando a estalajadeira o chamou:

— Amanhã vou receber um vestido novo, pode ser que eu mande chamá-lo.

Gerstäcker, irritado, agitando as mãos, como se quisesse silenciar a incômoda estalajadeira a distância, solicitou a K. que o acompanhasse. Em princípio, não podia explicar por quê. Ignorou a negativa de K., que alegava ter de ir para a escola. Só quando K. esboçou uma reação é que Gerstäcker disse a ele para não se preocupar, ele teria tudo o que precisasse, poderia abandonar o emprego na escola. Será que poderia acompanhá-lo, então? Não tinham o dia todo, a mãe dele não sabia que estava ali. K. foi cedendo aos poucos e perguntou por que estava oferecendo comida e moradia. Gerstäcker respondeu por alto que precisava de K. para ajudar com os cavalos, pois ele tinha de cuidar de outras coisas, e gostaria de não ter de arrastá-lo, não deveria causar dificuldades desnecessárias. Se quisesse pagamento, haveria pagamento. Mas apesar de estar sendo arrastado, K. estacou. Não entendia nada de cavalos. Não era necessário, disse Gerstäcker impaciente, batendo nervosamente as mãos, na tentativa de fazer K. se mexer.

— Sei por que você quer me levar — disse por fim K. — Porque acredita que posso influenciar Erlanger em seu favor.

— Isso mesmo — disse Gerstäcker —, por que outro motivo eu me interessaria por você?

K. riu, pegou no braço de Gerstäcker e deixou-se guiar pela escuridão afora.

A sala na cabana de Gerstäcker era fracamente iluminada pela lareira e por um toco de vela, cuja luz era suficiente para alguém, em um nicho, ler um livro agachado sob as vigas do telhado, que eram bem inclinadas. Era a mãe de Gerstäcker que estava ali. Ela estendeu a mão trêmula para K. e deixou-o sentar-se ao lado dela; falava com dificuldade, era difícil entendê-la, mas o que ela disse.

Impressão e Acabamento
Gráfica Oceano